有爱的青春陪伴者

追逐月亮
江月初照——著
天津出版传媒集团
天津人民出版社

图书在版编目（CIP）数据

追逐月亮 / 江月初照著. -- 天津 : 天津人民出版社, 2023.6
ISBN 978-7-201-19230-7

Ⅰ. ①追… Ⅱ. ①江… Ⅲ. ①中篇小说－中国－当代 Ⅳ. ①I247.5

中国国家版本馆CIP数据核字(2023)第050744号

追逐月亮

ZHUIZHU YUELIANG

江月初照　著

出　　版　天津人民出版社
出 版 人　刘　庆
地　　址　天津市和平区西康路35号康岳大厦
邮政编码　300051
邮购电话　(022) 23332469
电子信箱　reader@tjrmcbs.com

责任编辑　玮丽斯
特约编辑　廖唯佳　雪　人
装帧设计　颜小曼　孙欣瑞

制版印刷　长沙鸿发印务实业有限公司
经　　销　新华书店
开　　本　880毫米×1230毫米　1/32
印　　张　10.5
字　　数　376千字
版次印次　2023年6月第1版　2023年6月第1次印刷
定　　价　42.80元

目录 MULU

· 001 **第一章 / 钟情**
她只是在一个秋天的早晨，遇见一个人

· 035 **第二章 / 暂别**
她与他

· 074 **第三章 / 再遇**
白桐花的花语是情窦初开

· 102 **第四章 / 理想**
我想做个一心追逐月亮的人

· 136 **第五章 / 礼物**
我要喜欢你一辈子

· 175 **第六章 / 阻拦**
一心追逐月亮的人不会被路过的星光吸引

目录 MULU

·200 **第七章 / 反抗**
只有一个理由，我喜欢他

·228 **第八章 / 师兄**
前程似锦

·267 **第九章 / 争吵**
成就彼此难道就不算是爱吗

·290 **第十章 / 余生**
苗小青，我可以回国娶你了吗？

·311 **番外一 / 女儿**

·319 **番外二 / 最好的青春**

第一章 / 钟情

她只是在一个秋天的早晨，遇见一个人

1

开学这天的日头格外毒辣。

苗小青站在一栋挂满常青藤的五层建筑前，脸被晒得通红，嗓子干得冒烟，皮肤因汗湿黏腻而难受至极，但她的心却很踏实。

她的人生走了四年的弯路，终于回到了原来的轨迹上。

她面前这栋灰砖外墙的建筑，旧式的绿色格子窗透出一股严谨沉穆的气势。

刘浩的讲解声在她耳边响起："这是物理系的系办大楼，建校初期就有了。虽然破旧，却在这里培养出了很多世界级的物理学家，比如狄拉克奖和巴克利奖的得主……"

他说他的，苗小青抬脚走进了楼里。

冷气扑到身上，她舒服得微微一叹，走到角落的自动售卖机前，选了冰果汁，投入硬币。

"咚咚"两声，她取出两瓶果汁，转身却只剩下她一个人。

刘浩呢?

一个上午，她被这位研二的学长带着在校园到处逛，她热得受不了，一路上也不想说话。刘浩大概觉得她很冷淡，脸色很不好，这会儿估计是趁机溜了。

考虑到这个可能，苗小青心里立刻松泛了，这个人给她的感觉不是太好，要不是碍于自己新生的身份，她早就回宿舍了。

剩下她一个人，她把一楼大厅环顾了一遍，西边的角落有一扇厚重的金属防火门。

她以为是出口，走过去不假思索地推门，朝门后一看，不禁呆住了。

这是间小办公室，一股陈旧的味道钻进她的鼻孔。

办公室里只有一扇紧闭的窗户，正对着门。六张办公桌横二竖三地排列，桌上堆着几尺高的文献资料，墙下也有，码得齐窗高，不知道堆在那里多久没有整理过，纸张折角泛黄，上面落了薄薄的一层灰。

苗小青看着这邋遢劲儿，觉得自己跺跺脚，就能震起一股飞烟迷尘。

正午的阳光明亮充沛，也只斜照进了窗前的一隅，像一束尖利短促的剑光，劈开了离墙最近的那张缺了一角的书桌。

室内只开了靠前的一排日光灯，冷清的灯光照着办公室里唯一的一个人。

键盘的敲击声响彻室内。

苗小青看向那人。他微垂着眼，望着笔记本电脑的屏幕。沉重的防火门被推开会发出不小的声响，苗小青不知道他是没听见，还是听见了也不理会，周身散发着一股不问世事的专注和淡漠。

苗小青刚要准备退出去，却鬼使神差地开口道歉："对不起，打扰了！"

那人眉头一皱，格外用力地敲了下键盘，手指揉着太阳穴，缓慢地抬头看她。

苗小青被他那双布满红血丝的眼睛吓到了。他似乎疲倦到快抬不起眼皮，看苗小青时也是半眯着眼。他的眼下青影浓重，眼窝深陷，眼睛周围干得起皮。但奇异的是，他虽然半眯着眼睛，打量她时却变得炯然有神。

"新生？"他的声音也是熬夜后的低迷沙哑，说完他清了清嗓子，"迷路了？"

他清嗓后的声音温润干净，一字一字，像水珠慢悠悠地滴入静静的水面。

苗小青问："你怎么知道我是新生？"

他短促地"呵"了一声："不是新生，怎么会走进这里？"

这里？这里是哪里？

苗小青又打量这间连地砖都没有铺的办公室："你也是研究生？"

"我不是本校学生。"他蛮不情愿地回答，冷淡地瞥了她一眼后，低下头说，"你要出去就原路返回。"

不是学生吗？可他的年纪跟自己差不多，也不像教职工。苗小青兀自纳闷，敲击键盘的声音又重新响起。

这是根本不想浪费时间跟她闲聊。她正要退出去，又想到他倦意沉沉的双眼，还有干得起皮的眼周。

她的视线扫过他的桌面，笔记本电脑旁边只有一个空的水杯。

又是鬼使神差地，她把手中的一瓶果汁放到空水杯旁边。

"秋季干燥，多喝点水。"

她说完，也不看他，拉开门就匆匆离开了。

苗小青走后，程然望着那瓶果汁出神。

这姑娘怎么回事？突然冲进来，突然给他一瓶果汁，又突然像被踩了尾巴似的跑开。

难道又是暗恋他的人？

呵！他在心里讽刺一声，什么时候了，还有空琢磨这个。

他低头继续改文章，刚敲了两句话，屏幕上细小的英文字开始模糊，他揉了揉眼睛，看了几秒，又开始出现重影。

他只好移开目光，看着桌上那瓶果汁。渴了一天的他，立刻感到嗓子干涩难耐。

为了不打断思路，他这一天连水都没敢喝，就怕跑趟厕所，回来就断了思路。这人倒好，给了他一瓶果汁。

他拿起果汁，随手投进废纸篓。

目光回到屏幕上，满屏的英文和公式，像被泡在水里，歪歪扭扭的。他叹了口气，连续盯着屏幕十个小时，眼睛都抗议了。

他从废纸篓里捡起那瓶果汁，想到她那句关怀：秋季干燥，多喝点水。

他拧开瓶盖，咕嘟灌下半瓶，然后决定出去转转，让眼睛休息几分钟。

他一边往外走，一边想着文章的事。这篇文章投稿以后，他跟这边学校的访问合约也差不多到期了，到时候应该还会续约吧。

江教授这段时间很奇怪，似乎心思根本就没有在超导研究上，反而开始研究很多数学方面的东西。

他直觉这是个大事，走之前得弄清楚。

其实他很少出现直觉，从小到大就两次，上一次是填高考志愿，他瞒着父母，偷偷填了物理系。过后证实，父母气得差点没跟他断绝关系。如果他没有先斩后奏，以父母的强硬，他还真要费很大的劲才能摆平这事。

他胡乱想着，走到大厅，一眼看到教授简介墙下面的果汁主人。

她穿着一件很短的棉麻白衬衫，下面是一条宽宽大大的姜黄色布裙，黑发在头顶绾了个丸子。

这身材真是单薄。

尤其她的脖子细长，下巴仰高，后背挺得笔直，显得更瘦了。

那挺直的背，看起来个性就很倔强。

程然暗暗猜测，出现在这栋楼里，又在看教授简介，难道她也是物理系的？

苗小青看了几秒就走了。

她的背影刚消失在拐角，程然就听到有人叫他。

他回头看了眼身高不尽如人意的刘浩。

“你看到一个穿白衬衫黄裙子的女生没有？有点高，”刘浩比比自己的鼻子，“大概到我这儿。”

“刚走了。”程然说。

刘浩抓了下头发，说：“我去办公室拿个东西，下来就没见着她了。”

程然看着他的发顶，想了想说：“她应该比你还高几厘米。”

“啊？”刘浩起先一愣，随即气得脸红，“你什么意思？”

“就是说下我的直观印象。”程然说完，转身要回办公室。

“等下，”刘浩叫住他，“明晚的活动你来吗？”

程然一脸莫名地看着刘浩，问：“你们学校的活动，我怎么参加？”

“你可得去，江教授有新学生。”

程然意外道：“我记得他没要名额啊。”

刘浩卖了个关子：“后来收了。”

程然有了兴趣：“成绩很好？”

“第一名。”

程然心下了然，难怪江教授会收，那大概是个天资很好的学生。毕竟江教授的研究方向太难，普通学生根本做不了事情，还要花费很多的精力指导。

他顿时有了点兴趣：“明天有空我就去。”

第二天，苗小青六点到了学校湖边的中餐厅。

其他院系的迎新活动张灯结彩，鼓乐喧天。物理系的研究生迎新活动就相当质朴了，聚个餐，聊聊八卦，交换信息是活动核心。

名校物理系的男生凑在一起八卦，没有脏话，没有喧哗，没有荤段子，聊的话题比茶卡盐湖还纯净。

唯一不同的是，他们胆子大，什么内幕都敢说。

餐厅还没开始上菜，苗小青坐在人群外围，听着研二的前辈热心地点拨新生。

“读研啊，导师太重要了，”留着小平头，发量只有同龄人一半的孟建国说，“咱们系的导师分成一二三等。”

他在人群中扫了一圈，指着刘浩说："比如刘浩的导师，杰青（国家杰出青年），妥妥的一等。金老师的方向是大热门，顶刊文章多，只要你本事别太差，也不懒，研究生发 PRL（*Physical Review Letters*《物理评论快报》）不是梦。"

听到 PRL，新生吸了口气。

其中一个新生站起来，冲刘浩打招呼："师兄你好，我是金老师的新生。"

众人艳羡地看着他，一个导师就一个研究生名额，被杰青挑中，前途无忧了。

有人心急地催促孟建国："你再说说，二等三等什么情况？"

"二等啊，就是导师研究方向相对简单，劳动密集型。每年广发文章，"孟建国说，"一个杂志一个杂志地碰运气，万一你运气好，说不定也能碰上篇 PRB（*Physical Review B*《物理评论 B》）。"

有几个人松了口气，一时没人再关心三等的情况。

孟建国接着说起了三等："三等的导师，研究方向艰深冷门，门槛很高。至少你得懂多体物理。学过《固体理论》。"

一干人等沉默。

"像我们这种做单体物理的，遇到江教授那样的老板，头发掉光也出不来一篇文章。"孟建国说，"咱们都是学硕，没论文怎么毕业？"

"固体理论研一就开始学了，有什么难的？"有人小声说。

孟建国睨了那人一眼，说："你说得对，但要做江教授的研究，除了研一的固体理论、群论、高等量子力学，还要自学量子多体理论、量子场论、规范场……这样才能确保你研二可以做点简单的研究，毕业时能勉强发篇文章。"

众人倒吸一口冷气，问："要学这么多，他的学生怎么办？"

"他的学生？"孟建国环视众人一圈，停在其中一个低头看手机的人头上，"老袁！你在啊？"

老袁抬起头，说："我在怎么了？你要找的也不是我。"

"程然和杜弘没来？"

"他俩啥时候参加过活动了？"老袁说完，又低头看手机。

孟建国接着说："其实这学生也分三等。一等学生成绩好，悟性好，学习科研都不成问题。二等学习成绩好，发不了文章，拿个学位转行找工作不成问题；就是这三等吧，"他端起杯子，喝了口水，"说得难听点，三等就是考研专业户，上培训班的那种，冲着物理系录取分数线低，混个学位毕业。这种的，运气好遇到个好混的导师还好，运气差遇到江教授，那就是被劝退的命了。"

“啧！”众人同情地吁叹。

“你们知道吗？”这时有个人突然说道，“这次新生中有个笔试第一名的，听说面试的时候差一点被刷下来了。”

这个消息一曝出来，大家立刻七嘴八舌地讨论开了。

“我也听说了，好像咱们系的导师都联系了一遍，没有人要。”

“据说本科是个双非学校，多半是个考研专业户。”

“这样的面试没刷下来，是因为笔试第一吧。学校怕闹出新闻不好收场，只能收了。”

“物理系的老板们精着呢，是不是培训班考出来的，一聊就知道。所以谁都不要。”

“混学历混到物理系图啥呢？毕业连工作都找不到。”

“那他现在怎么样了？”终于有人关心实质的问题。

“江教授今年一个名额也没要，系里硬摁着他收了，”孟建国感叹一声，“三等学生遇到三等导师，悲惨世界！”

“啧——”

“这还不是最惨的，”孟建国接着说，“最惨的是他还有一等之上，说是超等也不过分的师兄，就是程然和杜弘。”

众人起哄：“他们俩是江教授的学生？”

“程然是访问学生，本科清华基科班，直博高研，物理系连年第一名。”

“哇！这样的学生为什么会在我们学校？”

“他的清华老板跟江教授是博士时期的师兄弟，多年来一直有合作，程然来学校访问很正常。”

“那杜弘呢？”

“杜弘是十五岁上大学，原来在港中大读研，拿港府奖学金的。后来退学考了我们学校的研究生，”孟建国一脸神往地说，“据说他是冲着江教授来的，具体原因没人知道。”

吸气声此起彼伏。

苗小青听到这里，问孟建国：“你不是说江教授是三等导师吗？为什么他的学生都这么优秀？”

孟建国听见女孩子的声音，愣了一下，跟随众人的目光看过去，竟然是个很漂亮的女生，素白的小脸，明亮的眼睛，弯弯的唇角，头发清清爽爽地扎起来，看着就很舒服。

男生们毫不含蓄地围了过去："你也是新生吗？"

苗小青一脸诧异道："你们不认识我？"

"啊？"众人你看看我，我看看你，都摇了摇头，"不认识啊。"

"不认识你们刚说我说得有鼻子有眼的，"苗小青的声音依然是温温柔柔、不紧不慢，"笔试第一、考研专业户、混学历混到物理系、遇到三等导师的三等学生——你们那语气，好像跟我很熟啊，怎么这会儿就不认识了呢？"

"……"餐厅里的气氛异常尴尬。

苗小青神色不善地瞄着面前层层堵堵的男生，从她那所破学校的物理系到这所排进全国前十的物理系，男生都一样微驼着背，一样穿着棉 T 恤七分工装裤，背着双肩电脑包，一样发量稀少，以及一样的……嘴碎！

"哎！"人群中有个人说，"我认识你！"

苗小青一愣，一个圆圆的脑袋挤开众人，亮得发光的脑门凑到她面前。

"我认识你，"那人笑着说，"你是金融系那谁的女朋友？"

众男生脸上的热情退却了，失落地望着苗小青。

"你认错人了！"苗小青说，"我没有男朋友。"

一声短促的嘲笑："老袁，你的套路老掉牙了。"

苗小青意识到自己被套话了，她没放心上，倒是很在意那声音听着有些耳熟。

她正努力回想在哪里听到过，就被老袁爽朗的笑声打断了。

"哎哟，是程然啊，来得正好。"袁鹏指着苗小青对他说，"你还不知道吧，这是我们的亲师妹！"

苗小青又是一愣，看着那个刚刚冒出来揭穿老袁的人，居然是昨天见到的那个人。

他就是程然？

那个前辈口中，上天入地、无所不能的程然！

是她的同门师兄，虽然只算半个。

想起昨天他说的"我不是本校学生"，所以这是句实话，不是为了结束闲聊胡诌的。

苗小青心里泛起一丝淡淡的喜悦，不由得微抬起脸去看他。

今天再见，他应该是睡够了，眼下的青影淡了许多，眼周虽然还有些起皮，比昨天好了不少。

睡够的他眼睛更加明亮，浓密的睫毛衬得眼眸漆黑，红血丝褪去，眼白部分水润干净，眼底却沉淀着淡淡的、阴郁的灰色。

昨天他坐着，看不到他的身量。此时他随意地靠在老袁身后的椅背上，身高至少超过一米八。

他和这一屋子的理科男有着明显的区别，没有穿工装裤，而是修身的黑色长裤，上身的 T 恤也是纯黑色。

他的头发浓密，背不驼，还很结实。

此刻他抱着双臂打量她，整个人背着光，那眼底冷漠的灰色仿佛弥散出来。

苗小青微垂着头避开他的目光。

老袁比程然友好多了，对苗小青自我介绍："我是袁鹏，明年博士毕业。"

苗小青抬起头，刻意避开程然的方向，说："你们好！我是苗小青。"

苗小青偷偷地捏紧衣角，下一秒却听到程然问："小草青青的小青？"

苗小青点头。

"我是程然，程序的程，自然的然。"

苗小青心头紧张，正不知道该说什么，餐厅开始上菜了。

众人散开，找到位子坐下。苗小青身边本来就坐着人，当然也没人愿意让座。

袁鹏对她说："我们回头再聊。"

苗小青说："好。"看向程然，谁知他看也没看她一眼，转过身，就走到旁边那桌坐下。

袁鹏坐程然旁边，跟他说着什么。他手托着额边，苗小青可以看到他硬朗的侧脸和漫不经心的神色。袁鹏说了很长一串，他只是低头笑了一下。

也许因为他们是同一个导师，袁鹏偶尔会转过头冲她露出关照的笑容，而程然，自始至终没有往这边看一眼。

苗小青觉得，这是意料之中的。

他离开时不跟她说客套话，他坐到另一边，就把她这个才认识的师妹抛到脑后，这都应该是意料之中的。

而他会猜对她的名字，那才是意外。

2

苗小青当晚跟袁鹏互加了好友，回到宿舍就被火速拉进一个群组，她拉到通讯录，挨个修改备注，存组员的联系方式。

她简单粗暴地将袁鹏存为“大师兄”，徐浚存为“二师兄”，杜弘存为“三师兄”，轮到程然，她的手指一顿，略为思索，存为“临时工”。

苗小青的工位不出意外地被分在那扇金属防火门后面的办公室里。

办公室原来一共有四个人使用，都是江教授的学生。有本校直博的袁鹏，访问学生程然，港中大退学的研二生杜弘，还有个目前在旅游，开学都没有返校的研三生徐浚。

第一排两个位子都没有人，但是苗小青没得选择。袁鹏指着杜弘前面的空位，上面放着一台巨无霸的电脑，说：“这是我们的工作站。”

苗小青只能选择坐程然前面。

早上八点，她第一个到办公室，拿出她特意带来的抹布，把能擦的地方都擦了两遍，那股陈旧的味道才淡了许多。

白板上写着公式，看了半天，苗小青也没看懂到底是什么。

她坐回位子上，从包里拿出《固体理论》来看。

十点钟，办公室还是一个人都没来。她把桌面收拾整齐，背着包去了三楼江教授的办公室。

江教授是凌晨一点半发的邮件，让她今早十点去他的办公室。

幸好苗小青的手机有设置新邮件提醒，早上起床她看到邮件，对着邮件上的时间怔忡了好半天。

一个凌晨发邮件的导师，三个十点也不到办公室的学生。

苗小青就算没有阅历，也明白这不是正常现象，何况她向来比一般人敏感。

江教授的办公室在三楼的最东面，门敞开着，对面墙上挂着白板，白板前站着一个熟悉的背影，他挥笔写完公式的最后一笔，笔尖在末尾重重一点——

“这样就对了。”

程然说完转过身就看到站在门口的她，对她点了下头，算是打过招呼了。

“你先按照这样去改吧。”江教授从沙发上站起来，对苗小青招招手，“进来坐。”

程然收起桌上的笔记本，将椅子上的双肩包提起来，说：“我先走了。”

一进一出，擦肩而过。

苗小青在他空出来的椅子上坐下，接过江教授递过来的矿泉水，小声道了谢。

“你家是哪儿的？”江教授问。

“浙江。”

“父母做什么的？”

苗小青的手指摸着矿泉水瓶盖上的横纹，低声答道："爸爸是国企职工，妈妈是家庭主妇。"

"还有兄弟姐妹吗？"

"没有。我是独生女。"

她抬头望了一眼对面穿着随意的江教授，他今年三十四岁，世界奥赛金牌出身，保送清华，一路走来都是名校名师傍身，履历都烫着金印。

这样的人跟她拉家常，是因为没法进行学术上的交流。

但尽管如此，江教授还是把话题转到了专业上。

"你本科都学了些什么？"

"普通物理，四大力学，固体物理。"

"固体理论呢？"

苗小青摇摇头："本科没开这门课。"

"曾经自学过什么吗？比如跟多体物理相关的。"

苗小青用指头轻轻掐了一下矿泉水瓶身，还是摇头。

"做过研究没有？"

苗小青的头摇到一半，把头扳回来，问："毕业设计算吗？"

江教授点头："说说看。"

"数值算一个紧束缚模型的能谱。"

江教授听了，望着她，那神情明明白白地在说：就这？

苗小青垂下眼皮，把矿泉水瓶放在桌上，手指微微用力地捏了下衣角。

这种情况下，她竟然走神了。像后背长了眼睛一样，身后白板上那些复杂的公式像碎片一样朝她扑面而来。

她不知道是出于好奇，还是别的原因，抬起头说："白板上是您刚刚跟程然讨论的东西吗？那是什么？"

"铁基超导中的向列相。"江教授说。

"好像很难？"苗小青的语气又肯定了些，"是太难了。"

江教授笑了笑："我觉得他能做更难的。"

苗小青使劲地捏了下衣角，鼓起勇气说："那我能做这个吗？"

江教授愣了下，随即有些为难地看着她，似乎不知道该怎么回答。

苗小青在心里苦笑，自己不知天高地厚了吧。

"能不能做，你不能问我。"江教授说，"我只能告诉你，你除了好好地上课，另外还要自己去学量子多体和一些超导的书和文献……研一你能学完吗？”

“超导的书？什么书？”苗小青问。

“比如 P.G.de Gennes 的 *Superconductivity of Metals and Alloys*。”

苗小青干瞪着江教授，那是什么书？她发现自己脸皮再厚也问不出这个问题了。

她懂了，连研二的孟建国都不知道这位三等导师的学生应该学什么。

“我会尽力的。”她先夸下海口。

“那就试试吧。”江教授含蓄地笑了笑，拿给她一篇文章说，“你先读下这篇文章，学习下平均场方法，重复自旋密度波的计算，然后对下结果。”

被安排了活干，苗小青顿时轻松下来，轻轻地回道：“好的。”

“算完了再来找我。还有，别忘了参加今天晚上的组会。”

江教授说完，起身走回他的办公桌，坐在电脑屏幕后面忙了起来。

苗小青回到办公室，程然和袁鹏都在，还有一个坐在她斜后方的，青涩得像个高中生的杜弘。

她走进来，程然和杜弘抱着笔记本，仍旧低头忙自己的。只有袁鹏跟她挥了挥手，坐到她旁边的那张桌子上，晃着悬空的左腿问：“去见老板了？”

“嗯。”苗小青一边从包里掏笔记本，一边说，“他让我学平均场。”

掏出笔记本、鼠标，插上电源，直到打开笔记本电脑，苗小青才觉得不对，她转过头，目光把办公室扫视了一圈。

袁鹏的腿不晃了，程然没有敲键盘，杜弘也从两台电脑屏幕后探出头来，他们没人说话，都望着她出神。

“怎么了？”苗小青说，“你们刚来时没学过吗？”

杜弘把头缩了回去，程然又接着敲键盘，只有袁鹏的左腿没有再晃起来。

苗小青还在等他们回答，袁鹏却跳下桌子，对程然大喊道：“说！中午去哪里吃？”

程然深吸了一口气，关上笔记本电脑，埋怨地扫了一眼苗小青。

“张记！”他不情愿地吐出两个字。

袁鹏不干：“你也换一家请客啊。”

“那家最近。”程然说完站起来，“换一家就你请客。”

“凭什么？明明是你输——”袁鹏瞄了一眼苗小青，及时改口，“明明是你说师妹刚来，要请大家一起吃顿饭的。”

程然狠狠地瞪了一眼袁鹏。

苗小青有点意外，他为了她要请大家吃饭？这怎么看都是个谎言。

虽然是个很好听的谎言。

程然敲敲杜弘的桌子：“动作快点！”

苗小青不敢再发呆了：“等我一下，我去个洗手间。”

她刚走出去，袁鹏就一手指着程然，一手拍着腿大笑起来：“哈哈哈哈哈哈，学平均场——你还敢跟我打赌她是棵好苗子，那天的迎新活动我可是全程都在的。”

杜弘也笑了：“他刚说什么来着？最差是个做张量网络的，没想到连平均场都没学过。程然你要是去摆摊相面，肯定会被人砸摊子。”

袁鹏趁势加大打击力度：“还说绝对不会再来个我这种做自旋液体做到毕业的，结果来个学平均场的。这是老天都看不过眼你太嚣张，派了个漂亮的小师妹来替天行道——”

程然抄起杜弘桌上的一本书，伸手就要往袁鹏身上砸，看到书名时却把手收回来，若有所思地看向笑得没心没肺的杜弘。

袁鹏说：“别笑了也别说了。你们那天没在，不知道这个小师妹看着温温柔柔的，性格可刚了，要是被她知道我们在背后说她，她可不管什么尴不尴尬，面对面地就揭你脸皮。”

说完他看到程然奇怪的神色，又问：“你想啥呢？”

程然把书放回杜弘桌上，指尖点着书的封面说：“抽象代数？你在学数学？”

“这本早学完了，”杜弘把书扔回文件框里，又抽了本《范畴学》出来，“现在学的是这本。”

程然接过书翻了起来。

袁鹏也围过来：“你疯了吧，这一年你没出文章就是在学数学？”说完又想自己打嘴，杜弘这小疯子发的疯还少吗？

程然很快翻完书，“啪”地合上，问杜弘：“老板让你学的？”

“书是他给我的。”杜弘也没想隐瞒，又抽了两本书出来，放在程然面前。

《代数拓扑》《微分几何》。

程然望着那两本书深思，好半晌他才抬头，神情带着几分郑重、几分严肃地问：“你打算做什么？”

杜弘不假思索地回道：“这不明摆着吗？数学物理啊。”

“具体的！”程然不耐烦地说。

“强关联拓扑物态。”

程然望着比他小两岁的杜弘，面色惊异。

袁鹏沉不住气地叫嚷起来：“那是什么鬼？普林斯顿的黎若谷在做的那个？全世界加起来有五十个人在做都是我多算了。”

杜弘和程然都没有理会他。

程然望着脸孔青涩，神色却坚定从容的杜弘，突然明白了什么。

他缓慢地对杜弘说：“这是你从港中大退学来这里的原因吧。”

杜弘曾说过，他退学是因为对原来老板的研究方向没兴趣。而来了这里一年，他并没有做过超导，而是在学数学。

袁鹏猛地抬头，也回过味来：“那就是说，老板也……他想什么呢？不准备申杰青长江（长江学者）了？”他有点急躁地在原地转了几个圈，又慢慢平静下来，“不过这对我也没影响，反正我是要稳稳当当做自旋液体做到死的。徐浚也一直是独来独往地做他的数值，程然你总是要回清华的，杜弘你是上赶着来一条道走到黑，谁冤你也不冤。这么看来，最受影响的只有——”

他没说完，苗小青推门进来：“你们在聊什么？”

袁鹏张开的嘴唇半天才合上，干笑着说：“没聊什么，就随便聊聊。”

苗小青抄起桌上的手机：“那我们走吧。”

她率先一步出去，袁鹏回头看着程然杜弘两人。

杜弘永远是一脸与他无关的欠抽样。

袁鹏问：“要不要跟她说？”

“瞎操心！”程然淡淡地对袁鹏说，“哪怕是一条道走到黑，这条道也是有门槛的。”

“喂！”杜弘斜他一眼，“你看不起谁呢？”

袁鹏大笑：“是，是，那门槛高着呢！一个连平均场都不会的人，哪有资格跟你杜弘走同一条道呢？”

说笑间，三个人一同出了门。

3

张记是学校西门外的一个家常菜馆，系办离西门近，张记就在西门的马路对面。凡是程然请客，就只会来张记。

老板和服务员都认识他们几个了，领他们到常坐的位子，一个安静的角落，又给他们端茶倒水。一个圆脸的小姑娘把菜单递给程然，就站在他的身后，准备写单。

袁鹏一把抢过菜单，递给苗小青：“你来点！”

苗小青拿着菜单，小心地瞄了一眼程然，他倒是一脸无所谓地抱着手臂，垂着眼皮不知道在想什么。

苗小青点了炒空心菜、咸鱼茄子、糖醋排骨、酸菜鱼，没人喝酒，她就要了大瓶橙汁。服务员写了单，又给他们拿来纸巾和烫过的碗筷。

一阵碗盘碰撞的声响过后，各自整理完毕，桌面上安静下来。杜弘低头刷手机，程然抱着手臂想事情，袁鹏在门外打电话，苗小青尴尬地拿出手机，入乡随俗地当一个冷漠的低头族。

她看了没两分钟，门外响起一阵喧闹。苗小青转头望去，就见刘浩带着一帮人往里走来，他走在最前面正中间，比平均身高还矮一个头，就像是一个被大人带出来吃饭的小孩儿。

偏偏这个小孩儿还要故意做出为首的气势，就显得很滑稽了。

经过袁鹏时，他像领导鼓励下属那样，想拍拍袁鹏，结果把手扬到最高，却只够到袁鹏的大臂。

苗小青没忍住，“扑哧”一笑，杜弘和程然都朝她看过来。

苗小青收回目光，轻轻摇了一下头：“没事。”

刘浩一眼看见苗小青，像偶遇知交故友般的兴奋：“哎！你也在这儿吃饭？”

苗小青的目光扫过眼皮也没抬的杜弘、一脸冷漠的程然，心里叹了一声，拒人于千里之外也是讲先天条件的。

她站起身来，露出和煦的笑容：“是啊，我们刚到。”

“我们订了楼上。”刘浩说，“你要不要一起？”

苗小青连忙摆手：“谢谢，还是不了。”

“来吧，都是咱们系的，认识一下。”说着他就去拉她。

苗小青没来得及避开，被他抓住手腕。

她飞快地甩开手，却没甩开，看向刘浩的眼神有些不满：“你放开。”

刘浩不但没放开，还嬉皮笑脸地继续拉她。

苗小青端起茶杯就往他手上淋去。

餐厅的空气好像突然凝固了。

刘浩松开手，拿手指着苗小青的鼻子：“你——”

“小青苗！”杜弘突然叫道，“你过来。”

苗小青毫不示弱地回瞪了一眼刘浩，走到杜弘旁边的椅子上坐下。

三个人坐在了一排，仿佛同一阵营跟刘浩对峙。刘浩丢了面子，怒气冲冲，正想着怎么扳回一城，一个皮肤很黑、瘦成竹竿的人走了过来，打破了这剑拔弩张的气氛。

他的手搭在程然肩上，很熟地打招呼：“哎哟，程然，你也在啊？”

程然转过头，见是实验那边的李明华，也笑着打招呼：“你也来吃饭？”

“刘浩请咱们组的人吃饭。”李明华拍了下他的肩膀，“你最近有空吗？我们组里需要一个理论指导，你有没有兴趣，咱们聊下。”

他的话说完，刘浩的脸色一变：“李明华！”

程然淡淡一笑：“你先去吃饭，这事儿回头再说。”

李明华完全没在意刘浩的脸色，仍旧笑道：“那行，我等你来找我，别放我鸽子啊。”

他说完，等程然点头应了，才拉着刘浩上楼。

这时袁鹏的电话也打完了，回到座位。

苗小青松了口气，低声对杜弘说：“刚才谢谢你。”

杜弘没理她。

苗小青心里有些气闷，往茶杯里倒了水，杜弘手一伸，拿走了。

他喝了口茶才说：“亏你对着刘浩那张猥琐的脸也能笑得出来。”

苗小青慢慢转过脸，努力摆出平生最冷漠的神情：“怎么，许你们天生长着一张生人勿近的脸，就不许我天生有一张温和亲切的脸？”

“呵——”

苗小青猛地翻了个白眼，看着程然问：“你最近便秘吗？”

程然面色一怔：“什么？”

“你笑得就跟便秘一样，”苗小青看着脸色青黑的程然，咧嘴一笑，“呵呵！”

袁鹏拍着桌子笑起来：“早跟你们说过别惹她了。”

程然一脚踢到袁鹏的椅子上。

服务员开始上菜，程然倒是没再跟她计较，搞得苗小青反省自己是不是太尖锐了。可这个组的人，真是没一个友善的，她总不能几年都忍气吞声吧？

她正纠结着该怎么跟他们相处，就见袁鹏把头往前凑了凑，低声说：“你们知道刘浩为什么请李明华他们组吃饭吗？”

程然和杜弘一脸“谁不知道”的表情。

苗小青连忙问：“为什么？”

“他们那个角分辨光电子谱实验，看到了一个表面态。”袁鹏说，“至少是篇 PRL，刘浩那狗鼻子真灵！”

杜弘看向程然：“有意思，刘浩花钱请吃饭抱李明华大腿，李明华却当他的面找你合作。”

程然轻轻地哼了一声：“我不吃实验的嗟来之食。”

“那你还说要去找他聊聊？”

程然慢慢往后靠，长腿往前一伸，就碰到了苗小青的脚。

苗小青条件反射般地把脚向后一挪，转头见程然没什么反应，又觉得自己的反应有些过激了。

“我总不能当着人家的面回绝，”程然说，“我一个做理论的，蹭实验的文章没什么意思。但不代表我就否定他们做实验的，李明华确实有能力。”

杜弘撇了撇嘴，说：“这就是我想去做数学物理的原因，不用到处去搞社交，套信息，蹭热点。”

袁鹏说：“谁都跟你一样是疯子？像刘浩这样，请吃个饭，往实验室走动走动，就能蹭篇顶刊，多轻松啊。”

苗小青听到这里很疑惑：“顶刊是说蹭就能蹭的吗？实验组的就那么大方肯加他名字？导师也不会同意的吧？”

“蹭也是有讲究的。”袁鹏说，“我虽然看不起刘浩，但他也没有傻到去求人家加个名字。”

不加名字怎么蹭？苗小青很想知道，却没人给她解释。

饭菜上齐，袁鹏拿起筷子，对苗小青说：“刚开始来都一样，时间长了，你就都明白了。”

晚上的组会在 2 号会议室里，江教授一个人坐在第一排，杜弘和袁鹏坐第二排，苗小青跟两个本科生缩在第三排。

投影仪射出一柱刺眼的白光，程然上半身在光圈里，两条长腿在光圈外的阴影中。幕布上放映着他文章里的某一段推导，程然用全英文讲了一长段，然后走出光圈，在白板上笔走龙蛇地写下公式，又用全英文讲解了一长段。

苗小青的大脑一会儿飞过一个词，还没等抓牢，又飞过一个词，程然的整段讲解，最后变成了无数的黑乌鸦在她头顶盘旋。

程然讲完是袁鹏，然后是杜弘，也是全英文讨论，又给苗小青的头顶放飞了一群黑乌鸦。

直到最后两个青涩的小本科生上台，江教授改说的中文，苗小青才进入状态。

坐她旁边的本科生走到前面，在白板前写下公式，思路清晰地说道："在半满的时候，利用二阶微扰可以从 Hubbard 模型得到海森堡模型。不过我不知道在有掺杂的时候怎么得到 t-J 模型。"

然而本科生讲的公式她居然也只能听个似懂非懂，她凑到另一个脑袋圆圆的本科生耳边，小声地问："那些符号是什么？"

她刚说完，就听到江教授说道："用正则变换就可以了，你可以去看一下这本书里的内容。"

书？苗小青回忆她本科学过的所有书的内容，并没有讲到这个。

这时她听到那个本科生小声地回答她："学过高量就能明白那些符号的意思啊。"

"你大几？"苗小青问。

"大三。"

"大三就开高等量子力学这门课了吗？"

脑袋圆圆的本科生睨她一眼，简短地回道："旁听啊。"

苗小青无比惊异，才大三就开始旁听研究生课程了。

开完组会，苗小青拖着一身疲惫回到宿舍，让她明白了一个现实，她不但没法跟她的师兄们比，连本科生都没法比。

她并不是英文不好，事实上她的口语绝对能碾压组里那三个，然而他们说的那些涉及专业的词汇，她连听都没听过，更不要说知道意思。

三个小时的组会，她比那块白色幕布还要一无所知。

宿舍的门半掩着，她推门就见室友余向晚躺在床上看书。

余向晚研二，做二维材料的。她一向早出晚归，很少在宿舍待着，即使在宿舍，也是坐在电脑前干活。两个人各忙各的，互不干扰，相处还算愉快。

"你今天这么早回来？"苗小青去洗手间洗了手回来，才坐到桌子前，找出《量子多体理论》翻开。

身后响起余向晚的翻书声，和她沙哑的嗓音："我有点不舒服，就回来休息了。"

苗小青又把书合上，在抽屉里找到一个体温计，递给余向晚："你这样的人，都是轻伤不下火线的。既然不舒服到需要休息，多半是发烧了。"

余向晚接过体温计夹在腋下，丢开书，拿出手机来刷。

苗小青又回到书桌前，翻开《量子多体理论》的第一页就傻眼了。

第一章是二次量子化，苗小青看完了一页，刚刚开组会那种感觉又来了，就像她刚学英语时看英语书籍，读一句话，里面至少有三四个空格出现。

她按着额头，有点焦躁。

"你还适应吗？"余向晚突然问。

苗小青知道余向晚是客气地问一句，她本来也想客气地回一句"还好"，临到嘴边却化作一抹苦笑。

"太难了。"她轻声说。

余向晚愣了一下："量力而行就好，你们组的程然、杜弘不是凡人，别拿他们的标准来要求自己。"

"还远没到那个程度，"苗小青说，"拿他们的标准要求自己，起码得知道他们是什么标准吧，我连他们做的东西都看不懂听不懂。"

"你也是倒霉。其实大多数人都只懂单体物理，不也照样活得好好的。偏偏你被分到江教授那儿了。"余向晚说，"如果你能换个导师就好了。"

苗小青勉强地笑了笑，转过身接着啃书。

沉默持续了一会儿，闹钟铃声响起。

苗小青听到余向晚说："哎呀，真的发烧了。"

"多少度？"苗小青接过体温计，对着灯光看了一眼，"39℃，得吃药了。"她说着拿了件薄外套穿上，"你别看书了，闭眼休息会儿，我去买点药回来。"

余向晚很惊讶："你要去给我买药？"

苗小青戴围巾的动作一顿，转头看她："不然呢，让你自己发着烧去买吗？"

余向晚望着苗小青半晌，然后浅浅地笑了一下："那就麻烦你了。"

苗小青到药店里买了退烧药和消炎药，又顺路在超市买了冰糖跟雪梨。刚走出超市，一阵冷风刮到脸上，天气预报说寒流到了，最近会大幅降温。

她把外套的拉链拉上，袋子挂在手腕上，手揣进兜里，正要低头避风，余光却扫过街边的那盏路灯。

灯光笼罩着一个修长的人影，他斜倚着灯柱等绿灯，黑色的短袖 T 恤，黑色的修身长裤，跟她拎着同样的购物袋，袋子上印着超市的名称。

“程然！”苗小青高兴地喊道。

程然回过头，冷冷淡淡地朝她点了下头。他的冷淡让苗小青有点后悔，自己不该表现得那么兴高采烈的。

“你也来买东西？”苗小青跟他一起并肩过马路。

程然看了一眼她的袋子：“你也是？”

“嗯，室友发烧了，给她买点药，”苗小青说着，看了眼他短袖下肌肉线条匀称的手臂，“天气变化太快，估计又要有一波秋季流感。你怎么穿得这么少？”

“我一直穿得少。”

苗小青刚想提醒他马上要降温了，却差点被一个急跑过来的人迎面撞上，苗小青眼看那人像炮弹一样发射过来，只来得及捂住眼睛，然后认命地等着被撞飞。突然她的脖子被勒紧，身体被一股大力拽到一旁。

迎面撞上的疼没有等到，倒是脖子突然勒紧，没呼出的气憋在肺里，她的胸口快爆炸了。

过了马路，苗小青抱着围巾，蹲在路边用力地咳嗽，不时抬头埋怨地瞪上一眼旁边那个不耐烦的人。

“好了吗？”他的手抄在裤兜里，淡淡地说，“不就那么扯了一下？”

“就扯了一下？”苗小青的声音有些哑，又连续咳了两声，“我差点没窒息死。”

“真那么严重？”程然到底又看了她一眼，“我还不是为了救你？”

苗小青差点崩溃：“救我？谁救人不是拽手，拽肩膀，你就是拽我头发也比拽我围巾，差点把我勒死强啊。咳咳——”

“真……真有很重？”程然开始相信自己刚刚也许真的下手有些重了，想去拉开她的围巾看一眼，伸到一半又收回来，“要不要去医院？”

“不用了。”苗小青没好气地说。

“没事了就走吧。”程然拎起她放在脚边的袋子，不经意地朝里看了一眼，“你买姜干什么？宿舍还能做饭？”

苗小青站起来，不紧不慢地跟上他：“室友感冒，我买点东西给她煮水喝。”

程然一脸不解：“煮什么水？”

“姜开水有利于发汗，冰糖雪梨喝了润嗓。”

程然无语：“你是保姆吗？”

“不是啊，”苗小青丝毫不介意他的冷嘲热讽，“我只是很擅长让自己能过得舒服点。”

“这也算是能力？”程然说，“你会算平均场了吗？”

苗小青被噎了一下，不服气地说：“这当然算是能力。你有没有看过一部电影，一个少女被女巫变成了九十岁的老太婆，接着又流落到给一个会吃人心脏的魔法师当女仆。这够悲惨了吧，她不还是每天把屋子打扫干净，认真做一日三餐，让自己过得尽量舒服。”

“呵——”程然刚呵出口，随即就不自然地抿了抿嘴，“你自己也说那是电影，人家是女主角，你呢？会算平均场了吗？”

苗小青从他手上抢过袋子，恨恨地说：“我不会算平均场怎么了？总有一天我会算的。再说，我想让自己和身边的人过得舒服点怎么了？碍着你了？”

说完她埋头小跑进校门，算着跟他拉开很长一段距离后才停下来。

路灯昏暗，她慢慢地走在黢黑的树影里，风吹着树叶，发出萧瑟的沙沙声。

苗小青感到一种渗进血液里的孤独。

也许她想跟他们好好相处的想法错了，读研不是本科，没人一起上课，一起考试，一起参加活动，没有所谓的同窗情。

研究生都是独立地做着自己的事，他们更像是同事，而不是同学。

刚刚遇到程然，她应该假装没看见，而不是凑上去跟他搭话。

可是她真的不明白吗?

这些天她该明白的都明白了，只是她的行动总是比思想更快一步。

脖子上被勒过的地方还有些发烫，苗小青却回想着被他拉到一旁的那一幕，她的脸紧贴着他，鼻尖充斥着他身上淡淡的味道，像是从一种经年干燥的木头里散发出的，不香，甚至不太好闻，但那是一股独特的，令她闻过就记住的味道。

勾在手腕上的塑料“哗哗”响，她甩开思绪。

回到宿舍，把药给了余向晚，又煮了姜开水给她，苗小青才在灯下翻找起资料，试着算平均场。

几分钟后，她绝望了。

别说算平均场，她连哈密顿量都看不懂。

“怎么了？”余向晚问。吃了退烧药，喝了姜开水，她的身体开始退热，精神好了不少。

苗小青抱着书坐到她床边，翻开第一页：“我本科学过哈密顿量，为什么这上面的我看不懂？”

余向晚推了下书的封面：“这是二次量子化的哈密顿量，你没学过高量，不懂不是正常的吗？”

“正常的吗？那他们为什么笑我？”苗小青想到今天中午在办公室，她刚走出门，那几个人就开始笑话江教授让她算平均场。

“谁笑你？二次量子化的哈密顿量要到研一上学期末才会教，固体理论是下学期才开课。”余向晚说，“你一个刚入学的，为什么要笑你？哦，肯定是那几个疯子。”

苗小青彻底蒙了：“老板让我做平均场，他们听了像是知道了多好笑的笑话。”

“他们不是笑你，”余向晚说，“他们是在笑这件事。对于他们来讲，平均场是最简单的东西，连平均场都不会算的就是最差的。”

苗小青无话可说，她确实是最差的。

“这件事还有个缘由，刘浩原来是江教授的学生，入学也是让他去算平均场，”余向晚缓缓说道，“他两个月没算出来，后来搭上了金教授，也不知道用了什么办法，让金教授把他要去了。刘浩到了那边就开始出文章，很是得意忘形。有次聚会，刘浩讥讽杜弘出不了文章，杜弘就骂他——”

余向晚停顿了一下，苗小青急忙问：“怎么骂他的？”

“‘连个平均场都不会算，一点多体物理不懂，斯莱特行列式都不知道，你懂什么物理。’”余向晚抬起头，望着苗小青，“扑哧”一笑，“那时我正在跟他交往，觉得有这么个男朋友太丢人了，就跟他分手了。”

“你？”苗小青保持一个口型半天，声音高了八度，“你跟刘浩交往过？”

余向晚淡淡地说：“怎么，看我有人生污点就想瞧不起我了？”

“没，没有的事。”苗小青坐在床边，故意往余向晚身边凑了凑，“我就是奇怪，你当初是怎么看上刘浩的？”

“这你不懂？物理系女生多数内部消化了，我们哪有空想谈恋爱的事，有人追就接受了。”余向晚说，“相处之后才知道他让我不能忍受的不是他矮，而是他猥琐。他的第一篇文章，实验出来后证明是错的。一般这种情况大家都很低调，他却还是到处显摆。”

苗小青想了想，说：“今天我们组在张记吃饭，遇到他请了一组做实验的人吃饭。”

余向晚神色鄙夷道：“多半是又闻到哪儿藏着肉骨头了。”

苗小青怔怔地望着余向晚，这一瞬间，余向晚脸上的表情她很熟悉，那是在程然、杜弘、袁鹏脸上都看到过的，包括今天那个李明华。

那是一种不晓世情的高傲。

“你们都一样。”苗小青低声自语，“我跟你们不一样，我不讨好人就混不下去。”

“你说什么？”

“没什么。”苗小青露出一个微笑，“你早点休息。”

余向晚躺下后，苗小青又坐回她的书桌前，把台灯的光调暗。

背后不时响起翻身的动静，她猜是开着灯影响到余向晚的睡眠了。

“小青。”余向晚的声音在背后响起。

“哦，不好意思，我马上关灯睡了。”

“等一下，”余向晚说，“把那篇文章拿给我看看吧。”

苗小青看着她疲惫的神色，犹豫了一瞬，还是把文章递给她，又从自己床铺上抽了枕头，垫到她身后。

余向晚又趴在床边，指指自己的书桌：“你在我桌上找找，有本《量子力学2》，你先看看。”

苗小青找到了书，回到自己的书桌前，慢慢翻开。

这本书同样讲到了二次量子化，却写得深入浅出。苗小青感激地看了眼余向晚，余向晚很认真地读文章，并没有收到她的感激。

房间里静静的，偶尔响起翻页的声音，小台灯亮到凌晨才关闭。

余向晚感冒了一个星期，苗小青没再去办公室，上完课就回到宿舍看书，顺便照顾前三天反复发烧的余向晚。

一周后，余向晚痊愈，苗小青也读完了《量子力学2》里二次量子化的那章。

她把书还给余向晚：“我知道该怎么算了，也试着推了一个礼拜，还是不太明白哈密顿量的意思。”

余向晚拿了张白纸，“唰唰”地写了一页，招手叫她过来，指着纸上的公式说：“你看，这个是产生算符，这个是湮灭算符。第一项就表示电子在晶格上跳跃，第二项就是电子间的相互作用。”

苗小青眼睛一亮，抱着余向晚左晃右晃，高兴得脸通红：“太谢谢你了！”

余向晚笑着推开她：“最烦你这么黏黏腻腻的。”又催着她说，“行了，你赶紧去学平均场，剩下的我也不会，帮不到你了。”

苗小青从小就明白有人教和完全自学的差别。而物理系的方向不同，所学也不同，不是一通百通。她要不按学校的课程进度来就只有一条路——去求她的师兄们。

回到办公室，她才知道这一周来，冷空气和秋季流感撂倒了不少人，包括他们办公室的程然。

苗小青想到降温那天见到他，他穿着一件短袖 T 恤，她关心他穿少了，他还跟她嘚瑟自己一直穿得少。他倒下一定是老天爷单选他放了冷箭。

苗小青尽量让自己表现得不那么幸灾乐祸：“寒流来得太快，他没来得及加衣服才感冒的吧？”

袁鹏低头看着文章，听到她的话，头也没抬地随口回道：“他不是没来得及加衣服，他是没衣服。”

苗小青很意外：“他那么困难吗？”

袁鹏终于抬起头：“嘁！你想哪儿去了。他是暑假来的我们学校，之前也不知道能在这里待那么长时间，就只带了夏天的衣服。突然降温，他还以为撑两天就会回暖，就拖着没去买衣服。”

苗小青这才想起程然的“临时工”身份，问：“他现在怎么样了？”

“不知道，他差不多是系里最后一波感冒的。”袁鹏低头整理手里的一沓算稿，“我们都忙得顾不上，再说一个小感冒而已，在床上躺几天就好了。”

苗小青想到余向晚反复发烧的三天，多少有点担心。随即又想，她就算是关心他，他也不会领情，十有八九还会冷嘲热讽。

这次思想总算比行动快了一步。

苗小青抛开了心头的那点担忧，踏踏实实地待在办公室里。

一整个下午她都在寻找机会，想让袁鹏和杜弘教她平均场算法，但是这两人忙得连去倒杯水的空隙都没有。她不得不面对现实，现在唯一一个有空的，就是那个在宿舍睡大觉的病人。

余向晚生病帮她看文章，她心里还有些内疚。但那个冷漠的家伙就算了，反正他躺床上也无聊不是?

她跟袁鹏问了程然的宿舍门牌号，去校外药店买了体温计和药就直奔 11 栋宿舍楼。

站在 805 室门外，她敲了几下门。

门里静静的，没有响起鞋底擦着地板的声音。就在她以为程然不在时，门从里面悄然打开了。

程然的感冒症状表现得非常明显——脸色苍白，鼻头发红，眼睛充血，嘴唇干燥起皮。他穿着一身短袖的格子睡衣，没什么精神地扶门站着，见到站在外面的苗小青，他也没有感到意外。

苗小青低头看到他光着脚，不经大脑地就冒出一句责怪：“怎么还光着脚？”

程然没有回答，转身爬回床上，用被子把自己裹得像条寿司。

苗小青进屋，关上门。

学校的博士宿舍是单人间，去年才建成投入使用，配置有独立衣柜、书桌、双人床和一张长沙发。按理说程然这样的访问学生，是没有资格住进宿舍的。也不知道什么原因，他不但住了进来，还跟袁鹏一样，享受着这么一间宽敞明亮的单人宿舍。

苗小青走到床边，看了一眼下巴夹着被子，缩成一团的程然，他的眼睛闭着，看不出睡没睡着。她一时也拿不定主意是先离开，还是再等会儿。

房间里的东西并不多，却很脏很乱，门边总共就两双鞋子，却东一只西一只没有成对摆放。沙发上堆着脏衣服，地板很久没有拖过，砖缝里积着黑黑的灰尘，书桌跟办公室一样，码着高高的文献资料，落了一层薄灰。

苗小青掏出手机，对着脏乱的房间“咔咔咔”地拍了七八张照片，每个死角都照到了。

师兄妹一场，掌握点儿他的黑历史不过分吧？

苗小青坏心眼儿地想着，坐到他的书桌前，翻开桌上的文章，看了几秒，连那个一长串的题目都看不懂，只是大致明白这是篇高温超导的文章。

她直接翻到署名，竟然是安德森，她释怀了。

1977 年的诺奖得主，菲利普·沃伦·安德森。

苗小青对他唯一的了解就是，他的文章不适合学生看，太难懂了，或者说是根本不可能看得懂。

她把文章放回去，收回手一看，刚刚捏过文章的三个手指头，污黑得像刚拿过煤炭一样。

被扔在这里积灰，说明天才程然也不懂安德森啊。

苗小青心里一阵舒坦，又环顾整个脏乱的房间，忽然一秒都忍不下去。

她去卫生间找到毛巾、扫把和拖把，拿出看家本领，把房间打扫得一尘不染，东西陈列得井井有条。

站在焕然一新的房间里，她皱眉看着沙发上堆着的衣服，也不知道洗没洗过，她思索了几秒，找了个大袋子一股脑地装进去，拿了一只鞋卡着门缝，抱着衣服去了公共洗衣房。

回来时，程然醒了，抱着被子坐着，对着陌生的房间出神。

“你醒了？”苗小青走过去问，“还发烧吗？”

程然回过神：“是你收拾的？”

“嗯。”苗小青又问了一遍，“还发烧吗？”

程然拿手盖在额头上，一会儿又拿下来：“不知道。”

苗小青无语，翻出自己带来的体温计递给他，又看到窗台上摆着好些药袋子：“哪些药是你吃的，我给你拿。”

程然的精神还在相当恍惚的状态，他抬起手搓了搓脸，才接过体温计夹在腋下：“烧得迷迷糊糊的，好像来过几拨人，走的时候都留下一袋药，我没去看，也没吃。”

“都是女的？”苗小青问。

“男的谁会来？”

“人缘不错呀。”

“你挺酸的。”

苗小青也觉得自己的反应挺幼稚的，把脸转开：“食堂开了，你想吃什么？”

“你去给我买？”程然问。

苗小青本来也打算替他跑趟食堂的，爽快地点头：“嗯，我给你买。”

“我想吃咸豆腐脑。”

“……”

苗小青提醒他：“现在是下午五点半，食堂的豆腐脑只有早上才供应。”

“是你问我想吃什么的。”

苗小青深吸一口气：“你不能想吃点白粥、面条之类的？”

“就只想吃咸豆腐脑。”程然执着地说。

“这个时间去哪里买咸豆腐脑？”

“行了，我不吃了！阿嚏！”程然喷出两条鼻涕，连忙拿手捂住，“纸巾——纸巾！快！”

苗小青扯了几张纸巾递给他。

程然刚擦干净，鼻子又一阵刺激：“阿嚏！阿嚏！阿嚏！”

苗小青递了两次纸巾，索性把一整包都放他腿上。

好一阵子，房间才安静下来。

程然的鼻头被捏得通红，眼角挂着泪液，狼狈得就像只刚被遗弃的流浪狗。

“是你问我的。”他说话带着浓重鼻音，“既然你只打算给我买白粥、面条，那还问我干什么？直接去食堂买不就行了？”

说完他挂在眼角的泪液就滑了下来，那模样看起来真是弱不禁风、多愁易感。

苗小青心头一阵无奈。

这个病弱的样子，比他高傲冷漠的时候顺眼多了。

她拿出手机查了下，东门一千米外的商业区有家生煎包店，全天供应豆腐脑。

她伸出手：“体温计！”

程然取出体温计，自己也没看就给了她。

“39.2℃，你先吃药。”她把退烧药拿给他，又在墙角的纸箱里拿出一瓶矿泉水，“钥匙在哪儿？”

“干什么？”

“吃了退烧药你肯定会想睡，”苗小青耐心地解释，“我去给你买豆腐脑，要是带了钥匙，回来就不用吵你起来开门了。”

“在我裤兜里……”程然看向沙发，充血的眼睛闪过一丝慌乱，“我的衣服呢？”

“我给你拿去洗了。”

“全都洗了？”程然瞪着她，“那我穿什么？”

“你不是有睡衣？”

“我穿着睡衣去一楼取衣服？”

“啧，出门就要面子了？”

程然垂着头，闷声不吭。

“要我帮你取回来，你直说不就行了？”

程然不语。

苗小青嘱咐他多喝水，就出门去给他买豆腐脑了。

她打车去了商业街。

走进商业街，她没去留意街道两旁店铺里的商品，只盯着招牌看，找到卖豆腐脑的生煎包店时，十米外一家高档户外品牌的专卖店也进入了她的视线。

苗小青想起程然沙发上的那些短袖 T 恤，迟疑了一会儿，走进店里。

店里开了暖气，店员都只穿着一件橘色的长袖薄 T 恤，深紫、亮橘、天空蓝是这个品牌最常用的几个色。

苗小青熟门熟路地走到最里面挂着展示的衣服前，指着一件深紫色的外套说：

“把那件拿给我。”

店员将外套取下来，一边将拉链拉开，一边介绍说：“这是今年的新款，延续高端系列的设计，采用 Gore-tex 的面料，防水透气保暖。”

苗小青接过衣服，看了一眼，就盯着店员上下打量。

店员专业的笑容一成不变，又从旁边打折区的衣架上抽出一件来，温和地说：“您也可以看看这件，虽然不是科技面料，但是也销售了很多年，口碑极好，现在正好打折——”

苗小青打断他的介绍：“你多高？”

店员一愣：“一米七九。”

苗小青点点头，把衣服送到他面前：“你穿给我看看。”

店员把打折的衣服挂回去，穿上外套，苗小青看着瘦得像纸片的店员，想了想说：“给我拿大一码。”

一个清闲的店员立刻钻进仓库去了。

“一米七九”敬业地继续跟她介绍产品：“您真有眼光，这件衣服的产量很低，我们店一个码就分到几件。”

“只分到几件都还没卖完？”苗小青说。

店员打着哈哈，笑着问她：“是送男朋友的礼物？”

苗小青听到“男朋友”三个字，脸蓦地一红：“不是礼物。降温了送件衣服很奇怪吗？”

店员的表情惊讶，看她还是个学生，随手送三千多的衣服不奇怪?

他很实诚地提议：“您要不要再看看别的，其他款的性价比更高。”

“不用了，”苗小青说，“这件就挺好的。”

另一个店员拿着崭新的外套出来，苗小青拿信用卡付了款，对店员说：“把吊牌剪了。”

店员把剪掉的吊牌递给她：“您一定要收好，不然是没法退换的。”

苗小青又接过装着衣服的环保包装袋，刚走出两步，想了一下，又转过身：“你们给我个塑料袋吧。”

买好衣服，她去生煎包店打包了一份咸豆腐脑、一份甜豆腐脑、一屉小笼、一屉生煎。

天气太冷，尽管是打车回学校，小笼包和生煎还是都凉了。程然一点也不在意，就着豆腐脑吃了半屉小笼包。苗小青胃不好，吃不了冷油，只把豆腐脑吃完了。

吃完东西，苗小青把衣服递给程然："路过顺便买的。"

程然从塑料袋里拿出衣服，展开就看到衣服上的英文商标，惊异地望着背对着他的苗小青："你在哪儿顺路买的？"

"就是一个小店里，什么牌子的运动服都卖。"

程然没再多想，站起来穿上："很合身，多少钱我给你。"

"不用了，就几十块钱，"苗小青转过身，一双眼睛晶莹闪亮，"感激的话，你教我平均场算法吧。"

"可不可以还钱？"程然问。

苗小青摇头。

程然开始脱衣服，脱到一半，冰冷的空气直往脖子钻。他停顿了两秒，又穿了回去，轻声地嘀咕一句："你哪儿买的便宜货，保暖性这么好。"

苗小青得意地笑了起来，下巴微微扬起，灯光照在她白净的脸上，她笑了会儿又收住了，转过脸来望着他，眉间依旧笑意盈然。

程然出神地望着她，他第一次知道，原来这世上真有这样的人，仅是笑起来就能让人充满力量。

那笑容，就像破云而出的阳光，温暖而真实地照在身上。

4

苗小青又是一星期没去办公室，上完课就去找程然，睡觉前才回宿舍。

"这是最标准的平均场方法，"程然点着文章上的一段说，"基本思想就是扔掉量子涨落，把算符用它的平均值来代替，本质上是变分方法。明白了吗？"

苗小青点头："明白。"

程然抽出一张白纸："现在开始跟你讲具体的推导步骤——"

天气回暖，房间里仍有些阴冷。他们把桌子搬到窗前，阳光照在程然的算稿上，程然专注地看着算稿，苗小青专注地看着程然。

他还穿着苗小青给他买的那件外套，深紫色在古代就是尊贵的颜色，穿在气质硬朗的他身上，让他多显一分清贵，少了一分冷漠。

"苗小青！"程然的笔在纸上"咚咚"敲了两下，"我叫你看我怎么推的，你往哪儿看呢？"

可不就是在看你吗？苗小青暗暗地想，她已经会了，剩下的就是花时间去推导出来而已，这个程然又不会帮她。

“我听着呢，你继续讲。”苗小青按下他的后脑勺，好让他去看算稿，省得一生气又跟她闹罢工。

程然又抬起头，眼神很是不满：“你把刚才我说的再推一遍。”

还怀疑我！苗小青抓着笔，一字不差地推完一遍。

程然检查完没错，这才接着往下讲。熏人的暖阳下，那温润的声音，一字一字落入耳中，敲得苗小青心旌摇曳，半眯起眼睛看着穿着紫色外套的他。

他的侧脸弧度优美，下颚线条流畅，一片阳光停在他的鼻尖上。

苗小青随手拿起一篇文章，替他挡住阳光。

程然在阴影里突然抬起头，转过来看她一眼：“干什么？”

苗小青愣了片刻，突生急智，她抖了抖文章：“想拿来看看。”

程然瞥了一眼文章：“安德森的，你确定要看？”

“呵呵——”苗小青心塞，随手一拿，偏拿了个不称手的，她只好干笑，“你有空的话，可以给我讲讲。”

程然垂下头，继续在纸上推公式：“他这篇文章是错的，参数量级估错了，实际系统里不可能有那么大的影响。”

什么鬼？苗小青听不懂，可她至少懂了，这篇文章被扔在灰里，不是因为他看不懂。

“高温超导的哎！”苗小青瞪大眼睛，学生谁看高温超导啊，还是安德森的，那么难的东西。

程然手头的笔一顿，转过头来，看着她说：“我就是做高温超导的。”

“可你是做铁基的，”苗小青说，“这篇文章是铜基，铜基比铁基可难太多了。”

“谁告诉你我只做铁基？”程然用手支着额头，侧头看着她说道，“我铁基铜基都做，我不只做高温超导，别的强关联系统我也做。”

……

凝聚态物理中最难的是强关联领域，而强关联领域中最难的是高温超导方向。

苗小青能说什么？智商高，就是可以为所欲为。

她猛地抓住他的袖子，眼里燃燃烧着小火焰：“你能带我做高温超导吗？”

程然垂眸，看着被她抓住的袖子：“你想被劝退吗？”

苗小青泄气地垂下肩膀。

程然轻轻地将袖子从她手中挣脱出来，说道：“你有空多了解张量网络，数值计算对你来说比较现实。”

苗小青垂着头，一言不发。

程然叹了口气，难得地向她解释：“等你经过足够多的训练以后，也可以进入强关联领域，如果有一天你能算掺杂的 t-J 了，那也是跟高温超导相关的了。”

苗小青重新看向他，眸中有光闪动。

程然想到她组会的表现，干脆把话说死：“你的基础，做纯理论不现实，这不是努力就可以做到的事。如果我是老板，能想到的适合你做的事，也就是算数值。”

苗小青长长地呼出一口气：“我知道了。”

太阳西沉，苗小青去食堂买了饭菜回来。

自从程然退烧后，就再没有过晚上吃咸豆腐脑的过分要求。他又像从前一样随意，也像从前一样难以亲近。

苗小青拿了水跟药过来，递给半躺在沙发上的程然，瞄了眼窗台上的那堆药袋子。

“有很多女生喜欢你？”这个问题她还是忍不住问了。

“就短短地见一面，打一场球就会喜欢？”程然指指窗台上的药，“那是诱饵懂吗？”

“诱饵？”

程然看了她一眼：“有些女孩子，遇到顺眼的男的，第一反应可不是喜欢，而是先诱进她的猎场里。”

苗小青明白他的意思，不赞同地说：“你的心可真阴暗。”

“看不出你挺单纯的。”

苗小青不理会他的阴阳怪气：“遇到顺眼的，第一反应怎么就不能是喜欢？”

程然淡淡地说道：“没有朝夕相处，没有相互了解，怎么能算喜欢？”

苗小青不服气：“怎么就不能？”

“呵——”程然嘲讽地笑，“了解后发现又不喜欢了呢？”

“那叫变心！”苗小青说。

“苗小青，你的意思是，荷尔蒙分泌过多叫喜欢，理智诚实地面对自己的情感就叫变心？”

“我不是这个意……”苗小青的声音在喉间滞住。

程然的嘲讽意味太浓，浓到甚至有些不屑：“你根本没谈过恋爱吧？还在幻想一见钟情？”

一见钟情吗？

她只是在一个秋天的早晨，遇见一个人。

她不知道他多大年纪，什么性格，什么职业，什么出身。她对他一无所知，甚至回忆起来，也只记得那天的太阳反常地毒辣，他的身体极度缺水。

她把手上的果汁给了他。

“这世上，不能有见到第一眼就想拼命对他好的感情吗？”她轻声问，声音却从容而清晰，“了解后才算喜欢，那是什么样？因为他的优点刚好是你需要的，他的缺点对你来说无伤大雅，这样经过盘算的刚好合适就是喜欢？”

苗小青接着说：“还是你所谓的喜欢是更直白的，适不适合结婚生育？”

程然被她问住了，少有地发起呆来。

他站起身，慢慢地走到窗边。黑沉的窗玻璃外，是校园星星碎碎的灯光，稀疏又沉默地在黑夜中闪烁。

“你在单恋吗？”程然背对着她轻声问。

苗小青沉默，没有否认。

“单恋不错。”他侧过身，侧脸映在玻璃上，“你现在很好，谈了恋爱就会变得依赖，那就不好了。”

他静静地看着苗小青，目光安然澄静，如同冬日无风无雨的湖面，扑面一股湿润的冰凉。

苗小青多数时候能从那平静无波的湖面，见到自己微渺的倒影。

那双漠然却洞悉的眼睛，看得到的，是他想看到的；看不到的，是没必要看到的。

苗小青懂了，她那从未想过隐藏的心思，对程然来说，是没必要看到的。

胸口的火热被扑冷了。

房间的安静让她感到一种无处容身的局促，她站起身：“我该走了。”

“平均场会算了？”程然走回来。

“会了，过两天就能交给教授了。”

“你确定？”

“确定。”

程然低头想了一下，又说：“还差一碗冰糖雪梨水。”

“什么？”苗小青被他没头没脑的一句话搞蒙了。

“去买冰糖跟雪梨，”程然说着话，已经走到门边，弯腰开始穿鞋，“你去不去？”

“不去！我该回宿舍了。”苗小青有点气闷，“再说，我又不是保姆。”

程然穿好鞋，靠着墙，双手往胸前一抱：“再问你一次，去不去？不去别后悔。”

“去！”

苗小青说完就在心里狠狠扇了自己两巴掌，却还是磨蹭地走到门边，心里的气闷扩大。

这股气来得莫名其妙，甚至是什么性质都说不清楚，像是失落、不甘、受伤混合在一起，别扭地梗在心口。

一直到宿舍楼下。

程然走在她的旁边，两人谁都没有说话。

从湖上吹来的风很冷，空气中含着清冽的水气，扑到脸颊上微微湿润。

苗小青别扭地一直望着左边，一盏盏路灯的灯光晃过，她的脸在光影交错中一明一暗。

转弯时，她的腿绊上路中间的石墩，身体猛地往前一扑，脸将将砸到灰砖地面之前，脖子忽然一紧，毛衣的后领被人揪住，她整个人都被提了起来。

苗小青站稳，看了眼揪在衣领子上的手，不用抬头也知道是谁——拽围巾，揪领子，总是能完美避开肢体接触的程然。

“你走路都不看前面？”程然数落道，“出来就一直朝左边梗着脖子，落枕了吗？”

那是因为你走右边。

苗小青从容冷淡地扯回自己的后领，绕过他往前走。

程然追上来：“你生气了？”

“没有。”

“好好的怎么就生气了？”

好好的？苗小青深深地吸了一口冷冽的空气进肺里，如果承认生气有用的话她早承认了——

“我没生气。”

程然再一次挡在了她面前，借着昏暗的灯光探究地看着他。

苗小青低头躲开他的目光。

也许情绪的出现总是缓慢的、滞后的，她决定要离开他的宿舍时，那感觉还只是像被敲了一闷棍，脑子一片空白。

直到走了出来，在电梯里，与他共处在一个狭窄的空间，她柔软的心一点点变冷变硬，结出了一根根尖利的冰凌。

她想着，如果他现在再说一句冷酷的话，她从心上随便掰下一根冰刺，都能狠狠扎疼他。

她蓄势待发地等着，落到她头顶的却是他的大手。

苗小青浑身僵住，他的手掌厚实温暖，罩着她的发顶，轻柔地捋了捋。

“小孩儿一样的。”程然的声音里带着笑意。

苗小青心上的冰凌“咔咔”地折断了，她的鼻子微微发酸，又不是暗恋了几年，为什么这么患得患失？

“走吧。”察觉到她的软化，程然立刻收回手，塞回兜里。

他们沉默地走了一段，还是苗小青先开口：“我其实不是考研专业户。”

“我知道。”程然回道，却没说他为什么知道。

“考第一对我来说并不难，从我出生起，就只需要做一件事，就是考第一。”苗小青缓慢地说，那些从来没想过从心里翻出来的话，却在这时自然而然地说了出来，“我没有很高的智商，记忆力也不算特别好，所以我要花很多的时间学习，一对一的家庭教师，各种培训班，大量的习题训练。”

“你爸妈也太狠了点儿！”

苗小青笑了下：“因为他们，我一生下来就有吃有穿，他们没别的要求，就希望我学习好。”

“你爸妈狠，你懂事，”程然也笑了，“你们家倒是和谐。”

“其实小时候也不懂事，后来懂事了就很拼命，也是因为太拼，高考前大病了一场，结果考砸了。”

程然静静地听着，一语不发。

他不知道该说什么。他从小就考第一，但是考第一却不是他必须要做的事。他只是在探索自己的人生，探索自己生活的这个世界时，顺便考了无数次第一。

这样的话不能说。

苗小青接着说：“他们说的其实也没错。除了考试，我别的什么都不会，好像和考研专业户没什么两样。”

“不一样，”程然转过头说，“你会算平均场了。”

苗小青一怔，对他而言，评价一个人能力的起点就是会不会算平均场。

她笑了起来，灯光落进了她明亮的眼睛里，闪着晶莹的光芒。

程然停住脚步，转过身面对她，看着她的笑容，神色意味不明。

“苗小青，你一直都像现在这样吧。”他很轻地说。

“嗯？”苗小青也转过身，面对他，脸上还带着淡淡的微笑。

“一直像现在这样，”程然说，“别哭哭啼啼的，那就不好了。”

夜色将他们笼罩着，微弱的灯光穿过黑沉沉的树影，照到脚下，操场上的喧笑声时断时续地传来。

短短的时间里，他提醒了她两次——别依赖，别哭哭啼啼的。

他的喜恶，表现得明明白白。

仿佛是因着黑暗的掩护，苗小青朝着他迈近一步。

他却先一步转身，朝着黑暗里大步走去。

第二章 /暂别

她与他

1

程然最终没有吃到冰糖雪梨水。那天晚上，他先一步走后，苗小青回了宿舍。

苗小青的脾气是你退一尺，我让一丈，别人不给她留余地，她也绝对不上赶着。

她在宿舍埋头三天，把江教授交给她的任务完成了。

秋天早晨的阳光带着一点金色，日渐枯黄的草坪冒着斑驳的青绿，那零零碎碎的生机异常讨喜。

苗小青涂着厚厚的防晒霜，穿过半个校园，走着去办公室。

路不算近，她有足够的时间去看看蓝天白云，花鸟鱼虫，那么就算程然在办公室，她也能云淡风轻地面对他。

她演了一路的内心戏，到了办公室，程然却不在。

袁鹏见到她，眼睛一亮："哟，小青苗，你穿上裙子很有女人味啊！"

苗小青面色赧然，她穿了条四色拼接的背心裙，外面套了件黑色风衣，是她考上研究生，爸爸送她的礼物，今天才头一回穿。

苗小青看了眼后面的空位子，状似随意地问道："就你们俩啊？程然感冒还没好？"

"三天前他就来上班了，"袁鹏说，"昨晚他女朋友从北京过来搞突然袭击，今天怎么会上班？"

苗小青正埋头在包里掏笔记本，她的手伸在里面掏啊掏，却什么也没抓住。

袁鹏略带兴奋的声音灌进她的耳朵里："程然的女朋友不愧是学音乐的，气质太仙了，她一推门进来……"

仙女还用得着推门进来？

苗小青心想着，抓住那团缠到一起的线，试着扯了几次，始终没办法成功地把线单独扯出来。

袁鹏就像个敞开的话匣子："……她很会给程然做面子，进来就自我介绍，音乐学院的大四学生，说谢谢我们照顾程然，还给我们带了礼物。小青苗，也有你的，瑞士莲巧克力。"

苗小青烦躁地扯了半天线，猛力一抽，鼠标被线带得从包里飞出去，砸到地上摔成了两半。

袁鹏刚把巧克力放她桌上，见状惋惜地大声嚷嚷起来："哎，你这败家丫头，这还是蓝牙鼠标啊！"

苗小青垂眸望着桌上那块蓝色雪山包装纸的巧克力，还凑巧是她喜欢的经典口味。

思绪如同打上绳结的线，一拉一扯更糟更乱。

许久，她扔开那些糟乱的思绪，心头才浮起一丝疑惑——

怎么就没想到呢?

怎么就一次也没想过他也许是有女朋友的呢?

她想起了那天晚上，他大步走入夜色中的背影。

所以一切都是那样的合情合理。

事情好像变得简单了，又不是暗恋了几年的人了，她也不会因为惯性刹不住车。苗小青平静得连自己都惊讶，把笔记本稳稳地放到桌上，接上电源，才去拾起地上的鼠标残尸。

"你们谁有多余的鼠标？"她问。

杜弘把一个鼠标放在桌沿。

苗小青拿过来，插在USB口上，屏幕上的那个白色的箭头活动了，她转头对杜弘说："能用，谢谢！"

"去帮我倒杯水就不用谢了。"杜弘的声音在屏幕后响起。

苗小青望着天花板几秒钟，低下头把她的计算公式调出来打印，这才去敲敲杜弘的桌子："水杯呢？"

杜弘从一沓算稿下面拽出一个灰色的水杯递给她。

苗小青盯着那杯子，半天没伸手接。

"你没手？"杜弘拿杯子敲了敲桌子。

苗小青迟疑了一下，还是接了过来，往杯口看了一下，杯壁一层厚厚的茶渍和咖啡渍。

“好家伙！”苗小青说，“把里面那层揭下来，就又是一个杯子。”

杜弘横她一眼。

苗小青毫不在意地耸耸肩，去茶水间倒了水，看了眼杯子里那泛黑的水，忍不下去。她在茶水间翻找了半天，翻到把实验室用来刷量杯的新刷子。

刷到手软，又清洗了好几遍，杯子在灯光下泛着光泽，她这才倒了水回到办公室。

“你是去一级水源地打水的吗……”

接过苗小青递过来的水杯，杜弘余下的嘲讽都咽了回去。

“你张嘴就讨人嫌的毛病能治吗？”苗小青说。

“讨人嫌比讨人喜欢强。”杜弘喝了口水，抬起右手捏着的几张纸看。

苗小青一眼认出，那是她的算稿。

杜弘抖了抖那几张纸：“你打算拿这个去给江教授？”

“有问题吗？”苗小青问，她不是算出来了吗？结果也对啊。

“怎么也得写个完整的笔记，或者至少也画个图，就拿这几个数和公式去，让江教授怎么看？”杜弘数落。

“画图？”苗小青一脸蒙，“画什么图？”

杜弘揉揉额头，咕哝了一句，就拖着鼠标在他的电脑里调出一篇文章，滑到里面的图点住：“这样的图。”

“怎么画？我不会啊。”

“python（一种计算机编程语言）会吗？ gnuplot（一款命令行的交互式绘图工具）会吗？”

苗小青摇头。

“mathematica（一款科学计算软件）会吗？ matlab（一款商业数学软件）会吗”

苗小青不明白，不是都算出来了吗？不是结果都对吗？怎么又要画图了？算个平均场，怎么比西天取经还复杂呢？

杜弘一脸“我就知道是这样”，摇头叹息道：“去下个 origin（一款专业函数绘图软件），先把任务交了，回头再学 mathematica。”

苗小青眼神防备，怀疑他有这么好心。

杜弘双手往胸前一抱：“你怎么报答我？”

“……”

苗小青说：“请你吃饭？”

“没空。”

“请你喝酒？”

杜弘警告地瞪她一眼。

“那你说，要怎么样？”

“你的水平，我还真想不到你能帮我什么。”杜弘欠抽地说，“先欠着，我要使唤你的时候你要随叫随到。”

“那不行，赵敏当初还让张无忌逃婚呢，谁知道你到时叫我干什么？”

杜弘给出承诺：“不杀人，不放火，不犯罪，不违道德，不挖墙脚。”

苗小青的脸黑成块竹炭，然而她有求于人，也就不得不受制于人。

杜弘这人狂妄傲慢，但是说话算话。而且学霸的优点是只讲重点，条理清晰，苗小青一个上午就把图画好了。

吃完午饭，程然还是没有来办公室。

两点钟，苗小青去了江教授办公室。

江教授和上次一样，给了她一瓶矿泉水，拿了她的图来看。

他看了一眼就放下了，神色看起来还算满意：“还知道画个图交上来。”

苗小青松了口气，心里无比地感激杜弘。

她没忍住，问出好奇了很久的问题：“程然他们入学时也学过平均场吗？”

“他们本科就会算了，程然是大三，杜弘跟袁鹏是大四。”

“本科？”苗小青一惊，“本科他们就学过二次量子化了？”

“他们本科开了固体理论这门课，”江教授说，“程然和杜弘还自学完了量子多体和量子场论。”

这些家伙还是人吗？苗小青总算明白到自己和他们的差距了，那是三本跟清华的距离。

“你知道黄峰老师吗？”江教授突然问。

“知——知道！”苗小青有点结巴，那是她联系的第一个导师，不过被拒了。

“你有没有兴趣去跟着他学习？”

“啊？”苗小青不知道江教授为什么突然问起这个，她急忙说道，“原来我什么都不懂，看了黄老师的一些文章，觉得自己能做第一原理性计算，就联系他了。”

江教授温和地笑了下：“那你现在还想去跟他学吗？”

苗小青几乎想也不想地就回道：“不，我不想。”

“你别紧张啊，”江教授说，“你还是我名下的学生，这样就一点问题没有。”

苗小青懂他的意思，如果她愿意走，名义上的导师是江教授，实际上的导师是黄教授。只要不占名额，哪个教授都愿意多收一个学生。

当然，眼前这位除外。

“我不想去。”她又态度坚决地说了一遍。

“你考虑考虑，”江教授说，“学物理也是要穿衣吃饭，面对现实的。”

苗小青很想再回句“我不考虑”，可是转瞬又想，为什么不考虑？她到这个组的时间和认识程然的时间一样长，才半个月，为什么下意识地就觉得那是很久很久以前的事了？

程然有女朋友，她肯定是放弃了。

江教授现在让她走，为什么她的第一反应是不走？

她沉默了会儿，抿嘴说道：“我会考虑的。”

回到办公室，苗小青就趴在办公桌上，脸贴着冰冷的桌面，一遍遍地想：这跟劝退没什么区别了吧？

袁鹏过来，坐在她旁边的桌子上，低下头望着她：“怎么啦？挨批了？”

苗小青把脸转到另一个方向，望着有些泛黄的白墙，一颗温热眼泪突如其来地从眼角滚落。

也不是坏事啊，去做第一原理明明更轻松，为什么她会感到很委屈呢？

她原来计划的研究生生活，不就是按课程表上课，做点小研究，然后顺利答辩毕业。

一列暂时脱轨的车，回到正常轨道是件值得高兴的事吧。

那一滴眼泪很快就干在脸颊，她坐直身体，平静地说道：“江教授要我去黄峰老师那儿。”

“哦，你去吗？”袁鹏说，“其实也不错。”

“嗯，我需要好好想想。”

“还想什么，你现在在这组里还什么都没有，趁着行李轻赶紧搬啊。”杜弘那傲慢得令人讨厌的声音响起。

苗小青紧抿着嘴，瞪着他，大有“随你怎么说，我回你个眼神算我输”的架势。

袁鹏看不过去，小声斥责杜弘：“你好好说！”

杜弘两手一摊：“行，我不说了。”

“让他说！”苗小青说，“我就看看他嘴里是不是能吐出象牙！”

袁鹏抬起手掌盖住眼睛：“天！”

杜弘扔开笔，坐在椅子上“嗖”地滑到过道，手肘支在桌上，偏头看着苗小青：“现在这情况，你让我说，我说了是没面子；我要是不说，好像我又怂了。小青苗，我就问你，你那笔试第一的成绩是不是假的？”

苗小青不屑地说：“就算你是个假男人，我那第一也假不了。”

杜弘毫不介意：“所以你一个双非院校的，是真的考赢了那帮自诩985、211出身的？”

苗小青不知道他葫芦里卖的什么药，抿着嘴不说话。

“那帮人占着顶尖的教学资源，连考试都考不过你，你说——”杜弘眯着眼笑了笑，“要是你去做单体物理，吊打那帮人，是不是很爽？”

苗小青总算明白杜弘是看戏不怕台高，她慢悠悠地说：“那我留在这儿，还能做出点东西不是更打他们脸？”

杜弘摆了摆手：“你不行！”

“为什么？”

“要是行，江教授也不会叫你走了。”

“你——”苗小青胸口剧烈起伏，这小疯子真是哪儿痛他往哪儿戳。

“你看啊，就算你留在这儿，我们也都照顾你，你做出点东西来，他们也看不懂啊。”杜弘口若悬河，苦口婆心讲了半天，最后总结，“……你就应该跟他们站在同一起跑线，告诉他们：你们就是一帮 loser（失败者）。”

苗小青凑近杜弘，笑容可掬地说：“滚远点！”

“啧！”杜弘说，“不同意也别骂人啊，早上还教你画图呢。”

“说起这个，”苗小青眯起眼睛，“现在打死我也不信，以你的为人，巴不得我去教授面前灰头土脸，会好心地教我画图？”

“那当然，是程然拜托的，”杜弘扬扬得意地说，“他说你肯定会拿几个数跟公式就交给教授。”

苗小青神情呆滞地看着他：“是程然拜托你的？”

“他说本来是打算教你的，后来没教成。”杜弘说，“奇怪，为什么没教成？你还拿架子？”

苗小青从纷乱混沌的记忆中飞快地抓住了一丝清明，那天晚上他先问她平均场会算了没，她说会了，然后他却没头没脑地说“还差一碗冰糖雪梨水”，难道就是指的这个？

他是什么时候拜托杜弘的？

那晚过后，她没来办公室。

昨天他女朋友来了，应该就是昨天离开之前拜托杜弘的吧。

她瞥了眼欠抽的杜弘，说服这个小疯子帮忙，得费了多大的劲。

“你快说说，”杜弘追问，“你是不是跟程然端架子了？他那人嘴硬心软，你别欺负他。”

“关你——”苗小青正想怼回去，桌上的手机响了。

她抄起手机一看，是家里打来的，连忙接起来：“喂，妈！”

杜弘仍然不甘地追问：“哎，你到底去不去那边大杀四方啊？”

苗小青把笔记本电脑合上，走出了办公室。

“青青，”妈妈温和的声音在听筒响起，“开学这么久，你怎么也没给家里打个电话？”

“对不起，妈，开学太忙给忘了。”

“你怎么样？导师人好不好啊？其他学生好相处吗？”

苗小青走出了系办大楼，冷风一吹，她的脸皮紧得发痛。

她轻声说：“都挺好的。”

“那就好，你爸很担心你。我叫他给你打电话，他要面子，非说你长大了，要给你自由的空间。我看他是死要面子活受罪。”

苗小青“噗”的一声笑出来：“我晚上打给他，现在他肯定忙得没空。”

“是啊，他年纪大了，还成天这个会那个会，一年到头在飞机上的时间比在家里还多，明明身体都吃不消了，也不肯退居二线……”

苗小青微笑地听着妈妈的抱怨，天渐渐阴了，她望着远处飘着云霭的重峦叠嶂，想到自己从小到大都是幸运的，不应该遇到事就气馁。

“您别总说爸，自己也要注意身体。”

“你放心，我的身体很好，倒是你……”妈妈停顿了一下，声音才又响起，“那次要是我及时发现你的身体状况，也就不会……”

“妈！”苗小青打断她，“我现在不也考上好的学校了。”

“那不一样，你本来……错了，那时候我们还是应该坚持送你出国，要不是你放心不下我跟你爸……”

苗小青揉了揉额头，说过多少次了，真不是放心不下他们，她想得很简单，既然国内有大学上，何必要出国受那份罪。

“好了好了，”她安抚地说，“过都过去了，您往前看多好啊？您看我现在哪点不好了？”

“好好，我知道你懂事。你在学校要按时吃饭，多休息知道吗？不要去吃路边摊和街边小店，不要舍不得花钱……”

苗小青支着发烫的手机，一边走，嘴里一边“嗯嗯”，直到妈妈挂断电话。

手机屏幕渐渐暗下去。

苗小青仰头看着那片灰蓝色的天，脑子里反复想着那天晚上，程然问她去不去，不去别后悔。

她没有后悔。

现在，她更不后悔。

她甚至没有再花费丁点儿时间去琢磨这件事。对于她来说，关于程然的一切都算是过去了。现在有更重要，一旦决定了就不能后悔的事等着她去抉择。

苗小青从来没有选择困难症，每当面临抉择，她的做法是把优劣都列出来。

去黄峰老师那边，好处是研究方向简单，她又自学过计算机，毕业转行就业不难。

坏处是，这些对她算不上好处。

留在江教授组里，她能学到更多的东西，即使一无所成，再转去做第一原理性计算也不迟。

优劣一眼便知。

苗小青很快做了决定。

既然要留下来，她决定听程然的建议，去了解张量网络。

她开始阅读大量的文献资料，从网上下了一些报告和视频来看，日子忽然充实而忙碌。

2

程然去了江教授的办公室。

“我要请半个月假，处理一点私事，然后回趟北京。”他说。

江教授见他面色疲惫，很是吃惊：“文章都投稿了，你怎么还这么累？出什么事了？”

“一点私事。”程然揉着发胀的脑袋说，“回北京是因为夏老师写了邮件来，让我有空回去一趟。”

江教授眼神闪烁，“哦”了一声：“没事就好。”

程然沉默片刻，说："您想让苗小青去做第一原理？"

江教授点头："她比较适合。"

"她其实很努力。"

江教授笑了笑："我把袁鹏推荐去了若谷那里做博后，和你说的理由一样，他很努力。你猜那小子怎么回我的？"

程然摇头。

"若谷说：'我是卖包子的吗？起早贪黑就可以？'做理论物理要的是天分。"

程然不以为然地撇了撇嘴："难道不是因为黎若谷在美国太穷，养不起博后？苗小青多便宜啊，这不是理由。"

江教授被揭穿，也老神在在："你知道她的家庭条件吗？"

程然摇头，他从哪里知道。

江教授接着说："父亲是个国企职工，母亲是没工作的家庭主妇，她还是独生女，以后要是做不了科研，又没空去准备转行，毕业就失业了，到时她生活怎么办？谁给她父母养老？"

程然哑口无言。

江教授喝了口水，开玩笑地说道："话说回来，你还真不把自己当外人啊。"

程然抬头，直视着江教授："因为这事关系到我。"

江教授一愣："怎么还关系到你了？"

"您让她走的原因主要是您要转方向了对吗？"程然说，"原来的方向，她拼命还能赶一赶，可以做做数值。您转去做数学物理，她就是坐火箭也赶不上了。"

江教授本来去拿水杯的手又收了回来："你知道了？"

"您又没瞒着。"程然说，"我怎么办？哪儿来回哪儿去？"

江教授尴尬地"咳"了一声："说实话，你愿意在我这儿，我当然求之不得。可老夏也是我师兄，我要把你拉去做数学物理，他还不得跟我绝交？"

"您以后都不做超导了吗？"程然问。

"怎么会？主次变了而已。"

程然了然地点点头："那就行了，夏老师那儿我会去跟他说。我不会像杜弘那样完全不留退路，但至少可以先学习了解，看看自己能不能做，适不适合做。"

江教授沉思一会儿，郑重地说："很可能连文章都发不了。"

"我又不是为了发文章才做物理的，"程然说。

"那你为了什么？兴趣？"江教授问。

“为了证明我聪明。”

“……”

江教授一巴掌拍到大腿上：“我年轻时跟你一样狂，现在呢？被一群Ph.D（博士）毕业，连份教职都找不到的编辑按地上摩擦。”

程然懒洋洋地提醒，“您现在评项目也还是归在青年组。”

江教授冷冷地瞥他一眼：“还有事没事？”

“苗小青怎么办？”

江教授挥手赶了赶：“她要愿意留下，我就让她做做数值，能做就做，不能做我也没办法。”

“那我没事了。”程然站起来，“我晚上七点的飞机，先走了。”

他刚走到门口中，这栋从建起来就安安静静的楼里突然响起一声女人的尖叫。

程然心里有个不好的预感，江教授的声音在耳边响起：“出什么事了？”

外面响起一阵杂乱的奔走呼号，江教授绕过他走了出去，程然挪了一步到走廊上，腿就像灌铅似的再也动不了了。

苗小青在宿舍啃文章啃得脑子发胀，倒了两滴风油精抹在太阳穴，过度疲劳的眼睛立刻被熏得直淌泪液。等那阵刺激过去，她的脑子清明了些，正要接着啃，余向晚开门进来了。

苗小青看了眼窗外，天高云淡。

“天还没黑，你怎么就回来了？”

“出事了，”余向晚关上门，确定门外没人路过后才说，“程然的女朋友在系办三楼的卫生间里割腕了。”

“谁？”苗小青从椅子上跳起来，“谁割腕了？”

“程然的女朋友。”

“怎么回事？”苗小青感到脑子里的一根弦断掉了，“怎么会发生这种事？”

“具体的不清楚，是系秘书去卫生间看到的。据说那扇门没关紧，秘书推开门就看到那姑娘手腕正在冒血，立刻叫人送去医院。现在系里都乱了，没法干活，我就回来了。”

“程然呢？”苗小青听到自己发出的声音都在颤抖，“他在哪里？他怎么样了？”

“应该去医院了吧。”余向晚说，“他刚好在三楼江教授的办公室，赶来得还算及时，就一起去医院了。”

“哪家医院？”

“应该是第二附属吧，离得最近。哎，你干什么去？”

苗小青跑出校门，拦了辆车去直奔第二附属医院。

坐在车里，她的头脑都还是一片空白，完全不能思考。

直到站在人来人往的医院门口，她才感到茫然，他们到底是在急救门诊，还是转去普通病房了？

割腕不容易死，被人及时发现更不可能死，只是根据严重程度判断需不需要进行手术缝合。

理清思绪，苗小青先去了外科急诊治疗室，走廊上都是陌生的面孔。她立刻又查了医院平面图，每个手术室的等候区都去看了一遍，还是一无所获。

要么那姑娘没有严重到需要缝合，要么已经转入普通病房，要么根本没来这家医院。

无论哪种情况，苗小青知道，找到的概率很渺茫了。

她冷静下来，思索着自己是怎么到这里的，她来这里的目的是什么？

听说出事以后，她脑子里只有一个念头——程然怎么样了？接着，她满脑子想的就是要亲自过来看一眼。

现在的情况，人没看到，回也不想回。

苗小青在走廊找了把椅子坐下来，张目望着雪白的墙壁，病人家属在她面前来来往往，可对她来讲，那些只是一道道模糊的毫无情感的影子。

那些影子最后都消失在某间病房门口。

走廊上很多的空椅子，只有苗小青一个人坐着。

坐了不知道多久，苗小青站起来，心事重重地走到电梯口。

上行的电梯门打开，一个人走了出来。苗小青朝里看了一眼，里面还剩三个人，其中一个有点眼熟。电梯门缓缓合上，又再次打开。

苗小青低着头走进去。

那个人正在打电话：“我马上到了，问完详细情况再说……”

在电梯门关上前的那一刹那，苗小青终于想起来这个人是系里主管学生工作的。

电梯在六楼停稳，那人一脚踏出去。苗小青悄悄地跟在后面，看到他在右手边倒数第二间病房停住。

程然从里面出来。苗小青连忙退后了一大段距离，找了把椅子坐下，低头佯装在刷手机。

那人和程然走进离她不远的一条安全通道里，随即传来谈话声。

“情况还好吧？”

“没割到动脉，出血量也不大，缝合包扎后已经没事了，只是她有很长一段时间几乎没有正常进食，需要住院休养两天。”

程然条理清晰地说完女朋友现时的状况，声音听起来没有感情，只有疲惫。

“是感情问题？怎么搞得这么极端，你——”

“不是您想的那样。”程然打断他，“我本来订了今天晚上七点的飞机送她回家，走之前去跟江教授请假，让她在外面等我一会儿，行李箱也由她看着，就那么一会儿的时间。坦白说，我也不知道为什么会发生这样的事，之前都说得好好的。您问我多少遍，我也只有这个回答。”

“这事儿影响太大，”那人说，“幸好是没事，要是再激烈点，你懂的……会给学校惹多大的麻烦？总之，情况还是要说明一下，学校再商量看怎么处理。”

里面好一会儿没有声音响起，苗小青知道谈话没那么快，她走进程然出来的那间病房，里面有三张病床，床与床之间拉上了帘子。

靠墙的床上躺着一个沉睡的女孩儿，巴掌脸，细眉长睫毛，五官小巧精致，应该是个美人，只是她的皮肤状态非常糟糕。

苗小青推门进去，站在床边，盯着她手腕上缠着的白布。

为什么要采取这样匪夷所思，几乎可以毁掉程然名声的手段，她想要告诉别人什么讯息？

程然是个罪不容恕的浑蛋？

苗小青在心里摇摇头，不是这样的。

一定有什么原因。

苗小青仔细观察那女孩儿，以她的消瘦和皮肤状态来看，她至少有失眠、焦虑之类的问题。现在有人在旁边还睡得这么熟，想必是吃过强效镇静药物了。

苗小青动作很轻地翻过她的手腕，苍白纤瘦的手臂上血管凸起，干干净净的，见不到伤痕。

苗小青吐了口气，说不清是失望还是松了口气，将脸转开的一刹那，她的心头一惊，忙凑近女孩儿的手腕看，上面有几个还未愈合的小针孔，就像她曾经在妈妈手上见过的一样。

霎时间，她的视线到处搜寻，最后落到柜子上的手提包上。

她什么也顾不得了，急切地想要找出点什么来证明她的猜测。她紧张地拉开那个手提包，里面放着钱包、钥匙、纸巾、口红……苗小青直接翻到夹层，伸进两指，夹出一块白色的布片，上面别着一排细细的大头针。

“苗小青？”

熟悉的嗓音响起，苗小青觉得自己的心跳都骤停了。她背对着程然，把那排针捏在掌心里，才转过身。

“你怎么在这里？”程然问。

“我——”她垂头避开了程然的目光，“我过来看看。”

“你从她包里拿了什么？”

苗小青垂在身侧的手紧张地捏紧，针头刺着皮肤，微微地刺疼。

脚步声响起，程然走到她面前，高大的身体挡住了灯光，阴影笼罩着她。苗小青刚想退一步，手腕就被抓住了。

程然没有费力地就掰开了她的手指，取出那排针，神色异常疑惑：“你从她包里拿这个？”

苗小青转头看了眼床上的人，还无知无觉地睡着，她忽然放松下来，仰头对程然说：“去外面吧。”

程然盯着她的脸看了会儿，没说什么，转身往外走。

程然又和她第一次见的时候一样了，眼里布满了红血丝，眼窝深陷进去，眼周和嘴唇干得起皮，毛孔缺水，导致皮肤显得特别暗沉。

他坐在走廊的椅子上，脑袋靠着墙壁，腿往前伸直，两手搭在腿上，仿佛连坐直的力气都失去了。

苗小青买完水回来，见到的就是这样的他，一个被夺去了骄傲和活力的躯壳。

她把橙汁递给他，自己从塑料袋里拿了罐啤酒打开。

程然转头看她：“你在医院喝酒？”

“又不犯法。”苗小青拉开易拉罐的环，仰头灌了一大口，拿食指抹了抹嘴。

程然见她的动作，猜测是个老酒鬼了。他拧开橙汁的瓶盖，喝了一口：“什么时候学会喝酒的？”

“在家里学的。”苗小青淡淡地说。

程然还没来得及咽下的果汁呛进气管，他剧烈地咳嗽了一阵，眼神惊异地望着她：“多大？”

苗小青瞥他一眼："第一次喝的是白酒，家里前一天来了客人，开了瓶茅台没喝完，也不知道剩了多少。我每天晚上偷偷喝拇指大一杯，能睡得特别香，一个星期就喝完了。"

"你爸妈呢？他们没发现？"

苗小青没说话，看到他旁边放着的那排大头针，拿在手里翻来翻去地玩："你呢？你发现她会拿这玩意儿吗？"

程然送在嘴边的果汁瓶停顿在那里，过了一会儿，缓缓放下，他摇了摇头："我不知道，我来这里之前跟她……算了，有些话，现在说了就是推卸责任。"

"她不是自杀。"苗小青说。

"我知道。"程然露出一个无奈的苦笑，"她是为了不让我在这儿待下去。"

"是不是很有负罪感？觉得欠她很多，觉得是自己让她不幸福的，觉得自己无论怎么做都不能让她开心。透不过气的时候，也想离开。可是，如果你离开，她就真的完蛋了——"苗小青又灌了一大口酒，转头看他，"但我还是要说，你是可以选择的。"

而我不能，她在心里接了句，用力地捏了下铝罐，安静的走廊上一声脆响。

"你怎么知道的？"程然望着她。

苗小青抬起头，露出一个温暖的笑容："以前看过这方面的书。"她顿了一顿，"学校会怎么处理？"

程然垂眸晃着瓶子，黄澄澄的果汁漾到瓶口又退下去："我只签了三个月，本来是打算这个月续约的，你们学校大概不会跟我续了。"

"对你影响大吗？"苗小青问。

程然想了想，摇着头说："我也不知道。最近刚对一个方向很感兴趣，不知道回去了还能不能继续。"

苗小青把剩下的啤酒喝完，又拿了一罐打开："她这趟没白折腾。"

程然垂着头，一言不发。

苗小青发狠一般地捏扁了铝罐，扯过他的手臂，身体往前一倾，吻到了他的嘴上。

他的唇很干燥，却依然柔软温暖。她伸出舌头，轻轻地舔了一下，就退开了。

程然一脸震惊地望着她，鼻尖还萦绕着酒精的气息，嘴唇还残留着一抹温热，真真切切地提醒他刚刚发生了什么事。

苗小青轻轻笑了："瞧，当个坏人也挺容易的。"她的声音低了一些，"真下定了决心，也就没什么好怕的了。”

“苗小青！”程然回过神来，神色复杂。

“她需要的是专业医生，是能包容她的家人，”苗小青站起来拍拍他的肩膀，“不是一个跟她毫无血缘关系，为了成就她的自我牺牲精神而存在的倒霉蛋。”

她转过身，往电梯的方向走，走了几步，又回过头，醺醺然地对程然扬起手挥了挥。

“再见了，程然！”

以后应该不会再见了。

3

程然什么时候走的，苗小青并不知道，也没去关心。

关于程然的一切，她觉得，这次是真的、彻底地成为过去了。

程然走后，办公室依然是四个人。那个旅游了两个月的徐浚，终于返校了。

徐浚的形象大大出乎苗小青的意料，他长得很帅，黝黑的皮肤，欧式大双眼皮，深邃的眼眸，瘦脸高颧骨，薄翘的嘴唇，齐肩的长发烫了小卷，用皮筋扎着，举手投足充满着异域风情。

苗小青赞叹地撑在他的桌前，左看右看：“你是少数民族？”

徐浚微笑点头，笑容充满着阳刚之气。

苗小青在心里感叹，这办公室里终于来了一个友善的正常人：“你是哪个民族的。”

“汉族。”

苗小青转过头，看了一眼插嘴的杜弘，瞪他一眼。

杜弘叹了口气：“你这是不识好人心。要是去年你在，赶上他从新疆回来，还会跟你自我介绍他叫阿卜杜拉·徐浚。”

苗小青揉了揉太阳穴，她也不算新人了，怎么还对这办公室里的人抱有期待？

“我去找教授了。”她抱着笔记本往外走。

杜弘叫住她：“你真的不再考虑考虑，宁愿在这里当凤尾，也不出去当鸡头？”

苗小青“呸”他一声：“你爱当鸡头你去！”

江教授老样子给她一瓶矿泉水，坐在她对面问：“考虑好了？”

“考虑好了，”苗小青接过矿泉水，毫不拘束地打开就喝，“我不走。”

江教授的表情很意外，他的指关节敲了敲桌子：“想过毕业怎么办没有？”

苗小青耍无赖地笑道：“您给我硕转博，我就不用考虑这个问题了。”

江教授的指关节敲到桌角，他痛得“哎”一声，举起手指摸了摸：“你这脸皮倒是挺厚的，一来就跟我要硕转博，怎么不跟我要包分配啊？”

苗小青满脸自信地说：“我觉得您到时肯定会给的，就算您不给，毕业后我考个编去当中学物理老师总可以的吧。”

江教授听完她的话，知道她是深思熟虑过了，目光露出赞赏：“学过编程没有？”

苗小青点头：“大四学过 C++。”

“知道张量网络吗？”

“了解过一些，不是很多。”

江教授很意外，短短一个多月，这个学生变化似乎很大。当然他也不是很确定，毕竟除了组会以外没见过几次，只记得以前问她会什么，她吞吞吐吐半天，缩在那把椅子里，要么是不会，要么是不了解。

这次不但没有像从前那样胆怯拘束，似乎还有些胸有成竹。

“那你先做这个，用张量网络方法算一个 kagome 晶格海森堡模型。”江教授拿出早就放在一边的文章，递给她。

她接过翻了一下，是篇长达几十页的张量网络方法的综述文章。

苗小青一愣，随即从心底涌起一阵激动，这不是练习，而是真真正正地让她做事情，就跟合同工终于转正了一样。

“光这一篇是远远不够的，”江教授说，“你要去找很多这样的综述文章来看，了解算法以后，再自己写程序，跑计算，这一两年，你就先做好这个吧。”

苗小青抱着那篇综述文章回了办公室，袁鹏又跳到她旁边的桌上坐着晃腿：“怎么样了？”

杜弘伸出脑袋：“是不是劝你走？”

苗小青白他一眼，手肘支在桌上，托着下巴，笑得像朵花。

“老板让我算一个 Kagome 晶格海森堡模型。”

袁鹏一愣，转头对徐浚喊道：“喂，你有帮手了，也做计算的。”

“谁帮谁呢，”杜弘冷哼一声，嘀咕道，“还真给程然说准了。”

苗小青翻文章的手一顿，起身走到杜弘身边问：“程然说什么了？”

杜弘欠抽地看她一眼：“想知道？我偏不说！”

苗小青俯身越过桌面，伸手就去揪杜弘的领子。杜弘跳开，躲到袁鹏身后，啧啧说道：“物理系怎么会有这么野蛮的女人？”

袁鹏无奈地伸手挡住苗小青：“你又不是不知道他欠，问我不就行了？”

苗小青冷静下来，问袁鹏：“怎么回事？”

“你刚来的时候，我们三个打过赌，我和杜弘说教授没活派给你干，”袁鹏说，“只有程然猜教授至少会让你做张量网络。那次他请吃饭，其实是他打赌输了。”

苗小青一言不发地回到座位上，看那篇综述文章。

袁鹏长叹了口气：“你们应该都知道了吧，学校的决定下来了，不续约。”

“所以说找什么女朋友，”杜弘说，“就是给自己找麻烦。”

一个下午，办公室里安安静静的，徐浚很早就走了，到了晚饭时间，袁鹏和杜弘也离开了。

橘红色的余晖投射在窗户上，办公室大部分都被薄暮吞没，苗小青走到程然的座位旁，手指缓缓地抚着桌沿，然后在他的椅子上坐下，出神地想着什么。

昏黄的光照着她寂寥的后背，她的脸隐在暗沉的暮色中，过一会儿，手机的蓝光亮起。

她打开手机相册，用手指划拉着一幅幅照片，宽敞明亮却脏乱的宿舍，横七竖八的鞋，堆满衣服的沙发，落着灰的书桌，被子下露出的浓密黑发……

她的手指来来回回，将照片划拉了无数遍。

仿佛阳光还暖洋洋地照在身上，他还坐在旁边，优美的侧脸，温润的声音，耐性地教她每一步推导。

那时还没开始，她以为未来他们还有很多这样的时光。那时，她不会去想，这样的时光是抠门儿的命运留给她的最后一点回忆。

宿舍里的东西已经清走了，这个学校里还留存着他气息的，只剩下这张办公桌，那淡淡的，仿佛从干燥的木头里散发出的味道。

不香，也不算好闻，却是属于他的独特的气息。

她关了手机，慢慢地低下头，把脸贴在冰冷的桌面上，紧紧地贴着，又沉没进黑暗里。

转眼就是期中考试，这是苗小青最擅长的事，成绩出来，GPA3.9（绩点 3.9），震惊全系。

连杜弘都啧啧赞叹：“你果然是考试专业户。”

苗小青没有一点喜悦，成绩好也没什么用。比起算 Kagome 晶格海森堡模型这种航天级难度的题目，考第一就是组装个乐高机器人的程度。

徐浚虽然也说自己是做计算的，但他高端得多，他的重心在发展算法。而且他很少去办公室，到了办公室还能经常看到他刷新闻灌水。

这是个旅游途中都不耽误发文章的另类，主业是驴友，副业做物理。

这就是人和人的差距，徐浚做计算是为了闲下来的工夫能做其他的事，苗小青做计算是因为她只能做这个。

她找了大量几十页上百页的综述文章来看，对张量网络方法总算有了些了解。

凌晨两点睡，早上八点起，这样熬了一个月，苗小青的思路也清晰起来。

江教授这个“三等导师”，不仅学术氛围给了学生相当大的自由，对学生也极其关照。苗小青要写程序，他就给配了台高性能的台式电脑，借了一些书，有的是进口原版，还给了她工作站的使用授权。

苗小青开始写计算程序，原以为这是所有工作中她最熟悉的一环，谁知道费劲写完的程序，首先编译就通过不了，好不容易能编译了，一运行就崩溃。

苗小青数次修改后，还是一溃千里。

没等她想出办法，期末考试又到了，她只好扔开程序，通宵复习，熬得面无血色上了考场。

考完睡了一天，醒来又继续改程序。

长时间对着电脑，她不能再戴隐形眼镜，头发三天没洗，戴了顶帽子遮住油光，那些很贵的护肤品是没空用了，起来用清水洗把脸就去了办公室。

此时的她脸上架着一副粗框眼镜，对着满屏的代码，恨不得马上就是世界末日。

她已经大略知道问题出在哪儿，但之前没有写这种复杂计算程序的经验，她把所有东西都写到了一起，导致连错误都查找不到。

她熬了一个多月写出的程序说不定就白写了。

“师兄！”她两手撑着额头，喊着场上唯一的救兵，“快帮我看看。”

徐浚拖了把椅子坐到她旁边，拉出键盘来敲了几下，头皮发麻地皱起眉头：“你这是东北乱炖啊！”

苗小青捂住眼睛：“怎么办？”

“重写呗，还能怎么办？”徐浚把键盘塞回去，“少用全局变量，多用函数和子程序，每个都不要太大，这样就很容易定位到错误。”

“只能重写了吗？”

徐浚龇牙一笑：“你还有办法？”

苗小青像条死鱼趴在桌上，她现在闭眼或者眼睛发直的时候，眼前闪现的都是一行行的代码。

“快过年了，”徐浚说，“回家好好休息一阵，过完年再重写吧。”

苗小青这才想起来，还有十天就要过年了：“你什么时候走？”

“周六的票，”徐浚问她，“你呢？”

“我还没订票呢。”苗小青说。

徐浚同情地拍拍她：“那你完了，现在哪还有票让你买。”

苗小青笑了笑：“没事。”

徐浚走回座位上拎起背包：“那我先走了，回家之前，我不来办公室了。杜弘跟袁鹏也不在，你一个人注意点安全。”

苗小青跟他挥手：“一路顺利！”

徐浚的身影消失在门外，苗小青长叹口气，望着满屏的代码，切出去打开了订票软件。

经济舱的票已经卖光了，苗小青订了三天后的航班，全价公务舱。

回到宿舍，余向晚正在打包行李，床上叠了几件毛衣和羽绒服，地上摆着一个打开的二十寸登机箱，余向晚分了两次就把床上的衣服全搬进箱子里。

这打包的速度，大概不超过十分钟。

苗小青想想自己还要去给爸妈亲友买礼物，自己那个二十九寸的大箱子可能都不够装，不禁羡慕起余向晚的轻装简行。

“明天几点的航班？”苗小青问。

“六点半，我四点就得起来，”余向晚一屁股坐床上，“好不容易抢到的红眼航班。”

苗小青很惭愧，刚刚不该觉得给父母买礼物是个麻烦。

“今天晚上我也早点休息，省得打扰到你。”

“没事，都习惯了，回到家再补觉呗。”

第二天早上，苗小青起床时，余向晚已经走很久了，她的被子没叠，保持着她起床胡乱掀开的样子，好像只是去上个班，晚上就会回来。

苗小青不打算去办公室了，起床用洗面奶认真洗了个脸，敷上面膜，躺在床上拿了本杂书来看。

看了几分钟，突然觉得很没意思。

习惯了起床就开电脑查邮件、啃英文原版教材、写代码这种精神高度专注的生活后，突然的悠闲让她无所适从。

还不如早点回家。

苗小青把机票改到了第二天，就出门去买礼物了。

来到市中心区最大的商圈，过年气氛很浓厚了，设计现代前卫的建筑被挂上了传统的红灯笼，广场中央立着一个被鲜花拱簇的中国结，外面搭了临时的商街卖年货。

苗小青从一楼逛到三楼，越往上，就越找不到适合爸妈的东西。

她只好又回到一楼，走马观花地经过一家又一家店，最后停在一面橱窗前，对着模特脖子上的蓝灰色围巾出神。

模特的脸死板冷漠，就像程然。因为围着这样一条围巾，却荒谬地让她感觉到一丝温暖的气息。

就像她说自己不是考研专业户时，他说我知道，那一丝漾起在心头的温暖。

苗小青有点酒瘾发作的难受，她想去喝点酒，像小时候那样，喝醉了醒来，父母问她，你看到了什么？

她什么都不记得了。

喝醉然后把不应该记得的忘记，她把这项天赋发挥得很好。

然而她还是推门进去了。

店员各忙各的，她只好走到一个微胖的女店员跟前，请她拿那条围巾给她看看。

店员迟疑了一下，去取了围巾。

苗小青看了看镜子里的自己，深咖卫衣，黑色棒球夹克，牛仔裤，运动鞋，平凡又暗沉的她，在人家明光锃亮的装修前，着实显得寒碜。

店员递给她围巾："百分百山羊绒，今年的新款。"

苗小青接过毛巾，随意地翻看了一下："多少钱？"

"六千八。"店员轻飘飘的语气说。

苗小青蹙了下眉头，没有说买，也没说不买。店员已经朝苗小青伸出手来，示意苗小青把围巾还给她。

"什么意思？"苗小青问。

店员客气地说："我先挂起来，一会儿您要再给您拿。"

"我不能多看看？"苗小青语气不善。

店员毫无诚意地赔着笑，却倨傲地闭紧嘴巴。

苗小青没想到在这种店遭到冷遇的事还真的有，重点是还发生在了她身上，倒不是她自恃什么身份，她目前除了啃老也没什么身份。

她不悦的是店员的态度。

就算不买，还不能来看看？

苗小青那你进一尺，我进一丈的执拗劲儿又上来了。

她抱着手臂，斜挑着眉：“你家卖东西还挑客人的？”

店员一丝脾气没有，冲她微笑：“要不您先看看，有需要叫我。”

说完还很有礼貌地冲苗小青微微颔首，叫苗小青有气也没理由发出来。她看着店员款款迈着步子，走到店门口，迎接一个刚进店的贵客。

苗小青打量那个客人，身材瘦削，面孔白净，戴着一副斯文的金属细边眼镜，穿着一件驼色羊绒大衣，白色薄底休闲鞋。一看就是好环境里养出来的男人，不管内里如何，外表永远光鲜。

店员谦卑地落后他半步。那人指了件外套，店员立刻拿下来帮他试穿，换下的旧大衣，被店员温柔地抱在胸前。

苗小青低头看了眼搭在手上的围巾，突然觉得跟无关的人和事较劲挺没意思。

“请问这条围巾可以给我看看吗？”那人走到她面前问。

苗小青近距离看到这人，他长了一双细长莹亮的眼睛，眼尾飞翘，那副眼镜也遮不住眼里的流光。

苗小青把围巾递给他，转脸对店员说：“我要这条。”

那人拿着围巾随意看了一眼：“我也要一条。”

店员面色为难：“店里只剩一条了，可以调货，但要等三天。”

“不行，我明天的飞机，”她说着，又对店员强调，“而且，我先来的。”

店员没动，似乎还在考虑什么，显然苗小青要买的决定打了她一个措手不及。

“我也是明天的飞机，今天必须拿到。”那人也寸步不让。

苗小青抱起手臂，不说话，也不看那人，只盯着店员。

店员硬着头皮说：“还有一个深蓝色，您要不要看下？”

苗小青这才偏头看向那人：“她问你，要不要看下。”

店员的表情很是无语。

那人微笑地摇头：“不用了，要看你看。”

苗小青转开脸，又去盯着店员，并不答他的话。

气氛一度僵持不下。

这是贺晖第一次见到苗小青，为了一条围巾，第一次主动跟他说话，也是最后一次。

后来又有了为数不多的几次见面，他才知道，除非必要，她一句话也不会跟他多说。

他头次遇到这样的女孩子，气质温暖和煦，却对萍水相逢的陌生人充满了不屑一顾，就像冬天的大太阳，看着暖和，照在身上仍是冷飕飕的。

“我可以让给你，”贺晖说，“你请我吃午饭吧。”

苗小青愣了一下，随即点头同意。

店员见事情解决了，带着苗小青去付了款。

苗小青拿到围巾，从钱包里抽出两百现金放到柜台上，对店员说：“麻烦你帮我请这位先生吃饭。”然后对着满脸错愕的贺晖说，“祝你用餐愉快！”

苗小青最后用工资给父亲买了一个钱包，给母亲买了一瓶香水，其他亲戚的礼物都是到了机场顺路买的。

一上飞机，她就对空姐嘱咐，全程不要给她送水送餐。

坐下后她拿出一篇文章，翻到配分函数那一页，用自己理解的张量网络方法重新推导。

贺晖走进机舱，看到的就是苗小青伏在小桌板上写公式的场面。

这种场面对他来说很是震撼。昨天偶遇，以为她只是个看起来好搭讪的小姑娘，结果吃了一记戏辱。而今天她沉浸在一堆复杂的公式符号里，根本没看到他，昨天那些戏弄侮辱根本不算什么。

没什么比一个女人先用金钱打发你，后用智商碾压你更让你受辱了。

贺晖回头找到空姐，指着苗小青旁边的空位问：“那儿有人坐吗？”

空姐摇头：“没有。”

贺晖打开苗小青头顶的行李舱，把登机箱放进去，然后在她旁边坐下，换了拖鞋，拿出报纸装模作样地看。

空姐端了果汁过来，又问了贺晖飞行途中的用餐要求，前后都陆续有人入座，苗小青一直伏在那里，像座雕像，连头都没抬起过。

贺晖仔细看才发现，她耳朵里塞着耳塞。

她的登机牌随意地扔在桌板上，名字那一栏印着“苗小青”。

他掏出手机，把静音振动都关掉，用报纸掩藏住，对着她的侧脸偷偷拍了张照，然后才收起手机，拿手碰了碰苗小青。

“你好！”他说。

苗小青掏出耳塞，转头看到他，意外地愣了下。

“能不能借下你的手机，我的手机没电了。”

苗小青从口袋里取出手机解锁给他，看他拨了号码放到耳边，才低头又思索起来。

贺晖挂掉电话，把手机还给她：“谢谢，没人接，只能晚点再打了。”

苗小青怀疑地看他一眼，他神色如常。大概是顾不上理他，或者是不屑于理他，她最终也没说什么，拿回手机压在登机牌上。

飞机起飞后，她收起桌板，抓着几张纸仍在冥思苦想。

阳光从舷窗照进来，她的脸泛着柔和的光，纸上的公式，让她的神色多了几分高深莫测。

贺晖想到自己竟然用“高深莫测”来评价一个女人，差点笑出来。

看到那些公式，他想到了那个白发爆炸头的外国老头。

他见过各形各色的美女，还不是庸脂俗粉，至少都是开过个人演奏会，开过个人画展，开过公司的女强人，就是没见过这款的。

那些复杂烧脑的公式，搭配一张温柔的脸孔，总给人一种疯狂危险却又极致迷惑的感觉。

直到飞机着陆，她才收起那些纸，折好放回包里。

两个多小时的专注让她的脸色看起来有些疲惫，她打开手机电源，很快就有电话进来。

“喂，爸爸！”

贺晖在心里数了数，两次偶遇，这是他听到她开口说的第四句话，还不是对他说的。

“飞机刚刚降落……您已经到了吗？我大概还需要二十分钟才能到，您先找个地方坐一会儿……不是说好了出去吃吗？妈怎么又做饭了？我知道了，那一会儿见。”

她挂了电话。

原来跟他一样是这里的人，贺晖的心里泛起一丝说不清道不明的亲切。

“没觉得很巧吗？”贺晖一边换鞋一边说，“昨天遇到，今天还坐同一班飞机。”

苗小青正在收拾包，听到他的话，停了停，转过脸来说：“没你想得那么玄，这是过年前十天内的航班，飞机上大多是回家过年的，假设一天有十趟航班，两个人遇到的概率是1%左右，比你抛硬币立起来的概率高多了。”

贺晖再一次瞠目结舌。

他把这次的相遇当成命运，而对她来说，只是一道特别简单的数学题?

“请让让！”她拎起包说。

贺晖连忙站到过道上，她背着包走下飞机，他连忙跟了上去。

飞机停靠的闸口离行李提取处很近，贺晖一路不远不近地走在苗小青后面。

苗小青去取行李，贺晖先到了出口，孔涛一步跳出来，朝他挥手。

“快点快点，都等你一个呢。”孔涛催促着接过贺晖的登机箱，就掉头往外。走出去三四步远，才回了下头，发现贺晖的手插在口袋里，站在原地没动。

孔涛只好又拉着箱子回去：“还有人没出来？”

贺晖没说话，一双眼睛专注地盯着从里面走出来的人。

孔涛以为他真要等人，立起行李箱，习惯性地去掏烟，想到还在机场里，他又烦躁地把手抽出来：“月月可是也在啊，你别带些不着调的人去，连累得大家连顿饭都吃不好。”

贺晖听了，仍望着里面，点头“嗯”了声：“没有谁，你们吃个够。”

“没有谁你还杵这儿？赶紧走啊！”

孔涛说着正要去拍贺晖的肩膀，被贺晖拽着往墙边挪了几步。

苗小青拉着二十九寸的大箱子出来，贺晖的目光紧紧追着她。

她穿上了外套，一件深黑色束腰羊绒大衣，手臂上搭着一条灰色围巾。

一个五六十岁的男人快步迎过去，她紧紧地抱了下男人，放在地上的行李箱被旁边一个年轻男子接过去，她这才拿起围巾。

那条围巾又宽又长，缠了她的脖子不知道多少圈，半张脸都遮住了，只露出一双眼睛，然后她才打上结，挽着男人往外走。

贺晖望着她的背影，想到刚刚她那江洋大盗式的围围巾法，不禁微笑。

孔涛看了这一程，碰了碰贺晖的手臂：“你认识他？上次我老头带我去拜访过，挺高级的一个人。你说这些大人物怎么都表里不一呢，那姑娘多大？能当他女儿了吧……”他说着转过脸，严肃地拍了贺晖一巴掌，“你看上的不会是刚跟他又抱又挽那个吧？我说，他的人，你也敢打主意？”

贺晖转头，鄙视地说：“人家就是女儿，你真肮脏。”

孔涛愣了一下：“真的女儿？”见贺晖已经头也不回地往前走，忙追上去，“真女儿你更没戏。你之前那些情史，他一查就查到了。”

贺晖垂头走路，没有说话。一直走到停车场，他才松弛下来靠着车门。

他拿出手机，翻到最近的那个未接电话，存到手机里。

4

车在家门口停下，坐在前排的助理把箱子搬下车，送进了院子。

“小草！”苗伟峻拍醒苗小青，“你先回家洗个澡，休息一下，我还有点事，晚饭前我回来。”

苗小青听到爸爸这么叫她，睁眼的一瞬间有些怔忡。她出生是在初春，小草初绿的时节，爷爷给她取了这个名字，小名就是小草。妈妈嫌这名字土，从来只叫她青青，爸爸却一直遵从爷爷的愿望叫她小草。

长那么大，第一个说出她名字来由的外人是程然。

小草青青的小青，很普通，但是爸爸说，这是个给人带来希望的名字。

“那您先忙，早点回来。”苗小青说完，下了车。

苗太太正在跟助理说话，见苗小青进来，连忙过去又抱又拍的，然后搂着苗小青的肩膀进屋。

助理从前排上车，关上车门，回头对望着两母女背影的苗伟峻说：“现在出发需要半小时，应该是赶不到了。”

“赶不到就让他们先开始，我也就是去听听，”苗伟峻见自家的大门关上，这才收回目光，“总不能为了一个应酬，我连女儿都不去接。”

“也不是太重要的应酬。”助理笑道，“说真的，我还从来没见过像您和太太这样疼孩子的。小草真是幸福得让人嫉妒。”

“过完年二十三岁，是真正的大人了。”苗伟峻说。

助理笑着说：“您不舍得了吧？”

“舍得。”苗伟峻说，“长大有了自己的家，再有个全心全意疼她的人，我就放心了。”

“小草还小吧。”助理说，“不着急。”

“那是你不知道，她十岁起就像个大人一样懂事了。”苗伟峻的语气含着深深的自责，说完这句，他就再没说话了。

车子拐进大道，两旁的红枫落光了叶子，光秃秃的枝丫斜刺在阳光里，湖面浮着残荷枯叶，草地大片的枯黄，满目的凋敝景象。

苗伟峻厌恶地闭上眼睛。

十年前，也是这样一个冬天，他的理智矜傲都差点毁在那个冬天。

十年来，他都极力回避那些冒出在脑海的画面，然而在深夜或是凌晨醒来的时候，薄弱的意志力却没法阻止那扇窗户浮出记忆。

红木格子窗，玻璃上因内外温差凝出朦胧的雾。家徒四壁的房间中央，一盏小火炉，架着热水壶，水汽从弯曲的壶嘴里喷出，是这冷清的屋子唯一一点可怜的暖意。

苗伟峻不应该在这样的房子里，虽然他也只是出身于普通的职工家庭。

硕士毕业后，他没有随大流申请出国，而是入职了一家国有金融企业，跟导师介绍的对象恋爱结婚。岳父是导师的朋友，研究计量经济学。

结婚一年半，女儿顺利出生，他去了北京攻读博士学位。

苗伟峻一直知道自己的命好，那几年家里全靠着岳父的资助，妻子放弃了工作，岳母也来帮着照顾女儿。

毕业后回到企业上班，他走上了平步青运的坦途。

苗伟峻无数次在梦中将醒未醒时，心里总在奇怪，他不应该出现在那样一间房子里。

一个城市贫民的家，也许是菜场摊贩的，也许是车站打零工的，也许是凌晨大街上某个清洁工的……

苗伟峻更清醒一些，脑子里就有了答案，是个私人幼儿园教师的，中专毕业后不肯回老家，领着微薄的薪水留在杭州生活，一部分收入还要寄回去贴补农村老家的六七口人。

这样的人应该跟他没有交集。

有时候他会想到这里就又沉沉地睡过去了。

有时候他会彻夜睁眼，他不敢动，一动妻子就会醒过来。

他躺着一动不动，慢慢地在大脑里拉着清单，那半年里大小数字的资助，安排她去公立幼儿园上班，回家探亲时替她准备的礼物。

她在这个城市渐渐立足，开始过得体面。他觉得这只是个单纯得有点憨的小姑娘，直到她有天站在自己家的客厅，站在妻子面前。

那天是周末，女儿没去上学。

他下班回家时，客厅只剩下妻子一个人，女儿在自己房间睡了。

他没什么愧疚地辩解：“她只是需要我的帮忙，我也顺便帮帮她，真的没有多想什么。什么都没有发生过。”

确实是什么都没有发生过，他还不至于。

他以为这也不算什么事，就像帮流浪狗、流浪猫一样。他没有真正地背叛，后来妻子也没说什么，一如从前，忙于带孩子上各种辅导班，买菜做饭打扫卫生。

直到他第一次看到妻子半夜坐在客厅里，捏着缝衣针往手腕上扎。

他才感到一切都要不好了，妻子才是这个家的主心骨，她一旦崩溃，这个完美的家也即将崩塌。

而他却束手无策。

一个他累得睡沉的深夜，客厅突然响起女儿的尖叫声。

他光脚跑出去，十岁的女儿躺在地板上。妻子苍白着脸，跪在女儿旁边。

那一刻他才真正感到惊惶，将人送去医院，观察了一夜没什么事。

早上女儿醒来，他问："小草你看到了什么？"

小草稚嫩的目光望着他，半晌后摇摇头："我忘了。"

"真的忘了？"妻子颤着声问。

她小脸上的眉挤到了一团："真的忘了。"

妻子抱着女儿："青青别害怕，妈妈只是生病了。"

回到家那天晚上，小草要跟妈妈睡，他抱着枕头和被子去了客厅。心里还是担心她们，他把被子铺在卧室门口。

里面有说话声响起，是小草的声音："妈妈，我需要你，比爸爸更需要，没有你，谁给我做饭？谁送我去上学？谁带我去上辅导班？在我长到爸爸那么大之前，一直都需要你照顾我。没有你，我会很可怜。"

第二天，小草去上学，他陪妻子去了医院，做治疗的时间很长，他去接小草放学。

回家的车上，小草擦去一块车玻璃上的雾，指着外面冒着青绿的草地说："爸爸，我的名字是不是小草青青的小青？"

他朝外看了一眼，白雪覆盖的泥土，冒出星星点点的青绿，他点点头："是的，一个给人希望的名字。"

"希望？"她的小脸仍看着窗外。车开进桥洞，她转过脸，望着前方的一团亮光，"我给不了别人希望。现在能给我希望的是你，爸爸。"

他一脚刹住车，看了眼她有些漠然的脸孔，缓缓地把车靠边。

小草的脸还望着前方："你说那个人需要你，你才帮她。可这世上有谁比我更需要你？没有你，我住哪里、吃什么？这世上唯一需要依靠你的人只有我。"她指着桥洞下用脏污的旧布搭起的帐篷，"爸爸，你想想，如果没有你和妈妈，我是不是也只能住在这样的帐篷里，去垃圾桶里捡吃的？哪个需要你的人，失去你后会比我惨？”

她的声音很平静，好像只是随口说说，可是住桥洞，捡吃的，大概是她这几天以来，反复想过，又最恐惧会发生的事了。

那天她听到了他对妻子说的话，她把自己最恐惧的内心翻出来给他看，极其真实地展现给他——妈妈病了，爸爸离开了，她会落到一个什么样的境地。

他的胸口像塞了团棉絮，憋闷得气上不来，也下不去。

“我知道妈妈病了，我会很听话的。我们一起努力，让她好起来。”她轻轻地说。

小草，这孩子很懂事。

父亲、母亲、岳父、岳母、亲戚、朋友，后来每个人都这样夸她。

可他知道，她是害怕不懂事会产生的后果。

……

车在酒店门口停下时，苗伟峻也睁开了眼睛。

助理打开车门，他下车站稳。风从两旁吹来，他扣紧大衣的扣子，看了眼门口恭敬等候着的十几个人，抬脚走了进去。

酒店的套房里，长桌上摆满了珍馐佳肴，常人所知的珍贵食材几乎都用上了。酒过三巡，桌上狼藉不堪。

孔涛喝得脸通红，抱着酒瓶东倒西歪，手指点着对面的女人晃啊晃：“月月，你说你是不是故意订这儿的？”他的手指画了一个大圈，把众人都包括进去，“这里面多少人的老头都在这一楼？”

月月脸上化着精致的妆，穿着今年流行的多色拼接长裙，头发梳得很有讲究，该乱的地方凌乱，该整洁的地方溜光水滑。

她咯咯笑着：“你们的老头年底应酬那么多，高级酒店就这几个，碰上了怪我？”

她身旁的一个男的说：“他们最多吃完晚饭就走了，大不了天黑了再出去。其实现在出去也未必就碰上了，”他转头看向沙发上的人，“再说了，贺晖都不怕，我们怕什么？我爹好歹人前给我留点面子，贺晖家的老头是当众扇耳光的。”

桌上的人都笑了，其中一个黄毛说：“其实也好办，叫个人去看看，他们一进去，我们就走，就不会被发现了。”他说完叫了服务员进来，吩咐道，“你去他们门口盯着，老头们进去了就来告诉我们一声。”

贺晖早就下了桌。他穿着件天蓝色高领毛衣，腿搭着茶几，仰靠在沙发上，双手举着手机正看得出神，根本没在意其他人在说什么。

一颗脑袋从沙发边沿突然冒出来，贺晖反应很快地按黑了屏幕，但还是晚了，那颗脑袋已经伏在沙发背后看了半天了。

“又发现新目标了？”那人喊道。

桌上的人一听：“嘁，他没有目标才值得你喊。”

“不是啊。”那人手撑在贺晖背后，“他这回的目标是我高中同学，苗伟峻的女儿，苗小青。”

“苗伟峻的女儿，没听说过啊。”黄毛贼兮兮地对贺晖身后的人说，“张放，你跟他女儿同班怎么没追一下？”

一个方枕飞过去，准确无误地砸中黄毛的鼻梁。黄毛大骂一句：“贺晖，你有病啊！”

贺晖阴沉地扫黄毛一眼，黄毛悻悻地拍了拍方枕，往胸口一抱。

张放摇摇头：“人家爸爸是博士，实权派，我们的爹呢？说好听是农民企业家出身，说不好听，就是没文化的暴发户。别说苗小青，就是那些上进的，都在国外名校，谁跟我们这么瞎混的？”

“嘁！”众人嘘声，“苗小青到底丑不丑？”

“不丑，挺好看的，”张放说，“人很低调，高中那会儿班上第一都被她包了。除了我爸去家长会认出她爸来，别人都不知道她的家境。”

月月点着烟，抿着嘴，从鼻子里喷出一股烟雾：“装！”

“不管是不是装，反正她也不跟我来往。”张放说，“再说怎么来往啊？都不是一个世界的人。”

他说到这里，贺晖的眼皮抖了一下。

月月瞥了贺晖一眼，哼笑一声：“张放，你要是追到苗伟峻的女儿，以后你家老头别说打骂你了，得把你当祖宗供起来。”

敲门声响起，黄毛叫道：“进来！”

那个被差去盯梢的服务员走进来：“好像是有一个很重要的人刚到，老总们在楼下等了很久，我听到有人抱怨，是去机场接女儿了，送回了市区，才又来的这边，所以到晚了。”

服务员说完，在一片哀号声中退了出去。

黄毛拍着桌子：“哪个女儿啊？早不回，迟不回，偏这时来害我们。”

孔涛呵呵笑起来："还能有谁啊，你们刚说了半天的，我都跟人家熟了。"

黄毛刚想骂两句，抬头看了眼贺晖，咽了回去，烦躁地又拍起桌子："刘麻子刚发了信息，让我们赶紧过去。"

贺晖站起来，拎起扶手上的大衣："我先走了。"

黄毛立刻站起来，挡他面前："走什么走？没了你我们还怎么玩？"

贺晖回头看了看所有人："不是接风宴吗，都吃好了？"

大家不约而同地点头："吃好了。"

"账我去结，先走了。"

"去哪儿？"孔涛问。

"困了，回家睡觉。"他说完，绕开黄毛走了出去。

黄毛眨眨眼问孔涛："没听错吧，他要回家？他哪次回来不偷偷在外面玩上几天，玩够了才装成刚下飞机的样子回家。"

月月也拎起大衣，懒散地睨他们一眼："你们下一摊跟我没关系，我也走了。"

她走出门，快步追上正在等电梯的贺晖，手指夹了张门卡，在他眼前晃了晃："1008。"说完按了电梯的上行键。

贺晖眼风都没动一下，下行电梯门打开，他一步跨进去。

在月月错愕的表情中，他按下加速关门键："没意思，你找别人吧。"

电梯一路下行，到了大堂，几个人边走边谈事情。贺晖在想事情没留意，抬头就正面迎上自己的父亲。他的第一反应是身体一歪要躲，却已经晚了。

"贺晖！"贺乾勇早看到他了，"你给我滚过来！"

贺晖硬着头皮走过去，抬头看了一眼亲爹，还有亲爹旁边那个一个小时前在机场"见"到的人。

"你什么时候回来的？"贺乾勇压着嗓门儿问，说完朝苗伟峻笑笑，"这是我儿子，不成器。"

贺晖笑了起来，这人面子真是大，雷管一样气性的老头碍着他，居然骂都没骂他这儿子一句。

"您好！"贺晖规规矩矩地问好。

苗伟峻对他淡笑着点了下头："先进去吧。"说完就走了。

贺晖对他的儒雅和冷淡感到很亲切，就像手机上拍的那张侧脸，看着温柔和气，却跟他隔着万丈冰封的距离。

他想到了张放刚说的那句话——

怎么来往？都不是一个世界的人。

苗小青洗澡换了衣服，就下楼去厨房帮苗太太打下手。

“怎么不睡会儿？”苗太太揭起锅盖，丢了把葱进去，才转过来，靠着灶台，“来，让我看看。”

苗小青走到苗太太跟前。

苗太太把手搭在她的肩膀上，端详了她的脸半天：“白了一些，就是皮肤有点缺水，是不是又熬夜了？”

苗小青笑了笑：“当然要熬夜了，你都不知道我的教授和组员有多厉害，我得奋起直追才行。”

苗太太拍拍她的肩膀：“放心，过年这段时间我天天做好吃的，给你补回来。”

苗小青的脸色一僵，很快就恢复自然，转过身去水池边上，拣起一片白菜在水龙头下冲洗。

“我过了初七就要回学校，就这么几天，您和爸爸多陪我出去逛逛，行吗？”

绿叶白梗的菜叶被水冲得莹亮，苗小青放进沥水菜筐，又拿起一片。

“逛啊，肯定要去逛逛商场，你春天的衣服也得买了。”苗太太的勺子在锅里翻炒，“你外公外婆一会儿也要来吃晚饭，我让他们带点虫草和燕窝过来，家里还有点，但是不够你这些天吃的，现去买又怕买不到好的。”

苗小青没说话，就这么几天，补就补吧，别人还享不到这种福呢。

“我想去外面吃顿饭，跟您和爸爸一起。”她轻声说。

锅里的油热了，食材扔进去，“刺刺啦啦”地响起来。

“外面的不卫生，你不记得高考前就是因为你去吃了街边小店——”

“妈！我现在在外地读书，吃的是食堂，也——”

苗太太转过脸，背后是油煎的刺啦声，干瘪却又刺耳：“你吃街边小店了？”

“没有！”苗小青立刻回道，低下头刷菜叶。

苗太太这才回头炒菜，锅铲边沿擦着锅，“哼哧哼哧”地响。

苗小青想，等会儿去网上买把硅胶锅铲回来。

手机的提示音响了，苗小青擦干了手，摸出手机一看，竟然是那个万年沉默群的新信息。

江教授发了一张邮件截图，PRL 杂志接收了“铁基超导中的向列相”这篇文章，第一作者程然，通讯作者江远平、夏林辉。

这个年代，PRL 还是国内许多教授终其一生难以发表一篇文章的一区杂志。

比如她本科的导师，只发了一篇 PRB 就请了全系的同事吃饭，学校还奖励了一笔奖金。

苗小青现在的学校是研究型大学，能发 PRL 也是衡量一个教授有没有资格拿到终身教职的重要标准之一。

而论文章发表数量，江教授这种研究凝聚态的纯理论学者，优势远远差于做实验的。

实验文章能发《Nature》（《自然》杂志）、《Science》（《科学》杂志），理论物理却是想都不要想，PRL 几乎可以说是凝聚态理论文章的雪山之巅。

这无疑是个重大的喜讯。

安静的群因为这条信息热闹起来。

袁鹏喊着让程然出来大摆三天流水席，杜弘也出来酸了两句，大意是高温超导发了 PRL，以后程然也位于鄙视链上游了。

苗小青想到杜弘那张青涩的脸上，又酸又傲娇的表情，笑了起来，也发了一条信息：恭喜！

程然一直没有回复信息。

群里闹了一会儿就散了，没有人闲聊，没有人提前祝新年快乐，一如既往地冷漠。

晚饭做好，苗伟峻领着苗小青的外公外婆，提着大包小包进了门。

外公是典型的老一代知识分子，穿着手工编织的毛衣，老式的方胜图案，脸上皱纹很多，却没有给人苍老的感觉。他戴着黑框眼镜，气质清癯，精神奕奕。

外婆照顾了外公、女儿、外孙女一辈子，拉着苗小青的手，问了很多关于生活上的事。

苗太太做了一大桌子菜，每个人爱吃的都有。从某一天开始，她的使命就是为了家人付出。

外公问她的学习情况，她大致讲了一下，重点讲了江教授让她去别的组，她却选择留下的事，又把今天的喜讯说了。

“你的选择很对。”外公说，“年轻人啊，眼前有山峰，就不要去走平路。”

“我一直记着您的话。”苗小青说，“山峰爬不上去，还可以下山走平路，平路走惯了，就爬不动山峰了。”

外公高兴地点点头，又问：“PRL 是个什么水平的杂志？”

“一区顶刊。”

“现在的年轻人条件真好，视野比我们那时开阔多了。”外公羡慕得直发感慨。

一家人边聊边吃，苗小青看了几次手机，程然都没有回复信息，她越发地心不在焉，吃完饭帮苗太太收拾完就上楼了，继续重复推导那篇综述文章的计算部分。

第二天吃过中饭，苗小青被苗太太带着去扫了几大包衣服回来，到家已经累得腿酸。苗太太脸上同样疲惫，却仍旧否决了苗小青外出吃饭的提议。

苗小青只好支着酸软的腿，帮苗太太准备晚饭。

之后的一个星期，买年货，准备年饭，贴春联，其中两天还回了趟老家，给苗小青的爷爷奶奶扫墓。

苗小青每天早燕窝，晚虫草，在温暖干燥的房子里差点流鼻血。

她想让亲爸去跟亲妈谈谈，苗伟峻却端着同样的一碗燕窝抱怨她：“我还不是被你连累的。”

苗小青知道这是没解的事儿，苗太太虽然在几年前已经痊愈了，然而后遗症还在，拼了命地照顾父女俩，稍微做不到就会自责。

这种时候，她只能欣慰地把补品一饮而尽。

除夕这天，苗伟峻一早就接来了岳父岳母，吃过早饭，苗小青打开手机，群里还是没有动静。

苗小青终于确定，程然不会再回信息了。

父亲在楼下跟外公聊天，外婆和妈妈在厨房准备年夜饭。苗小青有点闷，这么重要的节日，她的心总像是哪里缺了一块。

她把手机往床上一扔，拿了外套和围巾，下楼在爸爸耳边小声说：“我要出去走走。”

苗伟峻看了她一眼：“别走太远了。”

苗小青在玄关拿了车钥匙，外面发动车子的声音一响。苗伟峻额头神经一紧，没等他想好主意，苗太太已经从厨房跑出来。

“她开车去哪里？”

苗伟峻的眉毛轻轻一抖，抓起茶几上的遥控器：“家里没有 7 号电池了，我让她去买。”

贺家的除夕相当热闹，贺乾勇面前的三米半径之内，分散着花瓶、烟灰缸和水杯的遗骸。帮佣阿姨弯着腰，一片一片地拾起，再小心地用毛巾包好。

贺乾勇的第三任年轻妻子搂着三岁的儿子蹈缩在沙发一角，她神色惊恐地捂着儿子的双耳，却也勇敢地没有躲去楼上。

贺晖靠着门，双手插在兜里，脸上是满不在乎的神色。

贺乾勇对这个自己生的孽障声声控诉：“你不考大学，我由着你，反正你次次月考那点分数也考不上。送你去国外，你拿着我的钱没去报到，在欧洲玩了一年，英语不行这理由也算过得去。现在你是在中国吧？你不用说英语吧？你去大专给我拿个学历，不打架不惹事就安生地待到毕业，这比我当年挂着一身布条到处推销难很多吗？”

贺晖懒散地把头靠在门上，不说话，说再多也没用。

贺乾勇唾沫横飞：“你东一趟西一趟，瞎混到二十一岁，别人大学都毕业了，你还是个高中文化，我的公司是一个高中文化能接下的？”

他的话刚说完，缩在沙发上的年轻妻子抖得更厉害了。

贺晖瞥去一眼，讽刺地笑了。既然公司要给他接，还娶个年轻女人，生个跟他有血缘的弟弟干什么？

是竖个靶子给他打，还是拿他立靶子，给小儿子练准头？

他厌烦地转过身去，拉开大门，冷门“嗖”地卷裹进来，吹得他胸口一片冰凉。

贺乾勇的怒骂紧紧追着他：“不孝子，烂泥……你今天还出去瞎混！你去哪儿？吃饭前你不回来我打断你的腿！”

一个陶罐从屋里飞出来，砸在草木扶疏的庭院里。

跑车的发动机轰鸣，喷出一圈尾气，是贺晖幼稚却无能为力的回应。

离开这个家？他离不开。

沟通解决？从那个女人怀了老头的血脉开始，他就被拴在了老头给这个家亲手打出的死结上。

他挣不开，那母子俩同样也挣不开。

就像那个女人对他说的：你跟你弟，只有不断地排挤争占，没有兄友弟恭，所以你不需要尊重我，我也不会对你客气。

他占着年龄优势，却在贺乾勇过去的纵容宠溺中一无所长。

弟弟才三岁，那个女人却为弟弟网罗了最顶尖的教育资源，随时准备着，在与他相差的那十八年中，将他摒弃成垃圾。

贺晖一直不明白，从他出生起就定下的路，怎么会在成年后冒出一个半路截道的婴儿?

但贺晖明白的是，过去那贪玩懒散的十八年，补不回来了。

车子开进隧道，两旁黑漆漆的，只有车灯的一柱灯光笔直地射着前方。

贺晖把车窗放下，伸手探进黑暗里，让寒冷的风撞在他的手掌心。

出了隧道，他才放慢速度，漫无目的地沿着西湖缓慢地行驶。

除夕这天，西湖的游人总算少了。岸边不再是黑压压的人头，一眼可以望见雾气霭霭的湖面，垂柳像一把把倒挂的拂尘，丝丝绒绒地飘摇在灰纱一样的天色里。

拐了个弯，前面的路陡然变得开阔了些。路边停着一辆显眼的黑色奔驰，一个披散着长发的女人倚着车门，目光望着远处被浓雾隐没了塔尖的雷峰塔。

贺晖慢慢地踩住刹车，在车即将停下来时，他的右脚换到油门上，轻轻点着，车头不轻不重地撞上了黑色奔驰的车尾。

苗小青因车身的碰撞一个趔趄。

“你怎么回事？”她握住后视镜站稳，对着从车里走出的贺晖怒目而视。

“不好意思，没注意。”贺晖赔着笑，手插在大衣兜里，走到她面前，“今天人少，难得看看风景，分神了。”

“分神？我可是停在这儿的。”苗小青透过他鼻梁上的眼镜，直直地看进他的眼里，仿佛一眼看穿了他的坏心眼儿。

贺晖靠在她的车门上：“这里可是禁停路段。”

“我人不是在这儿吗？”苗小青没好气，绕到车后察看，还好不算严重，车的后保险杠只被撞了巴掌大个凹陷，蹭掉了一点漆。

但回家要是被妈妈发现，她以后都别想碰车了。

“你放心，我全责，保证把车完好地交给你。”贺晖站在她身后，看她弯着腰，右手把住垂到颊边的一缕头发，目光注视着两车相撞的地方。

看完后，她又绕回车的另一边，站在人行道上，掏出手机拨了一个电话。

“喂，李哥……新年快乐！不好意思，除夕打电话来，其实是找你有点事……你最近开过我们家车吗？是这样，我今天开车出来，被人追尾了……放心，我人没事。我是怕妈妈担心，回头她要是问起，就说是你开过，车停着时候被人撞了……真的很不好意思，肇事者现在在我旁边，一会儿我把你的电话给他，年后你方便了再跟他联系，让他处理就行了。”

她一通电话打完，给车尾各角度拍照留了证据，才抬起头对贺晖说：“你叫保险吧。”

贺晖拨通了保险的电话号码，报了现场位置，那边说十分钟内到，贺晖愣了愣：“你们可以吃过年夜饭再出险。”又补了一句，“我说真的。”

工作人员只当是开玩笑，又强调了一次十分钟内肯定到。

贺晖不客气地直接挂了电话。

一转头，车旁没有人影，他的目光转了一圈，才看到她靠着一棵香樟树的树干。

他笑得嘴角弯起，这女人挺怕死的，被撞了一次，就再不敢靠着车门站了。

“已经叫了，十分钟内到。”他走到树下，看了眼她。

“我说……”他琢磨了一下措辞，“我见你三回，你真是回回出人意表。”

苗小青的目光穿过他，望着前面的湖，没搭理他。

贺晖心想他撞车才换来的十分钟，怎么也不能像飞机上那样，在她的无视中任时间飞逝。

“怎么一个人在这儿？不冷吗？”

“心情不好？”

“要不要找个暖和的地方，我陪你？”

……

风冷飕飕地刮过耳畔，还是没有眼前的冷场更冷，任他说什么，靠着树干的女人都像根木桩，或者说直接把他给屏蔽了。

贺晖头一次面对一个女人束手无措，从前的那些哄女孩子的招数不敢用，用了也没帮助，只会让他更丢脸。

他厚着脸皮站在旁边。就算她是木桩，他也要牢牢守着这根木桩，贺晖自嘲地想。

“你在那个城市读书，还是工作？”

木桩突然张嘴说话，贺晖差点吓了个倒仰。他四处看看，确定她是跟自己说话，才赧然地说道：“本来读大专，不准备读了。”

“为什么？”她说，并没有等他回答，自顾自地猜着答案，“觉得读了也没什么用吧？你们这样的人其实挺难的。”

贺晖一愣：“挺难的？”他又指着自己的鼻子，“我们这样的人？”

苗小青把目光转向他的蓝色保时捷上：“普通人读个大学毕业，找个月薪几千的工作，几年后收入翻个十倍，几万块月薪就算是成功了。你们呢，生下来就有不少身家，一个月零花钱几万还算节俭的。可这地球上没哪所学校能教你们每个月稳赚几百万几千万的。一个大专，好像确实没什么必要去读。”

贺晖听着新鲜，又摸不准她是不是在讽刺他，不过难得她愿意跟他说这么一长串话，就算是讽刺他也无所谓。

“你呢？读书还是工作了？”他问。

“研一。”她说。

“厉害！”

苗小青自嘲地一笑：“就我是渣，其他的全是神。”

贺晖想到她写的那些公式，不敢置信地说：“你还渣？”

苗小青笑了笑，眼神朝路边示意：“保险公司的来了。”

贺晖朝路边一看，保险公司的车刚停稳在路边，车上下来两个人。他看了眼时间，才过了七分钟。过完年就换一家保险，他心想。

保险公司的员工拍了照，记下了双方的电话号码，苗小青留的是父亲助理的号码。

贺晖心里说不出的挫败，他存的号码，依然没有一个可以拨通的借口。

保险公司的人走了，苗小青拉开车门，坐进去之前，她扶着车门，转过头来问贺晖：“你现在有想做的事吗？”

贺晖摇了摇头。

“那就接着读书吧，”苗小青说，“也许读着读着，就有想做的事了。”

贺晖上前一步，替她拉着车门：“经验之谈？”

苗小青坐进车里，仰头看他：“算是吧，再见！”

她点完火，伸手去关车门。

贺晖却牢牢把住：“我叫贺晖，能不能给你打电话？”

“不能。”

苗小青拉车门，却纹丝不动。她叹口气，看着神情执拗得像小孩儿的贺晖：“为什么打电话？喜欢我？”

贺晖松开了手。

车门在他面前“砰”地关上。

他的身影映在车窗上，随着车的开走，一路后滑，直到跌出车尾。

黑色奔驰驶进主干道，贺晖回到自己车上，不远不近地跟着。直到苗小青的车进了小区，停到其中一个三层小楼的院子里。

贺晖把车停在拐角的地方，下了车。

苗小青回到家没有能交出7号电池，在爸爸的眼色下，多年的默契，让她赶紧给出了“店铺都关门歇业，没有买到”的理由。

年夜饭顺顺利利地吃完。外公外婆看了会儿春晚就上楼睡了，他们要在这里住到初五才回去，两边的亲戚趁着他们在，会在初五之前陆续上门拜年。

十点钟，苗伟峻和苗太太也上楼睡了，明天有三家亲戚约好了来，他们得养足了精神应付。

苗小青关了电视，洗完澡回到房间，才想起被她扔在床上的手机。

她单手擦着头发，另一只手捞过手机，屏幕上有一个未接来电的提示。

苗小青的心没来由地一阵狂跳，除夕连打广告推销电话的人都在过年，她也没有交情好到可以特意打电话拜年的朋友，谁会给她打电话呢？

心里那个模糊的猜测越来越清晰，点进去时，她的心提到了嗓子眼——

却是一个没有储存的陌生电话号码。

苗小青心里又有了另一个猜测，也许是他回去之后换号码了。

正在她纠结的时候，有信息进来，苗小青看了墙上的钟表，点进信息查看——

【祝你新年快乐！】

苗小青也不知道自己为什么就确定了这个号码就是程然的，她几乎是想都没想就直接按了回拨。

才响了一声，那边就接了，“喂”了一声，声音有些慌乱，苗小青心凉透了。

不是程然。

“你是谁？”

那边一声不吭，只听到有些紧张的呼气声。

苗小青委屈得火立刻就上来了，从耳边拿下手机，对着手机大吼：“没事儿你祝什么新年快乐？因为你，我这一年的头一天就触霉头。”

挂掉电话，手机被她砸到床上。

她一屁股坐在床头，缓缓抬起手掌捂住脸。

不是都过眼云烟了吗？为什么只是听到有关他的消息，一个未接电话，就能让她又患得患失起来？

怎么能惦记一个有女朋友的男人？

窗外灯光昏寂，幽暗地照着常青的灌木丛，落叶乔木枯寂而挺拔地伸向夜色。苗小青眼前仿佛又看到了那个站在窗前，望着校园灯火的背影。

如同冬季的乔木，枯寂，萧瑟，却坚忍不拔。

他的身上，有一种苗小青从未见过的意志力，跟强大的外界干扰抵抗，无视一切的情绪，强迫自己时刻保持专注。

不是逃避，不是接受，而是无视。

无视痛苦，也无视喜悦。

也许那些改变世界的理论物理学家都拥有这种意志力吧，苗小青在心里想。

第三章 / 再遇

白桐花的花语是情窦初开

1

年后，程然也没有在群里发过消息，更没有给苗小青打过电话。

初五送外公外婆回家后，苗小青把那篇综述文章的计算部分的算法推导出来，剩下的就是回到学校，重写程序，再核对运算结果。

初七早上，苗小青打包好行李，这次她只带了一个二十六寸的箱子走，无论苗太太怎么说，她没带上那堆捆得像炸药包的补品。

苗伟峻送她到机场，依然是公务舱，经济舱只剩下凌晨到达的航班，家里人都不赞成她坐。

下午四点，苗小青回到学校，余向晚早她一天返校，两个人一起出去吃了顿晚饭。

吃完饭，余向晚去了办公室，苗小青收拾行李。

第二天苗小青就进入了工作状态。

办公室的人都还没回来，她一个人坐在冷清的办公室里敲代码。

半个月后，她重写完程序，杜弘和袁鹏回来了，徐浚依然下落不明。

写好的程序又是一运行就崩溃，但这次她能很快抓取到错误，缝缝补补又是半个月。等徐浚返校时，一个不完美却能够正常进行计算工作的程序终于写好了。

苗小青伸了个大懒腰："这相当于原材料准备充足，可以开始打地基了。"

杜弘嗤笑一声："这相当于万里长征你还没有走出第一步。"

苗小青想活得长一点，已经学会不跟他计较了。

"把程序上传工作站，算下结果看看对不对。"徐浚提醒她。

苗小青的喜悦和成就感顿消，这才把程序写出来，还要重复计算结果，结果对了，才算是准备就绪。

杜弘说得对，万里长征她还没有迈出第一步。

徐浚走到她旁边的空位子，拉出键盘托在手腕上，单手敲了几下，放回去，对苗小青招了下手：“你过来。”

苗小青走过去，徐浚让她坐在椅子上，问她：“会不会 Linux（一种计算机操作系统）？”

苗小青对于别人问她“会不会”简直有阴影，因为他们问的她都不会，不会就代表她又要花漫长的时间和巨大的精力去学习。

“不会。”她垂下头，像霜打的茄子。

徐浚一点没意外：“首先用这个软件上传程序，然后这样登录上去，找到程序在的文件夹，编译运行就可以了。”

他修长的手指飞舞，一通漂亮的演示，看着简单极了，但是苗小青琢磨了一个星期，包括现学 Linux 系统的皮毛，才顺利让程序在工作站编译运行。

万里长征还没有迈出第一步，苗小青已经快要阵亡了。

苗小青把过年时重复计算的公式放到程序里，程序运算开始，大约需要几个小时的时间，她回宿舍洗了衣服被单，并把宿舍打扫干净。

五个小时后，已经是晚上九点，她回到办公室，徐浚站在工作站前，温柔地对她一笑：“结果是错的。”

苗小青恐惧地盯着那台壮而厚实的工作站，仿佛那是个恐怖的外星怪物。

她的第一反应，怎么可能会错?

第二反应，是不是徐浚弄错了?

最后的反应是肯定没错，再错我就不干了!

她绕到屏幕前，盯着程序得出的结果，不用拿出那篇综述文章来核对，文章上的结果在推导算法的过程中，已经刻在她脑子里了。

电脑程序运算的结果完全不一致。

物理学的结果可以不完全相同，但不能完全不同。

这是学物理头一天就知道的道理，同一天她知道的道理还有，这是个又穷门槛还高的专业，前辈们对物质生活的要求大都是维持最低温饱线，然后一生都在大脑中推演着宇宙万物运行的最基本规律。

老师絮絮叨叨跟他们讲了半节课，苗小青从老师的话里想象出来的物理学者的生活场景，一个简易的牢笼将自己圈养起来，在笼子里的他们身无长物，只有一颗硕大的脑袋里装着宇宙星辰的奥秘。

苗小青的懈气来得太快。

快得她心头立即就产生了不舍、不甘、不服气的暴躁情绪。

“你把我掐死在这儿吧，我的遗产都给你！”苗小青咬牙切齿地对徐浚说。

徐浚“噗”地笑出来：“这才哪儿到哪儿？刚开始而已。”

才刚开始，苗小青觉得自己已经下过地狱，历过天劫，跳过龙门了，每次都以为到了凤凰涅槃的时刻，可直到现在，她还是只飞不起来的笨鸡。

徐浚敲了几下键盘，屏幕上一行行代码飞速地滚动，几秒后又归于静止。他指着停在屏幕上的那几行代码说：“这里不对，张量指标要换一下顺序，你是不是没做这一步？”

苗小青把手肘支在桌上，蹙眉沉思了一会儿，忽然她的眼睛一亮：“你把刚刚的话再说一遍？”

“我说，这里不对，张量指标要换一下顺序！”徐浚咬牙一字一顿地说，“你给我专心点——”

“停停！”苗小青抬起手掌，“说前面的那句就行，后面的不用说了。”

徐浚看她饱满白净的脸颊高兴地鼓起，眼眸笑得仿佛含着星光，恨铁不成钢地说：“犯了这么简单的错误，你还挺自豪？”

苗小青犹自吃吃傻笑着：“你不懂啊！”

“不懂什么？”徐浚一愣，“你说我不懂？你这么简单的东西——”

“你们几个都不懂，”苗小青打断他说，“你刚说那句‘张量指标换顺序’，要是跟一般人说，肯定谁都不知道在说什么。要是换上学期的我，听了也不懂什么意思。可是我现在一听就懂，不但懂，你一说我就立刻知道错误在哪儿了。”

徐浚无语地别开脸去，她那一脸仿佛刚从空间站回到地球上的自豪感，实在是让他不忍直视。

这丫头天天被杜弘打击，还能在这个组里撑到现在，还这么乐观，冲这点他也不得不佩服。

他拿起桌上的资料，语气不由得温和了一些：“只是算法理解错了，再重新推导一遍。”

“是！”苗小青士气满满地回道。

徐浚啼笑皆非地拿着手上卷成筒的资料敲了下她的头，才递给她。

“教授让你去参加这一届的春季凝聚态物理会议。”

“什么？”苗小青连忙接过资料展开，看了眼封面，她惊异地说，“这么大的会，有那么多大牛在，教授让我们去？”

“是让你去！教授从来只去一些小会，这种大会他很少参加，嫌会上的报告太无聊了。”徐浚说着叹了口气，“本来我也不用去的，但是老板说万一你听了什么报告不懂，要找人讨论，我在刚好。”

苗小青受宠若惊，随即又在心里赞叹自家教授，这就是格调啊！就像那些身怀绝世武艺的世外高人从来不参加武林大会一样。

然而她是个初出茅庐的小鱼虾，得到这样的机会，还有高级顾问随行，心里美得冒泡。

徐浚见她的嘴角又夸张地上扬，挤得两边脸颊鼓起了包，摇了摇头：“别这么没见识，我们组里除了你，都被教授送去国外开过会。”

苗小青一点不嫉妒：“就是说以后我也有这样的机会？”

徐浚皮笑肉不笑，手指点了点会议资料：“看看会议日程表，你师兄程然这次是去做报告的。”他用手指戳了一下苗小青的额头，“你只是个听报告的，想去国外？你以为教授的钱多得烧手？”

徐浚说完就走了，还嘱咐她别忘了关灯。

苗小青翻开资料，一个一个地看，在第二页找到了程然的名字，地点是超导分会场，安排在会议第二日早上的第三个，内容是他这次在 PRL 发表的题目，铁基超导中的向列相。

她合上资料，坐在椅子上久久没动，直到腿发麻了，她才起来关灯，走出办公室。

会议地点在离本城不远的一个地级市，酒店位于市郊，是一个新落成的大规模度假村。

苗小青和徐浚坐下午的动车，两个小时到站。

下车后，徐浚和苗小青正在研究交通路线，一个人攀上徐浚的肩，苗小青转头一看，是刘浩。

“咱们一起拼辆车呗。”刘浩说。

徐浚肩膀一抖，把他的手掌给抖搂下去，却没有反对他的提议，对苗小青说：“要不就拼一下？”

似乎也没理由拒绝，苗小青同意了。

三人排了十分钟队，上了一辆出租车，苗小青坐前排，徐浚和刘浩坐后排。

车里先是一阵寂静，苗小青看着道路旁的房屋，徐浚在玩手机。

刘浩憋了一会儿，跟司机聊了起来，司机礼貌地问了他们是不是来旅游的，车里的气氛就开始尴尬起来。

“我们去开会的，”刘浩说，“学术会议。”

司机很给面子地夸道：“知识分子啊。”

刘浩打哈哈：“还不算，还不算，我们还是学生。”又补了句，“科大的。”

“啊！”司机很给面子，“学霸！”

刘浩也连忙谦虚：“不算不算。”他瞄了一眼前面的苗小青，“哎！你现在怎么样啊？”

苗小青撇撇嘴：“挺好的。”

“嗨！你说你，上次我说要介绍李明华跟你认识，你不肯。要不然这次的 Nature comm（*Nature communications*《自然—通讯》）我肯定给你个共同一作。”

苗小青听得糊里糊涂，共同一作？他说给就给？正要开口问，后面徐浚“咳”了一声，苗小青就假装没听见了。

过了一秒，她的手机提示音响了，打开来看，是徐浚发给她的一个截图，Nature comm 接收了刘浩文章的邮件，徐浚跟着发了条消息：简单地跟你说下，李明华他们组的实验上看到了表面态，刘浩做了个简单的计算，借了李明华那个实验的热度发了篇文章。

苗小青合上手机，慢悠悠地对刘浩说道：“哦，还挺可惜的。”

“没事，下次我带上你。”刘浩龇牙一笑。

“我是说程然挺可惜的，”苗小青笑着说，“他那时要是不拒绝，现在就有一篇 PRL，一篇 Nature comm。”

刘浩慢慢地把身体靠回去，愤然地望着窗外，低低地咕哝一句：“不识好歹。”

车窗都紧闭着，苗小青觉得车里的空气都变得混浊了。

她总算明白袁鹏说的蹭文章是怎么回事了，只有她才会笨到以为求人家加个名字才算是蹭。

PRL 是一区刊物，Nature comm 也是一区刊物。

苗小青始终记得第一次见到程然的样子，眼里血丝密布，眼窝深陷，眼周干得起皮。

那是他即将投稿之前。

苗小青仅仅是做个数值计算，就被磋磨得差点坚持不下去，程然做的东西那么难，他要花多少时间去学习，去摸索，去一次次重复推演，才能发表那样一篇成果?

而刘浩这样的人凭什么?

到达酒店之前，车里一直保持着安静，徐浚靠着后排睡着了，刘浩也闭着眼睛，不知道是真睡还是装睡。

苗小青看着两旁的风景，想着心事。

车开出了市区，密集的房屋变成大片的花生田，间或有从江里引入的水塘。路边和田埂上种着一种树，枝丫上开满了团团簇簇的白色花团，那茫茫的雪白，在青山绿水间，酣畅地挥洒出春末最后的一抹轻寒。

司机说，这是白桐花。

酒店离一级水源保护区不远，傍着一泓湖水而建。

车刚开到大堂门前的斜坡上就停下，他们挨个把行李搬下来。

苗小青站在最外侧，并不着急拿行李。

她一下车就闻到一股草木的清新，四下环顾，酒店几乎处处可见白桐，主楼旁还有一小片白桐林。

白花在风中飞旋，草叶和砖上随处可见飞落的洁白花瓣。

桐花林外是一片斜坡式的草坪，连接着湖水，一条木头栈道延伸向浩浩如烟的湖面。

她专心地欣赏风景，听到徐浚喊了声：“小心！”

她才转过头，就看到取了行李箱的刘浩往后退，眼看要撞上来，她也本能往后退让，右脚却突然踩空，上身不稳，往后仰摔而去。

徐浚眼明手快地将苗小青扯回身旁，苗小青站稳后回头一看，酒店正门前的设计很不合理，台阶很窄，台阶外的斜坡到地面最高处却有一米多高的落差，没有护栏或者种植灌木丛做防护措施，也没立任何牌子提醒。

徐浚递给她行李，皱眉说道：“这个通道的宽度也没达到标准，小城市的酒店，钱都用在一眼看得见的地方，不出事就一直心存侥幸。非得有人在这里摔断腿了，他们才会重视。”

苗小青对他的话深表赞同，也没去跟酒店投诉，反正她住两天就走了。

学生统一被安排到酒店主楼的三四五层，都是两人一间，只有苗小青一个女生可以独占一间房。

教授和研究员的房间则分布各个风景怡美的侧楼，需要搭乘酒店的游览电车。

诚如徐浚所说，这个度假村的钱都用在一眼看得见的地方，房间宽敞明亮，看似豪华的设施，用料其实很廉价，床的尺寸超大，舒适感却极差。

然而学术会议在贵的酒店开不起，这也是现实。

苗小青本想与徐浚一起去吃晚饭，出电梯时，徐浚却扔给她一句话：“又不是跟大人出门的小朋友，到点儿自己下楼吃饭啊！我要趁着会议开始前好好逛逛这儿。”

苗小青只得作罢。

安置好行李，苗小青拿出会议日程表，把她要听的几个报告手写出来，塞了一份到徐浚房间的门缝里。

其中一个报告跟程然报告有十五分钟时间的重合，苗小青用着导师的经费来学习，当然不能专程跑去听程然那个报告。

苗小青佛系地想，如果到时候赶得及就去听。

临到晚饭时间，苗小青给家里打了个电话。苗太太又是从头发丝问到脚指甲，苗小青说哪儿都好之后，她才稍稍放心。

苗小青说自己该去吃饭了，就要挂电话，苗太太突然问：“你有没有交男朋友？”

苗小青说没有。

苗太太丢下句话给她：“不能随便交男朋友，你要是觉得人不错，先带回来给我们看看，我和你爸都同意了才能正式交往。”

苗小青啼笑皆非，不先交往怎么带回家见父母?

但她只是在心里想想，并没有反驳，反正短时间她也不会有交往的对象。

苗太太又说：“你有个朋友来家里拜访，我托他回学校的时候给你带些东西，回头你收到了给我回个电话。”

苗小青一阵发蒙：“我哪个朋友？”

苗太太说：“你的朋友你来问我是哪个？”

“我怕您遇到骗子。”

“妈妈哪有那么傻，他爸来找你爸，带他一起来的。”

苗小青云里雾里，看了眼时间，也没工夫再追问。晚宴马上开始了，有院士致辞，她一个学生总不能晚到，便匆匆挂了电话。

她拿起房卡，一出房门就被定住了。

程然站在对面的房门前，手里拿着一张房卡正要刷。

他的脚边放着一个银色的小行李箱，箱壳上被航空公司贴上了纸签，带着他一路的风尘。

像是做梦一样。

在这个白桐花盛开的春末，在这个喜爱白桐树的城市，她孤独地走了一路，看到花开，看到花落。

她看到了程然。

他穿着跟桐花一样洁白的衬衫，修身的黑色长裤，浓密的头发因为飞机旅程而稍稍凌乱。

隔了半年，他靠在门边，回望着她。

他的面孔清晰地呈现在苗小青眼前，和她梦里，和她想象中模糊的面容不大一样。

苗小青甚至在想，原来他是长这个样子。

他的眉毛有些淡，眼眸却漆黑发亮，使他脸上的神色除了冷漠之外，还有几分少年的纯挚。

苗小青糊里糊涂喜欢了他大半年，这时才明白她喜欢他的原因。

不是莫名其妙的一见钟情，而是一种野心，想要在这目无俗物的眼睛里，占据一席之地的野心。

自古以来，野心多半是以一败涂地告终。

苗小青想到医院走廊上那个吻，他的女朋友躺在病房里，而她扯过他的手臂，倾身吻上那干燥柔软的嘴唇。

那时，她以为不会再见。

“什么时候到的？”

苗小青听到在她记忆里已经有些陌生的声音问，平淡，没有情绪起伏。

她挥开那些思绪，也淡然地回道：“下午。”

“嘀”的一声，随即响起门锁开启的声响，苗小青抬头看，程然已经推开了门。

“我跟室友同住一间，就不请你进来坐了。”

苗小青飞快地转开头，望着贴着米白色墙纸的墙壁：“嗯。”

“你是一个人住吧？”

程然的声音传来，清晰，肯定，明了。

苗小青：“嗯。”

那句“你可以来我这儿坐坐”，怎么也说不出口。

曾经两人待在他的宿舍里好几天，那美好的时光，在某一刻，变成了一个错误。

“呵——”

苗小青额头的神经一跳。

“果然是人不可貌相！”

苗小青条件反射地转过脸，门却“砰”地朝她脸飞来，砸到门框上。

她对着那门怔忡了好一会儿，掏出门卡，反手刷门推开。

站在全身镜前，她把自己仔细地端详了一遍，从乌黑的长发到五官还长在合适位置上的脸，以及不算瘦，离丰满也还差点的，中规中矩的身材。

她今天穿的是白色短袖连帽衫，外面套着一件浅蓝牛仔短外套，米黄色雪纺半身裙，不土不洋，不装嫩不显老。

到底哪儿不可貌相了？

苗小青在屋里转了几个圈，却还是冷静不下来。

既然那一腔怒火没灭，她开门走到对面，连按了几下门铃。

“程然，你出来把话说清楚！”

门开了，一个满脸憨厚的男生开了门，对苗小青客气地说：“你找程然吗？他刚去洗澡了。”

苗小青的怒气值因这张陌生的脸降到了最低，她挤出一个微笑道歉，然后捏着裙子飞快地跑了。

2

程然洗完澡出来，脖子上搭着条毛巾，头发上的水滴到微微发红的脸颊上，仿佛刚跑了 5000 米回来。

“刚刚有个女生找你，”室友说，“挺生气的，看她的样子温温柔柔的，你怎么气人家了？”

程然愣了一下，扯下毛巾擦头发：“她的外表一贯具有欺骗性。”

室友乐了：“说得像你吃了很大的亏一样，玩弄你感情了？”

程然没说话。

“你行啊，空窗才一年吧，”室友说，“这又来一个。这个还不错啊，看着是温柔害羞型的。”

温柔害羞？害羞的女生会在男生宿舍里孤男寡女待上一周？害羞的女生会在医院捧罐啤酒牛饮？害羞的女生会趁人不注意——

要说温柔倒是无可反驳，可那温柔总让他感觉到一丝冷静。

不是情绪上的温柔，只是行动上的温柔，就是察觉到这点差别，让他迟疑了。

“喂！”室友的声音打断他的思绪，“你快一点，我先去吃饭了。”

程然看了眼时间，十五分钟前晚宴就开始了。他从行李箱里扯出一件黑色长袖T恤套上，吹了半分钟头发，抹了一把，见没有滴水，就趿上鞋出门了。

到了一楼自助餐厅，院士的致辞刚结束，他低调地垂首敛目，瞥到最外侧的一桌还有个空位，走过去拉开椅子要坐下，抬眼却与苗小青四目相接。

他还弯着腰，手扶在椅背上，保持着这个姿势，一时没拿定主意是坐下，还是……

不等他一个思路想完整，苗小青已经霍地站起，浑身挟带着冰冷的怒气，转身直直地走出了餐厅。

程然还在愣神，隔壁桌的室友低声说：“还不去看看，这地方是荒郊野外，错过饭点儿可什么吃的都没有了。”

程然的手从椅背上抬起来，又放回去，犹疑了几秒，才看向餐厅的大门，那里已经空无一人。

他绕过椅子走出去。

沿着走廊到大堂，没有人，他的脚步加快，走到电梯口，看了下六部电梯，没有一部停在苗小青住的楼层，知道她没回房间。

室友说的“荒郊野外”又在脑子里响了一遍，他转身走了两步，便跑了起来。

焦急的情绪就在他毫无觉察时冒了出来，程然却无暇识别它。

本科是网球校队的他，这么多年没有荒废跑步和眼力的基本功。大堂的侧门敞开，昏暗的门外，他影影绰绰地看到一个晃晃悠悠的背影。

程然跑出侧门，那个背影已经走出一段距离，他喊了一声“苗小青”，抬脚便笔直地追去，却一脚踏空。

还没反应过来，他的右脚重重地蹩在地上，脚踝处撕裂的痛立刻传到心脏，高大的身体像一根水泥墩子掼倒在地。

倒在地上，他才明白自己摔倒了，还摔得不轻，伤处的疼让他的心脏缩紧，牙齿打战。

他在地上躺了几秒，咬紧打战的牙齿坐起来，摸到受伤的脚踝，才抬眼阴沉地望着那个黑夜中什么都看不清的斜坡。

“你怎么样？”苗小青焦急的声音从他身后传来，紧接着就绕到他前面，低头俯视着他。

“你问我？”程然怒气冲冲地说，劈头就是一通骂，“怎么不问问你自己？不在里面好好吃饭，到处乱跑，给人找麻烦。”

“我看看，伤到哪里了？”苗小青仿佛没听到他的骂声，蹲在他脚边，卷起他的裤腿，脚踝处已经肿得像个包子。

酒店的工作人员闻声赶来，扶起了程然，大堂经理关切地问：“先生您怎么样了？”

程然正要开口，却见苗小青恶狠狠地站起身：“怎么样你没眼睛看不到？”

她接着又好一通数落：“你们这破酒店，竟搞些华而不实的东西。下午我到的时候也差点摔了，你们知不知道？一米多高的落差，不种植灌木，不装护栏，这么大的危险隐患，没摔死人你们就当睁眼瞎是吧？”

大堂经理连忙道歉，又解释：“酒店刚开业，我们也计划这周内装的。”

“你骗人吗？”苗小青说道，“你们那个通道和斜坡设计根本不合标准，装了护栏和灌木丛后宽度不够车拐弯开上来，要解决只能全部拆除后重新施工，这会耽误你们开业，我没说错吧？”

大堂经理听得只觉得脑门儿冒冷汗，连忙说道：“平时我们外面都有人守着，这位先生刚刚跑太快，我们的人没反应过来……”

“你是在怪他不该跑？”苗小青冷着脸问。

“这个确实……”

苗小青朝他走近一步，眼睛冰冷地盯着他：“你是说客人在你们的酒店里不能跑动？”

大堂经理坚持着没被她的气势逼退：“一般成年人很少……”

“有规定吗？”苗小青打断他的话问，“酒店里有没有这条规定？我们会议组联系你们酒店时，你们有没有事先说清楚你们酒店有这条规定？”

“这个当然没有。”大堂经理嗫嚅道。

“既然你们没有这条规定，就不是我们违规，”苗小青字字清楚地说，“你们的酒店设计不合理，导致客人摔伤，是不是你们的责任？”

“这个问题我们回头再说……”

“说什么！”苗小青突然大吼一声，“你们明知道这里是个大隐患，还放任不管，你们只是抱着侥幸的心态。可凭什么？他原本不用受伤的，只要你们稍微负责一点，哪怕在下面摆一排高点的植物挡住，他今天都不会从这里摔下来！”

大堂经理把双手举在身前，比画出安抚的手势：“这位小姐，您先别激动，可不可以先听我说，我们酒店会负责医疗费用。”

“医疗费？”苗小青冷笑一声。

她一把扯过大堂经理的袖子，拖着他要往斜坡上拉：“你给我站上去，我推你一把，你摔下来试试，别说医疗费，你的误工费、精神损失费我都给，我还给你一年工资的两倍，你给我去！去啊！”

苗小青一边吼，一边粗鲁地拉扯着大堂经理。

这时已经有吃完晚饭的人陆续出来围观，场面看上去是苗小青凶悍且仗着有钱为难一个打工的人太没素质，而大堂经理低声下气赔尽小心地为糊口忍着屈辱。

程然皱了皱眉头，喊了一声：“苗小青！”

苗小青没有听见，仍在拖拽着大堂经理，他的西装外套一侧已经被她扯得垮到肩膀上，她的情绪愈加激动：“你也给我去摔次试试！你去啊！”

程然又提高声音：“苗小青！你过来！”

苗小青像刚醒过来一样，身体一僵，松开了大堂经理，却低着头站那里没动。

程然示意扶着他的服务员往前，他跳了两步，将苗小青拉到身边：“别吵了，先去医院吧。”

苗小青仍低着头，脸也朝向另一边，轻轻地“嗯”了一声。

程然松口气，这丫头时不时就给人一个意外，平时那么温柔的样子，跟人吵起架来竟然这么凶悍。

这时室友也冲了出来，从服务员那里接过程然扶稳：“你没事吧。”

“还不知道，”程然说，“正要去医院。”

“我送你去。”室友说。

程然点了下头，看向仍低着头不知道在想什么的苗小青，又稍稍用力地扯了下她，她没防备的身体一歪，头轻轻地朝这边摆动了一下。

就这一下，程然看到了她眼角的泪光。

他的手缓缓松开，然后对扶着他的室友说：“你去房间帮我拿下包，身份证在里面。”

室友正要叫服务员过来换手，程然对他摇摇头：“不用，我可以站稳。”

室友松开手，见他站稳没问题，就回房间去了。

“苗小青！”程然喊道，“过来扶一下我。”

苗小青的脸朝向另一边顺从地往他身边迈了一步。

她刚要伸手来扶，程然抓住她的手腕，众目睽睽之下，将她扯进怀里。

“我没事，”他抱着她，在她的头顶温声说，“这不是你的错。”

可是他刚刚确实骂了她，骂她到处乱跑，给他找麻烦。

程然感觉到苗小青的脸贴在他的颈窝，眼泪流得更凶了，却咬紧了嘴唇，一点声音也没有发出来。

他抬起右手，绕过她的后颈，温柔地圈住。

“对不起！”

他刚说完，怀里仿佛一股重力压向他，他的右脚为了稳住身体而用力抓地，尖锐的疼直击心脏。

苗小青抱住了他的腰。

他轻轻抬了下右脚，强忍着痛。

“对不起！”她的脸还贴着他的颈窝，发出“呜呜嗡嗡”的声音，“如果不是我下午视而不见，你也不会摔下来了。”

他无声地叹息，为什么他就是能猜中呢？

从她递给他那瓶果汁起，他总能从她的目光、神情和字里行间，准确地猜到她的心思。

可立刻又会陷入迷惑，她究竟是因为自责哭，还是因为心疼他才哭？

“我看到了什么？”一声暴喝突然响起。

程然微一扭头，看到徐浚缓缓在斜坡上蹲下，两手抱在胸前，欧式大双眼皮因为眼睛过度惊讶而睁到最大。

“你们俩——”徐浚话没说完，苗小青像兔子一样弹起来，推开程然，在程然差点又摔一次前，连忙又把他拉了回来。

“你们俩什么时候到一块儿的？”

苗小青给他一个白眼，指着程然的脚说：“他脚摔伤了，你看不见？还是你嘴欠诅咒的。”

徐浚看了眼程然肿得像包子一样的脚踝，惊得倒吸一口气：“我这嘴开过光了？”他又跳下来，走近看，“啧，几天时间可好不了，你要坐着轮椅去给报告了。人生中第一次啊，这么着确实难忘。”

苗小青恨毒了徐浚，他们组净是这么人，看看程然那个室友，温文尔雅、和风细雨，一点不负百年清华那八个字的校训。

她扶着程然到台阶上坐下，那位温文尔雅的室友背着包跑了过来，酒店调派的车辆也到了。

四个人一起上了车，开车的是酒店一位管理人员。

二十分钟左右到了医院，挂号问诊，医生用手指在那肿成馒头的脚上压了压，程然疼得“咝咝”抽气。

“不像骨折，安全起见还是拍个片。”

医生很快开好单子，三个人推着程然去了 CT 室。

程然进去后，三个人在外面等。

徐浚无聊地踱来踱去，突然又回过味来，眯起眼睛看着苗小青：“我这一路想都不对，程然脚摔伤了也不用抱着啊，你们刚是抱着的吧？”

苗小青望着墙壁，直接无视他。

徐浚挡住她的视线，痛心疾首地劝道：“程然有女朋友啊，小青苗！”

“谁说的？”室友突然问，“谁说程然有女朋友？”

“都到我们学校去过了啊。”徐浚说。

“什么啊！”室友本来坐着，又站了起来，“是去搞事了吧？难怪程然请了一个月假才返校。”

徐浚不明状况地看了一眼苗小青。

苗小青没接这个眼神，直接调开视线去看墙壁。

“怎么回事？”徐浚问。

“他们一年前就分手了，哦，就是去你们学校之前。”室友本来靠墙站着，又走到对面，说，“那姑娘精神不太正常，经常半夜里给程然打电话，做生死告别，然后就挂了电话关机。这么一来谁还敢睡啊，程然只好半夜里到处去找，找到了还好，找不到回来还怎么睡？第二天还要干一天活，人都被磨得蜕了层皮。就这还不能发火，一发火，那姑娘就找来学校，跪在宿舍门口。”

徐浚听得一愣一愣的：“这么神经的吗？”

“别说程然，我跟他同住一间宿舍都受不了，这心理负担得多重啊。”室友说，“我们怂恿程然分手，程然跟我们说她小时候特别惨，被她妈逼着学钢琴，一天五小时打底，她妈抱把木尺站旁边，弹错一个音符，木尺就落到手臂上。”

“是很惨。”苗小青轻声说。

“可她的惨又不是程然的错。我们做科研的，在感情上耗得起时间跟精力吗？”室友朝苗小青丢去一个愤然的眼神，“你也是物理系的，不明白？”

“我明白啊，”苗小青说，“我也没说什么。”

徐浚一拍大腿："哎！那这么说她在系办——"

苗小青走过去，用肩膀撞得他晃了一下，对他做了个闭嘴的手势。

徐浚脸上兴奋的神色退下去，悻悻地坐下。

"程然怎么跟她在一起的？"苗小青问，"这个你知道吗？"

"那姑娘跟同学来我们学校演出，在食堂碰到程然，当时没空座了，就拼桌了，"室友顿了顿，似乎又回忆了一下才说起，"又聊起是同省的，加了好友。你们也知道程然，木头桩子一个，但架不住那姑娘对他好，冬天围巾不围脖子上，裹着热好的牛奶，一路抱怀里给送过来。其实送来都冷了，程然为了不浪费她一片心意，还得烧开水再泡热了喝。我完全想不通她这么做的目的是什么？程然也想不通，但还是感动了。"

苗小青出神地望着那堵白墙，想着得经历过什么，才会将别人对他的好视为毒蛇猛兽。

程然懂，现在她也懂了。

小时候，她曾做过一个梦，她是一只幼嫩的蚕，被妈妈哺出的丝层层包裹，在她那个黑暗的、密不透风的小世界里，她摸着那厚厚的、将自己牢牢囚禁的丝，对自己说，这是安全感。

醒来以后，她却恼恨自己的弱小和无力，没有在这世上牢牢站稳脚跟的能力。

从小到大，她只见过一种爱的方式，像妈妈拼命地爱爸爸、爱她，那种令人窒息的方式。

所以从见到程然第一眼起，她只会无厘头地向他示好。

因为没有人教过她，这世上还有其他的喜欢人的方式。

"总之啊，"室友满是逃出生天的感叹，"能摆脱就是好事，那么块豆腐，碰不得，吹不得，天天都提着心——"

室友突然闭紧了嘴。

厚重的门朝两边滑开，医生推着程然出来，苗小青接过轮椅，等报告的时间，四个人到医院外面的一家粥店吃夜宵。

粥店没有客人，店里为了节省，把里面的灯都关了，只留了窗边的一排灯，光线昏暗阴沉的，像电影里的罪案现场。

一个服务员从黑暗的前台走到灯光下，领他们坐到灯光最亮的一个位置。

苗小青看菜单的时候，那三个人已经聊起了物理。她想问问他们的意见，这三个人都是头也不转地扔一句"随便"，又聊了起来。

徐浚和室友都吃过饭了，苗小青点了两碗皮蛋瘦肉粥，两个凉拌菜，一荤一素，两个热炒，一盘白菜肉馅饺子。

“给我来瓶啤酒。”徐浚抽空补了句。

苗小青把菜单递给服务员，往他那污黑油亮的围裙瞅了一眼，又连忙移开了视线：“两瓶。”

徐浚指着室友：“兄弟你喝酒啊？”

室友摇头：“我不喝。”

“那谁喝？”徐浚的视线在三个人身上来回扫。

程然淡淡地瞥了眼苗小青。

徐浚怔愣了一下，望着苗小青，笑了起来：“你喝酒？真稀奇。”

苗小青淡然地点了点头。

程然睨他一眼：“怎么了？”

徐浚说：“这不是少见嘛，连你们这两个男的都不跟我喝酒。”

服务员拿了啤酒来，开瓶器抵着瓶口，“砰砰”两声，又攥着瓶盖走了。

徐浚拿起酒瓶要给苗小青倒酒，苗小青拿走了杯子：“别这么油腻。”她说完拿了瓶啤酒倒进杯里，斜了眼徐浚，“自己喝自己的。”

“行，喝自己的。”徐浚倒满一杯，喝了一口，问旁边的室友，“兄弟，还不知道你名字，做哪个方向的？”

室友憨厚老实地笑了下：“朱赢，做拓扑绝缘体。”

“大热门啊，”徐浚连忙捧了起来，“文章好发。”

苗小青对于徐浚的油腻不忍直视，不由得问程然：“他哪儿学的这么些社会习气？”想了一下，又问徐浚，“我一直很好奇，你每年出去旅游好几个月，钱都哪来的？”

徐浚嘿嘿一笑：“吃老本啊。”

程然说：“他本科毕业后在投行做 quant（职业从事金融量化交易工程的人员），入职就三十万年薪。”

苗小青无语，原以为最平凡的一个，没想到背景还是不简单。

“我们组是不是就没一个凡人啊。”

“有啊，”徐浚说，“你不就是。”

苗小青端起啤酒，猛灌了一大口，杯子放回桌上，杯底还剩了一丁点儿酒。她的神色有些悲愤：“聪明人都跑来做物理了，我这样的人怎么办？”

“不聪明就不该来做物理。”程然神色严峻地说。

“其实学物理不一定就要做物理啊。”朱赢打圆场，“我们那些去了国外的师兄，后来转行不是去了华尔街拿了全球派遣的职位，就是回国进了软硬件公司做技术高管，年薪都是一两百万起，日子比做物理的师兄们好过多了。”

徐浚也附和道：“都能把物理学好了，除了数学，这世上还有什么是你学不会的？”

“前途其实不需要担心，”朱赢说，“只要你不死磕物理。”

这算是前辈们给新手的忠告和安抚吧。苗小青默默地喝了一口酒，家境富裕的她，从来不考虑生存问题，她需要的是价值体现。

她的视线在三个人身上扫过，徐浚喝酒，朱赢挑了根青菜送嘴里，程然低头喝粥，她离他们很近，可一旦他们说起物理，她就像被拖进了层层的隔阂后面。

她想进入那个世界，他们在说什么，她也能听得懂，也能插上话，而不是脑袋像贫瘠的荒地，一点养分没有。

随便吃了点菜，把酒喝完，苗小青去结了账。四人 AA（平摊），其他三个人把自己那份又付给了她。

回到医院，报告已经出来了。

医生看了说没骨折，不需要打石膏，开了云南白药喷雾和活络油。

苗小青沉重的心口松泛了不少，折腾了一晚上，回到酒店房间，冲了个澡就睡了。

3

程然没有坐轮椅去讲报告。

苗小青听完报告后就溜了出去，穿过走廊的拐角，进了超导的会场。

她猫腰钻到最后一排，随便找了个位置坐下，抬头便看到白色幕布下的程然。

他又穿着白色衬衫，长袖随意地捋到手肘，黑色的修身长裤，身材的线条流畅而丰沛，在台上走动站定都透出沉稳。

然而苗小青却看得清楚，他的脚步偶尔不太顺畅，右脚每每出现不易察觉的拖行时，就代表他在忍耐着钻心的痛。

苗小青焦急地看了时间，还剩下十分钟。

她一直知道他有着强大的意志力，而且相当冷酷，对别人，对自己都没有多大的热情。

所以他对自己一点也不怜惜，不接受坐轮椅，连一根拐杖也不能接受。

时间过得好慢，程然的声音渐渐有些不稳，偶尔还会停顿几秒，不如之前的流利顺畅。

苗小青知道他一定是疼得快忍耐不住了。

她仰头望着天花板上刺眼的灯，恍恍惚惚想起了程然昨晚的话：不聪明就不该来做物理。

把话说得这么讨厌的人，疼就让他疼吧。

她刚这么想，会场顿起一阵喧闹。

苗小青的面前出现重重的阴影，那阴影像急浪一样滚滚往前。

她凛然回神，前排的人大都离座了，后排的也都站了起来，伸长脖子往前看。

她倏地跳起来，跑到前面，几个人围着摔倒在地上的程然，有人在扶他。

苗小青的心像被压上一块大石头，脑子里反复响着一句话：他摔倒了，当着这么多人的面摔倒。他不愿坐轮椅，不愿拄拐杖，想要体面地跟众人讲完他这一年多的成果，结果他却出了更大的丑。

耳边人语纷纷，都是关切地问：

“怎么样？”

“没事吧？”

“要不要去医院看下？”

苗小青仿佛这才敢去看他。

程然被人扶着站起，他的头低垂着，看不清脸。苗小青不知道自己为什么笃定地知道，他现在的内心一定是想尽快离开这里。

她走上前，紧紧挽住他的胳膊。

程然低垂着脸，用眼角的余光看了下她的手。

“回房间擦点药？”她问。

程然没说话，重量却压到了她这边。

苗小青搀着他往外走，他这次大概是旧伤又严重了，虽然神情依然冷肃，走路却是一瘸一拐的。

回到房间，苗小青扶他到床边坐下，把浸了热水的毛巾递给他。程然一言不发地接过，贴着脚踝敷好，仍低垂着头。

“我没事了，你去开会吧。”他说。

苗小青望着窗外的天空，没说话，也没有动。

“我一个人待着就可以了。”程然垂着头，语气有些恼。

苗小青这才转过脸来，盯着他：“你说什么我就得听？”

程然抬起头：“什么？”

“别那么输不起。”苗小青目光很淡，淡得有些冷漠，“你觉得不能输，实际上，有谁在把你当对手呢？”

程然的脸色很不好看：“你没头没脑地说些什么？”

“都是些大佬，谁把你一个学生当回事呢？”苗小青说。

程然的眼里迸出冰冷的光：“你出去！”

“听着难受？”苗小青坐着没动，却看向窗外，“你仗着比我厉害，对我说了多少难听的话？昨天还说不聪明就不该来做物理。我说你一句就难受？”

“苗小青！”

“呵——”苗小青学着他嘲讽的笑，“你以为你大声我会怕？我和你最大的区别就是——我从来不觉得自己多厉害，所以没你那么爱面子。”

程然没说话，抿紧唇冷然地望着她。

苗小青看着他有些狼狈的形象，扎在腰带里的衬衫扯出来不少，皱巴巴地堆在腰侧，领子也斜敞着，扣子歪七扭八，像个刚被炒鱿鱼的失意上班族。最颓的是他的神色，懊恼地拧紧眉头，只有那一双漆黑的眼睛，仍极力地维持着冷酷和高傲。

“为什么不回群里的消息？”苗小青问。

程然的神情一动不动，并没有回答的打算。

“觉得上次的事很丢脸？我们会笑话你，系里的人会把你当谈资？”苗小青起身走到他旁边，揭起已经冷掉的毛巾。

刚要转身，手腕被他捉住。

他的力气很大，捉得很紧，苗小青疼皱了下眉，视线落到他骨节分明的手，又往抬起眼皮往上，落到他肤色微白的脸上。

“松手！”她说，“很疼！”

程然没有松手，反而将她拉得往前跌了一步。

苗小青踉跄后站稳，倔强地瞪着他，手往回缩。

程然的手更用力了一些，苗小青吃痛地“嘶”了一声，不由得弯下腰，抬眼对上那双冷酷的眸子。

“人和人之间的力量是有很大悬殊的。”程然声音很轻，却像一根绷紧的弦。

苗小青忍着痛，冷静下来，目光挑衅地跟他对视。

“你又能怎么样？”她忽然微笑，“敢动手吗？”

她的微笑让程然一愣，她的笑容总是充满温柔的力量，能安抚人心，也能让人放松警惕。

趁他愣神之际，苗小青猛地抽出手，对准他的胸口，使出全身力气一推。

程然的头重重地倒在床上，脑子出现短暂的空白。

苗小青抽起床头的枕头，对着他一顿没头没脸的乱抽，边抽边骂：

“你以为你多了不起？

“你妈没教过你对人要有礼貌？

“你个自我感觉良好的浑蛋。”

程然刚开始挨了一下，就一骨碌翻到床尾躲开，他躲到哪儿，枕头抽到哪儿，最后只能举手臂或是抬膝盖去挡，但也还是结实地挨了好几下。

他的斯文全无，忙着左右格挡，气恼又狼狈地喊：“苗小青！”

苗小青一听，嘴唇一咬，抽得更急更狠。

程然看她已经完全失去了冷静，身体一跃，跳下床，从她背后去夺枕头，手还没够到枕头，右脚一阵钻心的痛，连忙又抬起来，身体一个不稳，把苗小青连人带枕头地扑到了床上。

时空好像突然打了个滚。

苗小青张目望着天花板，静静地陷在廉价的床垫里，大脑中一会儿雷鸣电闪，转瞬又万籁俱静。

她抬起手臂，摸到一把程然的头发。

他的脸就在她的头旁边，面朝下埋在被子里，发出短促的呼吸声。

“你真是泼妇！”他发出窒闷的声音，每个字都带着鼻息的轻微嗡鸣，“太凶悍了！”

苗小青推了下他的肩：“你起来！”

程然捉住她的手，按在他的手掌下面，脸还埋在被子，一动没动。

“起来！”她又说了一遍。

他还是没动，也没出声。

这个姿势让苗小青很是无措：“起来，我不打你了。”

被子里发出一阵沉闷的笑声，程然转过头，看着她：“你是吃定我不会还手？”

苗小青抬腿想踢，他的动作更快，长腿一伸，又压得死死的。

她现在除了心脏能动，其他哪儿都动弹不得了。

“你还喜欢过别人吗？”程然突然问。

苗小青想了想，说：“喜欢过两个。”

说完就感觉到程然的身体僵了一下，她又说道：“初中物理老师和高中物理老师。”

程然猛地支起身体，一双漆黑的眼睛盯着她问：“所以你才学物理。”

苗小青瞪着他半晌，转开脸，气恼地说：“是喜欢物理，我感觉每个神秘而美丽的结论背后，一定有个简单而清晰的原因，有没有觉得跟爱情很相似——”

她的话没说完，程然低头吻住她。

苗小青震惊之下，第一反应是推开，吻又落了下来。

“你把我当什么？”

她推开，程然望着她，望进她的眼底深处：“上次你把我当什么？”

苗小青愣住，手上的力被卸走了，心和身体都软得像棉花。

程然的吻又落了下来，温热的气息扑到她的鼻尖，嘴唇依然柔软，仿佛还有糖果的甜润味道。

他的手穿过她的背，轻轻揉了下她的腰侧，又放着不动，只将她揽得更紧了些。

苗小青昏头昏脑，大脑中又开始雷鸣电闪和万籁俱静来回交替。程然的气息刺激着她，那像经年的木头散发出的味道，不香，却是令她沉迷的、发昏的味道。

察觉到不对劲时，苗小青才睁开眼睛拍着他，含混地喊着：“程然！程然！”

身体的重量突然一轻，她睁开眼睛，程然已经躺到一侧，替她整理好了敞开的衣领，然后拉过她抱着。

两人都静默了一阵。

很久以后，程然问：“你不怕别人说吗？”

“说什么？”

“女朋友刚闹分手，你就跟我——”

“随他们说。”苗小青满不在乎地说，“我自己知道怎么回事就行了。”

“我不会对你有多好，”程然又说，“也不懂怎样才算是对别人好。”

“我会对你好，”苗小青仰头，在他唇上点了一下，“你跟我学就行了。”

程然极其认真地望着她，黑亮的眸子闪着温暖的光，那是苗小青头一次从他的眼睛里看到了冷漠以外的情绪。

她抬起手，摸着他的脸，“我喜欢你，也喜欢对你好。”

程然的心里动容，刚吻到她的唇上，门锁转动的声音响起。

苗小青一骨碌滚到床边，落地站得稳稳的，一脸肃然。

室友趿着鞋走进来，看到苗小青一怔，指着门口说：“我再出去逛逛。”

程然看到苗小青脸上的尴尬，笑了起来。

室友往外走了两步，又折回来：“不对啊，你不是住对面，你们过去呗。”说着站到墙边把拖鞋换了，“程然让我把房间订在你的房间旁边，后来听说你一个人住，我还以为我能独占一个标间呢……”

他的话还没说完，苗小青已经跑出了房间。

第三天早上会议结束，下午组织去坐船游湖，湖心有个小岛，岛上的顶峰有座观音庙。

程然脚伤不能爬山，苗小青对观音庙没兴趣，两个人就待在酒店里。

酒店方来商议了赔偿事宜，苗小青拍着桌子说：“如果你们没有诚意，就跟律师去谈。”

程然只当她是吓唬，酒店方也没把一个学生放在眼里，直接谈崩了。

苗小青跟程然回房间，讨论这两天她听的那个报告。

一个小时后，酒店又来电话，表示愿意赔偿医疗费、误工费，甚至还有精神损失费，虽然不多，但已经很不容易了。

程然感到奇怪，问：“他们怎么突然想通了？”

苗小青还专注在推导上，潦草地回道：“管他们呢，愿意赔就行了。”

“是你一直跟他们誓不罢休的，现在他们妥协了，你怎么一点高兴的意思也没有？”

“意料之中的，这些人就是欺软怕硬——”苗小青顿了顿，把他扯过来，指着算稿上一处说，“这里还是不对啊。”

程然拿着笔在纸上划了几下，狐疑地看着她：“你这是在找男朋友还是在给自己找家教？”

苗小青没理他，直到把整个公式推完才抬起头，发现程然已经靠在床头睡着了。

她轻手轻脚地走过去，凑近他的脸看，他的眉头舒展着，睫毛轻垂，鼻梁很高，发出轻而均匀的呼吸，还有唇。

不算是薄唇，上唇有点肉肉的，下唇才很薄。

苗小青想到昨天下午，心跳如鼓。

她一阵心虚，正要转开视线，程然睁开了眼睛，大手一揽她的脖子就吻了上来。

又是没什么正题的一阵拉扯翻滚，隔靴搔痒地拥抱揉捏，最后干脆抱得紧紧的，谁也不动了。

“要不要出去走走？”苗小青看着窗外的阳光说。

“我怎么走？”程然没什么兴致地望着天花板。

“我让酒店送个轮椅来，我推你。”

程然给她一个不满的眼神。

“就当提前体验老年生活了，”苗小青说，“你老了，也是要我推的。”

“我只比你大一岁。”

“大一岁就让让我。”苗小青无赖地摇着他。

程然还是坐上了轮椅，被苗小青推到了湖边那片白桐林的树荫下。

苗小青的脚踩着松软的草地。青草不是公园里修剪得很短的专用草，而是自然生长的野草，草叶细长柔韧，间杂生长着宽叶类野草和紫色的小野花。

“土挺软的，我扶你走走？”她问。

程然点头，被她搀着站起来。

“你右脚别用力，我能扶得动。”苗小青见他走两步偶像包袱又背上了，怎么都不肯让右脚拖行，就站着不走了，“你是想发展成习惯性崴脚？”

程然抿了抿嘴：“走吧，我知道了。”

苗小青扶着一颠一跛的他往林子里走，地势很平，泥土因为常年阴湿，也很松软。

走了十来米，就听到淙淙的流水声。

“还有小溪？”苗小青往前看，只是一条不足一米宽的小溪涧，溪边有几块石头，“我们去那里坐会儿。”

林子里不时有微风徐拂，风里带着馥郁的桐花香气，草地上也落了一层洁白的桐花，苗小青感受到一股山间林下的清爽气息。

“这地方风景不错。”程然说。

苗小青扶他到石头上坐下，自己坐到对面，捡起一朵白桐花放到鼻下嗅：“这花的香味还真独特。我还特意查了它的花语。”

“是什么？”

“情窦初开。”苗小青笑着说。

程然也笑了一下，低下头，也捡起了一朵拿在手里看。

一阵微风拂过，林子里的树叶沙沙响。

“你为什么想做物理？”程然摊开手掌，把花放在手心里，递给她，“很喜欢？”

苗小青接过花，实话实说：“我不知道。”

“你研究生笔试第一名，考计算机、金融数学这些高薪热门专业应该都有希望。”

苗小青想了想说：“外公教我的，年轻时走路最好笔直地往上走，而不是从旁走。”

程然的眼神有些缥缈地穿过她，望着远处，几秒钟后又收回来，看着她的脸说：“如果——我是说如果，哪天有别的选择，或者因为别的原因，你会转行吗？”

苗小青认真地想了一下，说：“我不知道。”

“就像朱赢说的，同样是藤校的博士博后，有人值百万年薪，而一个中科院的物理研究员就只值二十万年薪。”程然说，“而且大部分人都是默默无闻，一生都出不了什么惊人的成果，你还会放弃高薪，坚持走这条路吗？”

苗小青的神色凛然起来，程然的话让她想到《月亮与六便士》里的经典拷问——假如你再怎么折腾也只是个三流画家，还值得你放弃一切吗？

苗小青很确定前半句，再怎么折腾，她也只会是物理学术圈里一个默默无闻充数的角色，物理不单只要求刻苦，更要求天赋。

可是会不会放弃一切，坚持走这条路，她真的不知道。

程然的声音似远似近地响起，像鼓点敲在苗小青心上：“我从来没有第二个选择，无论发生什么事，我都不会放弃物理。”

他的话像是一种庄严的宣告，宣告他铁打铜铸的决心，未来天崩地陷也绝不可能更改。

可此时的苗小青并不懂这句话里预示的含义，那也许是一种悲伤。她在穿透树枝间的阳光里微笑，嘴角弯弯，脸颊像鼓起的苹果，无忧也无愁。

“好，我也会努力的。”她骄傲地说。

程然眼里的光黯淡下去，他试图张嘴说点什么，最终却是抿了抿嘴，什么也没说出来。

苗小青走到他面前蹲下，把头靠在他的胸口，絮絮叨叨地说着早想跟他分享的话：“我知道我现在还没摸到门，可你知道神奇的在哪儿吗？我已经学会很多东西了，会写程序，会操作 Linux 系统，会用 python 画图……我没想到物理能让一个人具有这么强大的自学能力。”

她骄傲地说着，看不到她依偎着的程然，僵硬得就像一尊沉思的雕像。

4

第二天早上，他们分头离开。

程然和朱赢坐车去机场，苗小青和徐浚、刘浩拼车去了火车站。

这次会议过后，在苗小青他们触不可及的地方，政策一个接一个下发，极大改善了教授研究员的待遇，无数人才被引流回国，许多国外实验室舍不得买的昂贵仪器也通过海关进入了国内实验室。

但同时，某几个专业的大量研究生与博士生却困于实验室里，做着重复机械的实验，毕业后就业艰难。

苗小青并不知道外界发生了什么，她所在的组，几年间没有任何变化。

回到学校后，苗小青修改了程序。程序计算后的结果跟文章上的结果相近，历时半年，她终于可以开始写计算 Kagome 晶格海森堡模型的程序了。

万里长征正式跨出第一步。

苗小青在高强度的工作和学习当中，丝毫没感觉到时间的流逝。

徐浚最终决定继续读博，如果没有意外，他们俩应该是一起毕业。

而这时的她，压力也达到了顶点，应付完期中考试，算了一部分数值，分析了一部分结果后，期末考试又到了。

考试结束后，苗小青的研究生课程全部结束。她的精神一放松，回到宿舍就开始睡，直到晚上余向晚回来，听到她书桌上的手机一直响，才叫醒她。

苗小青从被子里冒出头，揉了揉额头，咳嗽两声，才接过余向晚递来的手机，屏幕上六个未接电话。

她正要点进去看，视频打过来了。

苗小青揉了揉胀痛的额头，屏幕上程然的脸色很不好。

“怎么一晚上不接电话？”

“忙考试，熬了几天。”苗小青说着打了个哈欠，看到程然背后的路灯，“你在外面？”

“回宿舍。”

苗小青听到空旷的踢踏声回响：“几点了？”

“十一点半。”程然说，“你没事就行了，接着睡吧。”

苗小青心里一阵甜软：“担心我啊？”屏幕黑了两秒，她连忙说，“别挂，有事问你。”

程然的脸又出现在屏幕里：“谁说我要挂了？暑假你回不回家？”

“研究生哪来的暑假，不回。”苗小青说，“你呢？”

“我也不回。”

“那我去找你。”

程然那边一直晃着的画面突然静止了，过了两秒，他说道：“别说我没提醒你，赶紧把你手上的事做完，不然你到时哭都没地方哭。”

苗小青不以为意：“老板又没催我。”

“呵——”程然说，“等你死到临头，看老板会不会理你。”

“什么意思？”苗小青赶忙问。

“你现在做到哪一步了？”

“有一些最初步的结果了，我刚写完加上 SU（2）对称性的程序，正在计算，还没出结果。”

程然在那边沉吟了一下：“暑假你别乱跑了，抓紧算出来。”

“发生什么事了吗？”

“现在还不确定，但你最好是赶紧做完，做不完进度也尽量加快。”

苗小青的心简直像被程然用一根无形的线拉紧了：“可我想去看你。”

“没这个必要。”程然说，“你抓紧睡吧。”

说完对话窗口就关闭了，程然彻底从屏幕上消失。

苗小青把手机扔到一边，又躺回床上。

余向晚坐在床边擦头发，见她打完电话，拿下毛巾问：“你跟程然怎么回事？”

“你看是怎么回事就怎么回事，”苗小青恹恹地说，“我也不知道跟他怎么回事。”

程然怎么界定他们关系的，苗小青一直就没拿准。

开会回来以后，电话倒是经常打，但都是平淡如水，说不了两句就挂电话。

余向晚的神情是显而易见的震惊：“你跟他？他女朋友可是……”

“你们不了解情况。”苗小青的头昏沉得厉害，也不想就这个话题再说下去，便翻了个身，做出要睡觉的样子。

余向晚却坐到了苗小青的床边，苗小青很是讶异，要知道余向晚一向不喜欢麻烦别人，从来不碰苗小青的东西，此刻却很亲近地坐她旁边。

“怎么了？”苗小青强撑起精神问。

余向晚的神情有些尴尬，仿佛有难以启齿的话要说，嗫嚅半晌，才张口问道：“你是不是会 C++？”

苗小青点头，又问：“怎么了？”

“能不能教我？”余向晚很难堪，学姐跟学妹求教，怎么都是件很伤自尊的事。

“就这事啊！没问题啊。”苗小青爽快地答应了，又问，“为什么要学这个？”

余向晚叹了一口气：“还有一年就毕业了，才发现我这个方向很难找到好的工作。”

苗小青了然，不知道该说什么安慰她。

余向晚露出一个不自然的笑：“去年你刚入学，我还在想你真倒霉，能换个导师就好了。现在才知道，倒霉的是我这样的。”

苗小青想了想，问：“你想没想过毕业后找哪方面的工作？”

余向晚失落地摇摇头：“最想的是去金融公司和人工智能，可我又不懂算法，现在学也晚了。先学写程序，看看软件行业吧。”说完羡慕地看着苗小青，“你毕业就不用为这些事发愁了。”

苗小青笑了笑：“能不能做好还不一定呢。”

“不过你也是真的厉害，”余向晚叹服地说，“大家都在议论你怎么每次都考第一，那是他们不知道，学校课程上教的那点东西够什么，你这一年把多体理论都自学完了吧？还要写程序，读文章，也不知道你哪里挤出来的时间。”

“可我也只能做做数值。”苗小青说。

“只能？”余向晚朝她的背拍了一巴掌，“你还想怎么样？你懂算法，毕业去金融或人工智能，年薪三十万起步。”

苗小青只是微笑地点头，她很清醒，这都是因为她有一个条件好的家庭，没有任何顾虑，只需要学习就行了。

她现在有些明白，为什么大多数学生不愿意跟在江教授底下。

比起一个唾手可得的不怎么理想的未来，每个人都更害怕一个遥不可及的光芒闪耀的未来。

好人都不会赌博。

而苗小青有家底去赌。

第四章 /理想

我想做个一心追逐月亮的人

1

苗小青在炎炎夏日里病倒了，高烧39℃，连烧了三天才退热。她没有从早到晚待在办公室，然而到了要提交参数的时候，她还是拖着酸软的双腿去了办公室，到程序开始运算时才休息。

其间还有过一次组会，苗小青戴着口罩坚持参加了。她站在白板下面，说两字又三声咳嗽，就这样坚持着跟江教授报告完了这周的工作。

江教授仿佛没听见她的咳嗽，甚至没过问一句她的身体状况，然而苗小青却发现她这样断断续续地讲完，江教授也耐心地听完了，没有打断没有催促，最后简明扼要地纠正了她的误区。

离开会议室前，江教授看了她一眼，淡淡地说道："病了就好好休息。"

余向晚每天在宿舍啃苗小青给她的书，顺便帮她烧烧热水，打打饭，虽然交际简单的她还是不太懂得照顾人，苗小青却很满足了。

物理系的人看似冷漠，有距离感，实际上是他们不懂得怎么去跟人相处，一旦有人愿意走近他们，相处下来反倒更轻松。

暑假开始，本科生都离校了，学校立即冷清下来。

江教授向来不管学生，暑假丢下一句"你们自便"，就挥挥衣袖去普林斯顿访问了。

他前脚刚走，办公室的人后脚就作鸟兽散。

只有苗小青这只飞不起来的笨鸟仍留守办公室。

苗小青没有去找程然，连计划都没有，一旦开始计算，她连好好洗个脸的时间都没有。

余向晚时不时来办公室，苗小青把能教的都教给她，大家都是自学，余向晚遇到简单的问题通常都自己花时间解决，解决不了才来找苗小青。

比起余向晚这个还剩一年就要面临就业的准社会人，苗小青要比她忙得多。

提交完一个小参数，程序运算有几个小时的间隙，她拿着一本《量子场论》在啃。

午饭时间，办公室只剩下苗小青一个人，感冒后她一直胃口不好，正餐很少吃，大都用下午茶和夜宵对付。

一束阳光斜照进办公室，电脑主机的风扇呜呜转着，时不时响起一阵笔在纸上沙沙划过的声响。

余向晚推门进来时，苗小青刚翻到第三章第二页，是她完全看不懂的内容。

“我那程序又编译错误，”余向晚有点崩溃地说，“就这么一个简单的小程序！”

苗小青连忙安慰她：“刚开始都这样。”

余向晚瞄了一眼工作站正在跑的程序，啧啧赞叹：“看到那些类啊对象啊函数啊我头就疼，你真厉害！”

苗小青苦笑：“那是你没看到我刚开始写的时候，差点上吊。”想到那时幸好有徐浚教她，她又说，“我去帮你看看？”

余向晚连忙摆手：“不用不用，那么个简单的程序，我自己搞定。对了，我来找你是因为——”

她的话没说完，门被拉开了，一个戴着金边半框眼镜、穿着打扮都极上档次的年轻人靠门站着。

余向晚指着他说：“找你的。”

苗小青看了那人一眼，第二眼就认出来了，却不记得他的名字。

“你是？”她问。

“贺晖！”贺晖丝毫没意外她早就忘了自己的名字，也不介意多说一遍加深她的印象。

“你怎么在这儿？”苗小青问。

“我一个系一个系打听的。”贺晖说。

实际上他是从苗太太嘴里套的话，知道了她念物理系，一进这幢楼就碰到了认识她的这个姑娘。

“你们聊，我先回去弄我的程序了。”余向晚走到门边，挥了挥手就出去了。

苗小青扔开笔，抱起手臂：“我是问，你为什么会来找我？”

贺晖并没有急着回答她的问题，他首先环顾这间简陋又陈旧的办公室，桌上放的、地上堆的、白板上写的，几乎随处可见那些复杂的公式。

真是令他这个学渣自惭形秽。

他又看向苗小青的办公桌，桌上是一台超宽的电脑屏幕，旁边摆着一本翻开的书，密密麻麻的英文加上仿佛含着恐怖力量的公式，让他难受得移开了眼。

看到那张温柔的面容才好受多了。

然而和上次面孔柔嫩细致的她比起来，此时她的皮肤干燥，黑眼圈很重，显得脸色极其疲惫，但她的面容依然温柔。

温柔是温柔，面对他却从来没有热情。

“你多少天没睡了？”贺晖问。

苗小青冰冷地问：“你来干什么？”

“我顶着大太阳来能干什么？”贺晖说，“看你有没有空，一起吃个午饭。”

“没空。”

贺晖毫不意外：“我可以帮你叫外卖。”

“我没空。”苗小青说完，低下头看着书，送客的意思很明显。

贺晖手机翻了一圈，举到脸前拨出一个电话。

他开了免提，苗小青很快就听到妈妈的声音，好像跟他很熟似的——

“阿晖，你见到青青了没有？”

贺晖瞥了苗小青一眼，她的眼睛因为惊讶而睁大。他笑了一下，对着听筒说：“阿姨您好，我刚见到，她可太忙了，想请她吃个饭都没空。”

苗太太的声音不悦地沉下来：“叫她接电话。”

苗小青跳起来，连忙说：“我去，我这就去！”

苗太太却丝毫不信：“青青，你是不是骗妈妈？在那边根本没好好吃过饭！”

苗小青怨愤地瞪着贺晖，对着他的手机说：“我想做完手上的事再去。”

“等你做完事情，食堂都关了，你去哪里吃？你是不是经常吃街边小店？”

苗小青揉着额头，说：“我没有。学校有给教职工全天开放的餐厅，我都去那里吃。”

“那你快跟阿晖去。”苗太太命令道，又对贺晖嘱咐了几句。

贺晖挂掉电话，看着苗小青脸上如同遭受无妄之灾的神色，忽然有些后悔。

然而下一秒他又心硬了起来，如果不通过这种办法，她永远都不会允许他接近。哪怕她鄙视、讨厌，也比她从不把他放心上的好。

“东西在哪儿？”苗小青问。

贺晖大脑迟滞了一秒，才反应过来她说的是苗太太托他带的东西："在车上。"

苗小青越过他，关了灯往外走。

一路走到系办的室外停车场，苗小青老远就看到了那一辆橘红色跑车，停在一排灰黑色的旧车之间。

苗小青站得远远的，说："你去把东西拿给我。"

"拿不动。"贺晖走到车后，开了后备厢，对苗小青招招手。

苗小青迟疑了一下，还是走了过去，看到那塞得满满的后备厢，差点晕过去。

贺晖无辜地说："我原来也以为就是几个提袋。"

苗小青扒开那些袋子，即食燕窝、即食阿胶、即食海参、即食花胶……市面上所能见到的即食补品几乎都有，还有袋装的调理中药。

贺晖关上后备厢，打开副驾的车门，苗小青无奈地坐了进去。

到了苗小青的宿舍楼下，两人搬了三趟才把东西全搬上去。

贺晖从小娇惯，出钱就有人帮他解决一切问题，但这次他却是出力的大头，搬的又都是些压手的东西，三趟搬完，他坐在苗小青的椅子上直喘气。

苗小青去倒水，贺晖环顾这间宿舍，是新建成的，面积采光都不错，也收拾得很整洁。

只不过以她的条件，完全不必跟人共享一个空间，去校外租套漂亮的公寓不比这里舒服？

那次在飞机上偶遇，他一直以为他们是同一个世界的人，现在坐在她的宿舍里，他却有个奇怪的感觉，也许她根本不愿意待在那个世界，甚至是在奋力地从那个世界挣脱出来。

贺晖又看向她书架上的书，大多是英文原版书籍，他连书名都看不懂。

这就是她想去的世界吗？

他记得那天老头带他走到她家门口，老头说起她的父亲："谁说读书没用？你看苗伟峻，头脑太厉害了，我们冒着险拼着命想挣的钱，对他来说只是个玩意儿。"

老头又说："我豁出老脸就帮你这一次，好坏也算是你有上进心。"

他对老头说想追她，老头管这叫上进心。

她父亲的钱，够她一生衣食无忧，那她这么上进是为什么呢？

苗小青端着杯水递给他，脸上有着不甘愿，他直接忽略。

"吃饭去？"他忍住没去掐一把自己的厚脸皮。

"我没空。"

贺晖对她的拒绝已经麻木了，正打算放弃，却听到她说："我两点前必须回来，所以就在学校随便吃点。"

贺晖的脸上露出惊喜："好！都听你的。"

苗小青带着他去了宿舍楼下的餐厅。说是餐厅，其实就是个主卖快餐的地方，三十块钱一份的肉扒还配意面。

苗小青点了碗火腿鸡蛋面，贺晖抓着菜单翻了半天，也没找到可以点的。

"你要是口味挑剔，就点炒饭。"苗小青说。

"这里炒饭好吃？"贺晖问。

"老少咸宜。"苗小青说，"重点是炒饭用的都是剩饭，不会没熟。"

贺晖一口水哽在喉咙里，咳了两声："那就炒饭。"

面和炒饭很快上来，贺晖吃了一口干硬得硌牙的饭，嚼了半天，嘴里还有渣。他不由得去看了眼苗小青的面，酱油汤色，面条幼滑齐整，盖着一片火腿，一个煎蛋，碗边浮着两片油亮的菜叶，他敢肯定，那碗面比他的炒饭好吃。

"我能要一碗面吗？"贺晖小心地问。

苗小青从筷筒里抽出筷子，正要开吃，闻言抬头问他："你想吃面？"

贺晖可怜地点点头。

苗小青把筷子插进面里，推到他面前，又拖过他那盘炒饭："我跟你换。"

"那炒饭——"贺晖还没说完，她已经重新拿了把勺子，大口大口地吃起来。

贺晖夹了一筷面条送嘴里，面芯是硬的，汤就是白开水兑酱油，除了腻舌滑喉的酱油味儿，没别的味道。他看着一口接一口吃着炒饭的苗小青，产生了一个错觉——

那炒饭也许是他刚好吃到的那口难吃。

苗小青看到他没怎么吃，说道："把火腿和蛋吃了，不够一会儿回去再吃点别的。"

"你不觉得难吃？"贺晖问，"那个米饭比小石子还难嚼碎。"

苗小青摇了摇头："没那么难吃。是你吃过的山珍海味太多，味觉挑剔了，吃不惯。"

贺晖不服气："你妈给你带的那些，说明你也没少吃好的。"

"时间短啊。"苗小青说，"我妈的手艺不好，而且上大学以后，我也就寒暑假在家，平时都吃食堂。学生吧，均衡营养和填饱肚子就行了。"

贺晖想了想，高中毕业后他就再没有体会过集体生活，也没怎么去过食堂。

他喜欢漂亮的衣服、精美的食物、华丽的酒店、操控感一流的车，以及一切可以花钱买到的物质享受。

“为什么？”他不解地问，“你一个女孩子为什么活得这么糙？完全没有必要啊！你是独生女，难道你认为你爸妈还会把财产捐出去？”

苗小青已经吃完了半盘，她拿纸巾擦了擦嘴：“因为没必要。”

“没必要？”

“我没空把时间用在去哪里找好吃的，去逛一天街买根本穿不上的衣服。相比起买辆车还要去办保险、车牌、停车卡，我觉得打车或者坐地铁更方便。所以……”苗小青顿了下，说，“没这个必要，也就算不上糙。”

“难道这不是一种习惯？习惯了什么都用好的，也不是买不起。”贺晖说。他想起自己那些从小一起长大的狐朋狗友，花钱从来不看价格，这是他们这种出身的人的一种习惯。

“我没有这个习惯。”苗小青说完，看了眼他那碗基本没动的面，客套地问，“吃好了吗？要不要加点什么？”

贺晖摇了摇头，见苗小青要去买单，他连忙说：“我还可以要杯果汁吗？”

“你确定？”苗小青问，“这里可没有鲜榨果汁。”

“确定。”

“要什么？”

“算了，我要芬达。”

苗小青要了罐芬达，自己加了免费的柠檬水。

“怎么才可以像你这样？”贺晖问，“最近我越来越担心，哪天我不能过现在的生活了怎么办。”

苗小青笑了起来。

“你笑什么？”贺晖望着她那温柔的笑容，仿佛有阳光在她的眉眼间绽开，那强大的感染力，让贺晖觉得，如果能跟她在一起，就算失去现在奢侈的生活，也没什么可怕的。

“我笑你杞人忧天。”苗小青说，“你现在有钱就享受，等到没钱了，自然而然地就要去适应拮据的生活。该来的就会来，那可不是你现在担心就能让它不来的。”

“所以我想努力——”

“想努力又不知道该怎么做是吧？”苗小青打断他，说道，“你为什么问我呢？

你家里人对你没安排吗？你不知道怎么做，按家里的安排去做不就行了？”

贺晖尴尬了一会儿，涌起一股把实情说出来的冲动，他拿起勺子又放下：“我爸四年前娶了个女人，生了我弟弟，今年三岁。”

苗小青听着又笑了：“多大了，还叛逆？”她看了眼贺晖，见他一脸难堪，又说道，“所以你现在知道自己有对手，还跟唯一的靠山唱反调？”

贺晖听得先是一怔，随后陷入沉思。

她的话，超乎寻常的务实和理智，不考虑自尊，不考虑情感，只分析形势，把父亲说成靠山，把继母和弟弟说成对手。

他抬起头，眼前却蒙上一层迷茫的白雾。

雾霭中，苗小青的声音真切地传进他的耳朵：“依赖没什么错，错的是在依赖别人的时候，自己却没有抓紧时间成长。”

……

贺晖不记得自己是怎么坐上车，怎么开回自己的公寓的了。

一路上他都在回忆自己的过去，妈妈在的时候，他就跟很多孩子一样，被要求上课外班，学英语，考试成绩不好会被惩罚。

妈妈去世的时候，他跪在墓碑前哭，更多的是对未来的恐惧和不安。

但伤心的时效并不长，很快就被获得自由的快乐盖了过去，放学回家只有保姆在，没有人管他写不写作业，复没复习，考试拿个位数的成绩回家，也只是一顿打。

从妈妈去世以后，他的成长就停滞了。

他打开窗户，燠热的空气涌了进来，在车水马龙的喧嚣声里，一个清晰的念头产生——这个广阔的世界，除了他的狐朋狗友，谁都跟他不一样。

如果长此以往，以后他该去哪里寻找自己的位置?

2

暑假结束，进入研二上学期，江教授这一年又是一个名额没要。

苗小青结束了全部课程，却没有迎来想象中的轻松，紧迫感比研一时更甚。

此时的她，已经没有上课考试的借口了。

研二她递交了硕转博申请，她的成绩不成问题，学校那关应该能过，然而江教授认不认可她的科研能力，会不会收她才是关键。

她每次组会都参加，也会经常去找江教授讨论，尽了人事，接下来只能听天命。

与此同时，她的运算进入了最复杂最难的部分——算相图。庞大的计算量让她恨自己没有十个脑袋去分析数据，没有十双手去调参数。

硕转博的结果出来时，她蓬头垢面，全无形象地敲着键盘，屏幕上的数据让她又产生了长十双眼睛的妄想。

知道江教授认可了她时，苗小青捧着一颗昏昏沉沉的脑袋，眼泪却止不住地往下掉。

她成了组里继杜弘后，第二个硕转博的学生。

两天后，她收到了程然寄来的快递，一本原作者签名的《量子多体理论》，扉页上写着：苗小青，欢迎你加入我们！

落款是原作者的名字，巴克利奖和狄拉克奖的获得者，MIT（麻省理工学院）的终身教授。

苗小青惊异地翻开书，里面夹着一张书签，上面写着两个小字——加油！

她撇了撇嘴，费那么大劲弄来这本珍贵的书，却连句好听的话都不肯写。

她随手把书签插进书页，正要继续往后翻，却眼尖地看到书签背面好像还有字，她重新取出书签，翻过来看，背后写着——

I miss u（我想你）！

巨大的惊喜袭中苗小青的心口，她把那句英文反复在心里念着，就像看到程然写下这句话时，那微微上扬的嘴角，和眉间紧皱时流露出的思念。

寒假无论如何要去看他，苗小青心里急切地计划着。

时间不紧不慢地进入到12月，这天早上，苗小青起床就收到江教授的邮件，让她九点整去3号会议室，参加普林斯顿黎若谷教授组织的讨论，并抄送了组里所有人。

苗小青看到“黎若谷”三个字，心里顿时有点不好的预感，虽然这个神坛上的天才应该跟她没有交集，但从看了邮件开始，她还是时不时地心慌一下。

她稍微梳洗一下就去了办公室，手忙脚乱地把近期的工作整理好，然而时间还是太仓促，一看表，离九点只差十分钟，她连忙跑去会议室。

推开会议室的门，就见长桌最里面坐着一个年纪三十出头的男人，懒散地靠着椅背看文章，腿伸长跷在另一把椅子上，理科男一成不变的白T恤和牛仔裤，穿在他身上却显得异常干净、纯粹。

苗小青关上门，连忙叫道：“黎老师！”

“以后叫我若谷。”黎若谷把腿放到地上，指着门说，“把门打开，知不知道我刚接到女学生告我性别歧视的律师信！”

苗小青慌忙把门打开，小心地坐在最靠外的一个位置。她知道黎若谷是国外的习惯，学生和导师都以文章署名的名字相称，就像组里的人也叫她小青苗一样。

但苗小青也不敢真的直呼黎若谷的名字。

“以后记住，到我的办公室，或者会议室，找我讨论，都要把门打开！”黎若谷不知道哪里找来了一支笔，点着桌面说。

苗小青又唯唯诺诺地称记住了，心里却偷偷奇怪，她又不是他的学生，为什么也对她这样吆三喝四的。

“嘿！”江教授从外面走进来，手还湿湿的，笑了一声，“这可不是国外，她是由我跟学校发薪，而且她入学后除了开会买电脑花了我点经费，别的可什么都没有。”

黎若谷叹了口：“所以国内的学生都被惯坏了。”

“惯坏的也没机会花上你的钱。”

江教授刚说完，杜弘、袁鹏和徐浚拥着一个人，边说边笑走了进来。

苗小青看见那人，惊喜交加得差点喊出声来。

他的个子最高，灯光全部打在他的脸上，淡淡的眉毛、漆黑的双眼，还有淡漠的神情，正是她大半年都没见过面的程然。

杜弘、袁鹏、徐浚坐到了对面，江教授坐到黎若谷下首，然后是程然、苗小青。

程然坐下后，苗小青低声问：“你怎么来了？”

程然朝黎若谷努了下嘴，也低声说：“跟他一起来的。”

苗小青了然地点点头，黎若谷应该是先去他们学校访问了才过来的。

她看了眼对面，平时随意懒散的几个人都正襟危坐，连杜弘那个小疯子脸上的傲慢也收敛了不少。

“可以开始了。”江教授说。

黎若谷点点头，从面前的一沓资料里翻了翻，又空手压住，抬头说道：“好的开头最重要，我就先问个最简单的，你们谁算 kagome 晶格？”

他的目光几乎是一说完话就停在了苗小青脸上。

苗小青怎么也没想到黎若谷会问到她的工作，她有些无措地看了眼江教授，江教授老神在在地说：“这个题目是我跟若谷合作的。”

苗小青差点晕过去，既然是合作的，为什么从来没跟她提过。然后她立刻就明白了，这么小的工作，实在是没有提的必要，提了还只会给她增加压力。

她忽然明白程然那时跟她说的“死到临头”是指什么了。

她深吸一口气，尽量让声音平稳清晰：“正在分析数据有没有收敛，大概这周会出结果。”

“她做多久了？”黎若谷问江教授。

江教授尴尬地咳了一声：“一年多吧。”

“就这么个东西，一年多还在分析数据？”黎若谷把笔按在桌上，“啪”的一声，让苗小青的脖子不自然地缩了一下。

“你这就过分了，同样是女学生，你那个学生连平均场都不会算。”江教授满满的维护之意。

黎若谷冷哼一声：“那是我第一次收学生不懂，就盯着成绩单看了，考试第一，换你，这样的学生你会不要？”

他的话说完，会议室一阵冷场，众人都看向苗小青。

江教授拍了拍黎若谷的肩膀，又看了眼苗小青：“她是笔试第一，也是物理系第一，绩点 3.9，还会算平均场。”

黎若谷脸上浮现被打击的暴躁：“既然如此，一个月！”他对苗小青说，“一个月做不出来，我就踢走你，换人来做。”

苗小青的脑子里“轰”的一声炸开，一个月？这不可能做得出来！可是一看到黎若谷那不容商量的神情，她就一个字也不敢说了。

否则下句就是不行就退出，换个人来。

她完全相信黎若谷手下的学生一个月就能全部做出来，但是这意味着她一年的努力就全部白费了。

“我知道了。”她听到自己的声音轻飘飘的。

江教授果然如程然所说的，连眼皮都没抬一下。

她焦虑不安地咬紧下唇。这一秒，她才意识到自己再一次产生了错误的认知，她以为自己快要跑到终点了，正想喘口气，却被告知，她才刚刚完成热身运动。

这个认知等于残酷地无视了她过去的努力，像把锋利的刀将过去的她割离，强迫她接受这个又变得一无所有的自己。

她的牙齿更用力地咬着下唇，放在桌下的手也紧紧攥着衣角，她全身的委屈拧成一股劲，凶狠地撞着她的胸口。

一只手掌温柔无声地盖到她的手背上，先是轻拍一下，又弯起手指，将她的手包进掌心里。

苗小青低下头，用余光悄然瞥向程然。

他仍然专注地听着黎若谷说话。

黎若谷点了杜弘，这次他没问是谁，直接指向杜弘本人，苗小青立即明白他们已经有着频繁的沟通。

“上次你说的进行得怎么样了？”黎若谷问。

杜弘条理清晰地说：“我发现二维拓扑序里的任意子激发好像可以用模范畴来描述，也许可以用这个方法对二维拓扑序进行分类。”

黎若谷满意地点点头：“这个很重要，你要仔细对照下，两周之内拿给我，我们再讨论。”

他的目光转向程然：“虽然我们已经讨论过，你还是在这里简单地说说，让大家都听一下。”

程然松开了苗小青的手，声音清朗地说道：“拓扑绝缘体和拓扑序好像很不一样，我还没弄清楚它的分类到底是怎么回事？”

他说完，黎若谷深思了一下，脸上流露出赞赏：“这个很有趣！”

苗小青看向程然，说不清心里是为他骄傲，还是隐隐发酸，同样一个人，她面临的是被踢出组，而程然得到的是欣赏。

后面基本是黎若谷、江教授、程然、杜弘的四人讨论，袁鹏因为面临毕业，答辩完就要去南洋理工做博后，徐浚还在准备博士资格考试，因此和苗小青一样，都是旁听。

会议结束后，几个人一回到办公室就讨论开了。

袁鹏说：“这个黎若谷真是名不虚传，太恐怖了。”他照旧跳到苗小青旁边的桌子上坐着，又接着说，“他火气那么大，不会还是因为那个印度人吧？”

“什么印度人？”苗小青问。

“他一个印度同事，最近到处说他之前做的那个东西是错的，”袁鹏说，“他来这里就是要跟导师做出那个东西，捶死那个印度人。”

杜弘冷哼一声：“谁说我们做的东西只是为了捶印度人？他是因为有人说理论物理很难发《Science》，所以非要发一篇，”他伸了个懒腰，“话说回来，他的学生真的厉害，小青苗，你要加把劲了。”

“他的学生厉害是因为学生的薪水要他发，”徐浚说，“你们不知道他穷成啥样了。”

袁鹏接着徐浚娓娓说道：“他那方向在美国也是大冷门，一直申请不到经费，一度连学生都请不起。后来有人找上他，赞助他一笔钱，要他证明神是存在的。”

“这怎么可能？”苗小青想到黎若谷那不食人间烟火的神态，以及对物理偏执的狂热，这是对他的侮辱吧。

“他同意了，然后拿钱请了想请的学生，做自己的冷门研究，”程然说，“然后随便写了个‘找不到能证明神存在的证据’的文章发出去，就这么交差了。”

苗小青瞠目结舌。

“他这次为什么会过来？”她又问。

“学术休假，要待一年。”杜弘说，“你做好准备，他这人从来不知道客气，会把咱们当成自己学生，跟苦力一样使唤。”

杜弘说完气氛就冷却下来。

除了快要毕业的袁鹏，其他人都坐回自己的位置上，打开电脑默默地干活。苗小青竟然忘了又坐在了她身后的程然，满脑子都是黎若谷给的一个月期限，她在心里不停地说：没关系，能做到的，能做到，我能做……

苗小青这次真的不知道自己能不能做到，但她觉得自己起码可以做到少吃少喝少睡。

她连续三天没回宿舍，只在程序运算的间歇趴在桌上打个盹儿，一直保持着浅眠状态，噩梦一个接着一个。

在黎若谷创造的地狱模式里，没有跟男朋友重聚这一篇章，只有无穷无尽的参数跟数值。

她拥有了新的技能，绝对能在程序跑完之前醒来，分析完结果，又接着下一个数据分析，人脑和电脑无缝衔接。

她不敢借助咖啡提神，因为咖啡会导致频繁上厕所，去一趟回来，思路一断就很难再接上。

新的一天，仍是一个寒冷的晴天，苗小青站在窗前，听到风从窗外呼啸而过，裹住一株山茶树，打了个旋儿，“哗哗啦啦”刮下一地的叶子。

她算着日子，还剩二十七天。

她现在的工作量是以前的三倍，代价是嘴唇起皮，嗓子干辣得冒烟。她不禁想起初次见到程然的样子，没想到有一天自己会成为喜欢的人最努力的样子。

她看了眼时间，已经在窗前站了四分钟。

她的双眼从昨晚开始干涩发痒，却极少有泪液分泌。

今早开始，她每工作一小时，就在窗前远眺五分钟。

三天过去，她对黎若谷的怨怼没有了，反而为过去一年自己多睡足八小时而汗颜，谁叫她不是程然，不是杜弘，基础太差，没拿命来拼就是错的。

黎若谷的突然到访，感受到压力的显然不只是苗小青一个人，平时办公室想来就来的徐浚，现在不到九点已经到了办公室，杜弘也没有再按点下班，晚上九点回宿舍是常态。

除了偶尔的讨论，办公室只有键盘敲击的声音，和电脑风扇转动的声音。

程然每天凌晨才走，倒不是他需要加班，而是回家也没什么事。

这样他便目睹了苗小青豁出性命的努力，吃饭十分钟，睡觉不超过五小时，除了吃饭时间外不喝水。

他不是没有这么拼命过，只不过那都是很短的一两天。

苗小青的决心和毅力真让他惊讶，也让他心疼和骄傲。

然而这样下去是不行的。

又是一个凌晨，他走到苗小青的桌前。

她的眼睛眯成一条缝，吃力地望着电脑屏幕，手指在键盘上飞快地敲着。

他站了几分钟，她一无所觉。

他索性靠在桌沿，目光扫过她的文件架，上面放着几本书。

他顺手抽了几本，都是物理的原版教材，全是进口崭新的，每本价格都高达一两百刀。这些书他都学过，不过是跟老师们借来的。

她为了学物理还真是下了血本。

正要把书放回去时，最底下的一本书让他微微诧异。

那是一本英文原版小说，书名是《Moon and Sixpence》。

月亮与六便士。

他翻开封面，扉页上写着一行秀气工整的英文小字——

I would devote myself wholeheartedly to chasing the moon !

我想做个一心追逐月亮的人。

程然的心头一震，神色复杂地看向仍然沉浸在工作里的苗小青。

他又看向写在后面的日期——25th Oct，2010。两个月前写的这句话，也就是说，那天或者更早之前她下定了决心？

月亮，指的是物理吗？

他把书放回文件架上，缓缓走到她身旁，屈指敲了敲她的桌面。

苗小青的手指又敲了几下，才抬起那张神色疲惫的脸，带着询问的意味望着他：“怎么了？”

“早点回去休息。”他说。

“嗯。”苗小青答应一声，又低下头，思绪停顿了半秒，手指又飞快地敲着键盘。

程然叹息一声，揪心地看了她一眼，心事重重地离开了办公室。

苗小青又是一宿没回宿舍。

午饭时间，她最后敲了一下键盘，新的参数开始计算。

她浑身上下的骨头都像被抽走一样，瘫软地伏在办公桌上，不到一秒，眼前一黑就睡沉了。

睡梦中仿佛地震了一样，她的身体不由自主地一阵摇晃，眼睛睁开条缝，模模糊糊地看到程然的脸，她闭上眼睛又睡了。

一会儿她又感到自己被拉扯，她努力地想睁开眼睛，就感觉到自己又趴到一个宽阔的背上，然后就像趴在一艘漂流海上的小船一样，重心晃晃荡荡，东倒西歪。

冷风灌进脖子，苗小青勉强睁开眼睛，一道强光刺入眼睛，她立刻闭上，眼泪涌出来，眼球酸胀地疼了好一阵，才又重新睁开眼睛。

熟悉的灰砖道路，两旁是在寒冬里碧绿如初的洋紫荆树。程然背着她，沉默无声地往前走着。

“程然！”她低低地喊了一声。

“嗯。”他的脚步慢了一些，“醒了？”

“嗯，”苗小青清醒了不少，从他背上下来，“你怎么背着我？”

“因为叫不醒你。”

苗小青掐着因睡眠严重不足而发胀的额头，又看了看四周：“要去哪儿？”

“睡觉的地方。”程然说完，捏着她的手掌，拖着她往前走。

“这不是回宿舍的路。”

程然没说话，带着她一路走到学校招待访客的宾馆，乘电梯到了六楼一个单人间。

苗小青第一次来这里，刚进门难免新奇，角角落落都看了一遍。

学校酒店经常有长期访客，很多带家庭成员一起来，因此即使是单人间，也有一个简易的小厨房和生活阳台。

“你怎么住这儿？”她在床边坐下。

程然脱了外套，递给她一瓶矿泉水。

“黎若谷的面子不够？”他说，“我是随行的。”

苗小青这才想起，他来到这里三天了，他们连一次好好说话的时间都没有，她偏头靠在他的肩上：“对不起！你知道我——”

程然却站起来，走到床头，掀起被子的一角：“过来！”

苗小青看到枕头，困意就袭上头来。她走过去，脱了外套老老实实地躺下来。

程然给她掖好被角，坐在床边说：“睡一会儿吧。”

苗小青留恋地望着他的脸半晌，往里挪了挪，拍着旁边的空地方说：“你陪我躺会儿。”

程然还没完全躺好，苗小青就钻过来了，脸贴着他的胸口，听着他的心跳声，嘀咕道：“又不舍得睡了。”

程然把她捞起来，抱着她躺好：“快睡吧，你们学校跟我签了一年的约，不急在这一时。”

苗小青闻言蓦地翻坐起来，那双本来已经困得惺忪的眼此时睁圆了，眼睛里闪着光：“真的？”

程然再一次把她按下去：“赶紧睡！”

“怎么会又签了？”苗小青急急地想证实。

“我们导师的导师打了电话给你们院长，”程然说，“是黎若谷去提的。”

苗小青知道理学院的院长是做物理的，心好好地放回实处，却又兴奋起来，哪还睡得着，在床上尖叫着翻滚了几个圈。

程然看着迟迟不睡的她，眼里已经带着焦急的怒气：“你睡不睡？不睡我把你扔出去。”

苗小青老实地爬回床头，缩进被子里，仍然厚着脸皮蹭到程然身旁。

程然伸出手臂，抱着她，盯着她闭上眼睛了，才拿出手机来看。

“程然！”

“又怎么了？”程然吼道。

“帮我定下闹钟，”苗小青半睁着眼睛说，“三个小时后程序就跑完了，那之前我要回办公室。”

程然的声音软下来：“嗯。”

“一定要叫醒我。”苗小青叮嘱完，打了个哈欠，老实地闭上眼睛。

屋里寂静无声，门外的走廊上偶尔有脚步声和说话声响起，程然皱了皱眉，看了一眼侧着脸睡的苗小青，手掌捂到她的耳朵上。

“程然！”苗小青含混地又喊了一声。

程然深吸一口气，把焦急的火气压下去，假装没听见，只凶狠地瞪着她。

苗小青闭着眼睛，眉头紧皱着，嘴角动了一下，轻声说道：“你说我们以后也会像现在这样各忙各的，连好好说话的时间都没有吗？”

她的话就像一记重拳砸到程然的胸口，对未知的忧虑如枝枝蔓蔓散射开来。

他想回答她，不会。

可他知道并不会好多少，做物理每天十几个小时的科研是基本，除非是当咸鱼混日子，然而当咸鱼混日子的人也不会来做物理。

如果她也在这条路上走下去，首先……

程然摇摇头，不再深想下去。

耳边响起均匀的呼吸声，他转过头去，看到她的一缕头发垂下来，遮住了半边脸，鼻翼微微地张翕，她这才真正地睡着了。

程然捏起她发丝的一端，在手指间轻轻捻动。

她跟他们越来越像了。

当初他听说有个笔试第一名的人进组时，信息并不灵通的他，凭着江教授的高标准，认定那应该是个资质很好的学生。

他信心十足地跟杜弘他们打赌后，当晚在系里聚会上见到她，那一眼，他又认定了——

她做物理的天花板大概就是拿到一个学术硕士的毕业证，在三流刊物发表一篇文章。

因为她的眼神里有太多情绪，笑容太温暖，她太会穿衣打扮，她的皮肤和头发保养得太好，她太漂亮……

她太不“物理”了。

他没想到，谁都没想到，连杜弘都说：她是个异数，爬着进入理论物理高门槛的异数。

现在的她，跟他们越来越像，不关心物理以外的任何事情，眼里的情绪越来越少，笑容依旧温暖，却很少看到她笑。

她现在做的题目是黎若谷要发表的，他一早就知道，原本江教授是打算给徐浚做的，却不知道为什么江教授最后会给了她。

苗小青并不清楚，以黎若谷的品位，即使只是个数值工作，仍然是水平不低的研究，能发不错的文章。

黎若谷跟江教授不一样，不讲一丁点儿人情，他连换掉苗小青的人选都已经想好了。

从跟她在一起开始，程然就陷入了激烈的内心争斗，希望她做不出来被换掉，然而当她说出暑假要来找他时，他又阻止她，让她抓紧时间做。

虽然他仍旧不希望她做出来。

苗小青睡着后，他轻轻地抽出被她枕着的手臂下床，回到书桌前，调出苗小青的数值，逐个地推导分析。

桌面的手机嗡鸣了一声，夕阳橘黄的光一点点退到窗外，微蓝色的暮光笼罩着坐在书桌前推导的程然。

他写完最后一个数，把结果逐张拍了照片，才点开信息，发送出去。

几分钟后，手机又嗡鸣一声。

程然打开手机，看了一眼，没锁屏就放了回去，继续推下一个推导。

屏幕上是徐浚的信息：已核对，结果相近，帮她跑下一个程序了。

紧接着又是一条信息，程然再次捞起手机，是杜弘发来的一段推导，加一个凶恶的表情。

这幼稚的小疯子！程然笑了一下，苗小青要算上两三天的东西，他两个小时就算出来了，应该多给他两段。

他回了杜弘一条信息，我比你早算出来五分钟，证据问徐浚要。

杜弘很快回复了：来来，再比一次！

3

苗小青睡醒时已经过了九点，程然刚输给了杜弘，两人又定下三局两胜。

苗小青捧着昏胀的头，一眼瞥过窗户，大惊失色地跳下床：“几点了！”她抄起手机，看了眼时间，哭丧着脸问程然，“完了完了！你没设闹钟吗？”

她趿上鞋，扑进洗手间，用冷水冲了个脸，抽出纸巾随便擦了下，捞起外套就去开门。

程然先一步挡在门口，替她理了理睡得蓬乱的头发：“先去吃饭。”

他的温柔让苗小青发了下呆，又想到他的提议，一起去吃个饭，她心里的声音强烈地一再答应，然而头却拼命摇晃：“不行不行，我得回办公室。没提交参数，还有好几个数据还没有分析——”

“就陪我吃一顿饭，”程然说，“什么都别想，专心地吃一顿饭。”

苗小青心软了，但是她眼前又浮起黎若谷那张吓人的脸，心里的留恋不舍被打得粉碎：“这，这……我，等我……”

程然按在她的肩上，转了个身，将她抵在墙上，低头吻住她。

他的气息扑入鼻尖那一刹那，苗小青脑子里的念头被驱赶得什么都不剩了，她睡前回味了那么多次的拥抱，每次想起就让她身体绷紧的吻，还有在梦里吻过的眉眼唇角，现在她都得到了，她还能想得起什么呢？

她踮起脚往程然身上挤，却又被他压回墙上，寸步之间，推来挤去。暖气很热，程然的汗从衬衫里透出来，苗小青的手摸到他的头发，指尖触到温暖的汗湿，一个吻好像投入了他们的全部精力和体力。

苗小青的背抵着墙，腿往前斜伸着，脸埋在程然的胸口轻轻喘息。

“可以去吃饭了吧？”程然抱起她，又把她放回地上，让她站稳，“欲速则不达，你这么拼命，效率可能更低。计算出一次错，比你吃饭睡觉所需的时间多多了。”

苗小青抬头冲他一笑：“你前半句说得对，可以去吃饭了。”

“走吧。”他走回去拿了外套，揽着她出了门。

学校的食堂只剩消夜了，两人走到校外的商场里，找了一家面店，各点了一碗面，再加两样小吃。

苗小青去自助餐台倒了水，坐下就问：“你为什么没申请学校的宿舍？”

“那宿舍建起来就是为了扩招的，”程然说，“今年已经住满了，你的宿舍要赶紧申请。”

苗小青这才想起来，她有资格住单间了：“那你一直住宾馆？”

“这是黎若谷才有的待遇，老板给我开了半个月，我要赶紧租房子。”

苗小青皱眉：“租房太贵了。”

程然喝了口水，才说道：“是有点压力，不过导师给我在研究院找了个兼职，他也会发我一些劳务费。”

苗小青松了口气：“那就好。”

面上来后，两人默默地吃面，程然很少在吃饭的时候说话，苗小青就也没再开口。

吃完面出来，两人站在路边等绿灯。

苗小青抬头看向一条马路之隔的学校，高低错落的建筑，星罗棋布的灯光，远处是如墨泼出的灰色山脉，山坳之间，悬着一轮光辉柔和的圆月。

“下次月圆，我可能就出局了。”苗小青低落地说。

“不会的。”程然肯定地说，“我们三个人已经帮你做了一部分。”

苗小青惊讶地回头：“你们三个？”

随即她又想了一下，问：“你，杜弘和徐浚师兄？”

程然点头。

绿灯亮了，他先踏了出去，苗小青落在他身后，望着那轮明月，心里有些沉重。

程然把一段斑马线走了一半，才想起没拉上苗小青，习惯这东西太难改了。

他又走回去，一见苗小青的表情，就知道怎么回事了。

他拉着她的手，配合她的步速：“如果我们不帮你，你肯定会被踢出局，这又没犯规。”

“但是不合理，”苗小青说，“刘浩取巧发了文章也是合规的，但是不合理。”

“你要合理，以后文章就加上我们三个人的名字，”程然拍了一下她的头说，“你觉得黎若谷跟老板会同意我们做这么点儿工作就加名字？”

“文章？”苗小青眼神有些迷茫，片刻才清明起来，“能发什么文章？”

“现在谁知道？得等你全算完了以后才知道。”

苗小青想到那些看过的文章，一时又惊又喜，喜的自然不用说了，惊的是她算出 Kagome 晶格的结果以后，还要学习写文章——

这又是新的万里长征。

“我什么时候才能跟你空闲地待上几天？”她喃喃地说。

程然没听清，以为她还在纠结他们帮忙的事，耐着性子说道：“你刚入学时，我们都觉得你待不长，所以也没人帮过你——”因为他们的冷漠，她的处境一直是孤立无援。程然想着，又说，“再说这种事也很正常，都是一个组的，互相帮忙而已，别想了，嗯？”

苗小青头一次切实地感受到自己是组里的一员，鼻子不禁有点发酸，只轻轻地“嗯”了一声。

回到办公室，只剩下杜弘，他正在整理桌面，应该也是要下班了。

看到他们进来，杜弘对程然露出一个不屑的表情：“知道你为什么输了？”他顿了顿，说，“因为你有女朋友。”

程然全不在意地微笑。

杜弘冷哼一声，拿起一沓算稿走过来，经过苗小青的时候塞她手上：“别被踢走了，丢人！”说完走了出去。

苗小青转身望着门，对程然说道：“他就说不出一句好话？”

“他就是嘴贱而已。”程然说着回到自己座位上，打开笔记本电脑，“黎若谷只给了他两周时间，他要是不愿意帮你，没人能强迫他。”

苗小青低头翻着那些算稿，心头酸酸胀胀的，第一次她从内心承认，杜弘其实是个很帅的少年。

一个二十二岁的少年。

他没有变成一个大人，未来也不会。

在他的世界里，他保留着少年的孤勇与真挚，可以舍弃一切去追逐梦想。

她知道杜弘放弃港府奖学金，来到这里走的是曲线救国的路线，通过江教授跟黎若谷合作，研究他感兴趣的方向。

他的学习强度和压力比自己还要大，自学数学的同时还要科研，现在厚积薄发的他，终于能做自己喜欢的事，也终于能跟黎若谷合作，却只有两周的期限，还要腾出一天来帮她做这种低端的计算。

也许他永远说不出一句好听的话，也许这个组里所有的人都觉得她水平差，却还是在关键的时候帮她。

苗小青的身体冒起一股少年才有的勇气，热血涌到大脑，冲开了经年养成的谨慎沉着，像十几岁看到冲破云层的第一道光时，脑中浮出的征服这壮阔世界的理想。

这世上人人都可以是杜弘，却只有很少的人成了杜弘。

她回到座位上，将杜弘的算稿反复看，揣摩他的方法，不同于她的繁复杂乱，他的简单直观，和程然第一次教她的推导步骤很相似，说明他的思路不但很快，而且清晰精准。典型的天才型思维，不是苗小青这种做题家可以比拟的。

但她可以学习他的思路。

苗小青拿起纸笔，对照杜弘的算稿埋头推导起来。

离期限还有一周，离过年也很近了，办公室其他人都要赶在春运前回家。

房价暴涨的同时，房租也跟着水涨船高，最便宜的单间也要两千。程然在校内论坛上找到一对招租的同校博士夫妇，一千五租下了两居的另一个房间。

苗小青第一次到程然的租房里，已是程然打包行李要离开的前一天了。

房子很简陋，共用空间很杂乱，客厅里堆着一些开封的纸箱，里面的很多东西都是搬过来后要拿出来用的。看起来那对夫妇一直没有找到时间来整理，就堆在那里，需要的时候就去拿一件出来。

程然的房间很小，对他来说只是个睡觉的地方，里面除了床和衣柜什么都没有。

苗小青只能坐在床边，程然坐在一旁，拿着几张纸在看。

“就是这里，”苗小青指着纸上的一段说，“RG 是什么意思？”

程然放下纸，想了下说：“简单地说，就是你用刻度越来越大的尺子去做测量，你就越来越看不清里面的细节，最后剩下的，就是长波极限下的物理。”

苗小青皱起眉头：“就这样把细节部分扔掉不会有问题吗？”

“并没有扔掉。”程然把纸递还给她，“RG 的关键就是要把短程，或者说高能部分对低能物理的影响也都包括在内。”

同租的博士夫妇一前一后地从他们门前走过，往里看了一眼，妻子笑道：“都要走了，还在讨论啊。”

苗小青冲她笑了一下。

丈夫好奇地看着他们：“你们讨论物理不会吵架吗？”

程然淡淡地回了一句：“吵架要同级别的才吵得起来。”

苗小青朝他的背重重地捶了一拳。

“那还等什么，赶紧结婚啊！”丈夫笑着说，夫妻俩又一前一后回了自己房间。

“结婚？”苗小青喃喃地重复一句，眼睛一亮，问程然，“我们什么时候结婚？”

程然无语地瞥她一眼：“你现在还有空想这个？”

一句话把苗小青又打回现实，她站起来亲了一下他的脸：“我得回去了，明天一路顺利！”

说着往外走，程然拉住她的手：“我走了真的没问题？”

“能有什么问题？”苗小青说，又掏出手机，点开备忘录，“对了，把你家的地址写给我，给你寄新年礼物。”

程然接过手机，输入地址，把手机还她，又要了她的地址，眼里还有担忧。

苗小青拍拍他的肩膀：“放心吧，有问题我会跟你说。”

程然慢慢地松开手：“我到家给你打电话。”

苗小青又抱了一下他，依依不舍地说：“我走了。”

程然点了点头，送她到门口。

苗小青回到办公室，程序刚计算出结果，她又提交了新的参数。

时间已过凌晨，苗小青完成了又一个循环，穿上大衣，走出了办公室。

深夜的校园里空无一人，风依旧寒冷，苗小青却并不觉得难受，洋紫荆裂开的叶片零星落在灰砖道上，她的脚步声空寂地回响着，像电影的尾声。

苗小青在系办楼前的道路来回走了十几遍，闹钟铃声响起，她才回到只剩她和工作站还在工作的办公室。

一周的时间到了，苗小青把数据和图通过邮件发给了黎若谷，她以为黎若谷会跟江教授一样，至少在第二天才会定个时间叫她去，谁知道才过了一个小时，她就收到黎若谷的短信：来趟我办公室。

苗小青去了黎若谷四楼的短期办公室。因为是冬天，她走进去习惯性地要关门，蓦地想起黎若谷的话，索性把门一直推到墙边。

黎若谷连瓶矿泉水也没给她，坐下就问道：“你知道自己算出的是哪种自旋液体吗？”

“我试着去看了 PSG 分类，但是看不懂。”

“看不懂？”黎若谷目光严厉地看着她，“你以为 PSG 分类是程然那个拓扑绝缘体跟拓扑序的分类？这么简单的东西，你也能跟程然一样回答看不懂？”

苗小青心里一沉，不敢吭声。

黎若谷又说道：“算过平均场，用过群论，说说看，你不知道 PSG 分类的理由是什么？”

苗小青低着头，完全是死到临头，已经豁出去了，骂就骂吧。

黎若谷敲着桌子：“我在跟你讨论，你这么一声不吭是什么意思？”

苗小青猛地抬起头，讨论？这算讨论？江教授跟她讨论的时候要多温和有多温和，哪像他这样的，只差指着鼻子骂了。

但她心里又燃起希望，不是要踢走她就好。

“我……我确实不懂。”她结巴地说。

黎若谷走到白板前，拿起笔唰唰写了起来，一边写，一边跟她讲：“PSG 的分类关键在于不同的 ansatz（拟设）可以对应同一个物理态……”

这是苗小青听过的最高能的一节课，和她过去上的研究生课程完全不同，密集的知识点，太多的新东西，她的记录根本跟不上，最后只能打开手机录音，记录白板上擦了写，写了擦的内容。

黎若谷讲完，苗小青才明白他为什么骂她，的确很简单，但是从前她的脑子怎么都转不到那儿。

“不懂你不会来找我？”黎若谷说，“一个多月，你一次也没有来找我讨论，下次再这样，你就直接退出。”

“我知道了，以后会注意的。”苗小青真心实意地认错。

“去吧，尽快写个 notes（笔记）发给我。”黎若谷的声音又响起。

苗小青以为自己听错了，把黎若谷的话在心里默默地重复了一遍，她震惊地抬头，却见黎若谷已经拿起一篇文章在看。

她告辞出来。

回到办公室，她站在窗前，又看着那棵被风刮掉叶子的山茶树，无论有多少阵风刮过，它的叶子似乎从来没少过。不止如此，春夏秋冬，它的枝头永远有嫩芽抽出。

苗小青今天才明白，看待事物的角度不同，得到的真相也不一样。

她看着那一地的落叶，猜测那棵树已经光秃得没几片叶子；然而看着那棵树，枝繁叶茂，枝头满是嫩芽。

她站在自己的角度去看待黎若谷，以为他只是把她叫去骂一顿；而黎若谷却是恼火她不懂也不去请教。

站在自己的角度，她以为程然宁愿还她衣服，也不想教她平均场；而程然却以为那是她的思维习惯，不想欠人情，所以会付酬劳。

她拿出手机，头一次拨通了杜弘的电话。

电话刚接通，就听见杜弘说“你等一下”，然后苗小青听到杜弘用山东话跟家里人在吵，大致是他妈妈要他去走戚，他不肯去，被他妈妈追着打。

杜弘一边跑，一边喊：“别打了，别打了——”

“砰”的一声门响，妈妈骂他的声音小了远了，杜弘才说：“你有什么事？”

苗小青忍住笑说：“还记得我欠你一个报答，要兑现吗？”

“兑什么现？先欠着！”

“谢谢你帮我！”苗小青真诚地说。

杜弘好像在那边又别扭了一下，沉默了一会儿，才又说：“不是要报答吗？还谢什么？”

“程然当时要你帮我，是怎么跟你说的？”她问。

“还不就是让我教一下你，说你应该不想欠别人，我最好让你跑个腿或者提个小要求，”杜弘顿了顿，开始骂她，“你这人很奇怪知不知道？就那么个简单的事儿，我还得去想让你怎么报答我。说实话，当时我很烦你。”

苗小青又看向那棵青枝绿叶的茶树，低低地说道：“对不起！以后不会了。”

“还以后？你是水泥做的吗？这么不开窍！”

苗小青深吸一口气：“会不会说话？”

“还有事吗？”

“没有！”苗小青怒气冲冲地对手机听筒说，“就这样，我挂了！”

“等等——你这么大火气，是被黎若谷踢了吗？”杜弘问。

踢你大爷！真是感动不超过三秒系列，苗小青在心里吐槽，又说道：“他让我写 notes。”

“哟！要发文章了啊。”

苗小青冷哼了一声。

“就算发了 PRL，你那个也是很无聊的东西。”

“这话你去跟黎若谷说。”苗小青说，“祝你新年快乐！再见！”

挂完电话，苗小青愣愣地想，这就是物理的世界，每个人脑子里都有一个小宇宙，有人是两个，有人还可以更多，在他们充实的大脑里，对人际关系却有着最简单的诠释——

真实。

因为真实，所以他们通常很孤独。

4

苗小青腊月二十八的航班回家。

刚上飞机苗太太就打来了电话，说爸爸有事情，安排了一个人去接她。

苗小青没太在意，爸爸有事情，多半会让助理来接。

在飞机上写了两小时的 notes，落地后她拉着一个二十寸的登机箱，也不用再等行李，直接走到了接机大厅。

远远地，她看到贺晖向她招手，她的脚步慢了下来，移开视线，在接机的人群里搜寻，没有找到爸爸的助理。

贺晖走到她面前，穿着白色高领毛衣，纯黑的过膝羊绒大衣，头发梳得整齐却不呆板，他好像变得成熟了一些，神情多了些稳重，少了点不羁。

“阿姨让我来接你。”他说着伸手去接苗小青的行李箱。

苗小青用手挡了一下，绕过他往前走：“不用，我自己拿。我妈为什么会让你来接？”

贺晖快步跟上：“今天早上陪她去买年货，她说起你中午到，叔叔没有空。”

苗小青的步子慢了些，狐疑地看他一眼：“陪我妈买年货？”

“陪她买好几天了，你要回来，她几乎每天都去超市和商场。”

苗小青想不明白，妈妈一直不愿意跟人往来，为什么跟他这么投缘。过去的她或许还会多琢磨，现在她压根儿懒得去多想。

贺晖这次开的是保时捷的轿车，灰黑色的哑光漆，低调了不少。

苗小青坐进里面说：“你还真喜欢保时捷！”

“还行！”他发动汽车，慢慢开出停车场，“你喜欢什么车？”

“没研究过，我要买车的话，应该会买个车身小，停车方便的。”

贺晖刚想像报菜名一样的，把豪华汽车品牌的小型车报上一遍，又觉得这样的对话很蠢，便没接话，做出专心开车的样子。

过了高速收费站，他才说道：“飞机上人很多吧？”

好一会儿没有得到回应，他转头一看，苗小青头靠着车窗睡着了。

他打了转向灯，把车开去右道，设定最低速度的定速巡航，才取下正在充电的手机，偷偷地拍了张照片。

那张藏在手机里的侧颜他已经看过太多次，这次正好再偷拍一张，想看她的时候能更新一个角度。

车开到家门口，苗小青才醒过来。

苗太太已经站在门外等着了，见苗小青下车，立刻走到她面前，把她从头到脚看了一遍，然后才对贺晖说：“快进屋坐，晚饭就在这儿吃。”说完揽着苗小青往屋里走。

贺晖打开后备厢，拿出苗小青的行李箱，跟在她们身后。苗小青刚进屋就转了个身，把行李箱接了过去。

“我先上楼放行李。”她走到沙发后面，抱了下外婆，“一会儿下来陪您。”

苗小青走到自己房间门前，听到楼下妈妈跟贺晖在聊天，聊的内容竟然是一些家长里短，她摇了摇头，推门进去。

这次带回家的行李很少，也没什么可整理的，苗小青就在房间里待着，没有出去。

过了一会儿，她听到妈妈喊她下楼吃东西，才走出去。

贺晖还坐在客厅里跟外婆聊天，妈妈端着几碗燕窝放在矮桌上，一人递了一碗。

苗小青叹了口气，刚刚应该装作在睡觉的，又想想躲得过初一，躲不过十五，只要她在家，每天一碗燕窝怎么都少不了。

妈妈也是那年代读过大学的，却笃信燕窝能让一个女人青春常驻。

贺晖吃了一口燕窝，脸上露出幸福的表情。

苗太太高兴地问：“怎么样？”

贺晖又连吃了两勺，才说：“就是我妈在的时候，也没有这样的待遇。”

苗太太捂嘴，偏头笑出来，那双和苗小青相似的眼睛笑得弯弯的，眉间长年的压抑也松淡了不少。

贺晖几大口吃完燕窝，把黏腻腻的碗放在桌上。

苗小青斜眼睨他，一口一口慢悠悠地咽着燕窝，对苗太太说：“妈，您给他那碗放冰糖了？”

“怎么可能？”苗太太对贺晖解释说，“我们家一直是抗糖化饮食，你吃得惯吗？”

贺晖连忙说道：“吃得惯，我不挑嘴。”

“噗！”苗小青抱着碗笑起来。

贺晖面皮一紧，想起去她学校吃的那顿快餐，害怕她戳破他的谎言。

但苗小青只是笑了一下，又慢慢地吃起燕窝来。

倒是外婆对苗太太说道：“你太严格了，青青这样的年轻孩子，总让她吃一些吃滋没味的东西。”

苗太太不在意地“嗯”了一声。

外婆轻轻叹息一声，转头又问起苗小青学校的生活。

外公突然插话进来：“听你爸说，你转博士了？”

苗小青点点头：“这学期刚转的。”

“也是五年吗？”

“嗯，至少五年。”

“以后打算做科研了？”

苗小青沉吟了一会儿，才说道：“如果能做的话。”

“有什么难处？”外公问。

苗小青摇摇头：“别的难处也没什么，只是理论物理专业对天赋要求还是很高的，同样的事情，我要比别人多花更多的时间才做得出来。”

外公点了下头：“那就别陪我们了，上楼去做你的事，做科研可不分工作日和休息日。”

苗小青笑着答应，上楼去了。

回到自己房间，她立即给程然拨了电话。

电话响了很久没有人接，刚挂断，程然就打过来了。

苗小青躺在地毯上，地暖的热气烘着后背，听到程然那一贯温润的声音："你到家了？"

"刚到。"

"还好买到票了。"程然又问，"你什么时候回学校？"

"初五就得回去，黎若谷只给了我一周的时间写 notes。"苗小青说。

"你可以发邮件给他，有什么问题，邮件电话沟通也一样。现在你也用不到工作站了。"

"还是早点回去吧，在家也没什么事。"她说，"你呢？什么时候回？"

"我要过完十五。"程然说。

苗小青失望地"哦"了一声。

敲门声响起，苗小青对程然说："你等一下。"

她爬起来打开门，贺晖拿着一条抹布站在门口，指着窗户说："我来擦窗户。"

苗小青扬着手机，望着贺晖，出于一个她还没想到的原因，她屏住了几秒的呼吸。

贺晖扬了扬手中的抹布："家里大扫除，我擦所有的窗户。"

苗小青"砰"地关上门。

听筒那边传来程然的声音："你哥哥还是弟弟？不是说你是独生女？"

苗小青一时不知道该怎么界定她跟贺晖的关系。他们一点关系都没有，可是没关系为什么他又会在腊月二十八出现在她家，还擦她家的窗户？

她从回来就一直忽略的事，像破土而出的野草，令她终于正视起那埋在土下，不被她所看见的种子。

然而在此时，她选择了对程然敷衍："我爸一个朋友的儿子，经常来帮我妈的忙。"

"帮忙？"程然关心地问，"你家有什么难处需要帮忙的？"

"嗯……也没什么。"苗小青的脑子难得动在别处，一时也抓不出什么合适的话，只得支吾道，"就是一些小事。"

她的支吾让程然沉默了一下："我明白的。"

他明白什么？苗小青一头雾水。

"苗小青，我爸妈都是下岗职工，就算 -20℃，他们也必须出去摆摊，我就是被他们这样辛苦养大的。"

他们从来没问过彼此的家庭情况，这是程然第一次跟她说起有关他自己的事。他短短的一句话就让她心里欢喜起来，好像自己跟他的关系变得亲密了，也让她头次觉得，她在程然心里，和其他人是不同的。

“家庭条件不代表什么，我们想过什么样的生活，靠的是自己努力。”程然说。

苗小青想了想说：“也不是有钱就是好的生活。”

“别想多了，”程然说，“你先去帮家里做事吧。”

挂完电话，苗小青怒气冲冲地拉开门，没看到贺晖。她转个身下楼去找妈妈，楼梯下到一半，看到妈妈和外婆在客厅擦桌子，她站在楼梯中间，上不得，下不得。

她去找妈妈说什么呢？问妈妈为什么要让这个人出入我们家里？

这话很严重，说起来就像在质疑妈妈一样。

因为家里就她和这个人相同年纪，她就可以怀疑妈妈有把他们拉到一起的想法？

万一妈妈就看在他是个勤快热情的小伙子，所以待这个晚辈亲近一些，那她的质问不就很可笑了？

她回到房间，望着窗外灰蒙蒙的天，决定还是工作好了，物理能让人忽略这些烦人的琐事。

晚饭爸爸没回来，贺晖却还在，苗小青的眼神扫过他，就挨着外婆坐下了。

吃饭时，苗太太跟贺晖在聊一些无聊的家常事，苗小青有一搭没一搭地听着，大概是在讲贺晖一个朋友的婚事告吹了，原因是女方的家里要求女方的第二个孩子跟女方姓，男方家庭不同意，谈了快一年也没谈拢。

苗小青当八卦听着，有些明白妈妈为什么让贺晖经常来家里了，她和爸爸都是话少的人，这种家长里短基本不说。

贺晖身上散发着浓厚的生活气息，吃喝玩乐他全都精通，提升生活品质的事也相当在行，跟妈妈确实合得来。

她起初漫不经心地听着，渐渐地，他们的对话让她越来越不舒服。

苗太太说：“男方父母太霸道了，都是独生子女，女方父母要一个孩子跟自家姓也应该理解。”

贺晖赞同地说：“我现在跟他很少往来了。”

“为什么？”苗太太问。

“这事看得出他们家的人贪心又自私，既想娶人家姑娘，又一点不为别人着想。”贺晖说，“女方没嫁也是好事。”

苗太太问贺晖："这么说你倒是觉得无所谓？"

贺晖说："我无所谓，只要喜欢，入赘也可以。"

苗太太一面笑着，一面连连夸着贺晖。

苗小青从头听到尾，他们的话听着好像很合理，却让她觉得难受。一个独立的成年人，跟谁结婚，生不生孩子，生几个孩子，孩子跟谁姓，不都是他们自己的事吗？

为什么决定这婚结不结的人是父母？是一个还没有出生的孩子跟谁姓？

一个婴儿来到这世上，就因为他不能立刻去赚钱养活自己，所以给了他一切的父母就可以干涉到他成年，甚至是一生？连他结不结婚，生的孩子姓什么都要管？

还没结婚，已经定下女方要生第二个孩子。

他们凭什么？苗小青的心里堵得慌，她突地把筷子一扔，脸色阴沉地说："我吃完了。"

说完，她转身上楼去了。

苗小青离座，房间里的气氛顿时尴尬起来，贺晖不时看一眼人影已经消失的楼梯，根本不明白她为什么突然发火，也许就是不欢迎他来。

苗太太的神色也很意外，十几年来，女儿都是温柔顺从的，偶尔生气也都忍着。

"她怎么了？"苗太太茫然地问自己的父母。

苗小青的外公放下筷子，叹了口气，手撑着桌子站起来，看着苗太太说："你不想想，你的女儿怎么会愿意听这些东西？"说完摇摇头，把手背在背后，慢慢走去客厅。

贺晖垂在桌下的手紧紧捏成拳头，他站起身来，对苗太太说道："我还是先走了。"

苗太太没说什么，送他到门口。

"过几天我来给您拜年！"

"好！"苗太太歉疚地说，"他们总会知道的，你是个好孩子！"

贺晖挤出一个笑："我没事。"

他走到路边的车旁，靠在车门上，望着那扇亮着灯的窗户。

手机信息响了，发信人是那些狐友狗友之一，他在路边捡起几块小石子，爬上围墙，对着窗棂瞄准，扔出去。

扔了三次，那个身影出现在窗前，推开了窗户，抱着手臂淡漠地看着他。

“要不要去喝酒？”他稳稳地站立在柱子上，仰着头，对她露出一个夸张的笑容。

“不去！”苗小青想都没想就拒绝。

他还笑着，好像一点没气馁：“你怕我是坏人？”

“这倒没有，”苗小青说，“我不习惯跟别人喝酒。”

“那好吧。”他转身，利落地跳下围墙，对她挥了挥手，“等你习惯了再约你。”

不知道是不是因为他的锲而不舍，还是他的厚脸皮，苗小青忽然改了主意：“去哪里喝？”

他立刻又重新走回围墙边，三两下又爬上去：“我知道一个暖和的地方，酒也很好。”又问道，“你怎么出来？”

他的话音刚落，窗户关上了。

没两分钟，就见她裹着厚围巾走了出来。

他连忙替她打开车门。

贺晖把车开出了市区，过了高速收费口，苗小青问：“去哪儿？”

“绍兴。”

“这时候去绍兴干什么？”

“喝酒。”

“为什么去绍兴喝？”

“喝酒当然得去绍兴，就像吃鱼头要去千岛湖。”

苗小青不说话了，这时调头回杭州市，也要用差不多的时间。

贺晖笑了一下：“你从来没干过这么浪费时间的事吧？”他又说，“还要四十分钟才到，你睡会儿，到了我叫你。”

苗小青把椅背往后调了个舒适的角度，闭起眼睛。她并不是很想睡，但是坐在车里也没话说，不如闭上眼睛养养神。

贺晖看着她，眼神带着一种复杂的温柔。几秒过后，他才转过脸，把暖气调高了一度。

贺晖把车开到绍兴老城一间低矮的房屋前停下。

车刚停稳，苗小青也立刻醒了，她伸手去拉车门，被贺晖拉住，从后座拿起外套递给她。

“外面冷，穿上再下车。”

苗小青穿好外套，下车跟他一起走进房子里。

一个腿脚不太灵便的老头走出来，见了贺晖露出熟稔的笑容："来了？去里面坐吧。"

贺晖领着苗小青，熟门熟路地走到最里面的房间。

房间干净整洁，放着一张矮桌，四把椅子。阳台改成了落地门，外面是护城河。

昏暗的灯光，旧式的瓦屋，石砌的弯拱桥，苗小青感到一种岁月的厚重感。

老头拿了茶和开胃小菜进来，放下就出去了。

"他从十五岁开始酿酒，今年七十五岁。"贺晖说，"没有大酒楼的供货经历，也没有卖到市场上，只有到他这里来吃饭，才喝得到他酿的酒。"

"你是怎么找到这里的？"苗小青问。

"被一个熟客带来的。"

苗小青坐在这间暖和的屋子里，望着窗外流淌的河水，头一次觉得时光也可以这样慢，可以这样无所事事地去消磨它。

"能不能跟我说，"贺晖停了一下，看着苗小青的脸说道，"你今天为什么生气？"

"你不懂吗？"苗小青反问他。

贺晖迟疑了一下，摇摇头。

"我反感一切以干涉别人为目的的理由！"苗小青目光锋利地看着他，"不管这理由听起来有多合情合理。"

"我没有——"贺晖说。

苗小青打断他："因此我没有干涉你跟我妈来往，不管你是什么目的，如果那个目的是我，我有男朋友！"

贺晖脸色一变，和那些掖着藏着，又时不时掏出点线索透露给你的女孩子相比，她实在是太不同了，总是直接拿刀锋对准你，逼得你连躲藏的机会都没有。

幸好这时老头端着酒菜进来，摆菜倒酒一番忙碌下来，尴尬就这么给掩埋过去。

贺晖端起酒杯，一口饮尽，又拿起酒瓶倒满："我的目的就是想跟你关系近一点，哪怕只是当个朋友。"他又喝完一杯，望着苗小青，"过节能打个电话问候，有空的时候一起吃个饭，想喝酒的时候能找你，像所有熟悉的朋友一样，打打电话，吃吃饭，不见外就行了。"

为了能名正言顺地做这些事，去她家拜访过后，他在她家门口守了一个星期，看到她妈妈出去或者回来，帮着搬搬东西，慢慢地变成一个接送她妈妈出门的司机，到后来她妈妈需要人帮忙的时候就会第一个想到他。

从最初她连正眼都不看他，到现在肯跟他出来喝酒，他就像在攀着一道天梯，起初一眼望不到头，现在的每一步都让他感到满足。

“可以吗？”贺晖说，“我问你要不要去吃顿饭，起码不要想都不想就拒绝我。想一下是不是真的没时间，我可以等，或者想一下是不是没胃口，我去找能让你开胃的。不要总是一口拒绝，大多数时候，我只是单纯地像今天一样，带你来这个地方，让你尝一口这里的酒——这酒，很香吧？”

他的手横过桌面，端起她面前的那杯酒，送到她面前。

苗小青垂眸望着那杯酒，芬芳的酒香钻进鼻孔。她抬手接过喝了一口，酒液顺畅地从嗓子流向胃里，口感无比醇厚。

比啤酒味道好多了。

她心底有些动容，想到拼命对程然好的自己，那时候，她的目的也不过是能名正言顺地跟他来往而已。

她没问贺晖为什么要做朋友，面对无望的感情，他们这种人更需要一种希望。

只要能出现在那人身边，只要能看到那人，只要能对那人好——只要他们不告白，那人没有拒绝，就还有希望。

很卑微。

曾经那么卑微的她，有什么必要去刻薄另一个跟她一样的人。

“喝酒吧。”她说。

“可以吗？”贺晖又问了一遍。

“原因呢？”苗小青问，“为什么是我？”

“好像只要见到你，我就变了个人，”贺晖说，“变成一个让自己不那么讨厌的人。”

好像他还有希望，也许他不会一直都无药可救的希望。

苗小青点了点头：“可以。”

喝完酒出来，外面已经有司机在等着，苗小青已经很久没有喝到这种醺醺然的程度了，上车坐到后座就靠着椅背闭上眼睛。

贺晖拿出一条羊绒毯盖到她身上，见她的手掌朝上垂放在一旁，他伸出自己的手放在上方比了比，很小巧的手，细长的手指微微弯曲着，只有他的掌心那么大。

他收回手，平放到座椅上，缓慢地朝旁边一点点挪，指尖触到她的毛衣袖子，他的心急促地跳动，手指却尽力平稳地、很轻地捏住了那袖子的一角。

窗外的树影不断地掠过，他捏着她的袖子，望着夜空下明亮的路灯，嘴角挂着幸福的微笑。

回到家已经是深夜十一点，苗小青一下车就见到苗伟峻穿着家居衣服，披着大衣站在门口。

“这么冷您怎么站外面啊？”苗小青上前挽住他的胳膊，脖子朝屋里的方向一伸，“妈不会也还没睡吧？”

苗伟峻闻到她身上的酒味，却没说什么，拿下她挽着胳膊的手，轻轻拍了拍：“你妈已经睡了，你也快进去洗洗睡吧。”

苗小青又去挽他，要跟他一起进去。苗伟峻看了眼贺晖：“你先进去，我跟他说两句话。”

苗小青并没有多想，以为是出于礼貌，跟晚辈客套两句。她不知道苗伟峻在外面从来不跟人客套，更不会跟一个一事无成的后辈闲聊。

她转头朝贺晖挥挥手，然后就进屋了。

苗伟峻站在门口，像一棵历经风霜仍岿然而立的松，身形笔直而挺阔，肩宽手长，神情不怒自威。

这样的人不会向别人走过去。

贺晖把抄在兜里的手抽出来，规矩地垂在身侧，走到苗伟峻面前：“叔叔好！”

“知道我要跟你说什么？”苗伟峻冷淡地说，“我不是担心小草跟你出去，你和你那群小混混，见了自己父亲都跟老鼠见了猫一样，我没必要担心。”

贺晖捏紧拳头不吭声。

“我要跟你说的是，小草未来的生活应该是简单又快乐的。谁要是想把她拖进泥潭里……”苗伟峻扫他一眼，眼神里带着厌恶，“可以试试，我能不能把他变成一摊臭不可闻的污泥。”

苗伟峻说完转过身，伸手去推铁门。

“刚刚她跟我说了一句话，她反感一切以干涉别人为目的的理由，”贺晖说，“不管那理由多合情合理。”

苗伟峻仿佛没听见一般，一脚跨了进去。

“我不会把她拖进污泥里，她是多聪明的人，见到污泥绝对不会一脚踩进去。”贺晖说完，对着苗伟峻的背影微微弯了弯腰，“今天让您担心了，晚安！”

他说完就转身离开。

苗伟峻走进屋里，在没点灯的沙发上坐了下来。他的婚姻艰难地维持了二十多年，三个人都疲惫不堪。他现在唯一的指望就是女儿能解脱出来，拥有一个属于她自己的、简单又温暖的小家庭。

然而这么多年了，女儿唯一一次跟男人单独出去，竟然是贺家那个泥潭里长出的烂藕。

他更忧心的是妻子反常的行为，他知道妻子能给女儿带去多大的压力。

面对一个一碰就碎的妈妈，他们父女俩小心翼翼地顺从了这么多年，他是自作自受，可小草错在哪里?

他很焦急，却什么都做不了。

第五章 / 礼物

我要喜欢你一辈子

1

今年的春节和往年一样也不一样，一样的是苗小青仍然跟外公外婆爸爸妈妈一起过年，不一样的是年前她收到了程然寄来的礼物。

程然跟她要了地址，她对于礼物本来没抱什么希望，以为他最多就是网上下单一个布偶而已。

初二早上，全国唯一一家全年无休的快递将礼物送到了她手上。她看着那个小盒子，心里很是纳闷儿，他不会抠门儿到送玩偶都送个巴掌大的吧?

她抱着盒子回到房间，拿起小刀小心地割开封胶，拆掉几层泡沫纸后，拿出来，是个扁扁的、香水瓶大小的玻璃瓶。

玻璃瓶里装着像油一样透明的淡黄色溶液，浸泡着一株直立的、完整的野草标本，顶部有紫色的小花，底部有根须。

她往下看，瓶子底部贴着实验室常用的白底蓝线标签，上面是程然的字迹，有模有样地记录着标本的信息——

植物名称：如意草

采集地点：温室的菜地

采集时间：11 年 1 月 14 日上午 8 点

制作时间：11 年 1 月 14 日下午 2 点——11 年 1 月 29 日下午 3 点

制作地点：植物研究所实验室

他的字写得实在是不怎么样，这个苗小青倒是猜得到原因，他是绝不可能去做练字这种重复又无聊的事的。

但他居然花了十五天时间做这个标本。

苗小青又把盒子里翻了一遍，泡沫纸一张一张地抖开来看，也没再找到只言片语。

她找到手机，拨给程然，刚响了一声就接了，苗小青像抓到把柄一样地喊道：“你在玩手机？”

“……无聊玩个解密游戏。”

“你在家吗？”她问。

“在我舅家，我妈他们里面在聊天，剩我表妹在我旁边看剧。”

苗小青想到那场景就笑了出来，不管是聊天内容，还是剧的台词，肯定都够他难受的。

“礼物我收到了。”她说，“一张卡片都没有。”

“有卡片，但是我那个做植物研究的朋友说最好不要给你看。”

“为什么？”

“你真的想要？”

“废话！”

“我也觉得应该让你看看。”

“你都写了什么？”

“具体的我记不得了，跟你说个大概吧。”程然清了清嗓子，流畅地说了起来，“鲜株修剪消毒，硫酸铜、柠檬酸、丙三醇按比例浸泡四天，蒸馏水清洗，柠檬酸、亚硫酸、硝酸钾按比例泡三天，排空气泡，蜂蜡封口——”

苗小青的脸黑了，打断他：“你是打算在卡片上写实验日记吗？”

“你知道弄这个多难？我还一次就成功了，怎么能不让你知道下？”

苗小青终于明白为什么他的朋友不让他寄那张卡片——他看到小草想到她，于是把草采回去，用混合的化学溶液浸泡，还写了详细的日志。

这感觉极其诡异——

好像她被他泡在福尔马林药水里一样。

“问题不在这儿。”苗小青说。

“那是什么？”

苗小青忍无可忍地吼道：“你就不能在卡片上写句‘我想你’之类的话？”

“我想你。”他低沉地说道。

苗小青的心猛然一抽，酸酸胀胀的痛感缓慢地在胸口散开，她摸着胸口，压抑着声音说：“我也想你。”

“我的礼物呢？”程然问。

苗小青被他的转折搞蒙了，半晌才支吾着说：“过年可能时效会慢，过两天你就会收到了。”

“……嗯。”

苗小青有些心虚：“还有事吗？”

程然在那边又沉默了一会儿，才问：“那个……你真的不喜欢吗？”

“喜欢！”苗小青瞬间又自责起来。他耗费了那么多时间精力做的东西，她实在不该因为少了一张卡片跟他闹，况且他还做得很完美，很漂亮。

她连忙又说：“很喜欢！也很高兴。”

“嗯。”他应了一声，“没事我就挂了。”

挂了电话，苗小青又拿起瓶子，对着光轻轻摇晃里面的液体，小草的叶片和花瓣随着溶液浮动舒展，她的眼前仿佛浮现出程然专心致志制作时的情景。

她翻出去年买的那条蓝灰色围巾，拿手轻轻抚着，心里简直一刻也等不及，恨不得马上就见到他。

然而从昨天开始就有亲戚陆续上门，今天才初二，她没有理由离开。

苗小青除了吃饭以外，大都关在房间写 notes。黎若谷这种魔王存在的意义，就是让苗小青发觉到人的精力真的是无限的，在她眼睛都闭上的情况下，她还能再敲两行代码再彻底睡过去。

初三有了新的客人上门拜年。

苗小青刚吃完早餐，正要上楼，贺家人到了。

她好奇地看着从门外进来的一家四口，贺晖父亲的个子中等，头发很短，皮肤不算黑，却看着相当粗粝，五官平凡，除了一双时不时迸出精明的眼睛，几乎是没有任何能吸引人目光的地方。

贺晖的白皮肤和漂亮的眼睛，多半是因为有个漂亮的生母。

贺晖的继母三十多岁，长相也只能算是中等偏上，偏上是因为身材保持得好，化妆和精致的衣着也加了分。她往贺父身旁一站，看着就像个精明能干的助理，没有一点夫妻相。

贺晖三岁的弟弟，一颗胖嘟嘟的肉球，五官就像从贺父的脸上复制过来的。

他们走进来的顺序很有意思，贺父拽着贺晖的衣襟大步往里走，继母抱着儿子在后面踉跄地追。

苗小青眯起眼睛，觉得贺晖叛逆得很冤枉，贺父明显对那个继母不甚在意。

但想想也合理，没有底气的人才需要虚张声势。只是没想到，还真把贺晖这个小混混给吓退了好几年。

进门后他们分别落座，苗伟峻、贺父坐在一起聊着新的政策。有趣的是苗伟峻很漫不经心，却表现得好像只是疲惫而已；而贺乾勇虽然知道苗伟峻应付得不情愿，也能真当是他疲惫，聊几句就会接上一句对他身体相当关切的询问。

苗小青家人口简单，没请保姆，苗太太要忙着给客人准备茶水和水果，倒是把贺太太晾到了一边。

贺晖走到苗小青身边，低声问她："要不要出去喝酒？"

苗小青摇了摇头，但看了眼客厅里的形势，贺太太正在朝她这边望，妈妈没空，那么下一个可以随便聊的对象就是她了。

她当即跟贺晖说："我带你在小区走走？"

贺晖当然同意。

两人一同出门，贺晖打开车的后备厢，从里面拎出两罐啤酒："这里面有个湖，去那儿正好喝。"

"你也住这个小区？"苗小青问。

贺晖的喉头滞了滞，随口说道："有个朋友住这里。"

他们穿过高层住宅区域，到了雾气蒸腾的湖边，冬天的湖面漂着枯叶，湖水下的耐寒宽叶水草依然青绿，周边却长出了墨绿色的藻类。

相比起水下，湖岸的芦苇已经衰败，枯黄的叶片凝结着白霜，水中的根茎腐烂发黑，让这一整片水域都显得混沌污浊。

两人走到伸向湖中心的栈道尽头，在长椅上坐下。

贺晖打开一罐啤酒递给她，还是问了一句："这么冷真的要喝？"

苗小青接过来喝了一口，就望着湖水上的落叶出神："你还在读书吗？"

"读啊，"贺晖说，"假期就在老头的公司实习。"

"哈哈。"苗小青笑了，"隐瞒身份的吗？"

贺晖脸红了红："哪有那么戏剧？有好几个人专门带我。"

"挺好的啊。"苗小青说。

"你什么时候回学校？"贺晖问。

"后天。"

"读博士很难吧？"

苗小青望着岸边，大部分的树已经光秃得只剩树枝，几棵翠绿的香樟树疏疏落落，被风一吹，叶子像下雨一样往下落。

“不知道会有多难。”她说，“每次我都以为最难了，挺过以后，就有更难的在等着我。现在我已经知道了，未来会没有止境地难下去。”

“会得到什么？”贺晖问，“这么艰难，你总要得到什么吧？”

苗小青笑着喝了口酒：“过去你玩那些单机关卡游戏能得到什么？为什么还一次次地玩？”

“那是上瘾？”贺晖说。

“那是种成就感。”苗小青说，“像征服雪山和荒漠一样，成就感比任何东西都更让人上瘾。而我做物理，大概就是因为一个又一个的成就感让我上瘾。让我觉得未来的自己可以上天入地，无所不能。”

她豪气地喝完剩下的酒，铝罐被她“咔嚓”捏扁，仰起头，脸上带着恣意的、自信的笑容，仰望着阴霾的天空。

这是年轻的勇气，可以去征服宇宙万物的勇气。

贺晖怔怔地望着她，脑子里瞬间想到了很多陈词滥调的鸡汤文字，理想、追求、价值……那些曾经酸掉牙的字眼儿，此时却令他心里涌起一股奋斗的热血。

他仿佛刚刚才想起，他才二十多岁。

湖水寂静无声地涌动，一只在湖岸踱步的水鸟突然展翅低飞到湖心，翅膀掠过湖水，又冲向高空。

“回去吧。”苗小青站起来，将啤酒罐投入垃圾桶。

贺晖跟在她身后，一路无声。

回到家里，苗小青小姨一家三口也到了。

她一走进家门，读高三的小表妹看了眼贺晖，一把抓过苗小青，贴在她耳边说：“那是你男朋友？”

苗小青掐了一把小表妹肉嘟嘟的脸：“别瞎说！”

小表妹朝苗太太那边往了一眼，苗小青也看过去，见苗太太、小姨和贺太太坐在一起聊天。

“走走，我们去你房间说。”小表妹毛手毛脚，拽着踉踉跄跄的苗小青往楼上走。

一进房间，小表妹神秘地关上门说：“之前我妈在厨房，问大姨这家人怎么这么早来拜年，是不是亲家？”

苗小青惊得一跺脚：“三姨瞎猜什么呢？那是爸爸的朋友。”

小表妹横她一眼：“这真不怪我妈，不是就不是，可你妈也没否认啊，只是说还不知道。”

苗小青的心沉到底，又冒起一股火。

她的脸气得通红，猜到妈妈的心思，又渐渐苍白。她在房间里焦躁地踱了几个圈儿，小表妹拖住她："大姨不会是想搞包办婚姻？"

"这不可能！"苗小青两手捏在一起，捏到骨节发白，才拉着小表妹的手说，"等下我吃饭绝对不能出现……不，不对，不只是吃饭不出现，我现在就走。"

小表妹吓一跳："你去哪儿？"

"回学校！"苗小青说着就开始收拾行李，好在她没有多少东西，没几分钟就收拾好了，"我先把行李箱丢出去，等下你跟我一起下楼，就说要跟我出去买点东西。"

"不至于吧，"小表妹说，"这么个事儿你就要跑？"

"不跑我就会跟我妈吵架，跟她吵架的后果很严重。"

"我一个人回来怎么说？"小表妹说。

"这个你放心，我会给我爸打电话，我爸会搞定。"

小表妹想了想，说："你能搞定姨父就没问题。"

她俩商量完，苗小青把房间里礼盒上的缎带都找出来，一条一条地打上活结，拴住行李箱从窗户放下去。

两人一同下楼，表姐妹要出去买东西，大家都只当是表妹要敲表姐的竹竿，没人放在心上。

苗小青去房子侧面的草坪上捡起行李箱，小表妹跟她站在小区门口，拦了一辆出租车，苗小青坐上去。

"你快回去吧，我马上打电话。"

小表妹跟她说了小心，就往回走。

车开出去后，苗小青给苗伟峻拨了电话。

电话接通后，她声音带着歉意，低低地说："爸爸，对不起，我要先回学校。"

苗伟峻惊讶地问："这么突然？"

苗小青把工作狂黎若谷拉了出来挡箭："我文章的指导老师是国外大学的，他没有春节放假的概念，所以我现在得赶回学校。"

苗伟峻低声问："怎么也不说一声，我好送你。"

"妈妈会想很多。"

苗伟峻沉吟了一下："我知道了，你路上小心，到了给我打电话。"

苗小青挂掉电话，打开手机订票，在目的地那一栏，她输入了那个遥远的、她从未去过的城市。

2

苗小青的突然离家，像是对于大人自作主张的无声示威。

苗太太仿佛看到女儿那满不在乎的神情，无声地说：我不听你的话，你能怎么样？

她头顶的神经一阵刺痛，像针在扎。

饭桌上的人对于苗小青离家回学校的事，所有人都是口径一致地夸赞，尤其是苗小青的小姨：“也就是高考那年生病失利了，这不又回到了她该在的位置。”说完她看了苗太太一眼，对客人说，“你们不知道，我这个姐姐，对女儿真是尽心尽力地培养。二十多年没跟我们出去逛过街、喝过茶，青青吃的用的一定要她亲自过手才放心。学习上更是用心，信息不发达的年代，她到处找来卷子，自己先做了一遍，筛选出一些不错的题，才重新打印装订了给青青做。还有英语，以前找个外教不容易，我姐还能找到好些个，一个个面试，才找出一个满意的，每周末跟青青一对一练习口语——”

贺乾勇眼睛瞪得圆圆的，看了一眼沉默不语的儿子，眼里那长年累月的责怪和不满顿时消去，低声嘀咕了一句：“原来学习好是这么来的？还以为——”

话没说完，他被年轻妻子轻轻踢了一脚，闭上嘴，憨厚地笑了笑。

苗伟峻从女儿走后一直都沉着脸，这时却开口了：“从前有父母靠，现在她靠的就是自己了。”

众人听着都以为是一句顺口接话的谦辞，只有苗太太抬起眼皮，阴沉地看了他一眼。

她一直不说话，苗伟峻也若无其事地吃饭，气氛越来越尴尬，大家都放下筷子，纷纷告辞。

一走出苗家，贺乾勇就问贺晖：“怎么回事？”

贺晖猜到原因，但他不肯说出来，只摇了摇头：“我不清楚。”

“你跟人家出去了一趟，回来人就跑了，还不清楚？”贺乾勇说。

贺晖看向湖边，今天这一出让他意识到，起手他就走错了棋。一路布局，终于拿住了王后，这才发现他拿住的不是筹码，而是颗必输的子。

他的心情糟透了。

“我看你没什么希望，”贺乾勇说，“人家是博士，她说话你听得懂吗？话都听不懂还怎么结婚生娃过日子？”

贺晖很烦躁，随即又想到，现在的情况总比一开始不得其门而入的好。

贺乾勇看他那一脸的执着，气怒道：“你怎么学习工作就没这劲头？我丑话说在前头，他们家我再不来了。苗伟峻那个人，我看到他就难受。”

说完他也上车了。

贺乾勇扫了年轻妻子一眼：“生孩子之前我就跟你说清楚了，该签的你也签了，分红有，别的就不要争了。公司不是我一个人的，阿晖的妈妈有一半，你给我记牢了。”

年轻妻子死咬着唇，愤恨地望着他。

贺乾勇毫不在意地转过头，放下车窗，头伸出去对站在车外的贺晖骂道：“还不赶紧上车！”

苗小青订了下午五点的航班，登机后三个小时，飞机落地。

她走出机场，排队等出租车的时候，第一次感受到了北风的刺骨，像刀尖刮着脸颊。她只穿了件大衣，根本抵御不住零下十几二十摄氏度的严寒，站了几分钟，只觉得前胸后背都凉透了。

好在出租车很快就排到了，她上车把地址给司机看，司机呆了半晌，才说：“我是跑市内的。”

“不跑长途？”苗小青去拉门把手要下车。

“等等，”司机说，“八百，过路费算我的。”

苗小青又坐回去：“走吧。”

车开出机场，苗小青新奇地望着沿途粗犷的大型雪雕，彩色灯光的映照下，白色的庞然巨物沉默地散发出威严。

很快出租车就开上了高速，两旁是黑夜下白茫茫的平原，无尽地延伸到漆黑中。

两个半小时的车程，苗小青靠着车窗，迫切地想进入睡眠状态。然而往常一上车就睡的她，此时却怎么都睡不着了。

出租车又开了一段，连路灯都没了，窗外黑漆漆的，除了雪什么都看不见。

大概司机开车也很无聊，开始跟她聊天，介绍她要去的那个城市。

“原来是个资源城市，很多国企，煤矿都快挖到地心，出了好几起矿难，后来煤也挖不出来，十几万人都下岗了。”

苗小青想到程然说他父母都是下岗职工，于是问：“那他们生活不是很困难？”

“是啊，小城市，人口流出多，流入少，没什么就业机会。”

苗小青一时没接话。

司机又接着说：“光是失业还没什么，心理上受不了那个落差啊。以前国企职工多体面，亲戚朋友都羡慕，结果说失业就失业了，过得还不如原来羡慕他们的人……”

司机连篇累牍地叙述起了下岗工人的生活写照……

苗小青不敢相信这是程然家的真实生活，她从他身上看不到一丝自卑和畏缩，反而有着任何情况下都能淡然自处的强大自信。

苗小青想到程然本科读的是基科班，那几乎是全国智商最高的学生汇集之地，几乎不比学习成绩，只比智商、悟性、天赋的地方——

一个英雄不问出处的地方。

程然基科班毕业后直博，苗小青知道轨迹相同的人还有黎若谷、江教授，以及程然的导师夏教授。

黎若谷算得上是一个研究方向的领头人，却没人谈过他的出身。

苗小青觉得自己极其幸运，作为一个只会考试的三等学生，因为进了江教授这个三等导师的组，认识了这么多智高又心无杂念的人，带着她走上了理论物理研究这条路。

她靠着窗户，渐渐闭上眼睛。

醒来时车已经下了高速，车窗外骤然亮了起来。沿途是密集的民居，家家户户门口都挂着红灯笼，接近市区，林立的高楼大厦出现在视线里。

夜空很灰，像扬起的沙尘遮蔽了城市上空，给人一种惨淡灰暗的感觉。

程然的家在旧城区，低矮的老楼，洞开的小铺子，与参天高楼和明亮商场的新区形成泾渭分明的界线。

司机带着苗小青在附近转了几圈，最后在离程然家五十米左右的商务酒店里入住。

商务酒店也是旧楼改造，只有一部电梯，豪华单人间也就是房间大一点而已。

苗小青放下行李箱就立即跑到窗边，却看不到程然所住的小区，心里有点失望。

换了鞋，躺在床上，她给程然发了条信息：睡了吗？

她发完就把手机扔在床上，打开行李箱，翻出去年过年前买的那条蓝灰色围巾，铺在床上轻轻抚着，又不时地看向床上的手机。

十几分钟过去，这大概是苗小青最难熬的时间。

这期间她产生了一个让她特别沮丧的猜测：他会不会去了外地？

手机终于响了，程然回了两个字：还没。

“你在家吗？”苗小青直接语音，脸上的笑容不断地扩大。

“在，怎么了？”

苗小青一面拿起外套穿上，一面拨出电话。

“喂，你来趟小区门口，有快递！”

“什么快递这么晚？快十二点了！”

“嗯，天这么冷，别让人等。”

程然说了声好，苗小青换好鞋，开门出去。

走到室外，五十摄氏度的温差让苗小青的心脏好像都骤停了一下，她把大衣拉紧，恨不得把身体卷起来，好抵御彻骨的寒冷。

五十米的距离，她像是迎着刀锋走去的。

到了小区门口，她在一个关了门的小铺子旁边避风，一面朝着大门张望。

小区没有大门，只有一个人车共用的进口，路面的积雪铲到围墙脚下，堆了快有围墙一半高。

这里的树全都只剩光秃的枝丫，和摇摇欲坠的旧楼相得益彰，灰暗惨淡的感觉更浓了。

程然从小区里走出来时，根本没注意到小卖铺底下搓手跺脚的苗小青。

他的目光明确地搜寻着快递员的身影，看遍了也没什么发现，直到一个黑黑的影子从侧面朝他扑过来。他退一步，完美地躲开了。

铲过雪的地还是很滑，苗小青扑到地上，只觉得膝盖骨都碎了，痛得她骂了起来：“你躲什么躲？”

程然看清是苗小青时，整个人都呆了，甚至都忘了应该马上拉她起来，他的手还揣在兜里，不确定地问：“苗小青？”

苗小青艰难地撑着地，慢慢爬起来。

程然这才赶紧去扶起她，替她拍掉身上的雪：“你怎么在这儿？”

“还能为什么？”她白他一眼，看着黑污的雪水沾到围巾上，粗鲁地往他脖子上一挂，“给你的新年礼物。”

程然摸了下围巾，柔软得像云朵一样，感动了一瞬，看到她的穿着，又有些生气：“你就穿成这样跑来？”

“我没想到这里这么冷。”苗小青说着，拉开他的羽绒服，把手伸进去，身体跟他偎得紧紧的。

“连双手套都没有，你的手不要了。”程然说着，脱下自己的手套给她套上。

“帽子也没有！”程然的帽子是羽绒服带的，没法给她了，“走吧，去家里就暖和了。”

说着他拉着她往小区里走。

苗小青连连摇头：“不能这时去，你爸妈会怎么看我？”

“那你想怎么办？”

“我在附近酒店开了房间，回头买了礼物再去你家。”

程然想了两秒：“在哪里？”

苗小青往前一指：“运华商务酒店。”

程然知道那家酒店，掀开一侧的羽绒服，包住苗小青，转身朝酒店的方向走。

苗小青感觉回去比来时风小了很多，不知道是因为风向的原因，还是因为程然在身边的原因，似乎没走几步就到了。

回到温暖的房间，苗小青脱下手套，十指冻得僵直。程然一边替她揉搓，一边数落：“要来也不打个电话，不然就提醒你多穿点，还能去接你。”

“临时起意的。”苗小青说，“在家里待得闷，就想来找你了。”

“你爸妈知道吗？”程然想到了关键问题。

苗小青摇摇头：“我跟他们说回学校了。”

程然神色复杂地望着她一会儿，又垂下眼睛，捏着她的手指，用掌心温柔地覆住：“我跟爸妈说过你。”

苗小青神色紧张地凝住：“他们反对吗？”

程然弹了下她的额头：“见都还没见到你，为什么要反对？”

“哦。”苗小青又笑嘻嘻地问，“那你怎么跟他们说我的？”

“说你什么？”程然状似认真地想了想，“说你长得好看。”

苗小青的嘴角弯起来。

“说你性格温柔。”

“还有呢？”

“说你傻——”

苗小青猛地把手抽出来。

程然又拉回来，笑了起来：“不是傻是什么？说什么都信。”

苗小青又要把手抽出来，被程然死死攥着，抽不动。

“他们就知道我有女朋友了，叫我有时间了带回家里来见见。”程然抓着她的手轻轻地捏着掌心，眼睛却看着她，温柔而专注。

他少见的柔情让苗小青头脑一发热，脱口而出问道：“你前女友来过你家吗？”

话说出口，程然怔住，眼里的温柔渐渐退了，取而代之的是烦躁不安。

苗小青在心里扇了自己一巴掌，多好的气氛，又被她破坏了。

她自己知道很糟糕，程然对她不屑一顾的时候，她只要求能看到他就行，现在跟他确定了关系……

她又想得到更多。

他到底是不是真心喜欢她？

是不是因为她的倒追，他才勉强接受了？

他不是一开始就喜欢她的，那他是不是一开始就喜欢那个前女友？

现任跟前任要一较高下的俗套，她也绕不开。

难怪有人说，自私自利、胆小怯弱的爱，是一种邪恶的热情。

但她并不打算让程然逃避，又问道：“我和她，你更喜欢谁？”

程然缓缓放开她的手，站起来，垂下眼睛说道：“今天你早点休息，明天早上我过来。”

苗小青的心像悬崖上的落石，一路向下飞沉，坠到了谷底，她听到那僵硬的、裂开的声音。

“我要分手！”她听到自己的声音。

或许是冲动，或许她会后悔，可是此时只有这句话才能表达她的愤怒和失望。

程然的步子停下，靠在桌边：“你想好了？”

“没想好！”苗小青抬起头说，眼神里带着坚定，“但是这时候我一定要分手！”

程然显然被她的逻辑给搞蒙了，这话就像是蛮横任性的小孩儿一样。

“等你想好了再跟我说。”他说道，“我先走了！”

他刚走了两步，酒店的一次性拖鞋飞过来，砸到他的背上，伴随着苗小青的怒吼：“我要分手，你没听见？”

程然气笑了，转过身，却依旧冷然地说道：“苗小青，我不会哄你的！”

“谁要你哄？”苗小青声音更高了，“我说我要分手，你回答一声‘好’就行了！我保证跟你断得干干净净！”

“保证？”程然笑了起来，“我怎么相信一个天天倒追我，扑上来亲我的人，做出的保证？”

苗小青气得双眼充血，却忍着没掉眼泪，她极力维持着镇定说道：“我是追过你，是亲过你，但是你走了以后，我联系过你吗？我打听过你吗？”

程然脸上的笑容凝住，隐隐地透出怒气，但他没有说话，只是靠在书桌边冰冷地看着她。

苗小青倔强地移开视线，望着外面的窗户。

天空依然灰暗，灯光依旧惨淡，陌生的城市，寒冷的北风，也许从早上得知妈妈的想法起，这一天就是不祥的。

她从家里跑出来，三个小时的飞机，两个半小时的车程来找他也是不祥的。

想了这么多的外力原因，而真正引发现在这种状况的那两个问题，她却一点都没有后悔问出来。

她要的是他爱她，这爱不能以她硬塞给他，他勉强收下的形式存在。

他也必须爱她才行。

科研圈的女生很多是像余向晚说的那样，被内部消耗，她是不是正好被他当成了一块称手合用的耗材?

“如果非要分手，趁早也好。”程然疲惫地说道。

苗小青紧咬着唇，心里冰凉一片，却出奇地平静。

他永远都沉着冷静得不像个真人的样子，连前女友闹出那么大的风波，她也没从他脸上看到一丝惊慌。

他们完了吧，她心里想。

“如果你是要那个问题的答案，”程然又接着说，“我回答不了你，因为没法拿来比较，我对每段感情都会认真。但是——”

苗小青捏紧了衣角，勉强压住涌到喉头的酸涩。

“跟她分手后，我本来是打算出国前不再跟谁交往的。”程然声音很轻地说道，“我以为你不会在意过去，我也以为你看重的是以后，我以为我们在一起可以克服未来所有的困难。所以我没想过你还会再提起她，谈论她。如果你要的是一个白纸一样的男人，趁早分手也好。”

苗小青的头微微抬高一点，后背挺得笔直。

程然看着她，忽然想到第一次见面，她站在简历墙下面的倔强背影。

她多数时候温柔顺从，可一旦执着起来，谁跟她硬碰硬，她一定会死咬到底。那股咬疼对方，自己唇齿流血也不在意的狠劲，是他害怕，却又被她吸引的原因。

他的心软了下来，差点蹲到她面前，去哄哄她，说点软话。

然而理智的声音又在心里响了起来，重复着以前多次响起的话——到这里结束也许更好。

“你休息吧！”他说，“我明天早上过来。”

他转身继续往门口走，却听到她的声音从背后传来：“我说分手，你只要干脆地回答我一声，你说了那么多，那到底分不分？给个准话。”

饶是有心理准备，程然还是被她的牛劲搞得火大。

她说分手，他非得回答一声好才行？

有始有终也不是这样理解的。

他一掌拍在门上，忍着怒气说：“我们在一起的时候，我没问过你要不要交往，那是不是也不算开始？”

“我早就开始了，”苗小青平静地说，“所以现在你说声结束，我就结束。”

“是你要分手的！”

“那你到底要不要？”

苗小青站起来，面对着他。灯光照在她脸上，脸色苍白而脆弱，眼神却透露出坚定和决绝。

仿佛只要他开口说好，她就立即收拾行李离开，以后跟他桥归桥，路归路，此生形同陌路。

程然似乎在这一瞬间才明白她要的什么。

他犹豫了，到这里结束真的会更好？

“我不要！”他肯定地回答。

苗小青呆了一瞬，随后眼眶里忍了许久的眼泪滑落，她立刻用双手捂住脸，蹲在地上哭起来。

程然走过去，蹲下，抱住她，又重复了一遍：“我不要。”

在那一个瞬间，他想起了她曾问过他的问题：这世上不能有见第一面就想拼命对他好的感情吗？还是你的喜欢更直白，适不适合结婚生育？

她和他，也许永远都位于一条纽带的正反面，但是只要扭一扭，两头相接，变成莫比乌斯环，他就能去她那边。

苗小青没哭多久，哭完也没去洗脸，只是背靠着墙坐在地上，头垂得很低，仿佛因为刚刚闹了那么一场而羞愧。

程然拿了湿毛巾来，递给她，在她旁边坐下。

“她没来过我家，你知道她的情况特殊——”他说到这里，仿佛觉得自己的措辞有些过分，“但我一直不知道，只觉得她的感情太沉重了，在她面前连呼吸快一点都是错的，根本顾不上想要不要告诉我爸妈。”

“你很喜欢她？”苗小青问。

“我不知道，也许责任更多吧。”程然说，“她看我的眼神，就好像她的世界里只剩下我一个人。那种感觉，怎么说，就像——”

“就像你离开她，她就活不下去一样。”苗小青接过话，又低声说，“我懂……我妈也是这样。”

程然惊愕地看着她。

“我妈一直把为我牺牲、为我付出当成她生存的意义。”苗小青缓缓地说，“我和爸爸不敢对她生气，不敢对她有任何一点不满，这都会引起她心理上的痛苦，然后她会把心理上的痛苦转移到身体的痛苦上。”

程然一时无言，紧张地握住了她的手。

苗小青却若无其事地笑了笑，拍拍他的手：“其实没你想得那么严重，我妈好多年前就好了，只不过还是会对我和我爸照顾得很细致。我们家，我爸、我妈还有我，我们是三个人一起努力的，所以没那么难。”

程然还是没有说话，只是把她拉进怀里，脸贴着她的发顶说：“你小的时候肯定没怎么玩过。”

苗小青轻点了下头：“几乎都在学习。你不是这样吗？”

“明天我带你出去玩。”程然说，“我们院里有好几个一起长大的发小，小时候天天都混在一起，吃饭睡觉也是今天这家，明天那家。后来我去省城上高中才来往少了。”

“那他们现在在哪里？”苗小青问。

“有留在家里的，有在外读书工作的，但是过年都会回来，大家又会聚几天。”

苗小青露出羡慕的眼神：“小时候我爸妈管我管得很严，也不让我去同学家，说是会给人添麻烦。”

程然站起身，把她拉了起来：“今天早点睡，明天要早起。”

“你要回去吗？”苗小青揪着他袖子问。

“我肯定得回去一趟。”程然拎起她薄薄的羊绒大衣说，“你穿成这样出去，不超过半天就会冻出心肌炎。”

苗小青揪着他的袖子不放，也不说话。

程然叹了口气：“行了，我不走，你快去洗洗。”

苗小青笑逐颜开地亲了他一下，从箱子里拿出衣服去洗漱了。

程然给家里打完电话，斜躺在床上，一连发了几个信息，安排明天出去玩的事宜，一一收到回复后，苗小青也洗完出来了，站在镜子前吹头发。

她里面穿着一件蓝色丝质吊带睡裙，外面松松地系着一件酒店的浴袍，她的头偏向一边，吹头发时，露出削尖而雪白的肩膀。

程然慢慢地放下手机，双手的手肘撑在身后，跷起腿大剌剌地欣赏起来。

吹风机呜呜响着，程然开始察觉到自己不对劲了。苗小青微微俯身，把全部头发撩到一旁，边捋边吹。她浴袍的带子完全松开，垂到腰侧，浴袍敞开，展露出他从未见过的完整身材。

他的心脏用力地紧缩一下，血液仿佛是开闸的水逆涌到头顶。

程然意识到自己是个心思龌龊的坏人。

而且他还挺乐意当这个坏人。

他跳下床，走到苗小青背后，从她手上接过吹风机，抓起她的发丝，手指轻轻刮过她脖子上的皮肤。

一阵热风吹来，他看到苗小青身体绷紧，耳根泛着红晕。

他关了吹风机，房间突然陷入紧张的寂静。

他的手轻轻按在她的肩上，慢慢地贴近她，亲了一下她的耳垂。

她的身体忽然像失去支撑一样，在她往下坠之前，他的手从后箍住她的腰，让她靠在自己的身体上。

“故意的？”他在她耳边低声问道。

苗小青闭着眼睛，哼了一声：“随你怎么想。”

“随我？”程然的手动了一下，满意地说，“嗯，真材实料。那我就不客气了。”

他的腿往前一挪，便让她的身体紧紧贴在他和墙之间，吻着她的脸颊和耳垂。

冰冷的墙和火热的身体，又看不到程然，让苗小青十分焦灼：“能不能换个地方？”

“不换！”程然的唇从她的颊边离开，滚烫的气息移到她耳边。

苗小青的身体颤抖了一下：“浑蛋，我是第一次。”

程然笑了起来，松开了她。

苗小青转过身，脸颊飞红，眼睛却露出凶狠的光，两手提起他的衣领：“好玩吗？”

程然任她提着："我也是第一次，让你玩一次就扯平了吧？"

说完，在苗小青毫无防备时，他双手撑起她的腰，把她放到床上，双手撑在她脸的两侧说："这个地方你满意了吗？"

苗小青揽住他的脖子，凑上去吻住他。

……

程然满头大汗地拉开抽屉，里面只有一支手电筒和一本游览手册。

他的心一凉，转头看苗小青："怎么会没有？这不是标配吗？"

苗小青伸长脖子看了一眼，又缩回去："不知道啊，你打前台电话他们应该会送吧。"

程然翻身下床，穿上拖鞋："我去洗澡。"

苗小青拎起一个枕头砸过去，被他稳稳接住。

他把枕头放回去："你要是急的话，我就打电话。"

话音刚落，苗小青枕着的枕头也被她抽出来，砸了过来："滚！"

程然猛地冲向她，亲了她一下，才一溜烟跑去浴室洗澡了。

洗完澡回来，程然把苗小青搂到怀里，折磨才开始，这下他体会到了苗小青的报复心理有多强烈。

苗小青冰冷的脚挤到他的小腿间，轻笑地喊："程然！"

"没完了是吧？"程然暴躁地掀开被子，猛兽一般扑过去，"来来，我让你也来试试！"

……

凌晨两三点，房间的温度很高，苗小青热汗涔涔地躺在被褥里，十指攥着程然强健的手腕，难受地叫道："程然！"

"还闹吗？"程然趴在她身上。

苗小青乏力地摇了摇头。

"睡吧，"程然翻身躺平，"真的得睡了，我跟人约了九点。"

苗小青迷蒙的双眼猛地睁大："你跟谁约了？"

"院里的几个发小，明天去冰钓。"

苗小青使劲捶了他的胸口一记："你不早说。"

"一个小时前就叫你睡了！"程然的手臂一伸，苗小青就靠了过来，他的手指有一下没一下地捻着她的发丝，"快睡！"

苗小青不满地说："干什么要约明天，我还想明天就待在房间里。你们这里，去哪儿都冷。”

她说着说着，声音越来越小，越来越含混。

程然低头看她，眼睛已经闭上了。他笑了一下，轻轻抽出手下床，拿起那条围巾，去浴室用沐浴露轻柔地搓洗干净，晾在暖气片的上方，才又回到床上，把苗小青重新抱回怀里睡了。

3

苗小青醒来时，床的另一侧是空的。程然不知道什么时候走了，床头柜上放着一张字条：我回家一趟，你醒了给我电话。

苗小青把字条凑到嘴边吻了一下，下床去卫生间梳洗。

护肤程序做完，她想到程然说的约了朋友一起，又从包里翻出很少用的粉底液和口红，小心地把黑眼圈遮盖住，嘴唇涂上很淡的樱粉。

她看着镜子里气色不错的自己，满意地将口红放回去。

回到房间里，她到处找昨天那条掉到雪水里的围巾，想出门前送洗，可在房间翻了个遍也没有找到。

手机响了，屏幕上显示“临时工”，苗小青“噗”地一笑，接了电话：“喂！”

“起了吗？”

“起了，我可以出门了。”

“我们在大堂等你。”

苗小青穿上大衣，拎起包就出门了。

出了电梯，苗小青就听到大堂里响着男男女女的笑声，她顺着声音望去，窗边的沙发上坐着两男两女，隔着茶几还站着两个男人，其中一个是程然。他穿着烟灰色的短羽绒服，一条纯黑的滑雪裤，戴着一顶纯黑色的折边线帽，脖子上围着那条她没找到的围巾。

他被另一个穿着亮黄色羽绒服的胖子勾着背，几个人边聊边笑。

那是苗小青从来没有见过的程然，他的笑容阳光、明朗，是发自内心的愉快，她喜欢这样的程然，就好像有一天他也会对她这样敞开心扉一样。

她快步朝他走去。

像是有心灵感应一样，在离他两三步远时，他回了头，看到苗小青，脸上仍带着明朗的笑容，朝她伸出了手臂。

苗小青走到程然身边，他的手自然而然地搭在她的肩上，然后跟大家介绍：

“她是苗小青。”

苗小青跟他们打招呼：“你们好！”

坐在左边的男人，极有艺术家的消瘦和苍白感，染着棕红色头发，穿着浅蓝色羽绒服，他对苗小青挥了下手，说：“你好，我是周华，他们都叫我大华。”他拍拍旁边染着同款红棕色头发，穿着时尚的亮银色羽绒服，小麦肤色的女孩说，“她是我女朋友，小兰。”

苗小青跟小兰问好。小兰手背上有一个漂亮的半红半蓝的爱心文身，抬起手时一晃而过。

小兰的名字很朴实，打扮却很时尚，身材饱满而紧致，笑起来还有酒窝。苗小青对她印象很好，朝她眨了眨眼睛：“我能看下你手上的文身吗？”

“好啊！”小兰爽快地把手伸出来。

苗小青弯下腰，凑近仔细看，边看边啧啧赞叹：“真好看！”

“真的吗？”小兰高兴起来，一巴掌拍到大华的腿上，“看看，你天天吐槽我花两千块文这么个玩意儿，现在有识货的人了吧。”

大华搓着大腿拍疼的地方：“她跟程然都是搞物理的，哪会欣赏这些，人家就说个场面话。”

“我们搞物理的不说场面话。”程然揽紧了苗小青说。

“行行，你们知识分子——”大华的话没说完，就被小兰拧起耳朵，他哀哀叫道，“你别总在外面动手啊！”

小兰松开手，大华搓着耳朵，指着坐在左边的男人说：“他是杨硕，曾用名杨志国，我们还管他叫志国。”

苗小青跟他打招呼，一眼看到他额头上有道小指长的疤痕，他的眉毛很浓，头发像刺一样竖着，宽眉大眼，眼神很凶，就像电影里拉下外套拉链就抽出一把砍刀的角色。

“他开广告公司，不混黑道。”程然说。

苗小青有点不好意思，看向四人中剩下的一个女孩儿，她的身材跟苗小青差不多，小脸，长得很清秀，化着淡妆，文文静静的公司职员气质。

“她是刘倩，我媳妇儿。”杨志国介绍完。

刘倩拿了件大红色的过膝羽绒服出来，递给苗小青：“程然说你没带衣服，不嫌弃的话先穿我的。”

苗小青连忙接过来：“太感谢了。”

“赶紧换了吧。”程然说。

苗小青把包放桌上，刘倩扫了那包一眼，看到拉链附近的品牌标识，正要定睛去看，苗小青把脱下的外套扔到包上，外套的标签正好翻了出来，刘倩看得清清楚楚，不由得又去看了一眼程然脖子上的围巾。

苗小青穿着大红色的羽绒服，她很少穿这样的颜色，感觉有点别扭，面上却丝毫没表现出来。

程然只要她穿得暖和，土不土，显不显老，他也不会在意。

他拍着站他旁边的人说：“他是赵武，我们叫他‘小五’，一二三四五的五，跟我家对门。”

苗小青看了眼大学生一样单纯朴实的小五，立刻就有了同类的感觉。

“我在杭州读研。”小五说。

“杭州？”苗小青有点高兴。

程然对小五说：“她家是杭州的。”

“那你这一趟还真够远的！”小五说。

苗小青对他笑了笑。

“好了，我们就出发吧。”杨志国站起来说。

其余三人也站起来，程然点点头，对苗小青说：“我给你买了牛奶和面包，你先垫垫肚子。”

苗小青点点头，同在一个环境里，都习惯了这样随便对付。

她跟着一行人走到一辆面包车旁，车身喷涂着广告公司的名称，一看就知道是谁的车。

杨志国和女朋友坐正副驾的位置，小五、大华和小兰陆续上车，坐到最后一排，把中间的两个位置留给了程然和苗小青。

程然上车后从背包里拿出面包和牛奶，揭了包装纸递给苗小青。

苗小青撕了面包慢慢吃着，程然把插了吸管的牛奶拿在手里，不时送到她嘴边让她喝。

路上大家都在瞎侃，多数时候是小兰把大华揍得哀哀叫。苗小青起初还担心地回头看一眼，见小兰也就是轻轻拧一下，或者拍一下，大华就惨叫得像是受了酷刑一样。

这种相爱的方式也是新鲜，苗小青津津有味地听着大华嘴贱一句，惨叫一声，下一秒又开始嘴贱——好像逗着小兰揍他一样。

苗小青心情极好望着窗外白雪皑皑的平原，太阳出来了，白雪反着银光，闪耀壮阔地铺展在大地上。

车开了一会儿，后座的战局开始扩大，小五也加入损大华的队伍中，小兰顿时调转了枪头，跟男朋友一起收拾小五。

苗小青回头看了一眼，就见大华把小五的头按在膝盖上，小兰两只手掌打鼓一样，在他背上有节奏有韵律地拍打。

多大的人了，还像小孩子一样打闹。苗小青一边想着，一边羡慕着他们几个人的感情。

车开了一个多小时，宽宽的河道出现在苗小青眼前。

杨志国松了油门，减速拐弯，车头翘起，辗上了河岸。车身爬上去后，车头便往下掉，河面上结了冰，车直接开到了河中央停下，苗小青看到了惊叹又害怕的场面——

"哇！"她下车后，在冰上一连跺了几下，还是没忍住叫了出来。

小兰说："南方人没见过吧。咱们这儿河面结冰，卡车都可以开过去。"

"没见过。"苗小青兴奋地抓着程然的手，在冰上蹦了起来，随口说道，"我以前也去过很冷的地方，不过都是夏天去的，没见过江河结冰。"

小兰也随口问道："河会结冰的地方？新疆还是内蒙古啊？"

"是芬兰——"苗小青脚下一滑，程然赶紧搂住她。

"你去过欧洲啊？"刘倩声音很大地问。

几个人全转过头来看苗小青，她抬头刚好与刘倩的目光对上，那目光让她很不舒服，像是剖析和探究。

同时苗小青也很讨厌自己，刚刚太兴奋，一溜嘴就说了出来，根本没过脑子。她知道他们的家庭环境，这么格格不入的话她太不应该说了，好像在炫耀一样。

她窘迫地"嗯"了一声，没再说话。

杨志国打开了后备厢，几个男人的注意力很快转移到他们带来的宝贝上，一箱一箱地往下搬，小五跟大华把几个纸箱和泡沫箱搬到河岸，杨志国和程然把一些工具拿下来。

苗小青看到有铲子、锤子和一个铁头尖利的工具，她猜是凿冰用的。还有很短的钓竿和很奇怪的鱼线，鱼线上很多钩头。

刘倩拿了几把折叠椅来，递给苗小青一把，两人打开椅子坐下，看程然和杨志国凿冰洞。

杨志国握着尖头工具往冰上用力拄，一下又一下，机械地重复，而程然就把凿下来的碎冰铲到一旁。

苗小青又往河岸望去，小五、大华在那边用一口铁锅生火，小兰在清点泡沫箱，看到有火焰腾起，冷得受不住的苗小青不由自主地去了那边。

小兰看见她过来，指着火边说：“太冷了吧，快坐那儿暖和暖和。”

苗小青走了这么一小段儿，反倒没那么冷了，问她：“要我帮忙吗？”

小兰打开一个泡沫箱的盖子，里面整齐地码着腌好的肉串和新鲜蔬菜，用保鲜袋分装着。她又打开另一个纸箱，装着冻饺子，一口一个的大小，小而秀气的尖儿，鼓鼓囊囊的肚子，特别可爱。

“这是大华妈包的，程然昨天晚上说太晚了，没来得及现包，我们从家里冰柜里拿的。”

“包得真好！”苗小青赞叹道。

“他们家卖饺子的。吃过他妈妈做的饺子，你就再吃不下别家的了。”小兰骄傲地说。

苗小青又看着那些菜和肉：“一个晚上你们准备了这么多？”

“都熟练了。”小兰盖上泡沫箱的盖子，“他们从小就这么玩，一会儿还有他们钓的鱼。”

苗小青看向程然，他们换了位置，开始凿新的冰洞了。几个人一语不发地分工合作，不知道是以前玩过多少次玩出来的默契。

火焰变小，柴都烧红以后，大华倒了炭进去，拿出一张正方形的烤网架在火上。

小兰拍拍泡沫箱，说道：“咱俩一人一个，先抱过去。”

苗小青抱了一个泡沫箱，跟在小兰身后，走到火旁，一阵热浪扑到她脸上，她把手也伸了过去，翻来翻去地烤着。

大华开始往铁网上刷油，小五忙完就跑去河中间找程然他们。苗小青见大华和小兰一边干活，一边打情骂俏，有点不好意思打扰他们，也去了程然那边。

她走到程然身旁时，这个冰洞刚好完全破冰，水像喷泉一样“咕嘟咕嘟”地涌上来。苗小青担心水会漫出来，连忙后退一步，然而水涌了一会儿就没再涌了。

她又凑去洞口看，冰洞里的水变得平静而清澈，黑色的鱼在水下游弋。

“真神奇！”

程然把铲子递给小五，小五不接：“我刚干完那边的活，你就扔给我。”

程然直接把铲子靠他身上：“等你带女朋友回来，我保证让你闲着。”

说完他揽着苗小青转身：“我们去走走。”

他们走上另一边的河岸，沿着无人踏足的路，踩着厚厚的积雪往里走。

寂静的森林，响起踏雪的“咕吱”声。

“幸好我喜欢穿雪地靴。”苗小青看到快没过靴口的雪，“不然脚趾都得冻掉了。”

她说着，眼睛忙着往四周看。

极寒之地的森林太美了。松树被雪压垂了枝丫，石头下挂着透明的冰凌，这里的落叶乔木都披着雪挂，不像南方的树一到冬天就光秃秃的。

这满目的雪白和凛冽的空气，都让她精神振奋。

他们走过一条涧溪，溪水冻住了，透明的冰包裹着石头，还保持着流动时的形态。

第一次看到冰瀑的苗小青感叹：“好神奇！连流水都能冻住。”

“亏你是学物理的，-20℃，什么水不能被冻住。”

苗小青白他一眼，伸手掰下一块细长的冰凌，阳光照在冰柱上，反射着水晶般冰冷的光芒。

“程然，你家乡真美！”苗小青觉得自己的语言实在是匮乏了，只能反复说着“美”“神奇”这些俗气的字眼来表达她内心的惊叹。

程然替她将帽子里掉出来的发丝掖回去：“可没有你家乡那么有名。”

苗小青耸耸肩：“西湖吗？放暑假了你去我家，也让你体验一下，走一百米，弯腰提十次鞋是什么感受。”

“什么意思？”

“就是人挤人，总被人踩掉鞋跟。”

程然笑了：“嗯。”他趁着苗小青不注意，突然往上一跃，抓住苗小青头顶的一根树枝往下一拉，又松手任它弹回去，再及时转身跑远。

枝头上的雪簌簌落到正在仰头的苗小青的脸上和身上，还有雪钻进了脖子里，苗小青冷得一哆嗦。

她从地上抓起一把雪就朝程然掷去，还没碰到程然已经散成雾粉，她一边朝他追，一边大喊：“你给我站住！”

一直到跑出林子，她也没有追上程然，就从地上抓了一把雪，捏紧了揣进口袋里，然后装出若无其事的样子，走出林子。

程然站在河面湛蓝的冰上，迎着阳光，笑得十分欠打地朝她挥手。

苗小青凝望那个灿烂的笑容，心想如果她破坏那个笑容的话，会不会遭报应？

比如从此以后，再也见不到那样开朗的笑容了。

她不紧不慢地走到程然面前，一言不发地望着他。

“生气了？”程然抱住她。

苗小青对他摇摇头，把手从兜里抽出来，勾住他的脖子，认真而温柔地凝视着他：“我有话要跟你说——”

她踮起脚，嘴唇缓缓凑到他的耳畔。

就在这一瞬间，她拉下他羽绒服的帽子，将掌心里的一团雪塞进了他的脖子里。

程然大叫一声，哆嗦着身体松开她，脚下像踩着弹簧一样上蹿下跳。他拉开羽绒服，把最里层的衣服扯出来，用力抖着衣角，才抖出一部分碎雪。

苗小青看到他又叫又跳的狼狈样子，并不感到好笑，也不觉得自己胜利了。

她破坏了他的笑容。

她兀自站着出神，等她回神才发现程然已经来到她的身边，一脸不怀好意地望着她。

她本能地朝反方向跑，却被程然巧力一拽，脚下一滑，就摔倒在冰上。

她撑着身体刚要起来，程然又扑过来，搂着她的腰在冰面翻滚了几个圈。

苗小青滚得头昏眼花，胃里翻江捣海，程然的脸和刺眼的天空不断在她眼前交替。

她不能自已地不停发出尖叫，直到停下来好一会儿，她躺在冰上，眼前还模模糊糊，使劲地闭了闭眼，睁开才看清程然的脸。

他的脸挡住了刺眼的阳光，疏淡的眉毛，漆黑的眼睛，让他永远都保持着一股淡雅的书生秀气。

“你有什么话要说？”程然用威胁的语气说道，“说不出我满意的，你今天就完了。”

苗小青伸出手，轻轻摸着他疏淡的眉毛，摸着他的眼睛、鼻子，最后停在他唇上，她眼睛一眨不眨地望着他，说：“我喜欢你！程然，我好喜欢你！”

程然的身体一僵，随后抬起手，握住点在他唇上的手指，将她的手掌贴到他的脸上，深情地望着红色风雪帽里的小脸，缓缓地低下头，温柔地吻住她。

河岸那边大声喊着来吃东西了。

程然才从冰上爬起来，拉起苗小青，眼角的余光扫过她飞起红晕的脸颊，故意地贴到她耳边，低声说：“昨晚你折磨了我一晚上，现在冰天雪地我还燥热，今天晚上你要不要负责一下？”

苗小青踢他一脚，被他绕到后面躲开了。

他从背后抱住她，像小时候开火车一样地往前走，她觉得他色情得要死，又羞恼又甜蜜。

“苗小青！”他忽然喊她的名字。

苗小青不知道他又要说出什么不正经的东西来，本来不想理他，但她一贯上赶着，就不咸不淡地“嗯”了一声。

“你想好了吗？”他忽然停下，抱着她的双手箍紧了一些，“我想要你！你愿意把你自己给我吗？一辈子都只给我。”

苗小青听到自己的心跳停了一下，随即又剧烈地跳动起来，显然他也感觉到了，贴着她后背的胸膛也在急剧地跳动。

他的嘴永远说不出甜言蜜语。连一辈子的承诺，他都说得像是占个便宜那么简单粗暴。

可是她喜欢他的简单粗暴，她喜欢用各种方式，逼迫他对她说出一些他埋在心底深处的话。

她轻轻点了点头：“愿意！”

背后久久没有动静，苗小青刚要回头，却看到程然的手直直地伸向前方，指着前方围着火的那堆人，丧气地点了点：“我真是自作孽！”

苗小青“噗”地笑出来：“这么说，你终于急了？”

程然的手往上移，重重地掐了一把：“你不急？”

苗小青的身体紧绷了一瞬，随即恼怒地打了下他的手：“老实点！”

程然又叹了一口气，老实地走到她身旁，牵着她的手往前走：“没心情玩了，真的没心情。”

苗小青刚想笑他，又发现经过刚刚，她似乎也没心情玩了。

他像在她的身体里穿了根线，跟他紧紧相连，他离她近了，她浑身的血都激涌上来，燥热不堪；离得远了，心脏仿佛又牵痛似的，失魂落魄。

走回烟火气的烧烤架前，两人都兴致不高。

烧烤架上烤了羊腿、肉串、牛排、红肠、口蘑、韭菜、玉米……油滋滋地渗出，香气四溢。

小兰递给苗小青一个盘子，让她自己拿喜欢吃的。

苗小青看了眼小兰脚边的啤酒。

小兰却没领会到她的眼神。苗小青只好坐下，夹了片牛排到盘子里，咬了一口，眼睛不时瞟着大华和小兰手上的啤酒。

程然对小兰说："拿瓶啤酒给我。"

小兰愣了一下，拎起一瓶打开的啤酒和纸杯给他："你不是不喝酒？"

程然递给苗小青："她喝。"

苗小青欢快地接过，倒了一杯。

小兰把瓶子举到她面前，豪爽地说："来，我俩喝！"

苗小青也拿起瓶子，瓶口跟小兰碰了一下。她一直喝罐装啤酒，瓶装的酒也都是倒进杯子里，这么举着瓶子喝还是头一次。

不过小兰跟她干了两次后，她就发现了这么喝酒的乐趣。

她扫了一眼所有人，只有刘倩和程然没喝酒，喝的矿泉水。

小兰性格豪爽，没一会儿，她俩已经喝完了两瓶啤酒。小兰丢下大华，亲热地坐到她旁边，搂着她的肩膀说："我听程然说起你，还以为你是个特高傲的人，没想到你这么接地气，哈哈！"

苗小青"噗"地笑出来："你看出谁不接地气了？"

她本来是想损损烟酒不沾的程然。可话一说出来，小兰就往刘倩那边望了一眼，刘倩刚好看过来，苗小青头皮发麻地拍了拍程然的手臂，将话题扯到程然身上："你知道我第一次见他，他为了少去几趟厕所，连水也不喝，这不是神仙是什么？"

"他还神仙？"小五"哧"地一笑，"那是你不知道他卖了奥数奖牌买游戏机，拿获奖证书垫桌脚，被他爸拿鞋底抽得满院子跑的时候。"

程然夹了个口蘑扔他头上，小五浑不在意地接住，塞嘴里吃了。

"我们小时候闯祸挨打，馊主意基本都是他出的。"大华也苦大仇深地说。

"他还让我们凑本钱，自己偷偷跑去打麻将，赢了的钱他六，我们四。"杨志国也接着说。

苗小青看着一脸镇静地啃着玉米，仿佛谈论的不是自己的程然，笑得头歪在小兰的肩上。

小兰拍拍她："他们几个就这样，谁带女朋友回来，就拼命揭谁的底，真损！"

"挺好的啊。"苗小青羡慕地说，"我从小到大没什么朋友。"

"那你小时候怎么过的啊？"小五问。

“在家做卷子，复习，练英语口语。”

小五咋舌：“你跟我的童年有一拼，不过我还有他们几个时不时拖我出去放风。”

“你怎么那么听话？”小兰问。

“不知道，”苗小青说，“也许是怕我爸妈哪天会把我丢到大街上。”

“这怎么可能？”

苗小青点点头：“现在想想，的确不可能。就算他们把我丢了，我也还有外公外婆，但小孩子吧，头脑简单，又只走直线。”

小兰笑她傻，却明显对她越来越热情，又喝完一瓶啤酒。小兰贴在她耳边问：“你去不去方便？”

苗小青肚子正涨得难受，点了点头。见小兰已经站起来，她也连忙把盘子往程然手上一放，跟着小兰去了。

程然正要问她去哪儿，见小兰跟她手挽手，突然明白过来，便自顾自地吃东西。

刘倩见那两人越走越远，问程然道：“你女朋友家是不是很有钱？”

程然一愣，摇了下头：“她爸就是个国企职工，妈妈没工作。”

刘倩“哦”了一声，语气很耐人寻味。

“怎么了？”程然问。

“早上我不是问你那条围巾哪儿来的吗？”刘倩说。

“我说了她送的啊。”

“那条围巾如果是正品要六七千。”

刘倩说完，程然皱了一下眉头，随即想到她买给他的那件外套，笑了笑说：“肯定不是正品，她估计是在哪儿看到，觉得款式不错，就顺手买了。”

刘倩冷笑了一下：“那她的包呢？大衣呢？她那双鞋如果是正品，一千多块，大概是她身上最便宜的了。她那大衣纯山羊绒的。”

“不会吧！”小五不敢置信地瞪大眼睛。

杨志国也看着自己的老婆：“会不会看错了？”

“我只认得出牌子，真假我可看不出来。”刘倩说，“不过她的包和衣服，材质做工都好，就算是假的，也不便宜。”

程然凝神不语，不知道在想什么。

刘倩又说道：“你既然说她爸只是个普通的国企职工，花那么多钱去买假的，这也太虚荣了吧。”

杨志国用手肘戳了一下刘倩，看了程然一眼，说道："她也是瞎猜的。你平时跟人相处得多，是不是虚荣，你也看得出来。"

程然的眉头顿时松开，摇了摇头："她不是。"顿了顿，又补上一句，"大概是逛街时看到了，觉得款式喜欢就买了吧。你们也知道，现在满大街都是假货。"

"她刚刚还说去过欧洲呢，"刘倩不甘心地说，"一个普通的职工家庭，哪儿来的钱去欧洲？"

程然不高兴了："我爸妈是下岗职工，我也去过瑞典和加州。"

小五也接过话说："就是。学习成绩好的，也有机会公费去国外比赛或者短期交流。"

刘倩还想说什么，杨志国冲她瞪了下眼睛，她只好把话咽了回去。

大华拿了一口煮锅，倒入带来的纯净水，用小铁架支在火上煮。

苗小青和小兰也回来了，两人边走边笑，大华问："你俩说什么了，笑得跟捡钱一样？"

小兰横他一眼，看到架在炭火上的锅："煮饺子啦？"

大华扬起铁勺吩咐她："去分醋。"

苗小青和小兰走到一旁，找出小碟子摆好，小兰往碟子里放辣椒酱，苗小青倒醋。

饺子煮好一盘，分空一盘，吃的速度一定要快于冻冷的速度。苗小青咬了一口，汁鲜肉嫩，皮薄却有韧劲儿。小兰说得对，吃过这个饺子，以后就再吃不下别的饺子了。

她以前听徐浚吹牛时说过：到过新疆，你才算吃过真正的羊肉串；到过西安，你才算吃过真正的凉皮；到过长沙，你才算吃过真正的臭豆腐；到过武汉，你才算吃过真正的热干面……别以为你以前吃到的特色小吃是正宗的，那根本不是一个东西。

现在她到了北方，吃到真正的饺子了。

吃完饺子，中饭就算结束了，所有人都转移去了河心，四个男人每人守着一个冰洞。

苗小青看到程然把钩子都装上鱼饵，垂入水桶大小的冰洞里，手执着短竿一端，就跟入定了似的，一动不动。

"你说带我来玩，其实是你自己想玩吧。"苗小青斜睨着程然的鱼竿说。

程然把她的椅子拉近，一手拿着钓竿，一手抱着她说："这样算带你来玩了吧？”

苗小青无语地看着聚精会神盯着钓竿的程然，对他的乐趣完全不能理解。

午后的太阳光很强烈，冰面反着强光，程然垂着眼睛，苗小青这才想起一个被她忽略的问题：“你为什么没近视？”

“你也没有啊。”程然说。

“我戴隐形眼镜，”苗小青说，“你肯定不戴的。”

程然这才转头，凑近她，看了半天也没看出什么来：“我一直以为你不戴眼镜的。”

苗小青长长地呼出一口气：“你没见过我戴眼镜的时候吗？”

“工作的时候，我哪有时间去注意你戴没戴眼镜。”

苗小青对他还能抱什么指望呢，她又问了他一遍：“你为什么没近视？”

“我小时候又不用天天做卷子和复习。”程然说，“小时候，任何阻止我玩的事，都会被我随手处理掉。”

“怎么处理？”

“作业糊弄一下就行了。考试时如果不超纲，学校偶尔还有一两个跟我并列第一的，如果超纲的话，”程然睥睨地一笑，“第一就只可能是我。”

苗小青恨恨地抓过他的手咬了一口：“幸好我上学时没有遇到一个你这样的，不然我肯定要转学。”

“说起来，”程然偏头想了一下，“初中坐我前面那个女生，跟你一样，什么时候看到她都在学习，偶尔也能跟我考个不相上下。一次数学考试，有一道题超纲，全校只有我一个做出来了，其他人都空着，连解题思路都没有。考完后，那女生就转学了。”

苗小青凉凉地看着他。

“不过实力还是拼不过运气。”程然用额头抵住她的额头，说，“你看我现在任你打任你骂的，我考赢了几百万人，最后还不是败在你手里。”

说完，他亲了她一下。

他难得说句情话，苗小青沉醉地闭上眼睛，却感觉到他的气息远离，随后响起程然如释重负的声音：“我陪你好一会儿了，现在让我专心钓会儿鱼，你看小五都钓两条鲫鱼了。”

苗小青睁开眼睛，见他握着钓竿又已经入定。

合着刚才陪她聊几句就是为了应付她的。

她站起来，对着他的折叠椅踢了一脚，才满意地去河岸火边找小兰聊天。

苗小青相当佩服程然，他在冰上待了两小时，钓了一排鲫鱼，非得最后钓起一条江鳕才收竿。

他们现场剖了鱼，烤一半，泡沫箱装走一半，下午四点左右才回市区。

回去的路上，多数人都睡了，暖气熏得苗小青昏昏沉沉的，她也靠在程然肩上睡了。

迷迷糊糊间，她感觉到身体被一股力量紧缚，鼻尖闻到那熟悉的积年木香，是程然的味道。那股紧缚的力量，来自程然抱住她的那条手臂。他抱她抱得很用力，仿佛是珍视，仿佛是害怕，仿佛是他内心对她真实情感的反应。

她没有立即睁开眼睛，嘴角幸福地弯起，又睡了过去。

下车前，苗小青醒了过来，程然有条不紊地收拾背包、外套、围巾，一如从前冷静沉着。

苗小青心里有些不对劲，坐在车里，目光在满车搜寻。

车在酒店门口停稳，车门自动打开，冷风灌进来，她却没有立即下车，仍是怅然若失地在车里张望。

“落东西了吗？”杨志国回过头来问。

苗小青想点头，又说不出来丢了什么，但心头突如其来的空洞，却让她肯定自己丢掉了非常重要的东西。

“下车吧，”程然说，“我检查过，都拿齐了。”

苗小青回过神，想着应该是刚睡醒，情绪低沉的原因，便不再去深究，跳下车，跟他们挥手告别。

小兰的身体从后座探出来，对苗小青说：“有空一定要来找我玩。”

苗小青开心地跟她挥手：“有空我请你去杭州玩，你一定要来！”

车门关上，程然跟她往里走，暖气扑面而来时，那种怅然若失的感觉又袭上心头，苗小青皱了皱眉。

“怎么了？你跟小兰才认识一天，就舍不得分开了？”程然按了电梯键，笑着说。

“不是……”苗小青仔细地想了起来，是不是因为交到了小兰这个朋友，才舍不得分别的呢？

下车前，她寻找的其实就是这段短暂的友谊吧，她不再去深想，说道：“可能是吧。”

电梯门打开，她走了进去。

狭窄的电梯间，程然站在对面，一手提着背包，一手揣在兜里，眼神直白而火热地望着她。

苗小青想到接下来的时间都是他俩独处，不由得绷紧了身体。

她招架不住他的目光，垂下眼睛，看着自己的鞋尖，却仍旧连每个毛孔都能接收到他目光的火热。

她像一只即将为爱情献出自己的小兽，紧张不安的情绪让她的心脏微微颤抖，而憧憬期待又让她的神经隐隐兴奋。

他俩谁都没有说话，各自分开走着，仿佛对方不存在，又仿佛无所不在，余光、气息、脚步声不时在空气中交缠碰撞。

苗小青拿磁卡刷门时，回头看了程然一眼，随即就将头转回去，推开了门。

她走进黑暗的房间便停住了，手中仍拿着磁卡，没有插进取电槽里。

她面前的窗纱透进城市微暗的灯光，身后是走廊照进来的亮光。

门渐渐关拢，程然的气息越来越近，门锁合上的声音让她心头猛地一震，背后的光在脚下消失了。

她听到背包落地的声音，听到程然的呼吸声，很轻很均匀，他的胸口紧贴着她的背，手指沿着她的耳后，慢慢划向她的脖子。

苗小青屏住呼吸，感觉到自己身体的每一处都在缩紧。

程然的手最后按在她的肩膀上，仿佛拨开了某一道开关，她转过来，透过黑暗，找到那一双黑寂中亮若星光的眼睛，踮脚迎上他的吻。

他的吻激烈而霸道，带着不容她退缩的侵占意味。

她的后脑被他的手掌抵住，鼻尖充满了他的味道，他的情绪，他的急切。

她被程然带着一直倒退，退到床边，抵到柔软的床垫，她的身体向后倒去——

“程然！”她的手伸向空中，被程然抓住，随后他的气息便笼罩上来。

“苗小青——”他的声音在黑暗中温润地响起，指尖滑过她的脸颊，“相信我！”

……

窗纱透进来的光越来越暗，城市进入深睡眠。

苗小青半边脸都埋在被子里，摸到手机，看了眼时间，十一点半。手机屏幕的光晃过程然的脸，他的眉眼深沉，不知道在想什么。

苗小青忽然有些不安，喊了他一声：“程然！”

程然转过脸，手掌放在她的发顶：“还不舒服吗？”

“好一点了。”苗小青撑起身体，像只猫一样眷恋地蜷在他的胸口，头发披散开来。

“该起来吃点东西了。”程然捋着她的发丝说。

“嗯。”苗小青慵懒地答应一声，却没有起来的意思。

这样的对话持续几次，程然直接叫外卖了。

4

第二天程然一直陪着苗小青，下午他才回家。

苗小青也趁空去了新区的商场，在烟酒专柜给程然爸爸买了两瓶飞天茅台，给程然妈妈买了一条羊绒围巾和手套，又在超市买了一些保健品。

这些礼物是她仔细琢磨过的，茅台不喝可以收藏，可以用来待客，围巾手套和衣服鞋子不同，不需要知道尺码。

她又给自己买了件羽绒服，然后才回到酒店，把东西放进柜子里。程然晚上要过来，她想了想，还是没有告诉他。

送男朋友父母礼物是她自己的事，似乎没必要让他知道。

然而程然来了后，她躺在床上看书，却时不时地会朝那个柜子看两眼。

程然一边脱外套，一边说：“我妈问你喜欢吃什么，明天早市她去买回来。”

苗小青想了想说：“饺子吧。”

程然愣了一下，随即笑出来：“你的要求也太低了。”

“那我也不能真不客气啊。”苗小青说。

程然跳到床上，对她伸出手臂。等苗小青靠过来，就像钻进陷阱的猎物，被他按着胡作非为了好半天，最后一步才踩了急刹车。

“还是不行？”他状似放弃了，却又抱着一丝希望问。

苗小青摇摇头，又说：“不然再试一下？”

“算了。”程然翻过身平躺下来，又接上中断的话题，“你不用担心那么多，我爸妈肯定是把你当自家人。”

这怎么可能？苗小青在心里想，她又不是他们生的。

又想到自己父母，他们大概也不会把女儿的男朋友当自家人。想着，苗小青就打定主意，明天不管他爸妈说什么，能不说话就笑。

俗话说，伸手不打笑脸人。他们就是对她再不满意，也不会翻脸。

尽管如此，苗小青还是担心到半夜都睡不着，翻来覆去，把好不容易睡着的程然也吵醒了。

“怎么还不睡？”他迷迷糊糊地把她捞入怀里，刚要睡着，她一个翻身又把他惊醒了。

他只好坐起来，摁亮了台灯：“到底怎么了？”

苗小青也坐起来，抓着他的两只手问：“如果你爸妈反对，你会跟我分手吗？”

程然无语瞪着她：“你就因为这个睡不着？”

“你老实回答我，不准说假话。”

程然叹了口气，揉了揉她的头发：“他们不会反对。再说，他们反对有用吗？”

苗小青拧了一晚的眉头终于松开，露出一个开心的笑容，凑到他的脸前亲了一下就退开：“你说话算话。”

程然恼火地抓她回来，找准她的嘴唇就咬：“明知道我难受，还不老实。”说完放开她，背对着她躺下。

苗小青从他背后抱住他，舔了下他的耳朵，感觉到他的身体一僵，才贴在他耳边说道：“你轻一点，可能也不会太疼。”

程然猛地翻过身，复杂地望着她：“你会不会觉得我就是……”

苗小青吻住他的唇，把他没说完的话都堵了回去。

不会。

因为她也是这样迷恋他，想时时黏着他。

想以亲密无间的关系，来证明他们在彼此心中，占据的是那个唯一位置。

“程然，”她在他的吻和爱抚中，颤抖着声音说，“我喜欢你这样爱我。”

“我也是。”程然拨开她汗湿的发，吻上她的额头，“我最喜欢这时候的你，没有保留地属于我。”

他话里的炽热烫化了苗小青的心，在那阵滚烫的热情过去后，有一瞬间，苗小青脑中曾闪过程然说的那句情话——

我喜欢这时候的你，毫无保留地属于我。

似乎有哪里不对，可她总是缺少去深想的时间和机会。

两人一觉睡到九点，程然妈妈打了两次电话来，才把他们叫醒。

苗小青一边刷牙，一边叽里咕噜地埋怨程然：“你也不设个闹钟，睡到这时候，还要长辈打电话来催，你真是——”说完看向专心刷牙，根本不理会她的程然，气得拽了一下他的手臂，才去漱口。

“啊！”被牙刷头戳到的程然痛叫一声。

“怎么了？”苗小青吐掉嘴里的漱口水，拿纸巾随便擦了一下，便端起他的下巴，“张嘴我看看，出血了没？”

她仔细地检查看他的嘴唇皮有没有戳破，没料到程然会低头突然袭击，亲得她一嘴泡沫，连嘴里都是牙膏味儿。

“呸呸！”苗小青拼命地拿水漱口，“你能不能别这么恶心。”

“牙膏杀菌的，哪儿恶心了？”程然说，“昨天晚上你亲我的时候没见你嫌我恶心。”

苗小青一边往脸上擦着面霜，一边说：“你还是捡回以前的偶像包袱吧，现在的你，我有点吃不消了。”

“吃不消我，”程然漱完口，一边擦嘴一边说，“一大清早的就这么疯狂暗示我？”

苗小青抠出一坨面霜涂他脸上：“叫你脸皮再厚点儿。”

程然嫌恶地拿纸巾擦着脸，擦完又用水洗，那黏腻的感觉仿佛怎么都去不掉。

两人吵吵闹闹地准备完，苗小青穿上羽绒服。

程然看了一眼：“新买的？”

苗小青从衣柜里拿出刘倩那件，洗好后罩着塑料防尘袋：“你帮我还她吧，替我谢谢她。”

程然看了一眼衣柜，里面挂着一排干洗好的衣服，他的心里就涌上很深的自责，她住在这里，自己却粗枝大叶，完全没照顾到她。

那天想一早带她出去玩，没时间去买衣服，就找了发小帮忙。这两天不但没想起来去给她买衣服，连她穿脏的衣服也忘了拿回家洗。

他伸出手，没接衣服，而是抱着她说：“对不起！我还不习惯，以后我会细心一点。”

苗小青因他的道歉一头雾水，还以为他是因为早上起来闹她才道歉，不禁笑道：“真稀奇，你还会为了这种事道歉。”

程然松开她，神色郑重地说：“以后有什么事你都要跟我说，别自己忍着。”

“其实也没忍什么。”苗小青提起几个礼盒袋子，“走吧。”

“怎么买这么多？”程然接过那一堆袋子，逐个打开看，越看眉头皱得越紧，“没必要花这么多钱。”

“再怎么说都是第一次去。”苗小青说。

程然叹了口气，买都买了，总不能退回去，只能以后找机会把钱给她补回去，这都快赶上他两三个月的工资了。

“走吧。”他说。

苗小青跟着程然走进小区，近看这些老楼，都是六层高，墙皮剥落，防盗窗生锈。楼前的花坛里被开垦成了菜地，东一片，西一块，像乱贴的狗皮膏药。

走进单元楼里，水泥楼道还算干净，没有见到乱扔垃圾和随地吐痰的脏污，显然住户很爱护自己的家园。

可是外人却不会替他们爱惜。墙上和扶手，包括防盗门上都贴满了小广告，像牛皮癣一样恶心。

程然家住五楼，他刚掏出钥匙，门已经从里面打开了。

程然的妈妈站在门边，五十多岁，身材微胖，个子很高，苗小青一米六八，在南方女性中不算矮的，程然的妈妈应该超过一米七。

经年的操劳使她的脸颊严重下垂，即使她的眼睛炯炯有神，看起来仍然很疲惫。她眼角的皱纹很深，却给了苗小青和蔼的印象。

苗小青连忙问好。

“快进来坐。”程然妈妈草草打量了一番，显然对于苗小青的外表还算满意，脸上露出欢喜的笑容。

苗小青进屋换了拖鞋，抬头就呆住了，她头一次见到没有沙发的客厅。

眼前这个客厅三四平方米，墙角放着一个立式的电视柜，靠墙摆着一张餐桌，三面各有一张椅子。程然爸爸就坐在其中一张椅子上看电视，见她进来，也客气地叫她坐。

程然长得像父亲。

程然爸爸的脸瘦，眉毛比程然的还淡。程然的淡眉显得清秀，程然爸爸的淡眉则显得严苛。

“你们进房间坐吧，饭好了叫你们。”程然妈妈说。

显然这个小厅兼顾餐厅和客厅的作用，却很少用来待客。

苗小青跟着程然走进房间。

他的房间也不大，大概十平方米，里面有一张双人沙发，一张单人床，再就是书桌和双门衣柜。

苗小青走到他的书桌前，没有看到很多的奖牌和证书，想到小五说他把奖牌卖了，拿证书垫桌脚，也明白他才不会俗气地把这些东西摆出来。

这个房间里没有多少有关他的东西，甚至连一张照片都没有，如果不是有几本英文书，苗小青都要怀疑他是不是把她带到了父母的房间。

“怎么你的东西这么少？”苗小青问跷腿坐在沙发上的程然。

“房子小，没用的都处理了。”

真是个好理由。

很符合他的性格，没有青春怀旧之类无用的情绪，用不上的就是没有价值，可以毫无负担地抛弃。

“你在这房子里长大的吗？”

“不是。”程然说，“小时候住家属院，后来那里连同矿区一起废弃了，我们就才搬到这里。”

“那你的发小也是一起搬到这里的？”

“嗯，这里住的大都是爸妈的旧同事。”

“那你连个相册都没有吗？”

程然想了想：“应该是我爸妈放着的，我懒得去找。”

苗小青撇了撇嘴，就知道是这样。

程然站起来：“你要是无聊，我们玩桌游。”

他从架子上抽出一个黑色的盒子，递给苗小青。

苗小青看了眼英文名字——开膛手杰克。她对这种烧脑的推理游戏一点兴趣也没有，而且跟他玩桌游，不是给自己的智商找侮辱吗？

程然放回去，又抽出一个图案很清新的绿色盒子，看了眼名字——卡卡颂。

“这个运气也很重要，可以吧。”

苗小青想想反正也没事可做，两个人爬到床上，开始对战。

玩这种策略游戏，苗小青严重的智商不足。第一局她没弄清楚规则，不断给程然送分，但不管她多菜，这个游戏倒是很能消磨时间。

一局玩了二十分钟才翻完所有的卡，苗小青的得分只够程然的零头。

第二局开始，她记住了规则，却总是忘了往地图上放小人占地盘，程然已经玩得眼皮打架了。

“不玩了。”苗小青打乱拼好的地图，赌气地说。

程然打了个哈欠，收起卡片，对她的水平做出客观评价：“江老板五岁女儿的实力都比你强。”

这时程然妈妈推门进来，叫他们出来吃饭。

苗小青洗完手走到客厅，餐桌已经拉到中间，一侧放着一个塑料凳子。

程然坐在塑料凳子上，拉她坐旁边。

桌上凉菜热菜都有，总共五个菜一个汤，每一盘分量都超级大。

“多吃点，别客气。”程然爸爸难得开口。

苗小青依照昨晚制定的计划，对程然爸爸露出一个完美的微笑。

程然妈妈敲了程然的手背一筷头，说：“你多给她夹菜，别光顾自己吃。”

苗小青又对程然妈妈微笑。

程然抬手夹了一个酱大棒骨给她，瞬间就把她碗的饭盖得严严实实，骨头伸出碗边，让苗小青简直无处下手。

“这是我天没亮起来酱的，在汤里泡了一早上，入味了。”程然妈妈说。

苗小青保持微笑，徒手拿起大骨头慢慢啃着。

她一根骨头还没啃完，程然已经啃完两根了，站起来去卫生间洗手。

程然妈妈说：“下次来可别带那么贵的东西了，你们以后还要结婚过日子，省着点儿。”

苗小青只当是客气，继续当一个微笑的哑巴。

“听说你住酒店里？”程然妈妈又问。

“嗯。”

“来了就到家啊，家里不是没地方住，去酒店花那钱不值当。”

苗小青愣了一下，这套房子，一个小厅，一个阳台改建的厨房，两间卧室，怎么也再数不出一间房来。

住家里……是在小厅打地铺，还是跟程然住一起？

后一个可能几乎没有，那是让她还是让程然在小厅打地铺？

“你们吃完饭就去把房退了，”程然妈妈说，“晚上程然跟他爸爸睡一间，你跟我睡一间。”

正在咬骨头的苗小青，一口咬到了舌头。她痛得捂住嘴，泪花在眼里直打转。

程然看到忙问：“怎么了？”

苗小青痛得一时张不开嘴，眼里泪光闪烁。

程然妈妈和蔼的脸沉了下来：“我是没把你当外人，有什么说什么。来了这里还住酒店，花钱不说，人家看着也不像回事儿，好像我怎么苛刻你了。就这么个事儿，你说你哭什么？”

苗小青痛得一直飙泪，又说不出话。

程然察觉到不对劲，掰开她的手，看到唇边渗出一道淡淡的血丝，不由得着急地喊："快张嘴让我看看！"

苗小青只好张嘴，程然看到她的舌尖咬破了，连忙去冰箱里取了冰，倒入冷水，把水杯递给她："喝一口含住。"

苗小青喝了一口冰水含在嘴里。

程然妈妈伸长脖子，左看右看，又缩回去，拍腿笑了起来："你这孩子！我还怕你对我不满，谁想到你啃个骨头都能把舌头咬了。"她又夹起一根棒骨放到苗小青碗里，"别急啊，慢慢吃，这些都吃完了，我还给你酱。"

她的话说完，严苛的程然爸爸居然也笑了。

苗小青羞愤得想死。

谁第一次到男朋友家像她这么出丑的？

她睁圆眼睛，用力地瞪着程然，都怪他一上桌就给她夹大骨头！

程然不在意地摸摸她的头："好点了吗？"

嘴里的水已经含热了，她去卫生间吐出来，又含了一口冰水在嘴里，反复了十来次，舌头才没那么痛了。

然而她一开口就变成了大舌头："我明天——"

她的样子让程然妈妈笑得眼泪都出来了，忙拍着她的手说："不急着说话，先吃饭。"

苗小青凄惨地低头，望着碗里那根程然妈妈夹的大骨头，又不敢夹给程然，认命地拿起来接着啃。

两根骨头啃完，她一口饭都吃不下了。

程然妈妈把那碗饭放到程然面前："你吃掉。"

程然一把推开："别闹了！我都吃饱了。"

程然妈妈看着那碗饭，脸上流露出痛惜："这可是一口没动的。"

苗小青如坐针毡，可她实在是吃不下了。

程然妈妈最终还是把那碗饭倒掉了，边倒边对苗小青说："你这么瘦，吃那么点儿哪行？姑娘家啊，胖点儿好。"说着又看了一眼垃圾桶里的饭，叹了口气，"能吃多好，也不会浪费了。"

苗小青心里很不安，求救地看向程然。

程然对她轻轻摇了下头，用眼神告诉她没事，然后拉着她进了房间。

门一关上，苗小青就赶紧对程然说："你妈要我退了酒店的房间，晚上住你家，跟她睡。"

“你不愿意？”

苗小青瞪着他，不是废话吗?

程然点了点头，开门走了出去。

一会儿他又进来，关上门说：“我跟他们说已经先付钱了。”

“你妈怎么说？”

“说这次就算了，下次来要住家里。”程然低头在她耳边说，“要不你早点嫁给我，下次回来咱俩就能住一间了。”

苗小青的心一跳，结婚吗?

她抬头看向程然漆黑的眼睛，心里竟然向往起那一天来。

程然的手抚到她的脖子，又轻轻往上，托着她的脸问：“不愿意？”

“愿意。”她脱口而出，随即又发现自己是真的那么想的，又轻轻说了一遍，“我愿意。”

程然开心地笑了，手撑在门上，低头去吻她：“苗小青，你知道我最喜欢你什么？”

苗小青揪着他的毛衣，忙着回应他的吻，含混不清地问：“什么？”

“最喜欢你这么地喜欢我。”

程然离开她的唇，把她高高地抱起来。

苗小青的腿卡住他的腰，双手捧着他的脸，第一次从高处向下看他，原来他仰头看人时，目光依旧带着一抹傲然。

“我不止喜欢你——”她低下头，停在他的唇边，“还要喜欢你一辈子！”

说完，她低下头吻住他。

第六章 /阻拦

一心追逐月亮的人不会被路过的星光吸引

1

晚饭程然妈妈包了饺子，虽然没有大华妈妈包的好吃，却还是比苗小青以前吃过的饺子都好。

吃完晚饭，又在程然房间里待到九点，她才出来换鞋，准备回酒店。

程然妈妈拿了一个大红包塞给苗小青。

苗小青举着红包很是无措，她捏了一下，里面的钱不少。这笔钱对他们家来说是一个负担，可不收又说不过去。

“拿着！”程然妈妈把她的手按下去，“还指望你以后孝顺我们呢。”

程然爸爸也说：“拿着吧。”

苗小青看了程然一眼，程然的手插在裤袋里，那眼神仿佛在说：我不管。

苗小青对他暗暗咬了一下牙，收起红包，说：“谢谢阿姨！”

程然妈妈笑着点点头，又说：“明天醒了就过来吃早饭，别又像今天似的，吃两顿饭哪行。”

苗小青面色羞愧。

“走了！”程然拉着她下楼梯。

苗小青回过头冲程然妈妈挥手：“阿姨再见！”

回到酒店，苗小青拿出红包，犹豫着是拆开看看，还是直接放进包里。

程然看她那一脸的纠结，笑着说：“你看不看都是一万零一块。”

给这么多？苗小青惊吓地拿出红包里的钱，还真是一沓一百的面钞，上面放着一块钱：“为什么有一块钱？”

“我们这边的风俗，”程然说，“意思是万里挑一。”

苗小青顿时喜笑颜开：“这么说你爸妈认可我了？”

“都说了他们不会反对，全是你自己瞎想。”程然脱了外套和毛衣，“我先去洗澡。”

苗小青想到程然的爸爸妈妈，心里有些不自然：“要不你今天晚上回家睡？”

走到浴室门口的程然回过头：“你说真的？”

苗小青又纠结了：“不知道他们会怎么看我？”

程然无语：“我都在这儿三个晚上了，你现在才想这个问题是不是有点儿晚？”

“那是没见到你爸妈啊。”苗小青不满地想，她的脸皮又不厚。

“他们跟你一样，”程然说，“不在眼皮子底下的事，他们也不会多想。”

苗小青放心了：“你去洗吧。”

程然却走了回来，一把将她抱起来，往浴室走：“节约资源，一起洗。”

苗小青挣扎着跳下来，爬回床上：“我才不要。”

程然又扑过去，苗小青跟他推来拉去，桌上的手机响了。

苗小青拿起手机看了一眼，就放到程然眼前，屏幕上显示着“黎若谷”三个字。

程然老实地退到床边坐着。

苗小青接起电话，黎若谷直入主题：“你的 notes 我看了，有几个问题要跟你说一下。”

“您稍等！”苗小青给了程然一个眼色。

程然取来纸笔，苗小青接过来：“您请说。”

苗小青耳朵和肩膀夹着手机，趴在枕头上边听边飞快地记录。

黎若谷说完后问：“你大概什么时候回学校？”

苗小青想也没想地就说：“明天。”

“很好。”黎若谷说，“你后天早上来我办公室一趟。”

挂掉电话，苗小青咬着笔头，整理黎若谷刚刚说的那几个问题。

程然撕掉她写得乱糟糟的记录放在一边，握着笔在空白纸张上边写边问：“你原来也是打算明天回学校？”

苗小青摇了摇头，情绪低落地说：“本来想多待两天。”

“刚才怎么不跟他说？”

苗小青抓了下头，烦恼地说：“你见过哪个差生不怕老师的。我又不是你和杜弘，做的是让他感兴趣的东西，我就是个他用得不顺手的低级劳工。”

“算 Kagome 晶格也不能说是低级劳工。”

程然把重新写好的记录递给苗小青，苗小青接过来一看，黎若谷提到的那几个问题他写得都很清楚，每个问题下的解决方法也写了。

“你刚听到他说的话了？”她问。

程然指了下书桌上的笔记本：“昨天你去洗澡时我用你的笔记本发了个邮件，顺便看过你的 notes。”他顿了下说，“本来不想扫兴，想回学校再跟你说的。”

苗小青唉声叹气地倒在他怀里：“我只能明天走了。”

“机票订了吗？”

“等会儿再说吧。”

“等会儿还有票吗？这几天可是回程高峰期。”

程然说着掏出手机，要查看机票，被苗小青抽走，扔得远远的：“我心情不好，先不说这个，我自己会处理好。”

程然摸着她的头发说：“我的票是早就订好的，没法退。”

“嗯，也用不着退，反正回了学校，我们也是各忙各的。”苗小青越说心情越低落。

交往了八九个月，能这样时时黏在一起的时间就这么短短几天。

别人谈恋爱是一起吃饭、逛街、看电影，他俩的恋爱是她忙完程然忙，程然忙完她忙，饭在食堂吃，多数时候还是谁有空去食堂就给对方带回办公室，好不容易早下班就逛逛校园，至于看电影……

连电脑上下载的都还没来得及看呢。

想到这里，她死死地抱紧程然，眼里满是委屈和不舍。

“开始写文章就轻松多了。”

苗小青松开他，垂着眼睛，想了一下说：“以后我想做继续做计算。”

程然怔怔地望着她，随即垂眸掩去眼里的情绪：“你想好要一直做物理了？”

“嗯。”苗小青确定地说，“我虽然做不了你们那些难的，但还是可以做一些能做的研究。”

这么一来，除非她哪天变成一条咸鱼，随便做点东西，发点文章糊弄自己和单位，否则就会一直保持现在的节奏。

程然再抬起头，眼里什么情绪都没有了，平静得一如镜湖：“只要你想好了就行。”

“你先去洗澡吧。”苗小青说。

这次程然没有闹她，没有开玩笑，沉默着去了浴室。

苗小青订了第二天下午三点的机票。

离开前结账退房，前台告知她房费程然已经结过了。

苗小青望着在门口等着她的程然，忽然很心疼跟自己交往的他。

回到学校，很冷清，多数学生为了避开高峰期的高价票，过完十五后才会返校。

余向晚也没有回来，晚上苗小青一个人待在冷清的宿舍里，浸骨的孤独让她感到无比冰冷。

她跟程然视频也只是草草说了几句，黎若谷喜欢高效率，程然昨天已经提前给她理清问题，她必须在明早前把修改的 notes 赶出来，为黎若谷和自己节约出时间。

次日一早，苗小青去了黎若谷办公室。

黎若谷看完她写的 notes，有些意外，但对他来说这毕竟只是微不足道的小事，便平淡地说道："这个可以了。"

苗小青偷偷地松了口气，程然出手，果然他就没得挑剔了。

"你看过的文章也不少了，"黎若谷又说，"应该不用花很多时间学，算上修改和补数据的时间在内，半年之内要投稿。"

"这篇您打算投哪里。"苗小青问，投哪里她就去找哪个刊物的文章来看。

黎若谷抬起眼皮，看她一眼："我做的东西，当然是投 PRL。"

苗小青一怔，随即在心里疑惑，她做的这个东西，也能发 PRL 吗？

"你前期耽误的时间太长了，文章不能再给我拖，"黎若谷说，"尽快写出来。"

"我明白。"

苗小青回到办公室，打开电脑文档，在空白页的第一行写下文章题目——

《Kagome 晶格上 S=1/2 海森堡模型的自旋液体基态》

十五一过，办公室的人都陆续回来了。

杜弘和程然都被自己妈妈逼着带了特产来，送完老板，剩下的都堆在办公室的工作站旁边，谁要吃就自己拿。

令苗小青感到神奇的是，徐浚居然没有去游山玩水，而且还是除苗小青以外最早一个返校的。

"连你都在写文章了，压力大啊！"徐浚对着苗小青摇头叹气。

这是袁鹏在校的最后一个学期，他在学校露了一次脸，就去新加坡做访问学生了。

谁也没提他的离开，而谁都知道，办公室空着的那个位置，会一直空下去，直到另一个人进来，坐到那个位置上。

办公室好像还是和从前一样，没有一点人情味。

然而袁鹏在的时候，几乎没有人谈起他，他走后办公室关于他的话题却频繁起来。

“他到底有女朋友没有啊？”徐浚问。

“没有吧，”杜弘说，“有女朋友，这一出国，不得异地了？”

“多数都会跟过去的吧。”

“出国就分手的更多。”杜弘说，“你要是个女的，读了二十年书，甘心跟过去做个家庭主妇？”

程然看了一眼前面专心写文章的苗小青，对杜弘说道：“讨论会儿？”

“去哪儿？”杜弘收起书。

“宿舍楼下的便利店？”

“行。”

他俩正在收拾桌面，苗小青的手机响了。

苗小青歪着头夹着手机接听，刚“喂”了一声，她的声音就炸了：“我妈又带让你东西了？你自己留着吃吧，我不要……我没空……什么？你在那儿等着，我写完这段再去。”

挂掉电话，程然问她：“怎么了？”

苗小青烦躁地揉了额头：“我妈让人带了东西来。”

“就这事儿，你能火大成这样？”杜弘不留情地批判，“不孝女！”

苗小青闭了闭眼睛，压下心头的火气，摆摆手说：“算了，说不清楚。”又看向程然和杜弘，“你们要出去？”

“讨论，你要加入？”杜弘欠抽地说。

“去吧去吧。”苗小青理会他的挑衅算她输。

她的目光回到电脑屏幕，想接着往下写，手指在键盘上敲了两句话，又整排删掉，然后双手就按在键盘上半天不动了。

她哀叫一声抱住头，一顿乱挠：“接不上了！这段我想了好久的！”

从小学英语，过八级，GRE（留学研究生入学考试）考满分有什么用？写学术文章，大脑的思维跟不上，还是一样不行。

程然拍拍她的肩：“刚开始写文章，千万别去学大佬的风格，过于讲究艺术性，别人看了根本不知道你在说什么。也别写得太细，太复杂，简明扼要差不多就行了。”

杜弘“哈哈”笑了起来：“被那位大佬带歪的人可太多了，画虎画皮难画骨，水平差的直接被带歪成了民科。”

“你才民科！”苗小青仰头看他一眼，觉得不对，吵架要站起来吵。

她站起身踮起脚：“你看你现在做的，数学不数学，物理不物理，你就是双面人，墙头草！”

“你！”杜弘脸涨得通红，拍着她的桌子说，“你那水平，再给你学一百年你也做不出来！”

“我才不做，我就做简单的，照样发文章，气死你！”

程然无语地从两人中间抽离，直接走到门外，幼稚的吵架声还响在耳边。

“我要告诉黎若谷，你说他是双面人、墙头草！”

“小孩才告状！”

“不跟你这种民科吵！掉价！”

“双面人吵不过就跑！”

……

徐浚觉得自己该出来说句公道话了，他撑着桌沿站起来：“你俩年纪加起来都快五十了！”

苗小青对杜弘翻了个白眼，坐回椅子上。

杜弘冷哼一声，双手对着门一推，斗志昂扬地走了出去。

程然和杜弘走到宿舍楼下的便利店，今天的阳光很暖，两人在外面的桌椅上坐下。

程然买了饮料出来，递给杜弘一瓶。

杜弘喝了一口：“你也管管你女朋友，对师兄什么态度？”

程然摊开他带的手写本，笔往本子中间一放：“你天天欺负她，我不也没说你什么。”

“我那叫欺负她？”杜弘嚷嚷起来，“她一吵架就对我人身攻击你怎么不说？”

“你说她水平差不叫人身攻击？”

“我是说事实。”

“咱们公道点儿，”程然说，“算出 Kagome 晶格的叫水平差？”

杜弘语塞：“那要看跟谁比，她当然比系里大部分的人强。”随即又说道，“怎么说我是师兄，她不尊敬我就是她不对。”

“所以我不管你们，反正你俩半斤八两，各打五十大板绝对不冤了谁。”

杜弘突然八卦地问："你俩谈恋爱，她不跟你吵？"

"她呀？"程然停了下，对杜弘勾了勾手指，见杜弘压低头，一副认真听八卦的样子，他才说道，"她是发自内心崇拜我，对我百依百顺。"

"嘁！"杜弘根本不信，"我水平不比你差，怎么没见她崇拜我？"

"因为你人品太烂！"

杜弘抄起手写本对他砸过去，骂道："两口子一个德行！"

程然直起身体坐好："你都说是两口子，我肯定是跟她一个鼻孔出气的。"

杜弘看他一眼，带着神对凡夫俗子的蔑视："拿镜子照照，自从你谈恋爱后活脱脱变了。"

"水平上还是照样吊打你！"程然语气轻淡，却不偏不倚地往他心口戳，"别忘了，我比你晚一年转到这边。"

"你那东西做出来了吗？就跟我嚣张？"杜弘抱着手问。

程然的眉毛拧起来："我想不明白。"他点着本子上写的一段说，"把拓扑绝缘体放在一个拓扑非平庸的流形上，没有基态简并，为什么是拓扑态呢？"

一辆橘红色的跑车在离他们不远的停车场停稳，车头在阳光照射下高调地反射出刺眼的光，一个衣着光鲜的男人下车，站在车旁，低头拿出手机来看。

"哪儿来的这么一骚包？"杜弘问。

"一看也知道不是学校的，"程然看着他那一身像是立刻要去拍电视剧的打扮，"理工大学里的学生哪有他那闲工夫？"

杜弘收回目光，把程然刚说的话回想了一遍，又说回了物理："你确定没有？"

程然对他的分心很不满："当然了，你看二维周期边条件不就是轮胎面？基态不就是费米能下全填满吗？就一个啊。"

杜弘沉思了一会儿："这么说，的确是很奇怪，这里没有任意子，也确实没有基态简并度。"

程然重重地叹了口气。

杜弘说："你搞了快一年也没进展，如果再过两年还卡在这里怎么办？"

程然烦躁地说："我也不知道。"

他胸口沉闷得发紧，转头看向远处，视线里却闯入一个熟悉的身影。

他正要定睛去看，却听到杜弘低呼一声："小青苗！"

是她没错了。

程然看到她走到跑车旁边，站着跟那个男人说话，没说两句，那个男的拿出几个手提袋递给她。

“你不担心？”杜弘幸灾乐祸地说。

因为他见过她真心喜欢一个人是什么样子，程然想，只需要一眼，就能看出这个人在苗小青心里没留下过任何痕迹。而最重要的是，他了解苗小青——

“一个一心追逐月亮的人，绝对不会被路过的星光吸引。”

“说你自己是月亮？”杜弘嗤笑一声，“不要脸！”

“说的是物理。”程然淡淡地说，“我们不是一直在追逐月亮的路上？不然随时随地可以蹲下来捡脚边的六便士。”

杜弘少见地没有唱反调，看向苗小青开始深思。

“说起来，我一直觉得你跟苗小青很像，”程然带着审视的目光地说道。

“什么？”杜弘差点跳起来。

“普通人都要面面俱到，所以两个选择摆在眼前会左右为难，”程然缓缓说道，“而你和苗小青是会放弃一样，绝对不会想把两样都抓在手中的人。”

杜弘沉默不语，依然看着苗小青，程然的声音缥缈地传入他的耳内——

“这世上你们没有得到的，都是被你们放弃了的。”

2

苗小青正对着阳光直射的方向，强光刺得她睁不开眼，她没有仰头去看贺晖，而是垂着眼皮，看着提袋里的坚果零食。

“对不起，我借了你妈妈的名义，这些是我买给你的。”贺晖说，“其实就是想来见你一面，我要回杭州了。”

“你不读书了？”苗小青抬头。

贺晖笑了一下：“读完了，最后一学期本来也是实习，我爸叫我去公司上班。”

苗小青点头表示明白：“恭喜你！终于逃脱你讨厌的校园了。”

贺晖往后靠到车门上，将眼前的校园环顾了一遍：“你男朋友也在这个学校里？”

“不是我们学校的，但是现在跟我一个办公室。”苗小青说。

“也是看很厚的英语书，算那些恐怖的公式？”

“他比我厉害多了。”苗小青想了想说，脸上自然而然地流露出对程然的仰慕之情，“相等于你跟我的差距吧。”

贺晖垂下头，不让心头浮出的悲惨情绪再流露到脸上。

过一会儿，他才抬起头，脸上带着微笑，望着苗小青。

苗小青换了个不被阳光直射的位置，才抬起头，第一次细致地看他。他的眼皮垂低，遮住了一半的黑瞳，慵懒中带着一丝耐人寻味的神秘感，眼睛细长而秀气，眼尾优雅的拖曳上翘。微笑的时候，眼里的光流淌，却仿佛怎么也淌不出他的眼睛。

“你妈妈笑起来很美吧？”她问。

“不记得了，”贺晖又仔细想了想，“我爸是这么说过。”

“有照片的话，放一张在手机里。”苗小青说，“有那么一个美丽的妈妈，是很值得骄傲的事。”

“我妈妈跟你爸是同学，你知道吗？”贺晖突然说。

苗小青惊讶地睁大眼睛：“是吗？”

“我家以前只是一个小企业，我妈跟我爸结婚以后，公司才扩大。”贺晖说，“我妈的能力资源人脉都不是我爸可以比的。”

“你妈妈怎么离开的？”

“生病，不是很严重的病，可是因为我爸……”他摇了摇头，仿佛不想再说下去，“跟她的心情有关，后来拖得很严重。她走了以后，我爸才觉得天塌了。”

贺晖说：“我那时候也很不懂事。其实我去了公司上班以后，才知道原来妈妈的那些同学，包括你爸，都一直在照顾我妈留下的东西。”

“这很正常，”苗小青说，“他们那个年代的人是看重同学情谊的。”

“你看，这就是环境不同。我以为的朋友相处就是像我爸和他朋友那样，三天两头聚到一起，今天喝酒时称兄道弟，明天又因为利益冲突翻脸。你爸他们……”他顿了顿说，“平时都不怎么来往，默契却永远都在。”

苗小青仔细回想了一下。她的记忆里，爸爸确实从来不随便带客人回家，偶尔带回来朋友喝酒聊天，也平平淡淡的，气氛一点都不热闹。

就像她现在在这个组里，每个人之间的联系都很少，可好像除了家人以外，她首先想到的重要的人，就是他们。

读研以后，出现在她生活中最多的关键词，是导师、师兄。

原来在别人的眼里，这种保持适当距离的感情是让人羡慕的。

“我一直觉得，”她说，“我们这样的人是很孤独的。”

“那是因为你们的脑子里装满了东西，别人不懂，也不需要别人懂，”贺晖说，“所以别人才会觉得你们很孤独吧。”

苗小青对他露出一个微笑。

“我就要走了，”贺晖犹疑了一会儿，说，“有空吃个饭吗？”

苗小青摇了下头：“我没空，抱歉，是真的没空。”

贺晖抬起手掩了一下嘴，放下后，他脸上是轻松自如的笑容：“我也就是问问，没有时间就下次。”

“其实，”苗小青想了想说，“有些事，我还是很介意的。”

贺晖身体一僵，立刻明白她话里的意思：“对不起！一开始我并不知道你有男朋友。”

“你知道了，依然来我家拜年。”

贺晖猛地抹了一把脸：“因为在知道以前，我就跟你妈妈说过要来拜年。”

苗小青点了下头：“你不清楚我家里的情况，也不适合介入。”

贺晖的心不断下沉，她的话说得很隐晦，给他留足了面子，可意思也很清楚明白，她在警告他——

他这个没有一点关系的外人，再也不要出现在她家和她家人面前了。

他再一次领会到她绵里藏针的冷酷。

当他站在她面前时，她礼貌客气地应付；而当他转身离开，她就立刻把他抛进角落里，再也不会把他拉出来。

“我知道，”他压住心里的苦涩说，“我不会做让你不开心的事。”

他的眼睛里流淌着复杂的情绪：“永远都不会。”

苗小青伸手，拍了下他的手臂外侧：“我先回办公室了，再见！”

“再见！”

贺晖目送她转身离开，神色充满了疲惫，看着她的目光却依旧执着。

苗小青回到办公室，继续写被贺晖打断的文章，思路却很难跟之前接上。她想到程然跟她说的话，将那些看过的文章风格都忘掉，全部重写。

不久以后，她就发现程然的情况不太对。

这天晚上是例行组会，每个人说完自己的工作进展以后，程然一直没有说话。

他的精神很不集中，眼里透出烦躁不安的情绪。

组会结束时，江教授经过他的时候，按了下他的肩膀，什么也没说，就走了出去。

苗小青快步走出去，在系办楼外看到江教授沿着灰砖道往家属院的方向走。

“江老师！”她喊了一声。

江教授停了一下，等苗小青追上来后，没有说话，仍然脸色凝重，一言不发地往前走。

苗小青知道这是他们考虑事情时候的神态，隔绝了外界的一切打扰，不让自己的思绪断掉。

她没出声，跟在他的旁边，慢慢走着。

一直走出理学院，江教授脸上的凝重才消失，他看了苗小青一眼："有什么事吗？"

"我想问一下程然，"她有些不好意思地说，"想问下他的情况。"

"唔！"江教授点了下头，"我也打算什么时候找你说一下这件事。"

苗小青的心提紧了，这种语气听起来不太妙。

"他那个题目，一年多没有进展，卡在一个拓扑简并度……"江教授看了她一眼，把她不懂的话换了一个说辞，"怎么说呢，他现在卡在了这个问题上。我和若谷，还有他和杜弘，都没想明白怎么回事。"

苗小青心里一惊，是多难的问题，这几个人凑一起一年多都想不明白。

江教授接着说："程然现在有点急了，当然，急不是错。这可能是他遇到过最棘手的问题，他要面对的是能不能解决，什么时候解决，这些都不知道。所以我和若谷建议他先放下，先做其他的题目，不要耽误了。"

"他不同意吗？"苗小青问出口觉得自己是白问。

"嗯，他钻进牛角尖了，觉得一定是哪里想岔了，很可能那只是一个很简单的问题，但是被忽略了。"

苗小青叹了口气，果然是程然式思维，绝对不是他没有能力解决，而是那个简单的问题藏得太隐蔽，只要他能抓出来，就能顺利解决了。

然而他抓了一年多，还没有抓到。

江教授说："程然是这一代中最被看好的一个，他最聪明也最努力，他的未来无可估量。现在是很关键的时候，我和若谷也只能劝他先放一放。"

苗小青沉默了一会儿，才说："我知道了。"

"这个题目并不是不做了，"江教授说，"只是先放一放，随时能再捡起来做。"

苗小青从江教授脸上看到了关切的神色，她咬了下唇，说道："我会劝他，可是我也想请老师试着从他的思路去考虑下问题，万一他是对的呢？"

江教授愣了一下，随后点点头："我会的。"

苗小青露出笑容，真心地对江教授微微弯了弯腰，表示感谢。

"谢谢您！"

江教授也笑了一下：“你的文章我晚上回家看，看完给你修改意见。做得不错！”

苗小青忽然鼻酸：“谢谢您信任我，给了我这个机会！”

江教授哈哈笑了：“其实我把这个题目给到你时，以为你一个月就会来求我转走。”

苗小青这下真的是欲哭无泪了。

没有这么欺负人的组。

全都是感动不超过三秒系列。

“不过，”江教授说，“你来找我讨论的头三次，我就知道你是能做的了。”

苗小青抿着唇生气。

“我也不是傻子，你不能做，还让一个题目在你手里拖一年。”

苗小青想，他当然不傻，为了处理掉手上的差生，还真是用心良苦。

她想起江教授把题目给她时，说的是让她这一两年先做这个。

现在看来用意很明显，那意思是告诉学生，一两年的时间就要耗在这个没能力做出来的题目上了。

难怪水平一流却被学生称为“三等导师”，此人简直就是物理学的门神，劝退高手。

幸好她什么都没想，只顾着一头扎进去。

苗小青无语地说：“如果没什么事，我先回去了。”

“去吧！”江教授笑着跟她挥手。

苗小青沿着原路返回办公室，程然正在白板上杂乱无章地写着什么，写了擦，擦了写。

她看了一会儿，走过去拿掉他手上的笔，扔回笔架上，二话没说拖着他出了办公室。

程然脸色黑沉沉道：“你有什么事？”

“能有什么事？吃饭去。”苗小青说。

程然闻言把手臂抽出来，转身往回走：“别闹，我还有事。”

苗小青快一步堵住他的路：“你的事一时半会儿也解决不了。”

程然没说话，抿紧唇不满地瞪着她。

苗小青也不管这里人来人往，跳起来无赖地挂到他的脖子上：“我好不容易改完文章了，陪我去吃顿饭吧。”

“哎哟！”刘浩经过，酸里酸气地说，“尽挑人多的地方秀恩爱呀！”

苗小青正打算讽刺刘浩两句，刘浩却觍着脸哈着腰地往前快走两步，苗小青顺着他的视线，看到黎若谷正从楼里走出来。

刘浩迎上去：“黎老师！”

黎若谷偏头盯着他的脸看，似乎在仔细回忆这个人是谁，看了两秒钟也没想起来，就放弃了。

“我是金老师的学生。”

“哪个金老师？”黎若谷一脸茫然。

“就是发了九篇PRL，前年评上杰青的……”刘浩几乎把自家导师的简历背了一遍。

黎若谷皱了皱眉：“谁让你说这些，你直接说做哪个方向不就行了？”

“做石墨烯——”

“哦。”没有下文，黎若谷直接越过他走了。

他走了两步，又遇到已经站得规规矩矩的苗小青和程然，他指着刘浩问：“他做哪个方向的？”

程然说：“他从来不说自己做了什么，只说文章发在哪里。”

黎若谷仿佛沉思了一下：“那他跟我打什么招呼？我认识他吗？不对啊，我怎么可能认识这样的学生？”

说完他自顾自地走了。

走了两步，他又倒回来：“你们学校衡量一个人的水平，就是文章多不多？”

苗小青和程然都不知道怎么回答。

“那他发过什么文章？”黎若谷又问。

“太多的文章……”苗小青说，“Nature comm。”

黎若谷又陷入了沉思：“哦。”过了两秒，他对程然和苗小青说，“你们记住，以后你们申请博士后，简历上写着你们发表了很多文章，是会被扔进垃圾桶的。”

苗小青不解：“为什么？”

“物理的评价标准，是你对物理学对人类的贡献，是你做出的东西在五十年后、一百年后仍有人沿着你的发现持续深耕，这才是水平。”黎若谷说，“发了很多文章，说明根本没有专注在一个领域潜心研究，更谈不上水平，记住了吗？”

“记住了。”苗小青和程然同时回答。

黎若谷没再说话，自顾自地走了。

苗小青望着他的背影许久，直到他消失了才回过头对程然说：“第一次觉得他很帅。”

“他有女朋友。”程然说。

“哼，我也有男朋友。”苗小青骄傲地挽住他的胳膊，“去吃饭。”

程然没再拧着来，跟她去食堂吃了晚饭。

吃完饭，苗小青买了一杯果汁、一罐啤酒，拉着程然去了田径场。

沿着田径场走了一圈，两人在灯光几乎照不到的观众席上坐了下来。

“昨天是我们交往一周年的纪念日。”苗小青说道。

程然的神色顿时因自责而紧张：“对不起！我没想起来。”

“没关系，我也是坐在这里才想起来。”苗小青往后靠在椅背上，“以前冬天到了就盼春天，夏天到了就盼秋天，现在好像都没有四季的概念，冷就是冬天，热就是夏天。”

“很辛苦吧？”程然的身体滑下去，头仰枕在椅背上，望着黑色的天幕说。

“我已经适应了。”苗小青说，“而且有了你以后，就更没觉得辛苦了。”

“其实我以前也想过要不要做实验物理，”程然说，“生化环材和实验物理还有仪器设备使用，而理论物理和数学，只有一个大脑能用。”

“嗯，就连计算机也是我写好程序，它算完了我再分析。”

“我最近在想，是不是我根本没有那么聪明，”程然说，“我太高估自己了。”

他仰靠得不舒服，又坐了起来，手肘支撑在膝盖上。

苗小青拿走他手上的果汁，放在地上，扳过他的身体，让他的头枕在她的膝盖上。

“我觉得你比黎若谷聪明。”苗小青说。

程然笑了起来：“你这滤镜太厚了，黎若谷可是十二岁上高中，二十六岁就入职普林斯顿的天才。”

“好吧，”苗小青立刻就改口，“你跟他不相上下。”

刚说完，她的脸颊就被程然轻轻捏住：“能不能坚持己见？”

“能，你放手！”苗小青重重地拍了他一下。

程然松开手指，却抚着她的脸颊：“苗小青，我要是到毕业都一事无成，在国外的名校找不到博后的位子，怎么办？”

“不怎么办。”苗小青说，“就在国内做博后，去个只要有物理系的学校就行。

如果学生都像我这么差，你就不当导师，一辈子自己写文章，署名一作。”

程然收回手，扣在自己胸前，沉默不语。

“听起来很凄惨是吧？”苗小青说，“我的本科老师就是这样，最好的文章是 PRB 杂志，他发得更多的是一堆中文杂志。”

“凄惨。”程然说。

“程然，”苗小青说，“你知道你是不会这样的，而且就算到了那样的境地，你的心也会是平静的。”

“是吗？”程然仿佛随口问道，他的目光仍注视着漆黑的天空。

“跟你说个事。”苗小青说。

“什么事？”

“我家条件其实还不错，”苗小青说，“我爸赚的钱够我衣食无忧地过一辈子，只要你跟我结婚，就可以什么顾虑都没有地做一辈子研究了。”

程然“噗”地笑了出来：“你这算是骗婚？”

苗小青气恼地推他下去。

程然坐起来，揽过她的脖子：“那你什么时候带我去见见我的岳父？”

苗小青松了口气，反正她说了实话了，是他自己不信的。

“暑假吧，你有空吗？”

“当然有空。”程然说，“那我们什么时候结婚？”

“这个我早就想好了，”苗小青说，“我们认识的那天，9 月 1 号。”

“早就想好了？”程然拖长声音问。

苗小青按到他的肩上，用力一推。

程然纹丝不动，反而把她拉回来，箍在怀里，强势又霸道地吻上去。

许久，他才松开她，眸色深沉地看着她：“对不起！这些日子我都没记住。”

苗小青轻轻摇了下头：“我们不需要这个。”

他们需要的是在这条路上，相互帮扶，理解，关心。

而这些，他们一直都有。

“程然！你什么都不要想，”她轻声说道，“只要相信你自己就行了！”

程然低下头，沉默了好一会儿，才抬头应道：“嗯。”

3

暑假开始，程然的研究依然没有进展。

苗小青仍旧在一边改文章，一边补数据，仍旧沉浸在工作永远也结束不了的窒息感中。

暑假的到来，将她从窒息中解救出来。

她和程然跟江教授请了假，一起回到杭州。

小五到机场接的他们，将程然的行李拿回自己租的房子里，才带他们去湖滨吃晚饭。

他们一边吃饭，一边聊起各自的近况。小五已经毕业，顺利地进入一个通信企业的杭州分公司，瞬间从一千多块工资的穷学生步入拿年薪的阶层，每天加班到十点，收入翻了十来倍，生活却跟学生时代没什么变化，吃饭从学校食堂换到公司食堂，住宿从学校宿舍换到了公司附近的出租房。

“幸好那时我爸妈逼着我选了计算机专业。”小五递给苗小青一瓶啤酒，“那时我跟程然一起填志愿，我们两家的父母都打听了一年，一致要求我们报计算机专业，好找工作。”

苗小青看向程然：“那你怎么报了物理系？”

“他瞒着叔叔阿姨报的，”小五说，“把二老气得要跟他断绝关系。”

程然淡淡地说：“我们这种家庭的孩子，父母最害怕的就是孩子以后跟他们一样穷。”

“尤其是你，咱们市就出那么一个，”小五说，“最好的专业都能上，偏偏要去读物理。还有人跟你爸妈说物理找不到工作，没有前途，他们当然急。”

“那是嫉妒吧。”苗小青说。

小五的脸色尴尬了一下：“说得最多的是我爸妈。”

苗小青“噗”地笑了：“你爸妈不一样，他们应该是真着急。”

“我记得程然进校被选进基科班，我爸妈给我打电话，还说程然爸妈心窝子疼了一晚上，那么好的成绩，读计算机也说不定被选去最好的班。”

苗小青的手按在程然的膝盖上：“就说你那时候一点不担心，原来你早就给过你爸妈这么大一挫折了。”

“什么事儿啊？”小五连忙问。

“她怕我爸妈反对我跟她的事儿。”程然说。

“哈哈！”小五大笑起来，“他上大学后，他爸妈唯一怕的就是他死读书，媳妇儿都娶不回来。”

苗小青把程然的脸扳过来看了看：“不至于啊。”

程然等她看够了，扭过头淡然地吃菜。苗小青发现不管谁谈论他，怎么谈论，只要不是说他物理水平不行，他都能淡定从容地置身事外，仿佛说的是他不认识的人。

小五接着说："你得站他爸妈立场上想，人长得帅，又聪明，人品也好，这么完美无缺的儿子，怎么大学四年连个女朋友都交不到？这肯定不是找不到，"他说着觑了程然一眼，手掌支在嘴边，小声跟苗小青说，"他们还怕他……"

程然挑起一块糖醋排骨塞他嘴里："吃你的，一个大男人嘴这么碎。"

苗小青见状，顺手就拿着手机拍了下来。

程然劈手抢过她的手机，删了照片，把手机揣进自己口袋里："没收！"

苗小青抓着他手臂一通摇晃："凭什么啊？快还我！"

"吃完饭给你。"程然又夹了块排骨塞她嘴里，"专心吃饭，别跟他瞎扯。"

苗小青恨恨地瞪着他，腮帮鼓鼓地嚼着排骨，瞪了半天，也不见他给个反应，她吐出骨头，喝了一口啤酒。

吃完饭，苗小青在门口拦了辆出租车回家，程然和小五沿着湖边散步去公交车站。

湖边人多，他们俩走几步就要躲开一个行人。

"礼物买好了吗？"小五问。

"还没有，"程然说，"也不知道该买什么。"

"现在得去买了吧。"小五说着停住脚步，"就在这附近买了，我住的那边没有大型商场。"

"我去网上查了一下，把推荐最多的几种礼品列了清单，存在手机上了。"程然摸出手机，一看就傻了，"我忘记把手机给她了。"

"你说你没收人家手机干什么？讲不讲人权？" 小五忍不住吐槽，"赶紧给人家送去，她家住哪儿？"

程然皱着眉头，一时犯难了："我想想……"他掏出自己的手机，翻了翻，"过年时给她寄过新年礼物。"

他翻到苗小青的那个地址，递给小五看。

小五看了一眼，当机立断地说："打车去吧。"

他们走了一大段路才拦到一辆出租车，司机开了二十多分钟，开到一条绿树成林，人烟稀少的路上。

"这里是什么地方？"小五皱了下眉，怀疑司机绕路，"人没有，车也少，就不像居民区。”

司机笑起来：“你们外地来的吧，这里是别墅区，密度低，人肯定也少。”

“哦。”小五答应一声，又问，“那还有多远到？”

“就到了。”司机说完，把车开到小区入口踩住刹车，“要开进去吗？”

“你走错了吧？”小五望着里面宽阔平坦的道路，繁密深幽的树林，还有向他们走来的衣着笔挺的保安，怎么看也不是他们该来的地方。

他转头看了眼程然。程然的手掌托着手机，屏幕亮着，而他却望着车灯照着的大石上镌刻的两个字出神。

“你们是到悦湖吧。”司机说。

小五抽走程然的手机，看了下地址，是悦湖，又看了眼石头上的字，也是悦湖。

他这才仔细去看那个地址，简短到不寻常，只写了18号，后面没有几楼几室。

他低低地惊呼一声：“程然！”

程然的神色显得很平静，他一动不动，目光直直地望着窗外。

保安走过来时，程然放下车窗，声音依旧平静地说：“我们去18号，找苗小青。”

“麻烦请登记。”保安把登记的本子从窗外递给他。

程然很快写完信息，保安一边在对讲机里报告，一边为他们打开了车闸。

“怎么回事？”小五看了眼路旁边的三层独院楼房，伸手拍了下一直在出神的程然，“你不是说她爸只是个国企职工？”

司机笑了起来：“董事长也是国企职工，常委也算公务员啊。”

“你说话呀，她这么瞒着你什么意思？”小五急急地说。

“她没瞒我。”程然大概是被小五吵得难受，按了按眉心，“地址给过我，也跟我说过，只不过我没在意，也没信她。”

“那你怎么知道她爸是国企职工？”

“导师跟我说的。”程然又使劲按了下眉心，其实他很早就对她上心了吧。导师那时就随口说了一句她的家庭情况，他就牢牢记着，不管后面有多少痕迹证明她的家境很好，他也仍然只信自己一开始牢记的。

她送的外套、围巾，连别人都看出来很贵，他自己却从来没留心过。

她总是出发前一两天才订机票，他每次只知道说票不好买，却从没为她担心过票买不到怎么办。

她在酒店为了他的摔倒愤怒，喊着赔偿那个经理一年工资也要推他下去，他以为只是气头上的话。

她跟酒店为了他的赔偿据理力争，酒店态度大转变，同意赔偿时，他只觉得她是兴头过了的漫不经心。

那么多次，他要是有一次稍微对她留心，或是平时关心一下她的家庭状况，也不至于到了现在挨这当头一棒。

不等他有更多的自责，车已经停下了，他付了车费下车。

站在那栋欧式风格的三层楼房外，铁门紧闭，二楼的某个窗户亮着温暖的灯，他不知道那是不是她的房间。

“怎么办？”小五问，“按门铃？”

程然仰头看着二楼的窗户，越看越觉得那应该是她的房间，然而这么近的距离，他却觉得自己暂时没法走到她身边了。

他需要冷静地想想。

“出去把手机交给保安，让保安交给她吧。”他说道，然后转身。

小五摇头叹息，正要去追他，一束车灯的强光照射过来，他立刻抬手遮挡，车灯瞬间又熄了。

豪华轿车的后座走下来一个人，五六十岁的年纪，身形高大，气质儒雅清贵，他看了两人一眼，目光离开了一瞬，又移回来，盯着程然看。

“你们找谁？”他走到程然面前问。

“苗小青。”程然猜到他是谁，神色里难得带了一丝恭敬，“她的手机落我这儿了，我给她送过来。”

“给我吧。”那人说，“我是她爸爸。”

程然把手机递给他，道了谢，就要离开。

“等一下。”苗伟峻叫住他，“你是程然？”

程然沉默了一秒，说：“我是。”

“现在有空的话，你跟我去喝杯茶。”

程然紧抿着唇，他没法拒绝，只能点了下头，看向小五说道：“可是我朋友……”

“他愿意的话，我的助理会接待他。”苗伟峻说，“不愿意也可以送他回去。”

程然用眼神询问了小五的意思，小五说道：“我等你吧。”

三人一同上了车，小五坐在前排副驾，程然跟苗伟峻坐后面。

车里的气氛令程然有些透不过气，那种一去前路未卜的萧瑟感怎么也挥不去。他闭上眼睛，回忆苗小青提到有关她家庭的每一句话，试图去搞清楚，她的父亲是怎样一个人，对方会对他采取什么态度，而他又该怎样去说服对方？

不等他想出主意，车已经在一处幽静的茶楼前停了下来。

小五被助理热情地请去一楼的茶室，苗伟峻则走上楼梯，程然站在原地想了一秒钟，把小五叫回来，跟他低声说了两句话，才上了二楼。

苗伟峻把程然带进了一间单独的茶室，一个清秀淡雅的年轻女子走进来，坐在桌边泡茶。

程然瞥了那女子一眼，二十出头的年纪，长得很漂亮，是那种只看一眼就会被吸引的类型。程然一直局限在小圈子里，从来没见过，也没结识过这么美貌的女人。

但他只看了一眼就收回了目光，他的世界里只分熟人和外人，但凡是外人，不管美丑，只要是与他无关的人，他的态度都一样淡漠。

因此他的注意力都集中在对面的人身上，女朋友的父亲，一个比他更疼爱苗小青的人。

“你对以后有什么打算？”苗伟峻开门见山地问。

“您问的是工作，还是生活？”

“都说一下。”

程然想了一下：“没有意外的话，以后的工作应该是在大学或研究所。至于生活……”他说，“不会有什么意外。”

苗伟峻露出冷嘲的表情：“这么肯定？”

“所有的意外在交往之前，我都想清楚了。”程然说完，心里在想，这种像见导师的感觉是什么鬼？

“跟小草在一起前，你没交过别的女朋友？”

“有过一个。”程然坦白地说。

苗伟峻的表情不太好看了：“既然交往之前会把所有的意外想清楚，那怎么还会分手？”

“因为分手了，后来才变得谨慎。”

“分手什么原因？”

程然半晌没回答，他沉默地望向窗外，一阵凉风吹进来，挂在窗户上的风铃清脆地响起来。

“是我的错。”他垂下眼睛说。

苗伟峻目光犀利地看着他，端起茶慢慢地喝了一口，才问：“你跟你父母感情好吗？”

“我是独生子。”程然说，“所以我跟他们感情不可能不好。”

“如果他们跟小草合不来怎么办？”

程然又看了眼窗外密密层层的树林，才转回头，郑重地说：“如果我跟她结婚，就是三个家庭。可以互相关心，但是不能互相干涉。我跟她，必须有完全属于自己的空间。”

苗伟峻深思了一下：“你的朋友多不多？”

“我们的圈子很狭窄很封闭，基本我认识的人也是苗小青认识的人。”

“小草没什么金钱概念，从小她需要的东西都是我们给她买，她那里有一张信用卡和储蓄卡。她需要什么就会动用那两张卡，她不会乱花，但是需要的，她也不会在乎价格。”

“我不会动她的钱，我赚钱也是给她花的。”

“你怎么保证说的都能做到？”

“做不到我不会说。”

“什么事做不到？”

“让我转行。”程然说。

苗伟峻拿起程然面前那杯冷掉的茶，亲手倒满，放到程然面前：“喝茶吧。”

看着程然喝完茶，放下杯子，他又说：“明天来家里吃晚饭。”

程然蓦地抬头：“您同意了？”

“我从来都没反对，也没资格反对。”苗伟峻说，“我这个父亲，能做的就是好好锻炼身体，每年定时体检，不违法乱纪，维持我的社会地位，活到九十岁，让我女儿六十多岁时还有爸爸可以依靠。”

这是威胁！

程然动容地看向对面的男人，对方的目光没有掌权者的倨傲，只有出于对他不信任的担忧。

他的嘴微微张了张，却发不出声音。

许久，他轻轻弯了下腰，说道：“我会好好对她。”

程然走后，年轻女子也出去了，茶室里只剩下苗伟峻。

助理上来敲了下门：“现在送您回家吗？”

苗伟峻指着对面的空位说：“再坐会儿。”

助理坐下，拿出本子说：“那小子狡猾得很，您让我了解的那几个问题，只有三个得到了准确的答案。他的父母是下岗职工，独生子，家庭关系简单。爷爷奶奶、外公外婆都还在世，都没有跟他父母一起生活。他的父母邻里关系都处得很好，很节俭，但是不抠门。”

苗伟峻没说话，助理说：“奇怪，这样普通的父母怎会生出一个天才孩子？”

“基因突变。”苗伟峻说，“他基因中的智商到达一个巅峰，以后都会一代一代地落回到平均水平。”

“那小草的孩子？”

苗伟峻睨他一眼：“只是一代一代落回平均水平，又不是马上落回去，就算孩子的智商比他低一点，那也比大部分人高。”

“嘿嘿，”助理干笑两声，“至于以前的恋爱情况，他朋友说只见过小草一个。”

“哼！”苗伟峻露出冷嘲的表情，“这个他自己承认了，他也把错揽了，我也不能再问下去。”

“他的成长经历挑不出什么错，”助理说，“就是典型的天才，玩得不比别人少，学得也比谁都轻松，高考完是他自己偷偷报了物理专业，进校就选进基科班，免试进入高研直博。”助理说完，叹了声，“这样的条件，全国 99.9% 的父母都愿意有这么个女婿。”

苗伟峻还保持着他那个冷嘲的表情。

助理接着说：“上大学以前没有过打架斗殴的经历，从小只跟家属院的几个比较老实的孩子玩。还有关于性格人品，他的朋友都是吹得天上有地上无，这些信息没什么价值。”

“就这些了？”苗伟峻问。

“那小子警惕性很高，”助理为难地说，“一大半的时间都在跟我绕圈子。”

“那是因为他提醒过了。”苗伟峻脸上的嘲讽没了，笑了一下，“他倒是挺怕被朋友坏事。”

“那您这边呢？”助理问，“这人看着顺不顺眼？”

苗伟峻朝他一瞥：“碍眼！”

助理抹了把脸：“抛开个人感情，客观地看，有没有让您觉得不舒服？”

苗伟峻拒绝回答。

助理又问得更具体：“比如他有没有总拿眼睛去瞟小许？”

苗伟峻此时也不得不实话实说：“进来时看了一眼就没再看了。”

助理拍了下桌子："这肯定是装的，您要说偷看了几眼，目光不猥琐这是人品好，看一眼就没看了，那绝对是装的。"

苗伟峻看着助理，说："这种事如果能装，你安排这出的意义是什么？"

"这个……"助理语塞，支吾半晌，找了个理由，"这不是事发突然嘛，可能没安排妥当。您说的是他上门拜访后再带他来，谁晓得今天……"

"今天碰到更好，要是他贼眉鼠眼的，我家的门他也配进？"

"这么说，这孩子是挑不出什么毛病了？条件还是万里挑一，"助理说，"您不是一直想小草早点成家，到这一步您还有哪里不满意？"

苗伟峻眉头紧皱，片刻后才叹息一声："总觉得看他哪儿都讨厌！"

"您哪！现在的样子就跟亏损了十个亿一样，"助理笑着说，"自从小草跟您说要带男朋友回家，您就没安宁过一刻。"

苗伟峻撑着桌子站起来："走吧，回家还有更艰巨的任务。"

助理先一步下楼，把车开到门口，苗伟峻坐上车，闭了会儿眼睛就到家了。

他下车看了自己熟悉的家一眼，深深吸了一口潮热的空气，才走进去。

一进门，他的呼吸一滞，那十几年前的压抑感又回来了。

客厅的灯光很明亮，照出冰冷的白光，正对着他的圆形落地窗被拉得严严实实的。住了十几年的家，他知道窗外是花园，花园外还有两米高的围墙，就算不拉窗帘，私密性依然很好。

他的目光移到客厅中间，女儿背对他坐在双人沙发上，妻子面对他，坐在单人沙发上，抱着手臂，脸色阴沉。

他走到苗小青旁边坐下，拿出手机递给她："手机丢了一晚上也没找，看来是跟你妈在赌气啊？"

苗小青看到手机一怔，正要问，苗伟峻使了个眼色，苗小青接过手机，没再说话。

"你先去睡吧，我跟你妈聊聊。"苗伟峻说。

苗小青看了一眼妈妈，点了点头。

苗伟峻跟她一起走到房间门口，说："我跟他见过了，让他明天中午来家里。"

"可是妈妈……"苗小青的声音低下去，"我搞不懂她在想什么？他到底哪里不好？为什么不同意？"

苗伟峻拍拍她的背："好了，进去睡，我说服她。"

他推开门，让苗小青进了屋，才关上门下楼。

回到客厅，他在沙发上坐下，看了妻子一眼说："那孩子我见过了，人品条件都很好。"

"青青跟他不合适。"苗太太冷冷地说。

"哪里不合适？"苗伟峻说，"贺家那个小混混合适？"

"他哪里不好？"苗太太说。

"哪里不好？"苗伟峻冷笑一声，"咱们女儿是物理学博士，他一个大专生，你让小草嫁给一个学历比她低那么多的人，你怎么想的？"

"因为学历低，他才会一直对青青仰视，没有底气对她不好。"苗太太说，"这一年多来，他在我这里下那么大功夫，还不能说明他的真心？只要他真心就够了。"

苗伟峻被她的逻辑气笑了："他真心，那他以前的名声怎么来的？"

"名声？"苗太太嘲讽地望着他，"这种东西最误导人，那些名声好的人，只是做的事情没被人知道罢了。"

苗伟峻闭上眼睛，深深地吸气："这十几年来，我做没做什么你看不到吗？"

苗太太固执地说："是没做，还是没被我看到？"

"你！"苗伟峻按捺住火气，"你对我有意见，你对我不满，你怎么对我都行，小草的婚姻，你不能干涉。"

"你以为我是对你不满，拿孩子撒气？"苗太太轻蔑地说，"青青是我的命，我怎么会因为对你不满就去害她？"

"说说你的想法吧。"苗伟峻疲惫地说，"满意那个小混混的原因是什么？"

"他不敢对青青不好，他一家都不敢。"苗太太说，"我会把他放到眼皮子底下看着。"

她的话说完，苗伟峻仿佛看一个陌生人一样地看着妻子，不寒而栗。

苗太太接着说道："如果青青嫁得远远的，那人欺负她，你能怎么办？他做研究的，你没办法让他被单位开除，也没办法让他一无所有。"

苗伟峻陌生地看着妻子，迟缓地摇着头："你真看得起我，贺家那个小混混要是对青青不好，我也拿他没办法。"

"那他就滚！"苗太太说，"我可以让他滚出我的家，让他永远回不来。"

"你没这权利，"苗伟峻说，"小草结婚后，那就是她自己的家……原来你打的是让他入赘的主意，太可笑了。"

苗太太霍地站起来，眼里满是偏执的情绪："我不跟你说了！"她死死盯着苗伟峻，“我死也不会同意女儿嫁给一个家里很穷，自己有了出息却忘本的男人！”

她走出两步，又回过头来：“就跟你一样！”

第七章 /反抗

只有一个理由，我喜欢他

1

苗小青到天亮才合眼，睡了三个小时，睁了下眼睛，就再睡不着了。

她起床下楼，听到厨房里有人忙碌的声音，在嗓子眼堵了一整夜的心才落回肚子里。

她看了眼墙上的钟，九点半，连忙去洗漱，换衣服，还特意化了个淡妆才又下楼。

走进厨房，她拉开冰箱，边拿牛奶边说：“我喝完牛奶就来帮你，妈妈！”她一转头，望着正在切菜的阿姨愣住了，“你是谁？”

“我是张先生家的保姆，”阿姨说，“听说今天家里有客人，让我过来做午饭。”

苗小青心里有了不好的预感：“我妈呢？”

“这个我就不知道了。”阿姨歉意地笑笑，“可能在忙别的吧，苗先生说是有很重要的客人。”

苗小青心安了点，想着妈妈可能出去买东西了。既然有阿姨在，也不用她帮忙，她就回到客厅，把楼上楼下每个房间都看过，又去了地下室，也没找到妈妈。

她又回到客厅，心理阴影越扩越大，令她坐立不安，只能在家里走来走去，不时朝门口看。

快到十一点时，门口有了响动，她心下一喜，连忙跑到门边，看到的却是拎着东西从门外回来的父亲。

“爸！”她帮着拎了两个大纸盒，里面装的是水果，“我妈呢？”

苗伟峻低下头换鞋，换完鞋越过她往前走，边走边说：“你妈妈的一个朋友突然生病，她去医院了。”

苗小青的心沉到了谷底。

“你放心好了，张叔叔家的阿姨手艺很好。”苗伟峻说着，回过头一看，女儿还站在门口，刺眼的阳光下，她像一尊苍白的雕像。

他缓缓地走到她面前，手按在她的肩膀上，叹了口气说："对不起！我没能说服你妈妈。"

苗小青咬着嘴唇，迟缓地摇了摇头："不怪您！"

苗伟峻像她小时候那样轻轻拍着她的背："没关系，爸爸已经安排好了。一会儿程然来了，我们就跟他说妈妈今天凑巧有事。"

苗小青竭力保持平静，松开嘴唇，仰头对父亲挤出一个笑容，说："嗯，我去洗水果。"

她拎着水果走进厨房，站到水槽前，打开水龙头，一边冲洗一边在心里告诫自己要冷静，绝对不能露出情绪。

她想到自己去程然家，程然的妈妈天没亮就起来酱骨头，她不能让程然来家里感到难堪。

不能哭，哭的话眼睛会红，他看到了肯定会猜到发生什么事。

她接连深呼吸，心逐渐平静下来。

她刚松了口气，拿起一个杧果放到水槽里，水哗哗地冲洗着杧果，她听着水声，心里却突然涌起委屈的情绪，她低低抽泣了两声，又默默无声地淌着眼泪，一直滴到手背上。

直到把一篮子水果洗完，她才偷偷拿手抹净泪水，抬起一张平静的脸，走到外面。

刚把水果放到茶几上，门铃响了。

她心里忽然快乐起来，一扫刚才的阴郁，小跑着去开了门。

程然站在门口，穿着一件白衬衫，黑色修身长裤，他在稍微正式的场合一直都这么穿。

他手上拎着几个袋子，苗小青接过其中两个袋子看了下，是海参花胶之类的海鲜干货，看品相大小，肯定买得死贵。

她有点心疼："干什么买这么贵的？"

程然笑了下："不是买给你的。"

"进来坐吧。"苗伟峻站在客厅中央对他们说。

苗小青侧过身，让他进门换鞋："你先跟爸爸聊天，我去给你拿果汁。"

"我要白开水。"程然低声跟她说，又看了一眼已经在沙发上坐下的苗伟峻。

苗小青知道他是不想在父亲面前表现出不成熟的一面："嗯，你快过去吧。"

说完就去了厨房倒水。

苗伟峻很和蔼地问了程然一些学校的情况，都是出于关切，一点也没有昨天的刁难和敌意，弄得程然一怔一怔的。

苗小青拿了水过来后，他立刻想通了原因，这都是当着女儿的面。

因此他也一副恭恭敬敬，仿佛十分崇拜苗伟峻的模样。

饭很快做好了，阿姨摆上碗筷、酒杯，又陆续把菜端出来。

程然远远看着，有点坐立不安。

阿姨把饭也盛好以后，对他们说："可以吃了。"

"吃饭吧。"苗伟峻说。

程然跟在他身后走过去，喊了一声："阿姨好！"

一时间，除他以外的所有人都怔住了，房间陷入了短暂的幽寂当中。

阿姨最先反应过来，一边摆手，一边对苗崇峻说："你们慢慢吃，吃完我再过来收拾。"

程然明白过来，尴尬得一动不动。

苗小青用力地咬着嘴唇。

苗伟峻镇定在桌边坐下，仿佛刚才什么事都没有发生一样，说道："你俩快过来吃吧。廖阿姨手艺很好，我特地请来的。"

一句话既显示出他对这位阿姨的尊重和推崇，也化解了程然刚刚认错人的尴尬。

苗小青抿了抿嘴唇，对程然说："你还站着干什么？爸爸等着呢。"

程然跟着苗小青走到餐桌旁边，在她的对面坐下，看着一桌子的山珍海味，心里不知道是该感动，还是该感慨。

搞这么大的排场，让他很不自在。

"她妈妈的一个朋友今天突然生病了，没人照顾，一大早去了医院。"苗伟峻笑着说，"不过她妈妈的手艺实在不怎么样，你也不用遗憾吃不到她亲手做的。"

程然也笑了，却不敢接话。

"我妈在家都是抗糖化饮食，又清淡少油。"苗小青说，"我过年回家几天都会想念食堂。"

程然说："我妈做菜都是赤酱浓油，我没变成胖子，都是因为我一直吃食堂。"

苗伟峻问："你们学校食堂怎么样？"

苗小青和程然互看了一眼，程然说道："味道还行，就是吃得太多了，连闻到那味道都受不了。"

“你那个学校的食堂我去吃过，”苗伟峻对程然说，“那时我在你们学校旁边读博。”

程然愣了一下，随即就明白他说的哪里，不由得惊叹出声：“哗！”但他又觉得自己有些失态，“我一个本科同学想转行，也考过那里，没考上就去了人大。”

苗小青对父亲说：“我认识他这么久，第一次看到他会佩服别人。”

苗伟峻说：“那是当着面，背后肯定藐视地说：‘做金融的要什么高智商？’”

“不敢不敢，”程然连忙说，“在我国绝对没人敢藐视五道口的金融博士。”

他说完三个人都笑了起来，苗小青站起来帮程然把小米海参粥的碗盖打开：“你肯定没吃早餐，先吃点粥。”

“睡懒觉了？”苗伟峻问。

“他要是没事，起床后都要赖很久。”苗小青说着对上父亲的目光，脸蓦地一红，把剩下的话吞了回去。

苗伟峻脸上的表情犹如黑云压顶，生吞活剥一般的目光凶狠地射向程然。

程然连忙低下头假装吃粥。

“爸！”苗小青喊了一声。

苗伟峻这才收回目光，还气闷地按着胸口。

程然的头埋得更低了。

苗小青后悔得要死，就这么把自己跟他同居的事捅给了家长知道，这世上就没有比她更蠢的人了吧？

正当空气紧张得都要凝固的时候，大门打开了，三人都看过去。

穿着湖蓝色套装裙子的苗太太走进来，看到他们说道：“原来家里有客人啊？快进来坐吧。”

苗小青一眼就看到她身后的贺晖，贺晖也刚好看到餐桌的三个人，立刻像明白了什么似的，惊慌地看向苗小青说：“我不是——”他顿了顿，对苗太太说道，“把您送到我就放心了，我还有事，就不进去了，阿姨再见！”

“你不用走！”苗小青“啪”地扔下筷子，脸色阴沉地站起来，“该走的是我们！”

她走到餐桌的另一侧，拉起程然，对着苗伟峻呆立了两秒，才艰难地说：“爸爸，请您原谅我！”

她拉着还没搞清楚情况的程然，走到苗太太面前，望着苗太太，她紧握住程然的手，努力使自己冷静又无情地说：“我以为您总有一天会明白我和爸爸是爱您的！但我现在知道了，您不会知道，即便知道，您也会装作不知道。”

她用力地抿着唇，在眼里的泪水掉下来之前，颤着声音说道：“我不想再跟您一起生活了，请您原谅我！”

说完她重新拉起程然的手，飞快地走了出去。

苗太太迟顿了一秒，转过身撕心裂肺地喊道：“青青，你要去哪里？”

苗小青停下来，转过头，满面泪水地说：“以后叫我小草！”

说完她拉着程然一路飞跑，跑出小区，跑得嗓子干得冒烟，肺里憋得喘不了气才停下来。

她蹲在一棵树下剧烈地干咳，咳得刚被风吹干的脸颊又流满泪水。

程然蹲在她面前，用手指擦着她脸上的泪，刚擦干又湿了一脸，他索性不擦了，伸手抱住她，她的脸埋在他肩膀上，揪心地听着她发出呜呜咽咽的声音。顷刻间，他肩膀上的衣料就湿透了。

哭够以后，她坐在马路的路肩上，程然跟她并肩坐着，看着来往飞驰的车说：“坐这里可不安全。”

苗小青失魂落魄地站起来。一辆黑色奔驰在他们面前停下，她立刻就认出是自家的车，心里冒出那么一线温暖的亮光，当车窗放下，爸爸的脸露出来时，那点亮光熄了，冷了。

“你俩上车。”苗伟峻脸上的焦急还在，眼里已经显出如释重负的轻松。

“我不回家。”苗小青说。

“不带你回家。”苗伟峻索性解了安全带，下车打开副驾的车门，把苗小青塞进去，又没什么好声地命令程然道，“你也赶紧上车。”

程然老实地打开车门坐进去。

苗伟峻回到驾驶座，发动汽车，又安抚地对苗小青说：“放心，我不带你回去。”

“那现在是去哪儿？”苗小青还带着哭腔问。

“你是我女儿，我能让你跑出来连个去处都没有吗？”苗伟峻又说，“你别说话，我听你那个声音难受，让嗓子歇会儿，当心明天发不了声。”

“我妈呢？”

“叫你歇会儿！”苗伟峻少见地吼了苗小青一句，把苗小青吼得心里一抖。

他重重地叹息一声，放轻了声音说道：“我让贺家那个小混混在家里先守着，一会儿李江就到了，不会有事。”

苗小青听了没再说话。

苗伟峻把车开进一个高档小区里，带他们走进其中一栋。进电梯后，苗伟峻拿出一张卡刷了一下，顶楼的键亮了。

走出电梯，就是入户花园。苗伟峻推开那扇木门，进到宽敞的客厅。

苗小青仰头看，是两层复式，大约还有一个楼顶花园。

苗伟峻拿出两张卡，给他们一人一张，说："你们就住这儿，我一会让李江给你把行李箱送过来。还要拿什么，你发个信息给我。"

苗小青问："这是谁的房子？"

"我几年前买的。"苗伟峻说。

苗小青怀疑地看向他："您不会是……"

"你想什么？这房子在你外公名下，"苗伟峻又生气地说，"把你爸想成什么人了？"

"那为什么我们不知道？"

苗伟峻想了一下才说："你离家去上大学以后，我也需要一个透气的地方，偶尔会来这里。"

苗小青沉默了片刻，走到苗伟峻面前，伸手抱紧他。

苗伟峻拍了拍她的背，没有说话。

苗小青抱了两秒松开："我没事了，您回家吧。妈妈一个人在家，我不放心。"

苗伟峻走到门口，回头扫了他俩一眼，别扭地说了一句："二楼最右的房间是我的，其他你们都可以住，"他又看着程然强调道，"这儿有四个房间。"

说完，他狠狠地瞪了程然一眼才离开。

苗伟峻走后，剩程然和苗小青两个人在大房子里。程然走错两次，第三次才顺利地找到卫生间，拿一条新毛巾浸湿后才递给沙发上的苗小青。

苗小青接过毛巾擦着脸，湿润的毛巾让泪干后紧绷的脸逐渐舒适，她把毛巾扔在茶几上，拍了拍旁边的空位，叫程然坐下来。

程然抱着她，忽然笑了起来。

"你笑什么？"苗小青掐了他的腰一把。

程然仰头把这套巨大的房子扫了一圈："我在想来这儿一趟起落够大的。先是看到你家的大别墅，一顿饭还没吃到一半，又看到你在街上可怜巴巴无家可归，现在又来了这套一梯一户的大豪宅。"他顿一下，挑起她的一绺头发在手里捻着，"有钱人都这么折腾的吗？"

"主要是我妈能折腾，跟有钱没钱无关。"苗小青说。

“还是因为有钱，如果像我妈那样，天不亮就要起来去出摊，也没工夫来折腾我。”程然说，“我们做物理没钱还比哪一行都累，你以后就跟我过普通人的日子好了。”

苗小青的脸贴在他的胸口，听着他胸腔振动的声音，心里一点一点地踏实下来：“我的生活一直很普通。”

程然想了想说：“所以我没察觉到，不是因为我不细心，你也没让我往那方面想。”

苗小青像猫一样地躺在他怀里，眯着眼睛让他一缕缕地抚顺她的头发。

她这样静静地躺了一会儿，才说：“你那么爱面子，不怕别人说你闲话？”

“老婆有钱，我很有面子才对吧？”

苗小青拍他一掌：“那天晚上，你明明都把手机送到家门口了，也没给我，为什么？”

程然手上的动作一顿：“那时心里很乱……”他刚说出口，就察觉到躺在他怀里的苗小青身体僵硬地绷紧，带着一丝疏离和冷漠，仿佛只要他说出曾对这段关系犹豫的话来，她就会离开。

他松开她的头发，紧紧地搂了一下她。

“我一直很享受你的仰慕和喜欢。”他说，“你不知道那是一种很幸福、很得意的感觉，不啻我搞定一个难题的成就感。所以我怕失去……在知道你家的真实情况时，我很慌。”

他说完，苗小青的身体放松下来，拍着他的手臂说：“至于吗？”

程然又接着说：“而且我也怕我在你面前失去骄傲，变得卑微，之前的日子……”他停了一下，脸上露出微笑，“从我们在一起后，这些日子太好了。我不想有任何的改变。”

“没有改变。”苗小青爬起来，搂住他的脖子，吻着他的眉毛和眼睛，“我们不会有任何改变。”

程然轻轻地闭上眼睛，让她的嘴唇像盖章一样印在这里，滑到那里，像玩闹一样，不带欲望，慢悠悠地，不急不躁地，享受感情平稳后细水长流的亲昵。

不会改变的。他也这么想，没有人能让他们改变。

苗小青又重新躺回他的怀里，他的脸贴着她的头发，闻着她头发上淡淡的椰子清香，他以前只觉得这个味道好闻，现在才明白，应该是洗发水很贵的原因。

这么一想，她妈妈反对也情有可原，谁舍得公主一样养大的女儿嫁给一个生活在最低温饱线的男人。

“你跟你妈妈，”他问，“你打算就这么跟她僵持着了？”

苗小青脸朝下，埋在他的肩窝，闷着不说话。

“苗小青！”程然想把她的头抬起来，她躲开了，又埋到他的颈下。

她闷闷地发出又轻又细的抱怨。

程然揪心地抱紧她：“我没事。”

“我不想原谅她，”苗小青说，“我看不了你被冷落，你那么骄傲的人。”

“我真的没事。”

苗小青想起来这事儿情绪又极端起来，胸口堵得难受。她站起来，说：“我们出去吧。”

“去哪儿？”

“去人多的地方。”苗小青说。

2

他们俩换了鞋就出门了。苗小青从家里跑出来时没带手机，没带包，身无分文。

电梯里，她挽住程然的胳膊，讨好地说：“包养我一天呗。”

程然淡淡瞥她一眼：“几次？”

苗小青踢他一脚：“光天化日，你怎么那么不要脸？”

程然低头，轻轻踢了下她的脚尖：“光天化日，你家暴就很要脸？”

苗小青又抬起脚，脚尖在他的小腿上缓慢地磨蹭着，渐渐地，她的身体也蹭了过来，漂亮的脸蛋仰起，柔情似水地望着他。

程然两边的眉毛挤到一起，都快锁死了：“你别每次都在不合适的地方勾引我行不行？”

“反正你都说我不要脸了。”苗小青说着，又捏了一把他腰上的肉。

“我不要脸，我不要脸！”程然微微弯腰，藏起自己的窘状，又低声咕哝一句，“你哪儿不要脸了？在家的时候就跟烈女一样。”

这次他得到了结结实实的一脚。

程然一伸手把苗小青拉回来，小心地哄着：“我错了错了，知道你就喜欢看我被你迷得心急火燎的样子，我不都配合你了？”

苗小青“呸”他一口，又被他气笑了。她面前的程然，和别人面前的程然，差别越来越大了。

电梯门一开，程然握紧她的手，举到两人的脸前：“抓紧，别丢了。”

他们拦了辆出租车去白堤，还没靠近湖边，远远地就看到前面堵死了，两人就在红绿灯前下了车，让司机方便掉头逃离堵车的长龙。

程然隔湖遥望着白堤上的人山人海，只觉得头皮发麻，而自己在的地方也好不到哪儿去。他被苗小青拖着，走个三五步，对面就会突然冲来一个人，两人只好松开手，给他们让路。

在年平均气温十几度的地方长大的程然，在新火炉七月的高温下，只觉得热气烘着他，瞬间汗水就哗哗地流了满身。

“咱们能换个地方吗？”他惊恐地望着根本看不到尽头的人潮，顿时感到自己最娇气的一面被逼出来了，“不行，太多人了，我受不了。”

他拉着苗小青掉头往回走，拉了一下没拉动，回头一看，苗小青站在原地不动。

他用了点力，把她拖到身边，又推着她往前走。苗小青任性地一动不动，后来干脆躲开站到一旁，满脸不高兴。

“我们去个凉快点、人少点的地方不行吗？”程然抹了把脸上的汗，他的衬衫湿了一大片，汗水浸得他就像只落水狗。

他坚决要离开这个不是人待的地方。

“我就要在这里！”苗小青任性起来。

程然烦躁地说：“等人少了再来行不行？”

“不行。”苗小青甩开他的手，“你不喜欢就走，我一个人逛。”

程然觉得她简直不可理喻，怒火冲冲地瞪着她，每次都这样，不顺着她的意思，她就开始威胁他。

“你确定？”

苗小青满脸失望地看着他，坚决地说：“你不喜欢就走，我一个人逛。”

他抿着唇，对她很慢很慢地摇了摇头：“那你就自己逛吧。”

他说完转身就走，笃定苗小青会跟上来。

于是他忍着没有回头，等走出了一大段，人渐渐少了，风也能吹到他身上了，突然他的后背一凉，回头去看，全是陌生的脸孔。他仔细分辩着那些人脸，天气酷热，他没看到苗小青。

他的眼前一阵眩晕。

头一回，他的心脏慌得乱跳，立刻摸出手机，正要拨打，又想到她现在没包，没手机，身无分文……他恨不得扇自己一个耳光，他的脑子开始发胀，什么都没想，拔腿急奔去了那令他恐惧的人潮中。

在人群里奔跑几乎是不可能做到的，程然跑跑停停，每当他跑的时候，他就感到奇怪，刚刚明明连走都走不动的，现在他居然可以跑起来。

汗水流得更凶了，差点撞到人时，还会被人骂两句。他心里很诧异，现下的境况比刚才拉着苗小青走的时候恶劣多了，可是他却一点抱怨都没有。

他只求能赶紧追上并找到苗小青。

然而人多得简直恐怖，密密麻麻的面孔，程然每张脸都没放过，看了几百张脸后，他怀疑自己得了脸盲症，差点连苗小青长什么样子都想不起来了。

他跑到了他们分开的地方，没有看到苗小青，他的心在胸膛里颤抖起来。

他继续往前跑，在密集的人脸中逐一辨认，直到在那花花绿绿的人海中看到苗小青时，他才知道自己傻得可以。

找她根本不用去盯着脸看，不管她身边有多少人，不管她是不是背对着她，不管她是不是穿着鲜艳的衣服，只要她在人群当中，他根本看不到别人。

他停下来，弯腰喘了口气，目光却不敢有片刻离开她。

她坐在一块石头上，两手撑着膝盖，怅然若失地望着湖面。

他走过去，站在她面前，等她缓缓仰起头，他向她伸出手说："对不起！"

她的手放进他手掌里，刚把她拉起来，她的眼里就淌下两行泪，她突然甩开被他握住的手，朝他劈头盖脸地打了起来。

"你！"她一边打他，一边哭着说，"我能陪你在 -20℃的河面吹冷风，你为什么不能陪我在 30℃的湖边散步？"

程然像块木头一样站着，任由她发泄的巴掌拳头落在他身上。

"我不喜欢钓鱼，也不喜欢那么冷，因为有你在，我都喜欢了，你呢？"

她一手揪住他的衣料，一手对他又捶又打："我从小在这里长大，就想你陪我逛一次西湖，你竟然丢下我就走！"她抽泣了两声，"我也不要你了，我不要你了！"

她说完扑到他的胸膛处，放声哭了起来。

程然搂紧她。苗小青的哭声就像一把刀在他心上来回地割，他把她抱得又更紧了些，吻着她的头发说："我错了，我错了！原谅我！我陪你逛，你想去哪里就去哪里，对不起！苗小青，对不起。"

苗小青的哭声渐渐小了，贴着他的颈窝里轻声啜泣。

程然一迭声地说着对不起，他的心还在颤抖。也许他自己都没发觉，他对抱着的人，已经产生了连他自己都陌生的深情。

“你想去哪里？”他说，“你想去的地方，你想做的事，我都陪你。”

他的心境转变得很快，快得连他自己都吃惊。他握着苗小青的手，跟她在人潮中左躲右闪，为她在冷饮铺前排长队，给她买手工拙劣的花环，他没有抱怨，没有露出嫌弃的表情，他只觉得看到她笑，看到她露出开心的表情，幸福就会油然而生。

他们随着人潮走到一个卖小商品的铺子前，苗小青松开他的手，在手链和戒指盒前俯身看了起来。

她伸手挑出中间一对锃亮的银色情侣戒指，圆环上用小碎“钻”镶着一大一小的半边心形，拼在一起就是一整颗心。

她抓起程然的手，把男款的戒指套进他的无名指，大小竟然刚好，她惊讶地看着程然修长的手指，把女款的那只戴进了自己的无名指，有一点松动，但也没松到掉下来的程度。

她欣喜地问老板：“多少钱？”

“六百八。”拿一把裂口的蒲扇扇风的胖老板娘爱搭不理地说。

苗小青立刻换了本地话：“我不是游客。”

老板娘的扇子没停，频率低了一些：“六百。”

“两百。”苗小青还价。

老板娘轻蔑地“哧”了一声，不说话。

苗小青把两人手上的戒指拔下来，拉起程然就走。老板娘又喊他们回去，几个来回地讨价还价，最后三百五成交。

苗小青喜滋滋地又拿出戒指给程然和自己戴上，才拉着他去划船。

坐在愚蠢的鸭子船上，程然漫不经心地踩着划水板，看了眼手上的戒指：“都不知道是什么金属。”

“管它呢。”苗小青把两人的手叠到一起，拍了张照片，立刻把头像换了，“都要结婚了，这戒指正好。”

“结婚戒指？”程然双目圆睁，“我可没打算买这个，说不定一个星期就氧化变色了。”

“我喜欢这个，氧化了你送去实验室电镀一下不就行了？”

“你确定？”程然说，“不用为我省钱，再说结婚戒指的钱能省吗？”

“不是省钱，”苗小青说，“又不是这辈子你只买这一枚戒指，以后纸婚、木婚、银婚，你都可以买。这对戒指戴上刚刚好，跟我们多有缘啊。”

程然理解不了她是什么心理，有点闷闷不乐。他都计划好了，戒指也藏在衣柜里了，就等回去后诱导她去找，找到了就跟她求婚。谁想到，她在路边一个小摊儿上就把这事儿给定了。

他还想再挣扎了一下：“你不再考虑考虑？”

“不考虑。”苗小青斩钉截铁，又回头怀疑地看了他一眼，“你是不是怕别人看见了，说你抠门儿？”

“你怎么老说得我活在别人的眼光里呢？”程然放弃了，“你喜欢就这个吧。”

苗小青扑过来，“吧唧”亲了他一口，把头靠他肩上：“你的文章被 PRL 接收的事还记得吗？”

程然想了一下，点点头：“记得，好像是过年。”

“我们在群里恭喜你，我以为你会出来说几句话，结果你从头至尾没出现。”她说，“那段时间我总想着你，除夕那天心情很不好，就来了湖边喝酒。”

她停了停，仿佛又想起那时心烦意乱的自己，嘴角微翘：“那时湖边也很冷，我却不想走，好像再等等，就能等来你一样。我想着你在的情景，想着在那么多人中，如果你紧紧握着我的手……想着想着，又想到那是不可能发生的事，我很难过。”

程然很是惊讶，他一直以为他走以后，她就算没忘记他，感情也淡得差不多了，因为她一次也没跟他联系。

他却一直在打听她的消息。

知道她留了下来，知道导师给了她重要的工作，知道她竟然不知天高地厚地接了。

她让他感到不可思议，那个谁都以为她做不出来的工作，竟然真让她一步步地做出眉目了。

当他听说她也要去开会的消息，他发觉自己居然是期待的、兴奋的。

现在她告诉他，虽然没联系过，但她却在想念他。

她今天是在给自己圆梦。

他停止了踩划水板，船在湖心上慢悠悠地漂着，两岸的垂柳飘逸，香樟繁茂，枫树优雅，而船上最美好的她，完整地属于自己。

他望着她，嘴张合了几次，都没有成功地发出声音。

一阵风拂了进来，吹得她乌黑的发丝遮住脸，他立即伸手拨开她的头发，捧着她的脸说：“苗小青，我爱你！”

他看到她脸上的神情霎时怔忡起来，他吻了下她，又退开来，温柔地凝视着她说：“可能比你知道的还要爱得深。”

他再吻她一次：“要深得多。”

3

他们吃完晚饭才回到那套顶层复式，小五把程然的行李箱里送过来了，而苗小青的行李箱却还没到。

小五从楼下跑到楼上，又从楼下跑下来，在楼梯上就开始大呼小叫：“头一回见到真正的豪宅，真是大开眼界，顶楼居然还有温室。”

“我爸说过好多次，等他退休后，他就要弄块地种茶，再修个书斋，学蒲松龄在门口摆茶摊，谁路过就给他一杯茶，换一个故事。”

苗小青在冰箱里找到些吃的喝的，她拿了啤酒、果汁、柿饼、德国香肠出来，香肠在烤箱里烤得焦皮冒油，切好了端到客厅，她就坐在地毯上跟小五喝起了啤酒。

“你爸要写书？”小五问。

苗小青摇摇头：“他想跟各种人聊天。”想了想又说，“他说现在跟他聊天的人都是不说人话的。”

“听起来无聊得简直孤独了啊。”小五说。

“他们那个年代的人，都是有些清高的书生气的，”苗小青说，“读大学都还会组什么诗社，我看过我爸的手写诗稿。”

“写得怎么样？”

苗小青耸耸肩：“对我来讲，也跟鬼话差不多。”

程然忽然想起来什么，问她道：“好像你爸你妈叫你的小名都不一样。”

“我爸家里条件不好，我妈不喜欢我的爷爷奶奶。我的名字……”她顿了下说，“我出生是二月底，小草刚绿，爷爷给我起了这个名字，小名就叫小草。我妈觉得没文化又土气，应该让外公给我起名的，可我爸在这点上很坚持，所以二十几年，他们俩谁都不让谁。”

小五举起手：“我能问一下，你妈叫什么名字吗？”

“梁锦文，锦绣文章的锦文，”苗小青说，“我外公只有两个女儿，我小姨叫梁锦书。”

小五拍着桌子说道：“我站你妈那边！”

程然瞪了他一眼：“我不同意，小青苗这名字挺招人喜爱的。”

“真的吗？”苗小青惊喜地问他。

程然点了点头，又想起她离家之前，对她妈妈说的那句话：以后叫我小草。

这样一个撕裂的家庭。如果父母其中一个不爱她还好，偏偏两个都很爱她，那这些年她过得都是小心谨慎的吧？

“你心里偏向你爸？”他问。

苗小青没承认，也没否认：“我妈对于很多事情的看法都太单纯、太幼稚，抗挫折能力为零，”她并不想在别人面前谈论妈妈的不好，可是那些想法在心头压抑了太久，她想至少能有一次倾吐的机会，“空间都是多维的，她的思想却只有一维。她不懂人性和情感都是很复杂的，连物理结果也都只是相近，可她却能给人性和情感定一个标准答案。”

她顿了下说：“我妈只能过所有人都顺着她的生活，一旦谁的想法跟她有了冲突，就会出现完全没法沟通的情况，她坚持自己是对的。”

“我妈其实也这样，”小五感同身受地说，“染头发、抽烟、喝酒的女孩儿就一定不正经，单亲家庭的孩子一定有心理问题，读不好书的人就一定没前途，有钱人家的孩子一定娇气任性，离过婚的人一定有严重的缺陷……反正我妈满意的儿媳妇，我是不可能找得到了。”

苗小青“噗”的一声笑出来，见他郁郁地喝了一口酒，又觉得自己不太厚道。

程然悠闲地喝着果汁，完全没有他们的烦恼，让苗小青有些嫉妒，她重重地拍了下他的膝盖：“你怎么不说话？”

“有什么好说的。看看那些相信星座的人，把地球上的七十亿人简单生硬地划分成二十二种人，”程然说道，“明明是全人类都有的毛病，每个星座分一分，就能让那么多人乖乖地对号入座。一个天体物理学家，研究了一辈子发一篇文章，还不如随便瞎诌几句。”

小五说：“你这要求太高了，不能要求普通人都有科学素养。”

“所以，我自从知道人有智商上的高低差别，抽象思维也不是人人都有的时候，我对我妈……”程然喝了口水，才说，“我妈每次企图用她那一维的抽象思维打败我四维的抽象思维时，我都特别无语，所以我坚决尊重她的想法。”

苗小青冷哼一声：“那你还瞒着他们偷偷报物理系。”

“所以为什么要去试图说服他们呢？”程然说，“又不是学术讨论，非要求一个相近值。只要对他们的想法表示尊重，然后做自己该做的就行了。”

苗小青眯起眼睛看他：“你对我做了多少阳奉阴违的事？”

“用不着，”程然淡定地说道，“虽然你只有二维或者三维，不过多数时候跟我的想法是并轨的。”

苗小青听了，心里正乐滋滋的，却听到小五凉凉地说：“这就是典型的‘尊重同情＋拒不配合’啊，简直是标准示范。”

程然冷冷地睨他一眼：“十点了，你要留在这里过夜？”

小五把剩下的啤酒喝完，懒洋洋地站起来：“我走了。”

程然和苗小青把小五送到楼下，见他上了出租车，两人才往回走。

行李箱一直没送到，苗小青心里隐隐不安，然而程然在身边，那点不安很快就不见了。

晚上程然再次示范了他的人生哲学，将一个房间的床铺弄出睡过的痕迹，在另一个房间跟苗小青挤一张床。

他定好了闹钟，六点钟回到另一个房间接着睡。

助理八点才送行李箱来，他和苗小青都已经起床了，而助理根本没有上二楼，程然顿时觉得亏死了。

助理把行李箱放下就匆匆地离开，苗小青觉得不对劲，照他细心的性格，一定会问她还缺不缺什么，安排好后再走的，但他今天什么都没问，就匆忙地离开了。

苗小青在电梯口追上他，问道：“是不是家里出了什么事？”

助理笑了笑：“没什么事。”说完又转过脸去，望着电梯。

“电梯门照出你的脸了。”苗小青站到他旁边说，“到底出什么事了？”

“小草！”助理神色很是为难，语气有点哀求的意味，“真没什么事，你就安心在这儿住着。”

“我爸在哪里？”苗小青的心不断地往下沉，焦躁的情绪爬上了脸，“你不说，我就打电话给外公，让外公去找他。”

“别！”助理颓丧着一张脸说，“你妈妈在医院，你爸从昨天起就一直陪着她。”

“等我两分钟，我换套衣服跟你一起去。”

苗小青换好衣服出来，看到程然也站在电梯口，她有瞬间的迟疑。

程然先她开口：“我会在病房外面等着，不进去，也不会让你妈妈见到。”

苗小青揪心地望着他，嘴张了几次，最后轻轻点了下头。

去医院的路上，车窗外的阳光明艳，苗小青的心里却蒙上了浓重的阴影。十几年前，那种压抑在她心头，让她透不过气的恐惧又回来了。

过去了这么多年，原来那时候的感受她从未真正忘记过。一旦回来，那种熟悉的压抑感仍会令她不由自主地战栗。

她靠在程然怀里，深深地嗅着他身上的味道。积年的木香像能安神一般，让她的心绪趋于宁静。然而过不了几分钟，那阴影又回来，重新盘踞在她的心头。

她不知道妈妈发生了什么事，不知道有多严重，她不敢问，她连提前知道的勇气都没有。

她的脑子里不断想起小时候的片段。天不亮妈妈来叫她起床，妈妈的声音总是很轻、很温柔，像哄着她一样：“宝贝，该起床了，再赖会儿就要迟到了哦。”

刚起床她没什么胃口，餐桌上总会有妈妈切好的水果，让她先开胃再吃正餐。

她吃得多的那餐，妈妈的脸上总会露出欢欣的笑容；同样，她吃得少的那餐，妈妈就会焦虑地连声叹气。

苗小青小时候总觉得妈妈很神奇，妈妈总是不会睡过头，总是不会错过接她的时间，妈妈总是在每天六点把晚饭做出来，她不明白妈妈是怎么做到总那么准时的。

直到有一次，妈妈接她晚了，她在校门口张望了很久，才看到妈妈的身影，妈妈打着伞，衣服却湿透了，可妈妈好像完全感觉不到难受，走到她面前就开始道歉：“对不起，青青，对不起，妈妈坐的车出了车祸，耽误了很久。”

她摸着妈妈湿透的衣服，问怎么回事。

她才知道妈妈出门时没有下雨，坐的车被追尾，妈妈只好下车冒雨走过来，想到没有伞，妈妈又冒雨走了两条街去买伞。

后来就算是艳阳天，妈妈也总是带着把伞，晴天遮太阳，雨天遮雨。

妈妈从来没让她淋过雨，没有让她饿过，没有让她害怕过……半夜她做噩梦被吓得哭醒，妈妈都会立刻跑进她的房间，陪着她一起睡。

人的记忆系统是很奇怪的，昨天她对妈妈生气的时候，记起的是妈妈不准她乱吃零食，只能穿挑好的衣服，不准她随便交朋友……全是令她头疼和难过的一面。

今天得知妈妈在医院，她又只记起妈妈温暖和爱她的一面。

来到病房前，程然在离病房一段距离的椅子上坐下，苗小青回头看了他一眼，等呼吸平静后，她才推开门进去。

病房安静得没有一点声音，苗伟峻坐在沙发上，拿着一本书在看，见苗小青进来，他指了指病床，没有说话。

苗太太躺在病床上，闭着眼睛，像是睡着了。

苗小青轻手轻脚地走到床边，看到妈妈像是没有生气一般地睡着，呼吸轻得几乎听不见，身体也没有起伏。

她像是根本没有睡着一样，苗小青刚靠近床边，她就睁开了眼睛。

“青青！”她又惊又喜，眼睛里忽然就有了神采，她虚弱地又喊了一遍，“青青！”

苗小青的眼泪滚落下来，她抓着妈妈的手，反复在手里握紧：“妈！”

苗太太的眼角也淌出泪：“你要离开家？不要妈妈了？”

苗小青拼命地摇头否认。

苗伟峻走过来，手按在苗小青的肩膀上说：“你妈妈昨天跟我吵了几句，后来晕了，昨天到今天做了很多项检查。”

苗小青用袖子擦了擦眼泪：“怎么回事？”

苗伟峻神色不自在，别开脸去：“没什么事，就是情绪过激了。有几项结果没那么快出来，你也不用担心，只是常规的身体检查。”

苗小青看到父亲的神色，立刻就明白，昨天他们应该是大吵过了，说不定比以前的哪一次争吵都激烈。

她知道妈妈几乎不跟人吵，都是争两句就拒绝再吵下去，然后关起门声称要冷静，其实是变相的冷暴力。

妈妈会情绪过激，难道是爸爸没像从前一样，妈妈说不吵他就作罢，而是坚持吵到让妈妈气晕过去？

还是爸爸为了减轻她的负罪感，才把她往他们吵架上引导？

“青青！”妈妈的喊声打断了她的猜测。

她忙转回头：“妈！”

“你听妈妈说，妈妈不是非要你跟贺晖在一起，”苗太太急切地说道，“你不喜欢他没关系，可是妈妈不想你远嫁。”

苗小青沉默不语。

“你跟妈妈说过的，读完书就回来。”苗太太流着眼泪说。

“妈！国内坐飞机最远也就五六个小时。”

“可是他会出国。”苗太太抓紧她的手说，“你以后肯定会跟他一起出国，出去了就肯定不会回来了。”

苗小青皱了皱眉头：“谁说的？我们出去几年就会回来。”

“青青！”苗太太根本没听她说话，一味沉浸在女儿出国了不回来的恐惧当中，她突然激动起来，苍白的脸颊因长时间憋气而泛红，“你是妈妈的命，你不回来，见不到你，我还有什么好活的？妈妈活不下去的呀！”

她咬着手，哭得撕心裂肺。

苗小青慌了，苗伟峻也焦急地伸手去安抚，却被苗太太用力地打开，恨恨地瞪着他。

苗伟峻叹了口气，转身回到沙发上坐下。

“妈！”苗小青大吼一声，“您怎么总是自己想到什么就是什么？完全听不进去别人说的？”

苗太太一怔，泪水挂在脸上，失望地看着苗小青：“我怎么听不进你说的？我想离开的时候，你说你永远都需要我，如果不是你——”

“梁锦文！”苗伟峻打断她，挡到苗小青前面，“不要再逼孩子！”

苗小青如遭雷殛，她当场一连退了好几步，抵到沙发才停住，脸上的表情就像木偶一样僵硬。

那些回忆都涌了上来，是她自私，害怕失去爸爸或者妈妈，她求妈妈留下来照顾她，她对爸爸说她是这世上最需要他的人。

她懂事以后，极力地回避这一切，不断地说服自己这个家是幸福的，每个人都很爱另两个人，她极力地回避父母分开后会过得更好的可能，不断地说服自己，他们是自己不愿意离开对方的。

这么多年，她都相信那是真的了。

她像是沉睡了很久，忽然在废墟里醒来一样，看到无力改变的过去和糟糕的现状，她的第一反应是逃跑。

她知道这很可耻。

她跑出了病房，跑到程然面前，她还有一个避难所。

“怎么了？”程然看到她的眼神空洞，身体笨拙而僵硬，与过去轻盈灵动的她截然不同，他吓了一跳，连忙握着她的手又问了一遍，“怎么了？发生什么事了？”

他的余光看到苗伟峻疾走过来，转过身朝他望去。

苗伟峻走到他们面前，看了苗小青一眼，就对程然说：“照顾好她。”

说完，他又担忧地看了一眼苗小青，才转过身回到病房。

程然带着苗小青走出医院，沿着人行道漫无目的地走着。

“我们回学校吧。”苗小青说。

“嗯。”程然轻轻地应了一声。

“我现在订票。”苗小青拿出手机，在屏幕上来回划拉好几次，也没有点中那个软件。

程然抽走她的手机，站到她面前，低头沉思了一下，才抬头说道：“你昨天也是这么跑出来的，结果不是今天就回去了？”

苗小青咬着唇不说话。

程然扬起手机，说：“跑能解决问题的话，我现在就订票，但是苗小青，”他迟疑一下，仍旧说道，“我要跟你说清楚，跑了就不准再回去了。”

苗小青正要点头，程然又说道：“你知道我的性格，说到做到，以后你这个家的任何事都跟我们无关。”

苗小青踉跄地退了一步，仿佛认清面前的人也不是她的依靠，她的神色茫然而抗拒。

程然跨前一步，把手机放回她手里，放柔声音说：“想想你刚开始算平均场，是不是很难？是不是觉得根本没有希望算出来？事实上，等你学完二次量子化，就没那么难了。”

苗小青仰头，忍着眼泪，却一言不发。

“很多看似很难的问题都一样，不是解决不了，而是你没找到解决的方法。”程然握住她的肩膀，目光跟她平视，“假如你当初像刘浩一样跑掉，就没有后来跟黎若谷的合作了。”

苗小青泪光闪动地望着他，心里像被针扎一样难受，他还什么都不知道，这个问题根本解决不了。解决的唯一办法就是解决他，然后回到家里，继续当妈妈的精神支柱，继续像以前一样，无条件接受妈妈的爱，无条件服从妈妈的要求。

程然见她动摇了，又接着说道：“你算平均场时我在，你算Kagome晶格我在，这次我也在，你可以解决的。真的解决不了，我再带你走。”

苗小青默然良久后，点了点头。

程然揽着她转身走回医院，在病房门前，程然握着她的手说：“我不是要你必须解决这个问题，而是比起冲动地一走了之，更好的是你回去检查一下有没有遗漏，有没有隐患。准备好了，再安安心心地出发。”

“我知道了。”苗小青轻声说，然后低下头，推开了病房的门。

苗伟峻见她回来吃了一惊，苗太太更是撑着虚弱的身体坐了起来。

苗小青看到爸爸是坐在病床上，而不是坐在沙发上，知道他们刚刚应该是正在谈话。

她走到病床前，低着头，苗太太拉紧她的手说：“你回来就行了，我什么都不说了。”

苗小青的另一只手紧紧捏着衣角，脸上却挤出笑：“我陪您出院了再回学校。”

苗伟峻担忧地看着她许久，到底没说什么。

接下来的日子，苗小青要么早上去医院，要么晚上去，跟父亲替换着来。她变得更加沉默寡言，眼睛也一直低垂着，避免跟母亲有视线接触。尽管如此，她也随时注意着母亲的需求，及时送水，搀扶，叫护士，帮她按住针口。

第三天黎若谷来了电话，又给了修改意见，苗小青只能说要晚些日子才能交上去，黎若谷这次没有责难她。挂掉电话，苗小青仿佛没接过这个电话，依然沉默无声地待在房间里。

苗太太起初也跟她说话，然而说不了两句就会转到程然那里，结果不欢而散。

时间越久，苗小青心里的无力感越来越大，她几乎可以确定，母亲会反对到底，无论她做出多少让步，做出多少承诺。

她暂时还想不到母亲反对的原因，而苗伟峻却心知肚明，妻子对他有心结，这个结解不开，妻子绝对不会接受一个跟他背景经历都相似的男人当女婿。

他和苗小青谁也不敢逼她接受，谁都害怕十几年前的情况重来一回。

检查结果出来，一堆小毛病，大毛病却没有。

苗小青跟着一起回家，当天晚上，苗伟峻下楼，看到她一个人坐在客厅里，不知道在想着什么，两手无意识地交替捏着手指，眼神彷徨无依地望着墙上的钟，许久都没有移开。

“跟我出去走走？”苗伟峻站她旁边说。

苗小青朝楼上那个房间看了一眼：“妈妈呢？”

“她睡着了，吃过药的。”

“好！”

4

苗小青换了鞋，跟在父亲身后出了门。

他们往湖边走，不时有凉爽的风迎面吹来，偶尔一两声蛙鸣，在昏寂的夜里，听着有几分惨淡。

“我请了一个护工，明天八点就会来家里。”苗伟峻说，“你也该回学校了。”

苗小青脚步顿了一下，又往前走：“我没那么急。”

“小草！”苗伟峻喊住她，见她只是停住脚步，头却低垂着，没有转身。

他只好走到旁边，说：“我知道你现在在想什么，可我告诉你，不是你认为的那样，那只是我跟你妈妈之间的事，跟你无关。”

他看到苗小青依然垂着头，双肩却剧烈地抖动起来，他长长地叹了口气，走到她面前，摸了摸她的头发：“我跟你妈妈之间有很多事你不清楚，我们要分开，无论有没有你，都会分开的。你只是一个她当初留下的理由，我也一样。这么多年，你看到的、想到的都没有错，我们一家人确实是很努力地把这个家维持下来了。”

“可是妈妈那时候是想离开的。”她哭着说，“我看到她把所有东西都收拾好了。”

“你跟程然有没有吵过架，那时候是不是也想收拾东西，一拍两散？”苗伟峻说，“小草，不要相信大人！他们全都是口是心非的伪君子。”

苗小青抬起头，疑惑地望着他。

苗伟峻说：“爸爸这一生最感谢的人就是你，你诚实地让我看到你的害怕，你努力地让爸爸看到那么小的你也做得到言出必行，后来有诱惑摆在我面前时，只要想到我的女儿要依靠我，我就能抵制住。到了现在这个年纪，我回头看，除了那一件事对不起你妈妈，其他的我都问心无愧。”

苗小青看着他，欲言又止。她迟疑了一下，还是问了出来：“那时候，您只是同情吧？长大后我想过这件事，如果您真的跟她有什么，她也不会孤注一掷地跑到家里来，冒着跟您一刀两断的风险。”

苗伟峻尴尬地侧过身，再怎么样，他也没法跟女儿谈论这种事。他咳了一声，说：“那时候我的确有些得意忘形，觉得自己无所不能了。”

“爸爸！”苗小青眼睛一亮，握紧他的手，“您一定还能找到那个人，您找到她，我去说服她，让她跟妈妈说实话。”

“你别给我胡闹！”苗伟峻抽出手来，“找到了又怎么样？人家现在肯定有家庭，怎么可能承认这种事。”

苗小青眼里那点光暗下去，她确实是天真了。

苗伟峻接着说：“再说，你妈妈并不仅仅是因为这一件事对我不满。这些年我太忙了，都是她一个人照顾你，她心里有怨气。”

“那您……”苗小青说完，摇摇头，她没资格要求什么。

“所以我让你回学校，你妈妈短短几年内是转变不了的，”苗伟峻说，“做你自己的事，过你自己的生活，我跟你妈妈都到这个年纪了，好坏最后都是要埋在一起的，你就放心好了。”

他们又转身往前走，一直走到了湖边，灯光幽暗地照着脚下，潮热的水汽扑到脸上，苗小青停住了脚，望着湖岸那一丛丛的芦苇，记忆中它们好像从来没有这样笔直而充满着生命力。

她默默地看会儿，下定决心说道：“我们定了9月2号登记。”

“登什么记——”苗伟峻说到一半，惊诧地看着她。

“爸爸！”苗小青说，“我认定他了。”

“不行，我才见了一面，还不完全了解他。”苗伟峻再也无法保持镇定，他的双手相互捏了一下，“再怎么——”

“我说我认定他了，爸爸！”

苗伟峻摇摇头：“不行，我一点准备也没有，这怎么说也是你的人生大事。”

“您也说了，这是我的人生大事，您什么都不用准备，”苗小青说，“我早就准备好了。”

“小草！”苗伟峻喊道，“那是结婚啊！就剩一个月了，这么仓促，不是你去商场买件衣服，不合适还能退货！”

“那是您的想法，”苗小青说，“我们很早以前就决定结婚，在一起也两年多了。”

“是他提出的是不是？”苗伟峻肯定地说，眉毛因生气而倒竖起来，“肯定是他，他还什么都没有，什么都不稳定，就跟你说结婚，太不负责任——”

“妈妈跟你在一起时，您也什么都没有！”苗小青打断他，“有了我之后，您不是还去读了四年博士？”

苗伟峻的话全堵在了嗓子眼，半晌，他才嗫嚅一句：“我不能让你跟你妈妈一样。”

“我不会跟她一样。”苗小青仰起头，声音放轻了放缓了说，“爸爸，您相信我，我有自己的判断。”

“你！”苗伟峻忽然意识到自己拿手点着她，连忙收回来，藏到了背后，“我现在不跟你争，你一点理智都没有。”

“正是因为有理智，我才会做这种决定。”苗小青说，“爸爸，在您看来，婚姻得天时地利人和。可是在我看来，只要一个理由，我喜欢他，我想跟他一起生活，一起奋斗，一起创造未来。”

她接着说：“我是成年人，我有能力为自己的人生负起责任。即便我们哪天分开，也是深思熟虑后做出的对自己和对方最好的选择。而现在，我要跟他结婚，即使您跟我说，我们还不成熟，我们欠缺结婚的必要条件，我也要这么做。这个时候的我，是最爱他的年纪，不在这个年纪嫁给他，那要等到什么时候呢？”

苗伟峻沉默了，他反复在心里问自己，不让女儿这个时候嫁给他，那要等到时候呢？一年后？两年后？他认同了程然，代表他愿意将女儿嫁给他。他知道他接受不了的是女儿现在、立刻就要嫁给他。

应该什么时候结婚？他回答不了。

他认为好的婚姻是稳定，离婚风险低。而女儿想要的婚姻是跟喜欢的人一起生活，一起奋斗。

他是谨慎自私的老年人，女儿是无私无惧的年轻人，他们之间隔着一道名为“阅历”的深渊。

然而，她的深渊终究要她自己去凝视。

“小草，”他有些艰难地开口，“爸爸不是干涉你，我只是很担心。”

苗小青跨前一步，抱住父亲的手臂，把头靠在他的肩上：“我知道您担心，可是也要相信我，无论什么时候，我都能让自己过得好好的。”

“我能做什么？”苗伟峻问，“我给你买套房子？”

“您把妈妈照顾好。”苗小青说，“我从小到大最大的愿望，就是您跟妈妈好好的。”

苗伟峻拍了拍她的手：“我知道了。”

他们慢慢地往回走。到家后，苗伟峻回到房间，看了眼妻子还睡着，这才放心地去洗漱。回来躺在床上，他眼睛盯着天花板，想到了小草五岁的时候。

那时候她手短腿也短，会跟父母顶嘴，会翻白眼，会两条小短手往胸前一抱，背过身去跟他们生气，会走两步就耍赖，爬到他背上说累得走不动了。

那天他和妻子带她去游乐园玩，在门口她遇到一只杂毛小狗，她在妻子防备紧张的目光里，逗了小狗好半天，就决定要带它回家。

妻子坚决不同意，哄她说可能是别人家丢了的小狗，主人找不到会着急。

小草很倔，不让带小狗回家，她也不走。

妻子强硬地把哭闹的她抱走了。

半夜他们家的电话响起来，派出所民警问苗小青是不是他们的女儿，让他们来派出所接孩子。

他和妻子急惶地赶到派出所，民警对他们讲述是同事在游乐园一带巡逻时看到了这个小孩儿，她蹲在那里，问他有没有见到一只黄白色的杂毛小狗。

民警问了家庭住址，吃了一惊，离这儿有两三千米路吧，她这么小是怎么走到这里来的？

苗伟峻也不知道她是怎么走来的，以她的步速，怎么也要走上两小时。

回去的路上，他问她是怎么记得路的?

小草又累又困地趴在他背上，迷迷糊糊地说：“回家的时候我就想好了，我肯定要带它回家的，妈妈不让，我就自己来接它，我就要把它带回去，就要带它回家。”

她反复地喃喃，就要带它回家，直到睡着。

苗伟峻想起傍晚回家的路上，她哭了一会儿就没哭了，一路上就望着窗外，他和妻子谁跟她说话也不理。

原来那时候，她在认真地记着来接小狗的路。

二十年后，她用同样倔强的语气跟他说：“爸爸，我认定他了。”

反复地跟他强调，我认定他了。

他在漆黑中慢慢地闭上眼睛，房门外有轻微的响动传入他的耳朵，他在床头柜上摸到眼镜戴上，又躺了片刻，才轻轻地下床出了房间，走到楼梯栏杆前站着。

透过黑暗，他隐约看到一个身影悄无声息地走到门前，拉开门的瞬间，外面的灯亮了，灯光透进来，刚刚照清她的身形，她已经闪身出去，关上了房门。

屋子又重新陷入黑暗。

二十年了，不再是原来的那套小房子，却在这里还原了五岁女儿跑出家里的情景。

那时，他对女儿还一无所知，没有防备。

现在了解她了，却也拦不住她了。

苗小青来到父亲的另一套房子里，她和出门时一样，做贼一样地偷摸进去，刚直起腰，就看到程然抱着手臂堵在她面前。

她无趣地撇了下嘴：“你怎么知道我要来？”

程然把手机屏幕给她看，正播放着电梯入户的画面：“贼那么容易进来，你爸还敢买这房子？”

苗小青单手推开他：“你一天都在家？”

“干了一天活，叫了两顿外卖。”

苗小青停住脚，惊喜地转过身：“有进展了？”

“有点眉目了，还不能确定。”程然走到沙发上坐下，揉了揉眉心，“如果这次是对的，那我们可就太傻了。”

苗小青站到他后面，替他揉着太阳穴：“你说我是不是旺夫啊？你在我家，就有进展了？”

“要不要我给你鼻孔里插两炷香，拜三拜？”

苗小青扳过他的脸，低下头，照着他的鼻子狠狠咬了一口。

程然痛得跳起来，捂着鼻子，眼中泪花直打转：“你是狗吗？”

苗小青白他一眼，淡定地说：“明天就可以走了？”

程然忍着疼：“解决了？”说话间，眼里的泪没兜住，掉了下来，“苗小青，你再家暴试试？”

“你去找‘男联’啊！”苗小青无赖地说，“解决了一半，我跟爸说了结婚的事，他同意了。至于我妈，短时间也解决不了，他应该会先帮我瞒着。”

程然闻言也忘了疼，说：“你们家——”他想了半天也找不到合适的形容，只好问道，“明天什么时候走？”

“下午吧，”苗小青说，“我早上要回趟家。”

程然一步蹿过来：“这么说你今天晚上不回去了？”说着就扑了上来。

苗小青用手掌抵住他的额头：“咱俩谁是狗？”

“我我！让你咬，”程然把脸给她伸过去，“行了吧！”

苗小青真咬了上去，他的唇柔软干燥，是她最熟悉的领域：“程然，下个月就结婚吗？”

程然含混地“嗯”了一声，手脚一点也没歇着，眼看快刹不住车了，把她打横抱起来，往楼上走。

才走了一半的楼梯，手就没力了。他尴尬地放苗小青下来，埋怨地看着长长的楼梯：“房子这么大真讨厌。”

苗小青笑得直不起腰。

……

第二天早上天没亮，苗小青就回了家里，陪父母吃了顿午饭，又跟新来的护工聊了几句，看出是个可靠的人，就放心地出门了。

回到学校，暑假还剩下一个月，杜弘和徐浚整个暑假都留在学校，江教授去了美国 UCLA（加利福尼亚大学洛杉矶分校）访问，组会照例每周开，黎若谷几乎每次都参加，组会也主要是他跟程然杜弘三人的讨论。

苗小青和程然商量，既然结婚，怎么也要有个独立的空间，要么她去跟学校申请单人宿舍，要么在校外租一套单间。

程然有兼职的劳务费收入，苗小青没有经济压力，两人都倾向在校外租房。

中午在食堂吃完饭，两人往办公室走，程然说：“我明天回北京。”

“这么突然？”苗小青问，“有急事吗？”

“老板找我有事，”程然说话时，无意识地摸着手指上的戒指，“再说户口卡也要去领出来，怕到时有什么意外。”

他这么一说，苗小青才想起来她的户口卡也还没领：“后天周一，我也去领了。”

“我就是赶着周一回去，五个工作日，把积压的事情都处理了。”

“明天几点的飞机？”苗小青问。

“七点，我四点半就得起床。”程然说，“下午我要去趟研究院，晚上还要跟黎若谷讨论，你有空的话，能不能帮我收拾下行李？”

“好啊，下午我抽时间回家一趟。”

两人回到办公室，程然收拾好笔记本，去了研究院。苗小青收到江教授发来的文章修改意见，她看完之后，整理了一下思绪，就回到出租房。

合租的夫妻刚好在家，她跟他们说了退房的事，让他们现在就可以重新招合租伙伴，她也会发帖，尽量把房子转租出去。

她又表示会多付一个月房租，夫妻俩表示理解。

谈妥后她打开衣柜，找了几套程然常穿的衣服，拿出来时扯到了下面的衣服，一个惹眼的大红色东西掉到地板上，骨碌碌滚到床底下去了。

她放下衣服，跪在地板上，俯身朝黑漆漆的床底看，一眼就看见了那个红色的小盒子。她伸手进去拿，够不到，又趴到地板上，在厚厚的灰尘里来回摸了几遍，指尖才够到那个绒布盒子。

她把小盒子勾出来，去洗了手，然后才回来拿起打开。里面装的是一对戒指，她取了女款的出来看，圆环中间扭转了一下，变成了一个著名的非定向曲面，也就是两端相连后，只剩下一个面的莫比乌斯环。

苗小青瞬间就明白了这枚戒指的意义，世界上的物体都是定向的两面，纸张的正反两面，球的里外面，而程然这枚中间扭转的戒指，只有一个面。

拿它作为结婚戒指，象征着位于原来两面的他们，从此便存在于一个永恒的、无限循环的面上。

她把戒指套进无名指，大小刚好，不知道他什么时候偷偷量了她的指围，又想到发现戒指的地方，自言自语地说道：“为什么要偷偷地藏起来？”

她举起手，在窗前的阳光下看着这枚戒指，惊喜于程然竟然还用了心思。

还以为他那死硬的性格，最后就是像菜场买菜一样把证领回来就完了。

她嘴角带着幸福的微笑，把原来那枚戒指放进盒子，放在床头柜上。

程然的行李很快就收拾完了，他常穿的衣服就那么几套，加上剃须刀和其他日用品，连半个行李箱都没装满。

收拾完行李，苗小青回到办公室，想继续改文章，然而每次把手按在键盘上，无名指上闪着银光的戒指映入眼帘，她又觉得自己应该空出一个下午的时间来独自回味这份喜悦。

她走出办公室，却发现没有可去的地方。

自从进了这个组，她常待的地方只有家跟学校，买东西都是网上下单。她没有朋友，没有闺密，不知道年轻女孩儿们开心的时候都在做什么，她们又常去哪些好玩的地方。她的世界里只有复杂的算法，跑不完的计算程序，以至于她在幸福的时候，都没有一个可以分享的人。

她围着系办大楼绕了两圈，最后去了校外的房产中介，跟着一个中介从一栋楼跑到另一栋楼看房子。

也许是老天都看她太忙，给了她好运气，才看了三套，就有一套令她满意的。

这里是一套新建成的公寓楼，四十平方米左右，客厅、卧室、卫浴和厨房都有合理的分区，房子很新，租金只比原来的房子贵了五百，唯一的缺点是空房。

学生是不会租这种房子的，而苗小青有两张卡，没多考虑就签了合同。

程然离开的这几天，她有空就到家具城和商场购置家具和电器，终于也有了些即将结婚的真实感。

程然回来看到房子，什么也没说，搬到新家那天晚上，他递给苗小青一张银行卡。

“密码我改过了，是你的生日和结婚日期，224091。”

苗小青接过银行卡，茫然地问：“这是干什么？”

程然简洁地吐出两字：“家用。”

苗小青拨打电话，查了下余额，居然有七万多：“怎么这么多？”

“爸妈以前每个月会给我打几百生活费，还有劳务费、奖学金、工资省下来的，以及过年回去亲戚给我的压岁钱。”程然说。

“都给我了，你要花钱怎么办？”苗小青问。

“我没什么花钱的地方。”程然说，“我有信用卡，会自动还款，另外还有一张卡，需要用钱会从这张划过去。”

苗小青得意地捏着卡在他眼前晃了晃：“这样以后你的每笔支出我都知

道了。”

程然把手机递给她。

苗小青又是一阵茫然：“干什么？”

“手机随时随地给你查，”程然说，“还有邮箱，密码是你的名字首字缩写加你的生日。”

苗小青缓缓垂下手，心里酸软得不行。他就是那个程然，嘴里永远没一句好听的话，却总是在现实的每一处都做到令她安心。

她扑到他怀里，故意说道：“那是不是我也得什么都给你看？”

程然顺势压住她：“除了身体，别的用不着。”

苗小青无语地把他推离一段距离，伸出手给他看戒指：“你也换了吧。”

程然这才注意到她戴的是他定制的那对戒指：“什么时候发现的？”

“给你收拾行李的时候。”苗小青说着取下他现在戴的那枚戒指，拉开抽屉，从戒指盒里取出另一只戒指给他戴上，“为什么要藏起来？”

程然低头望着戴了半个月，已经戴习惯的戒指：“你当时不是喜欢这个？你喜欢就行了，其他的不重要。”

苗小青心里动容，他的感情就是这么简单直接，只要她喜欢，他的心思浪费了也没什么。

程然望着她，迟疑了一下，仍说道：“你真的不再考虑一下？”

苗小青脸色一变：“你什么意思？”

“你妈妈……”程然想了一下，继续说道，“我担心你们以后矛盾会更大。”

苗小青眸色黯然，头低垂着摇了两下：“没有用，她对你的偏见来自我爸，她不对我爸改观，也就不会对你改观。”

“你爸怎么了？”

“年轻时遇到的诱惑。”

程然无语半晌：“我不会的。”

“我知道，”苗小青拍拍他的肩膀，“我的情敌如果是女人还好办了。”

程然扭开脸，语气不太自然地说：“苗小青，你妈妈那边，以后我们一起面对。”

“好。”

苗小青钻进被子里，从小她就明白，痛苦的存在不是没道理的，一个人只有经历过痛苦，幸福来临的时候才能一眼将它认出来。

第八章 /师兄

前程似锦

1

领证的前一天，程然去了研究院，苗小青难得准点下班，在校门外的超市买了番茄、胡萝卜、洋葱、牛肉和意面，拎着往家走。

在新家开火的主意是搬过去就有了的，厨具早就买齐了，这几天她有空就在网上搜“难度低却高大上”的菜谱，里面大多是一道菜，撑不起一顿晚餐，直到她翻到肉酱意大利面的菜谱。

物理学得好的优势是一切理论都不在话下。苗小青看了一遍视频，就记住了这道菜谱的几个关键点。西红柿切小粒，和洋葱胡萝卜碎一起小火慢熬成酱，最后放肉沫，酱就成了。最重要的一点是，意面煮熟捞起后，要放入锅中与熬好的酱炒拌均匀，就是一道原汁原味的意大利面。

很简单！

苗小青信心满满地走进厨房，把该切的都切好后，却发现她打不开燃气灶。

以前在家里她只帮妈妈摘洗菜叶，扭过一次燃气灶，妈妈看到就把她赶开了。后来妈妈买了个养生壶回来，教了她十几道用养生壶炖汤的菜谱，那是她唯一精通的厨艺。

她觉得自己的操作没有任何问题，按下去再扭，却没有如愿冒出火焰。

眼看太阳西沉，厨房的光线暗了下来，她掏出手机查询“燃气灶为什么打不着火”，根据搜索结果，她选中一个极为靠谱的解决方案——

打开燃气总阀。

她想起来家里的淋浴器是电热的，燃气似乎从来没用过。她在厨房里找了半天无果，最后在阳台上找到了那个总阀拧开。

燃气灶冒起蓝色的火焰，放了油，她把番茄胡萝卜洋葱一股脑地扔进去，关小了火。

今天是程然去研究院的日子，他要坐半小时地铁，应该能在他回家前把面做好。

她信心满满地望着锅里嘶嘶出汁的番茄，料理台上的手机响了，她看了眼来电显示就连忙接了起来。

“爸爸！”

“小草，”苗伟峻的声音有些犹疑，他停顿了一下才问，“你们计划没变吗？”

苗小青一时竟然不能回答。她转头望着远处那轮落到山尖的夕阳，火焰一般的云朵，一团一簇，斜斜压向山峰，半边的天空仿佛着了火一样，灼灼的火红色映着连片的山，映着成林的树，映着镜一般的湖，映着她的门窗，映入她酸涩的眼睛。

这一刻，爸爸的声音让她产生了不舍和难受的情绪，她是个任性自我的女儿，强迫父亲接受她任性自我的决定。

她移开脸，避开灼眼的红光，对着手机轻声说道：“没变。”她顿了下，又接着说，“您别为我担心。”

“我打电话来是想告诉你，小草！”他严肃地叫她的名字，如同她小时候闯了祸，要和她谈话前一般郑重其事的语气，“你十岁那年说，在这世界上最需要爸爸的人是你。以后你有自己的家了，遇到你们商量了也无法解决的问题，你要像那时一样信任我。在这世上，爸爸是你可以永远依靠的人。”

苗小青忍不住又去看天边烧红的云霞，那火光明明很柔和，可她的眼睛却突然酸涩，不知不觉地湿润了。她张了几次嘴，才发出一个薄弱的声音：“爸爸——”

“你也别叫我放心，我对那小子放不了心，”苗伟峻说，“我对于离婚没有什么不好的看法，过不好就回来。”

苗小青的腰抵着料理台，抬手捂紧嘴，让眼泪默然无声地流淌下来。

山尖上的那轮日头彻底坠没到山后，夜色渐浓，厨房仅剩下窗前那一道暗淡的光线。

苗小青握着早已息屏的手机，慢慢站直身体，一股焦煳味钻入鼻孔，猛地把她从伤感的情绪中拉回现实——

她和程然的晚饭！

番茄咕嘟咕嘟地冒着泡，她抄起锅铲一铲到底，锅底已经焦黑。她冷静地维持着那个动作几秒，直到程然走到她身后，果断地抽出锅铲关火。

“你回来了？”苗小青郁闷地说。

“你的语气好像我不该回来？”程然一边说，一边拿了个碗把表面没焦的番茄酱盛出来，又端起锅到水槽下面刷洗。

“这样能行吗？”苗小青见他洗净炒锅，又把碗里的酱倒进去熬，“你居然会做饭？”

“不会。”程然站到一旁，让出灶台的位置给她，“以前我妈不小心煮焦的菜都这么处理，你知道她很节俭。”

苗小青开了小火，又重新熬番茄酱，这次她很勤快地翻炒：“幸好我没去做实验，不然实验室都得被我炸了。”

“别美了，炸实验室的那位可是理论物理界最伟大的科学家之一。”程然说，“你这样的，人家实验室的门都不给你进。”

苗小青吐了下舌头，想到程然送她的那个浸泡标本：“都说做理论的手残，你怎么不是？”

“我做理论是因为不喜欢做重复的实验，太无聊了，”程然说，“我一个本科的学姐，现在在 MIT 读博，五年都在重复同一个实验，做了两三百次还没做出来。”

苗小青光想想就感到绝望：“做不出来怎么办？毕不了业吧？”

程然想了想说：“黎若谷的前女友，现在是伯克利的副教授，她博后时期那个基因技术实验也是在哈佛做了几百次才做出来，别看她现在炙手可热，当初差一点就成老千了。”

“老千？”苗小青见锅里的酱熬得浓稠了，关了火，拿出煮锅来烧水。

“就是那种在大学和研究机构都找不到长期职位，跟着这个老板那个老板一直做博士后的人，”程然说，“千年博士后，简称‘老千’。”

“把袋子里的面条给我。”苗小青指了下他旁边的袋子，问，“我们老板好像也是哈佛的博士后吧，为什么会回国呢？”

“为了他太太。”程然拉开袋子，拿出意大利面给她，说，“当年他做完两年博后，本来在普林斯顿的 IAS 找到了一个短期职位，但是他太太的工作在国内，又有了孩子，不能再异地分居就回国了。”

“IAS！”苗小青惊叫起来，普林斯顿的高等研究院，理论物理的殿堂级研究机构。她这个学渣何德何能竟然有个这么厉害的导师。

她的语气无比遗憾：“太可惜了，如果他在 IAS 再做几年，不比黎若谷差啊。”

程然耸耸肩：“那有什么办法？因为家庭回国的太多了，总不能为了一个好位子，连家都不要了吧。”

锅里的水开了，苗小青抓了把意面撒进去：“还是很可惜，教授那时应该很纠结。”

“这就不知道了。”程然说，“他们师兄弟几个都是一样的性格，清高，目无下尘，也没什么野心，如果他不是非要去评杰青长江院士，这样安安稳稳地做他感兴趣的研究也没什么不好。”

苗小青看了他一眼：“你和杜弘不也是一样的性格？”

“我们和他们不太一样，”程然摸了下鼻子说，“我学物理那天开始就有个梦想，去访问那些水平最高的理论物理学家，跟他们交流讨论。”

苗小青深吸一口气，好大的野心，他得做到什么水平，才能跟那些诺奖级的人物交流讨论？

她并没有去深想，这个梦想离他们实在太远。

她捞起一根意面，掐了一段来看，面芯熟透了，就关了火，把面倒进锅里炒拌。等番茄肉酱均匀地裹在面条上后装盘，品相竟然还不错。

她把面条端到客厅，给程然拿了果汁，自己开了罐啤酒，便拿起叉子卷了面喂进嘴里，番茄的酸甜和肉香在口腔里散开，刚想夸自己一句，焦煳的苦味就弥漫在舌尖。

她看了一眼程然，他神色自如地吃着，就好像他的面不是出自同一锅。

苗小青迟疑了一下，在他盘子里卷了些面来尝，一样的入口很香，吃到最后焦煳的苦味就出来了。

她又勉强吃了几口，还是难以下咽，抬头见程那盘已经快吃完了。

“你竟然能吃完？”她好奇地问。

程然抽出张纸擦了下嘴：“你能花两小时做，我把它吃完有什么难的？”

苗小青脸颊一红：“你怎么知道我做了两小时？”

“我先去了办公室接你，徐浚说一下班你就走了，”程然拿起果汁喝了一大口，“五点半下班，现在八点，你至少做了两小时。”

他这么一说，苗小青才想起来，每次他去研究院，都一定会回办公室。

“你回办公室是为了接我？”

程然的果汁顿在半空：“那你以为我去是为什么？”

“我以为你是回去加班的。”苗小青越说脸越热，突然发现性格冷硬的男朋友这么体贴，心里顿时就激荡起来。

“我又不是你，哪有那么多班要加。”

苗小青揉了下额头，还是熟悉的味道，熟悉的配方，感动不超过三秒系列。

程然能吃完面，她是怎么也吃不下的，把剩下的面倒进垃圾桶，收拾完后，两人各自去洗漱了。

第二天一早，苗小青先起床，找了条有领的，款式相对正式的连衣裙穿上，放弃了原来煎蛋和做培根三明治的早餐计划，去楼下便利店买了面包、牛奶和茶叶蛋。

回来时程然正在刷牙，她把面包放进微波炉里转了十秒，取出来抹上黄油，程然还穿着睡衣，过来拿了片面包叼在嘴里就去换衣服。

衣服换好，他那片面包也吃得渣都不剩，又坐回来喝牛奶。

苗小青看了眼他的黑 T 恤，黑色长裤：“你就穿这样？”

程然看了眼自己的衣服：“这样不行？”

“怎么说也是去登记，”苗小青不满地说，“你去给报告都知道穿件衬衫。”

“结婚跟给报告能一样——”程然顿了下，“你喜欢我那样穿？”

“也不是。”苗小青想了想，好像就见他穿过两次衬衫，虽然穿着很帅，却显得更冷漠疏离，她摇了摇头，“算了，就这么穿吧。我第一次见你就这么穿的。”

程然的脸上罕见地露出不自然的神色，他咳了一声，端起牛奶，挡住半张脸喝了起来。

苗小青这才留了心去看他的衣服，他们第一次见是黑 T 恤黑长裤，但是他有好几件黑 T 恤，还真看不出那时穿的是不是这件，可现在他的欲盖弥彰却让她肯定了——

“这是我们第一次见面你穿的那套？”她说。

程然把脸转到一边，咕嘟咕嘟地快把一杯牛奶喝完了。

苗小青高兴地跳起来，在衣柜里翻了半天，也想不起她当时穿的哪一套。

程然把她挤到一边，从衣柜最底下翻出一件皱巴巴的白色棉麻衬衫，一条宽大的姜黄色布裙，拎到她眼前。

“我那天穿的这套吗？”苗小青接过来，这套衣服只穿过几次，棉麻太容易皱，她嫌麻烦，“要烫一下才能穿。”

程然揉了下眉心，提醒她：“八点半了。”

“就几分钟。”苗小青光是拿出烫衣板，给电熨斗装上水就用了几分钟，烫好离九点就差十来分钟了。

她边换衣服边问："那天我什么发型？"

程然瞪着她："我哪知道那是什么发型？"

苗小青想了想，换了个对程然来讲更通俗易懂的说法："是披着的？还是扎起来的？扎在什么位置？"

程然走过去指了下她后脑最高的位置。

苗小青取了条皮筋，三两下扎了个丸子，对着镜子把前额的碎发梳下来几缕，然后转过身给程然看："那时我是这样吗？"

程然扶住她的肩膀，把她转过去，对着镜子，目光在她修长白皙的后颈流连片刻，低头吻了一下。

"那时你是这么背对着我的，"他说。

苗小青凝视着镜子里的他："你竟然会在背后偷偷看我？"

"那时我以为你暗恋我。"

"哼！"苗小青推开他，拿起包又检查了一遍身份证和户口卡，以及户口卡主页复印件，都齐全了，"走吧。"

程然搂着她的肩出门："你那时是不是暗恋我？"

"没有！"

"苗小青，你知不知道你的情绪管理还不如一个三岁孩子，"程然说，"喜欢一个人情感外露得让别人想装傻都不行。"

"都说了没有！"

他按了电梯："迎新聚会那天晚上，你一直在偷瞄我是不是？"

"没有！没有！没有！"

"我感冒了，你是不是借着让我教你平均场来接近我？"

"没有！浑蛋！你闭嘴！"

程然倒是闭嘴了，同时把她的嘴也堵上了。他扶着她的头，把她挤到电梯的角落，炽热地吻到电梯门打开。

苗小青踹了他一脚，气呼呼地丢下他走出去了。

堵车堵到民政局已经快十点了，程然望着前面长长的队伍，捏着苗小青头顶的丸子说："看看，让你磨蹭！"

排在他们前面的是一个四十多岁的男人，他转过头说："小兄弟，排个队就能把老婆娶回家，那是便宜你了。"

他旁边一个跟苗小青年纪差不多大的女人也转过头，看了年轻的程然和同样年轻的苗小青一眼，像是看到了一出悲剧，露出沧桑而怜悯的目光，忽而她的目光一变，又像看到什么不堪的东西一样，立刻就把头扭了回去。

苗小青和程然莫名其妙地互看了一眼，就听见那个四十多岁的男人跟年轻的准妻子说："你看我一套房子加辆车都放在你名下，还得跟他们一样来排队！"

苗小青拉着程然悄悄地退后两步，为了避免那人再来搭话，他们俩索性都低头看起了手机。

填表，拍照，念完结婚誓词，他们终于在午休前领到了两个小红本。

走到大门外，苗小青低头看着两人的照片，程然比她上镜多了，她的脸显得比他的整个头还大。

他俩的第一次合照，竟然把她拍成了大头娃娃。

"我要补一整套精修的结婚照！"苗小青啪地合上结婚证，塞进包里，"等文章投稿了就补！"

程然一副置身事外的轻闲："投稿了还要跟审稿人打口水仗。"

苗小青的头又耷下去，她又不是程然，研究和发文章都轻车熟路，结婚照还是等她顺利毕业了再考虑吧。

"我们现在去哪里？"程然问。

"不知道。"苗小青还真没想过这个问题，"你想去哪里？"

"回家。"

苗小青呆愣地看着他："这时候回家干什么？"

程然理直气壮地吐出两个字："洞房！"

苗小青无语地朝天翻了个白眼，这人能不能不这么馋？自从住一起后，一个晚上都不歇就算了，周末还翻倍。

程然把结婚证在她眼前扬了扬："苗小青，请履行妻子的义务！"

苗小青一把夺过结婚证塞在包里："谁大白天跟你履行义务？"她说着拉着他到路边，拦了辆出租车，"今天无论如何也要去看场电影，你抱爆米花桶，我吃！"

到了电影院，苗小青选了一部美国的科幻片，程然买了票和大桶的爆米花，抱着桶跟在她身后进了影厅。

电影是老套的美式个人英雄主义，除了打斗镜头还算精彩，别的方面乏善可陈，主角脸上写着"正义"，反派脸上写着"阴险"，看两分钟就能猜中接下来半小时的剧情。

苗小青坚持了半小时，靠着程然睡着了。

电影快结束时她才醒，睁眼看到程然也睡了，不由得笑了起来。

他们两个都不是浪漫体质，难得有空看场电影，也变成了补觉。

“程然！”她轻轻摇醒他，“我们回家吧。”

程然慢慢睁开眼睛，举起怀里还剩了大半桶的爆米花：“这怎么办？”

“带回家。”

程然瞪着她：“你要我大老远地抱回去？”

“那就不回家了，”苗小青说，“扔了去办公室吧。”

程然深深地呼吸了几次，拎着那桶爆米花站起来：“回家！”又恶狠狠地补了一句，“回家有你好看！”说完牵起她的手往外走。

回到家出了一身汗的程然先洗了个澡，拿了套睡衣穿上，苗小青一愣：“你是不打算出门了？”

“要出门再换。”程然将她推进了浴室，关门前，他不死心地问了一句，“真不用我帮你洗？”

苗小青“砰”地关上门。

一个下午没出门，晚饭他们查了好几家餐厅，排队人数都爆了，想到下班高峰的车流，两人一致同意叫外卖。

吃完饭，收拾完毕，程然半躺在床上，膝盖上架着笔记本，苗小青坐到他旁边说：“徐浚师兄刚发展的那个方法你知道吗？”

程然专注地看着笔记本：“嗯，张量网络结合变分蒙卡算法。”

“我做了一段时间调研，”苗小青说，“想跟他合作。”

程然抽空抬头看她：“为什么不自己做？”

“他已经有程序了，我用他的程序算出来，文章加上他的名字就行了。”

程然的手指又敲了几下键盘才停下，沉吟片刻说：“这是个不错的训练。徐浚肯定也愿意教你算法，还是自己写程序吧。”

苗小青的手指点在下巴，犹豫了一会儿说：“那我明天跟他聊一下，他愿意教，我就在开学后的组会上提出来。”

“嗯。”程然边敲键盘边说，“你对自己有点信心，能算出 Kagome 晶格的自旋液体基态，水平在你们系怎么也是第一梯队。”

他难得的夸苗小青没有听到，反倒沉默地想起了心事。过一会儿，她说：“我们结婚的事，是不是得先瞒着？”

程然敲键盘的手突然一停，半晌才抬起头，面色阴沉地看着她：“你什么意思？”

“导师那边，”苗小青怕他误会，语速很快地说，“你知道导师们都忌讳什么，给学生发工资，又占着名额，结果学生却结婚怀孕休产假，导致项目搁置，甚至延期毕业，这样的麻烦哪个导师也不想沾。”

程然的面色缓和一下：“这不是你一个人的事，我会跟导师保证，毕业前不会要孩子。”

“可是导师还是会担心有意外——”

“苗小青！”程然打断她，“我老婆，这么对外称呼你的权利，我是不可能不要的。”

苗小青怔住。

程然关上笔记本，放到床头柜上，对她招招手：“你过来！”

苗小青到他身边刚躺下，就被他扯到怀里，他贴着她的头发说：“你别担心，既然你跟我结了婚，我就不会让你去承受这些。”

“程然！”苗小青握着他手臂的手紧了紧，故作轻松地说，“其实我没事，女生嘛，风险肯定比男生大。”

“这种事不需要你去想，”他吻了下她的头发，“嫁给我以后，你还跟以前一样，什么都不会变。”

苗小青还想说什么，程然又说道：“把你调研的结果给我看看。”

苗小青一听，立刻去拿来了笔记本，刚刚她想到什么、要说什么，突然就接不上了。

2

开学后，办公室来了一个熟面孔的新生。本校的免试研究生，圆墩墩的脸形，架着一副黑框眼镜，个子中等，笑起来憨厚中带着一丝稚气。

他叫吴繁，从大三起就经常参加江教授的组会，大四开始做量子磁性研究，所以一来就有条不紊地做自己的事，跟程然他们收放自如地讨论。

苗小青总盼着来个被平均场折磨的新生，这次她的期望又落空了。

在这个变态的组，她这种正常学生依然是个特例。

开学后的两天，苗小青跟江教授，还有黎若谷进行了关于这个题目的最后一次讨论，确定了文章不用再改。江教授给了她网站账号，以及写好的cover letter（投稿信）。

“你自己投吧，正好感受一下。”江教授对她露出鼓励的笑容。

苗小青激动地回到办公室，迫不及待地打开电脑，登录网站投稿。

这可是 PRL 啊！即便最后被拒，至少她也做出过老板们认为够格投顶尖刊物的工作了。

她望着屏幕上的页面，弹出投稿成功的提示，怔了半晌，直到程然的手按在她的肩膀上。

苗小青慢慢地抬起手，覆住他的手后，才仰头对他露出一个心照不宣的微笑。

他们默默地对视了片刻，程然回到座位上继续工作，苗小青找到徐浚说了自己的想法，不出程然所料，徐浚爽快地答应了。

程然对苗小青的工作进展清清楚楚，而苗小青却对程然的工作一无所知，起初她也会问，但程然刚讲了没几句，她的脑子就开始呈现空白，后来她也不问了。

暑假在她家时，程然说过一次有了进展，后来就再没听他提起过。

开学后的第一次组会，程然一上来就丢出个炸弹。

他在白板上写完最后一个数，洒脱自如地转过身：“我也是突然意识到这里面没有长程纠缠，没有拓扑序！”

他的话音一落，江教授、黎若谷和杜弘三人相互看了一眼，脸上的神情先是惊讶，随后是恍然大悟。

“竟然真给你想出来了，”黎若谷说，“如果没有对称性，确实就是一个拓扑平庸态。”

江教授若有所思：“是真的没想到啊！”他看向黎若谷，“老夏有这么个学生，你气吗？”

黎若谷哼了一声：“我拿到 NSF（美国科学基金会）的基金了，你呢？你这临时老板永远转不了正。”

江教授愣了一下，随即微微皱眉，深思了起来。

在座的除了那四个人，别人依然听不懂他们在说什么。

苗小青只当是黎若谷和江教授的日常互损，根本没在意。她在意的是程然这个工作终于有了大的进展，然而接下来更出乎她的意料。

杜弘转回正题，对程然说：“这个问题一解决，后面就简单了吧？”

程然点了下头，说道：“这个问题我两周前就想通了，后续的工作也已经完成了。”

“来，说说看。”黎若谷兴致极高地说完，四个人就热火朝天地讨论起来。

将近一个小时，讨论才结束，程然看着两个老师说道：“我明天就开始写文章。”

黎若谷想了一下，说：“这篇可以试下《Science》。”说着看向江教授，“你觉得呢？”

江教授点了下头：“很有希望。”

苗小青听到《Science》猛地抬起了头，脑子像炸雷一样，嗡嗡作响。

开玩笑的吧？他是做出什么了，竟然让两个导师都认为可以发《Science》。

她满脑子不敢置信时，却听到程然用相当平淡的声音说：“我知道了。我会按照《Science》的投稿标准去写。”

理论物理的一篇《Science》意味着什么？一作还是个博士生。如果被《Science》接收，他的未来会去到哪里？

苗小青想起煮面那天他说的话，他的梦想是去跟世界水平最高的物理学家交流。

那时她觉得那个梦想很遥远。

其实只是对她来说很遥远。

他的水平，假以时日，也许本来就该在某个距她相当遥远的位置上。

曾经她以为，她足够努力就可以跟随他，而现在就算她能发 PRL 也没有用，她跳上三步台阶，以为离他近了，却只是刚好看见他展开翅膀，正要一飞冲天。

“苗小青！”

江教授的声音将她从混乱的思绪里拉出来，她连忙看去，听到他说：“你简单说下吧。”

苗小青摇了下头，把脑子里的思绪清空，稳定了心神，才把调研的结果投影到幕布上。

“徐浚发展了张量网络结合变分蒙卡算法，这是我调研的已有模型结果，”苗小青说，“我想用这个方法算 J1-J2 模型。”

江教授问：“你是打算修改徐浚的程序，还是跟他合作，直接用他的程序算？”

苗小青看了程然一眼，见他朝她轻点了下头，果断地答道：“我想自己写程序。”

江教授露出意外的表情：“这个想法很好，你跟徐浚沟通过了吗？”

徐浚举了下手，说道：“我们聊过，她的学习能力不错，两三周的时间应该可以学会。”

“嗯，”江教授欣慰地对苗小青说，“那你加油吧，争取毕业前完成。”

苗小青犹疑道：“可能有难度。”

黎若谷突然笑了：“你挺有趣的，给自己找了个毕业前都干不完的活儿。”

江教授斜睨他一眼：“毕业了不能接着做？同样都是成绩第一，你那个女学生连平均场都不会算，文章发不了倒给你发了律师信。”

黎若谷“嘶”了一声：“你怎么不拿晓辰来比？”

“你当田忌赛马呢？”江教授说，“拿你最好的学生出来，怎么也应该跟杜弘比吧？”

“咳！”程然看了苗小青一眼，打断他们俩的互损，“当着学生的面，你们这么说是不是不太好？”

黎若谷回过味来，似乎很不好意思，瞪了江教授一眼：“都是你挑事儿，没事儿嘲笑我的学生干什么？”

“你那个学生难道不该被嘲笑？”江教授说，“幸好我给她安排到别的地方了，不然得把他们几个的办公室搞得乌烟瘴气。”

他说完，看了看苗小青，有些歉意地道：“我很抱歉，虽然是认可你才这么跟若谷开玩笑，但还是很不应该，你别往心里去。”

苗小青摇了下头：“没关系。”

老板对学生的水平再清楚不过，随口比较也是正常的，就像他们都知道黎若谷的水平强过江教授一样，只是不说出来而已。

他们只是随便聊天，不是存心的。

然而苗小青很难摆正心态，程然在写那篇 PRL 的时候，她才刚入学，连二次量子化都看不懂；而等她投稿 PRL，程然做出的东西又能去投《Science》了。

这样的差距让她恐慌。

组会结束，学生都出去了，江教授看了一眼黎若谷：“聊会儿？”

“去你办公室？”黎若谷问。

“走吧。”江教授先起身，两人走到电梯口，他没忍住先开口，“你刚刚那话的意思是？NSF 的基金是想用来付程然的薪水？”

“显而易见，”黎若谷说，“宁辉明年夏天就到你们学校入职，程然毕业正好接上他的位子。”

“那杜弘呢？”江教授问。

黎若谷爱莫能助地耸耸肩：“博士后六万美金一年，我还能请得起两个？”

江教授走进电梯，门关上后，他仍然静静地盯着门。电梯停稳时，他忽然转过身，压着火气说：“我并不是因为杜弘是我的学生，我才替他讲话，他是一门心思做这个方向。程然找个名校名导师很容易，杜弘除了你这里，他还能去哪儿？”

黎若谷一步跨出电梯，回过头来：“你是跟我讲人情？”

“我讲个鬼的人情，”江教授跟着出了电梯，“杜弘要是水平不够，我根本不提。”

“没提？你之前那个做自旋液体的学生是鬼提的？”黎若谷火气也上来了。

“那个——”江教授声音一滞，“袁鹏我就是随口一提，你也是随口拒绝，谁真的要你收了？再说！”他的声音又大了起来，“我给你你就收？你就那么听我的？”

黎若谷有瞬间的心虚，师兄弟之间相互推荐优秀人才是正常的事，别人一提，他不满意就拒，也是正常的，他这么翻旧账确实是另有意图，可让他承认是不可能的。

他走到办公室门口，等师兄刷卡开门的空当说道：“跟杜弘和程然这大半年的合作，我看得出来，程然的水平要更强点，你没理由不让我选个更强的。”

“哟！”江教授冷嘲一声，“你想挑程然，怎么不想想他为什么一定要挑你？你也就拿了个新视野奖，美国可大把的诺贝尔、狄拉克、巴克利……”说完开了门也不像以前先让他进，自己率先一步跨进办公室。

黎若谷瞪着他的后背：“他们多大年纪？我多大年纪？”

“谁找导师还专找年轻的？”江教授在沙发上坐下，脸撇到一旁，还气闷着。

“话不能这么说，美国的情况你也知道。”黎若谷在他对面的椅子上坐下来，“管你拿过多少奖，基础科学就那么点儿经费，到了时间才能申请。我这是刚好能申到这笔钱，有个名导师当然好，那也得看人家是不是刚好就有钱对吧？”

他一番话说完，江教授有苦说不出，这是现实，导师都希望自己的学生毕业后能够有个好去处，但是做物理也不是只讲水平，运气也很重要。水平再高，碰到导师们没钱，就算想雇这个学生也无能为力。

每到毕业季，就是他最头疼的时候，为了给学生谋个好出路，平时不来往的人，他也要硬着头皮联系去推荐。

学生水平高，导师也得有资源和人脉。

他现在都有些后悔平时太清高，出现这种情况，怎么安排杜弘就成了个难题。

真是学生差了发愁，学生优秀了也发愁。

他皱着眉头，一言不发。

黎若谷又说道："我觉得你操心太早了。杜弘还有一年毕业，他手上的那个题目，很可能要延毕一年才能做得出来。那个题目做出来，我推荐他去耀宗那里。"

"伯克利？"江教授的脸色刚好一点，随即说道，"你少扯了，耀宗多穷我还不知道？而且他们方向不一样，如果不是杜弘铁了心要做这个方向，我跟你扯这么多？"

黎若谷理亏地摸了摸鼻子。

江教授又火大起来："说起来不就是你朝三暮四？我跟你讲，程然也未必就想一直做这个方向，他跳过来插一脚，就是证明他能做而已。"

"其实我要是有钱，两个都想要，"黎若谷厚着脸皮说，"要不你出一个人的钱呗！"

江教授一听差点跳起来："你们美国的是不是都这样啊？逮着谁都当肥羊？程然是老夏的学生，你让老夏出钱！"

黎若谷阴阴地一笑："行，我去找老夏，你别后悔。杜弘不能延毕，明年毕业你就给我送过来。"

江教授凉凉地看他一眼："你不就是想着杜弘手上那个题目得做两年吗？通讯作者我不要了，你去找老夏。"

黎若谷头疼地看了江教授一眼，这个师兄看着温文尔雅，其实个性比他还刚直，太难搞了。

黎若谷带着息事宁人的态度说："要不你把程然叫过来，我们先沟通一下？"

江教授瞪了他两秒，才拿出手机，打电话叫程然来办公室。

五分钟后，程然走进办公室，他看黎若谷也在，以为是要讨论，就照常在离白板最近的椅子上坐下。

江教授招招手，示意他坐过来。

程然坐下后，江教授拿了三瓶矿泉水，一人递了一瓶，才对黎若谷使了个眼色，意思是让他自己说。

黎若谷清了清嗓子，一本正经地问程然："你还有一年多就毕业了，有什么打算没有？"

程然对于黎若谷的关切一脸意外，照实说道："暂时还没有，不过前年MIT的张教授来学校访问时，我跟他讨论过。等文章发了以后，我可能会试着去申请他的博后。"

江教授闻言一口水差点喷出来，他挑眉看了眼脸色尴尬的黎若谷，笑着用口型说："巴克利奖！"

黎若谷无视他："嗯，他那儿是不错，不过他没钱。"

"呃！"程然想了一下说，"那就 UCSB（加州大学圣塔芭芭拉分校）的李文，或者加州理工的陈蔚？"

黎若谷脸都黑了，直截了当地说："还有普林斯顿的黎若谷！你说的这几个有没有钱我不知道，但我刚好有钱付你薪水。"说着又很不高兴，"你竟然没考虑过我？是看不起我吗？除了第一个我暂时比不了，后面两个我比他们差？"

程然神色愕然，半晌才回过神说："不是，没考虑您的原因，是因为我知道杜弘想去您那儿。他也有这个水平，我不能跟他争啊。"

江教授意外地看向程然，说不触动是假的，一个大好的机会摆在眼前，他还能考虑到别人，如果不是根本没动心，就是有强大的自信。

江教授很肯定程然是后者，他不屑于去争夺别人的机会，又不是没地方可去。

黎若谷也一时语塞，他信奉的那套"狭路相逢勇者胜"的理念，在此时却说不出口了。他摆摆手："这事儿迟点再说。"

江教授思索了片刻，也说道："还有一年时间，也不急。"说着瞥了一眼明明很急的黎若谷。

程然松了一口气，虽然出国是他和所有人眼中板上钉钉的事，黎若谷抛出橄榄枝，无论如何也是值得高兴的事，又是与他的前途切身相关，然而此刻他却因为说不清道不明的原因，没有讨论这件事的兴致。

"那我先出去了。"程然说完，突然想到什么，又坐下来对江教授说，"对了，有件事我要跟您说下，我跟苗小青开学前结婚了。"

江教授跟黎若谷面面相觑，黎若谷的指尖敲着膝盖："这么年轻，急什么？"

江教授丢给他一个责怪的眼色，才对程然说道："这是喜事，先恭喜你。"

黎若谷也客气道："恭喜！"

"谢谢！"

江教授沉吟片刻，才隐晦地说道："这是喜事，但有些话我还是得跟你讲清楚。首先苗小青是女生，比起你们男生本来就吃亏，你要多替她着想。"

"我明白。"程然低声说道。

江教授又接着说："再来，她很不容易。天资上差你们很远，她能走到现在这步，全是靠牺牲时间和健康来换取的。坦白跟你说，如果她保持这个状态，拼个十年就稳定了，否则……”

程然面色凝重，仿佛很艰难一般地道出承诺：“我不会让她前功尽弃的。”

江教授说：“你还年轻，我见得太多了。物理这条路太难坚持，夫妻俩都做物理的，很多都是女方牺牲。”

黎若谷此刻插话进来：“我们一个师妹，物理做得很不错，毕业后到现在都是在当家庭主妇。”

程然讶异地抬起头：“谁啊？”

江教授惋惜地摇了摇头：“现在谁还知道她的名字？但是她老公谁都听说过。”

黎若谷接着他的话说：“她是 UCSB 李文的太太。”

程然沉默了，他的沉默更像是一种逃避，希望他们能立刻结束这个话题。

然而江教授却接着说：“师妹毕业后本来在苏黎世联邦理工找到过博后的位子，但是因为李文已经在 UCSB 入职，当时她又怀孕了，分居多年不现实，就拒了 offer（邀约函）去了美国。”

苏黎世联邦理工能找到博后的位子？那不仅仅是做得不错，是做得很好了。至少苗小青的水平是不可能在苏黎世联邦理工找到博后位子的。

程然心里涌起一股烦躁，唇紧抿出一道锋利的直线。

“我准备回国。”黎若谷轻轻松松地抛出一个炸弹。

江教授讶然骂道：“你哪根筋不对？”

“女朋友不肯去美国，只能我回来，”黎若谷伸展了一下手臂，懒洋洋地对程然说道，“不管是你还是杜弘谁来，两届博后做完，我也差不多能回来了。”

江教授对程然说：“这件事你回学校后跟老夏商量一下。”

程然点了下头：“我抽空回学校一趟。”

“不用，你的工作结束后再回去，”江教授说，“剩下一年毕业，你得待在本校了。”

他的话如同晴天霹雳，程然的耳畔一阵闷响：“您说什么？”

江教授抬头，奇怪地看了他一眼：“你是老夏的学生啊，他愿意支持你做自己感兴趣的研究，给你提供机会，那么你工作结束了，肯定是要回去的啊。”

程然像木桩一样呆愣着，半晌也没开口。

黎若谷正在热恋期，看了到底有些不忍：“我们做物理的，异地太正常了，你们江老板跟他太太不也异地了六年。你们还这么年轻，熬个十来年也才三十多岁，不算什么。”

江教授真是恨不得敲开黎若谷的脑袋看看，那里面都装的什么，这么劝人是想把人给劝疯吗？

他看了眼脸色惨白的程然，连忙说道：“也不一定那么久。”

“那肯定就是他在美国干不下去了，”黎若谷说，“做完两届博后，又找不到别的位子，不回国干什么？去 Google 还是 Facebook 写代码？”

江教授有股把袜子脱下来塞黎若谷嘴里的冲动，眼见程然脸色越来越差，他在心里叹气，知道程然心里什么都明白，只是一直不想面对而已。

这是一个必经的过程。

起初以为只是短暂的离别，一年两年，渐渐地习惯了分别，到了一个分水岭，要么熬不住离婚，要么一方下定决心牺牲。

夫妻俩毕业就能在同一所大学，或者在同一城市的大学找到工作的情况太罕见了。

更不用说苗小青和程然的实力悬殊太大，连在同一个国家都难。

“没有别的办法吗？”程然问。

“也不是没有，”黎若谷说，“家庭条件怎么样啊？”

江教授说：“你别打主意，就是普通家庭，父亲是国企职工，母亲是家庭主妇。”

程然思索片刻，说道：“您可能有点误会，国企职工没错，但是 90 年代五道口金融博士的国企职工，国企也是国企，不过是金融国企。”

江教授嘴张得老大：“我们学校旁边那个五道口？”

黎若谷的指尖快速地敲着膝盖，眼中闪着晶亮的光：“就是说家里很有钱？”

“听说她父亲很早就开始个人投资，”程然说，“多有钱不知道，不过肯定不只是小富之家。”

“有钱就好说了，”黎若谷说，“导师不会拒绝自带干粮的学生。”

程然原本还抱着一线希望，以为真有什么解决办法，听到黎若谷的话，眼里的光暗了下去。他摇摇头说：“博后也是工作，凭什么给人打白工？”

江教授也说：“况且，导师做的方向都不懂，去了也是浪费时间。”

黎若谷爱莫能助地摊手：“那就没办法了，谁让我们穷！”

江教授叹息一声，对程然说：“结婚这么大的事儿，你们去找个好点的地方，我请客，组里的人一起吃顿饭吧。”

程然心不在焉地点了下头，起身走了出去。

回到办公室，徐浚站在白板前跟苗小青讲变分蒙特卡罗算法，苗小青听得很专注，手机支在一旁在录视频。

程然立刻想到江教授的话：她能走到今天这一步，全是靠着牺牲时间和健康来换取的。

他没有打扰他们，回到座位上，打开电脑写文章。

徐浚讲了两个小时，苗小青戴着耳机，自己再看视频，反复揣摩，下班时间到了，她没有要走的迹象。

程然去食堂打包了两份晚饭回来，吃饭那点时间，才有空闲聊两句。

“你今天早点回去吧，”苗小青说，“我可能会很晚。”

“没关系，我也要写文章。”

苗小青顿了下，把嘴里的饭咽下去后才说：“你等我的话，我会想着快点赶完，现在还在学习阶段，这么急很容易出错，浪费更多的时间。”

“你不用管我，”程然察觉到自己的语气有些生硬，放柔了说道，“我回家也是一样干活。”

苗小青闻言没再说什么。

吃完饭两人各忙各的，办公室其他人先后离开，只剩下苗小青和程然。

十一点左右，苗小青才整理桌面，程然也跟着站起来，接过她的包拎在手里，两人一同走出寂静无声的系办大楼。

深夜的校园有了些萧瑟的秋意，道旁的洋紫荆树不时有落叶在空中打着旋儿，缓慢地落到灰砖道上。

苗小青见程然背着自己的包，又拎着她的，笑着问道：“怎么突然想到替我拿包了？”

程然停住脚步，抿了抿唇，说道：“江教授不会再跟我续长约，工作结束，我就要回本校了。”

苗小青的笑容慢慢地僵住：“今天跟你说的吗？”

“嗯。”

苗小青低下头，挽住他的胳膊，带着他继续往前走：“迟早的事，对吧？”

程然摇了摇头：“我没想到这么快，本来以为剩最后半学期才回去的。”

“那也就剩一年的时间。”苗小青说着，又好笑地摇了摇头，“很奇怪，为什么对我们来讲，好像一年时间很长呢？”

程然默默无声地走路，她说得没错，对他们来说，眼前的一年，足够让他们去忽略一年后接踵而至的分离。

或者说，他们都觉得，未来的分离有可能克服，而眼前的分离却是不可承受的。

“你后悔跟我在一起吗？”程然语气复杂地问，“我见过那个追你的人，家境很好，如果是他，你去哪儿，他都可以跟去吧？”

苗小青挽着他的手紧了紧，风迎面吹来，穿着短袖薄衫的她感到一阵凉意，她听到自己轻轻地问：“那你呢？”

程然没有立刻回答，沉默地走了一段后。前面的光线突然亮了一些，他抬起头，望着灯火通明的自习室。

“我之前没多考虑就答应跟她交往，原因很现实，跟感情没有一点关系。她是学音乐的，音乐这种东西你也知道，如果天赋不高，就是用来丰富个人精神生活的。以后我出国了，把薪水节省出来，可以给她当学费，让她随便找个学校进修打发时间。对我对她来说，算是相互都有利。”

苗小青心头暗自一惊，她想过很多他跟前女友在一起的理由，就是没想过会是这么现实。选择对方，仅仅因为女朋友未来的事业不会有什么发展，就会安心地照顾家庭，让他没有后顾之忧地坚持做物理。

程然……原来他真的是个过分理智和冷漠的人。

她蓦然想起刚开始在他宿舍，她问他：你所谓的喜欢是经过盘算条件刚好合适，或是更直白的，适不适合结婚生育?

她是什么时候开始忘记，他是一个有着强大信念，能持续专注而无视周边一切事物的人。

曾经，她不也是被他一而再，再而三地漠视。

那时，她的野心也不过是在他目无他物的眼睛里，占据一席之地。

“我不后悔。”她坚定地说，“以后也不会后悔。”

程然一步跨到她面前，挡住了冷风，昏暗的光线里，纤瘦的她被他高大的身形笼罩着。她仰起头，眼中的他眉目依旧分明，疏淡的眉和黑亮的眼睛，眸中却流泻出一丝柔情。

他变了。

或许也没变。

他依然有着强大的信念，依然持续专注而无视周边的一切。

唯一的变化是，他的世界扩容了，把她加了进去。

他抬手抚着她的面颊：“我做完两届博后就回国，最多四年，我们就会结束异地。到时候你去哪所学校，我就去哪里。”

苗小青缓缓露出一个微笑：“你要从四维降到二维来吗？”

程然也露出笑容，低头亲了一下：“谁让降维比升维容易。”

苗小青搂住他的脖子，摇了摇头：“不用，两年后我去找你。”

她顿了下，坚定地说：“我一定能去找你。”

3

苗小青的状态又回到黎若谷刚来的那一个月，睡不到六小时，吃饭时间不超过十分钟，每天的有效科研时间达到十五个小时以上。

别人的刻苦是减少娱乐，苗小青的刻苦是拿命去拼。

这次她算的是比 Kagome 晶格难度更高，计算量更大的 J1-J2 模型，一个底子还不错的学生算这个模型至少也需要两三年。苗小青起初只是单纯地想挑战这个庞大计算量的工作，她已经有一篇文章，发不了 PRL，也能发 PRB，因此想将这个工作延续到博士后接着做。

她牢记着黎若谷的话，做物理应该专注于一个领域，而不是履历上发了多少篇文章。

然后她发现自己被黎若谷带坑里了。

而巨坑其实是理论物理本身，极其讲究天赋与勤奋，科研难度极高。可几乎所有的学术刊物都对理论物理很不友好。

《Nature》根本不接受理论物理文章，《Science》能发一篇理论文章极其罕见，就连物理杂志 PRL 和 PRB 也对理论类的文章不重视，容易发文章的都是实验类的。

更扯的是，近两年 PRB 杂志竟然开始刊发材料的文章，什么时候跌下一区都不知道。

苗小青的心态有些崩溃了，她不是程然和杜弘，没有天赋。如果耗费大量的时间去做 J1-J2 计算，毕业前没有文章，别说去美国，她连中国香港或者新加坡的博后位子都未必找到得。

这么短暂的一瞬间，她理解了刘浩，明知道天赋不够，做不了理论，又想吃这碗饭，就只能走捷径。

PRL 杂志上多少篇文章的作者是连平均场都不会的，但懂的人只是少数，更多的人不明真相，只数文章。

月亮和六便士再一次摆在她面前，她放弃脚边的六便士，不顾一切地去追逐月亮是正确的吗?

如果没有程然，或许她不在乎，可现在程然的未来已经清晰，必然是全球排名前十的某所大学或者研究机构，而她可能连大门都进不了。

苗小青不紧不慢的人生忽然急迫起来。

她严重缺少休息，脑子时刻保持高速运转，效率却并没有变高，程序一次次修改，一次次崩溃。

苗小青盯着屏幕的眼睛已经出现了重影，即便如此，透过模糊的影子她依然知道程序崩溃了。

这一瞬间，算出 Kagome 晶格累积的自信轰然垮塌，她不知道自己这么拼是为什么。如果她不坚持做物理，程然出国，她就可以去申请同一所学校，读金融或是计算机的博士学位，这比她在北美高校找个博后的位子容易太多了。

然而这个想法只是一闪而逝。

很多年后，苗小青都想不明白，为什么转行的念头从来没有机会在她脑子里扎根过?

坐在她后面的程然看了她很久，见她弓着背，脖子往前伸，脸快贴着屏幕了，手指噼里啪啦地敲着键盘，不出意外地，程序又崩溃了。

她的手捏起拳头，发泄般地捶了一下桌面，然后抱着头，把脸深深地埋了起来。

程然踢开椅子，走到她旁边，二话不说拽起她就往外走。

苗小青跌跌撞撞地被他拽到一棵洋紫荆树下，十月的凉风一吹，她发胀的头脑清明起来。

“你是不是不想干了？想就这么把自己毁了？”程然气急败坏地说，“你是做理论的，大脑一天工作十五个小时，怎么还能保持正常思考？”

苗小青本就因为程序崩溃而沮丧，现在被他这么一吼，鼻子一酸，干涩的眼睛立刻湿润了。

她低着头，委屈得一言不发。

“从明天开始，每天必须保持八小时的睡眠，”程然用命令的口吻地说道，“中饭和晚饭后要有一个小时的休息时间，一天的科研时间不能超过十二小时。”

“这怎么行？”苗小青情绪激动地说，“这样我毕业根本就做不完。”

“这个就不是毕业前能做完的工作，”程然说，“你为什么非得在毕业前做完？”

苗小青的嘴像紧闭的蚌壳，又不说话了。

程然可不管她怎么想。他把话说完就开始了强势的监督，午饭晚饭吃完就拽着苗小青在校园里散步一个小时，晚上十点一到就关她电脑。

同时徐浚也检查了苗小青的程序，程然和苗小青散步回来，徐浚的手撑在她的键盘旁边，说：“思路没错，就是写错程序了。”

程然严厉地瞪了她一眼：“说了你这样效率只会更低。”

苗小青的作息规律后，大脑逐渐恢复了正常思考，一周后，程序修改完毕，正常运行。

然而这依然是万里长征的第一步。

此时她已经用去了一个半月的时间，才开始正式算基态。

徐浚的算法相当复杂，苗小青之前用张量网络算 Kagome 已经很难了，蒙特卡罗变分算法不仅复杂，她还是初学，而徐浚的算法是张量网络和蒙卡变分结合，难度可想而知。

好在她前期算出的结果看起来没有什么不正常，谨慎起见，苗小青跟徐浚多次讨论，组会上，她也拿出了前期算的结果，数据较少，无论是江教授，还是黎若谷，都没看出算出的结果有什么问题。

苗小青稍稍安心，信心满满地接着往下算。

一个月后，黎若谷去了伯克利，之后就结束休假了。办公室所有人都站在系办大楼外的道路上，看着他拎着行李箱上了商务轿车。

每个人都绷紧了脸，神色肃穆，目送轿车绝尘而去。

回到办公室，天花板差点被揭了一层，徐浚跟杂耍似的，朝高处扔了本书又接稳，拿在脸旁扇风：“晚饭去烧烤？”

“同意！”吴繁立刻笑逐颜开地跳起来。刚从本科升上来的他，极度不习惯没有同学聚会，没有团队活动的研究生生活，寂寞得像带发修行的和尚。

杜弘没反对，程然看着苗小青。

苗小青算了算时间：“六点半吧，我刚好可以跑下个计算。”

程然跟着就点头了：“要不要问下江教授？”

徐浚白他一眼：“你要让江教授知道我们在庆祝他的师弟离开？”

程然摸了下鼻子，他压根不明白这几个人为什么那么怕黎若谷。

六点半，苗小青看了下结果没有太大的异常，在工作站上换了一组新的参数计算，然后跟其他人一起去了西门外的烧烤店。

黎若谷走了，大家看来是真开心，五个人一口气点了三十串红柳羊肉，两打烤蚝，若干其他种类的烤串和蔬菜，还要了炒粉。

苗小青、徐浚和吴繁喝啤酒，程然跟杜弘老样子喝果汁。

杜弘拧开他的果汁，对徐浚和吴繁说道："你俩又不跟黎若谷合作，怎么也大气都不敢喘？"

"组会上谁的工作他都要点评下，"吴繁说，"我话还没说完，先被他骂一顿。"

徐浚点点头："他水平再高我也不跟他合作，看看小青苗，他一来叫她差点把命搭上。"

"你不合作，就更没理由怕他了。"程然说。

"不知道，这个人就邪门儿，"徐浚说，"看他挺斯文的，往那儿一站，我就发怵。"

苗小青想了想说："我理解，总担心他下一秒就开始骂人。"

"你被骂过？"程然问。

"被骂得多了。"苗小青说，"我第一次见他，他就叫我把门开着，还说有女学生给他发律师信，莫名其妙。那之后我见他说话都很小心，不知道他张嘴会说出什么来。"

"律师信是告他性别歧视，"杜弘说，"他那个学生是挺夸张的，读了六年还毕不了业。黎若谷想给她转硕毕业，那个学生也不肯，就告他性别歧视，想逼黎若谷就犯。"

苗小青眯起眼睛看着杜弘："说起来，你活脱脱就是少年版的黎若谷。"

程然笑了："你这是夸他还是损他？"

"损他！"苗小青不假思索地说。

杜弘凉凉地看她一眼："我要是黎若谷，肯定不跟你合作。"

苗小青把啤酒罐往桌上重重地一放，拿出手机点开录像："今天这么多人当见证，毕业了咱们桥归桥，路归路，"她顿了下说，"以后谁先找对方合作，谁一辈子发不了 PRL。"

眼看他俩又要杠起来，徐浚连忙说道："你俩是幼儿园大班？"

坐在苗小青右边的吴繁憨厚地一笑，给苗小青倒了水："师姐喝水。"

苗小青单手接过水喝了，吴繁高兴地坐回去，又拿了根红柳大串递到她手上，语气谄媚："师姐，吃串儿！"

程然斜睨他一眼，抓着苗小青椅子的扶手拖近他身边："你对别人的老婆献殷勤是怎么个意思？"

吴繁看了杜弘一眼说："我是觉得杜弘师兄不对。"

杜弘火大地说："我哪里不对？"

吴繁梗着脖子，颇有些不畏强权的耿直：“要是让本科生知道你天天这么欺负师姐，你就成公敌了。”

杜弘一愣：“本科生？关本科生什么事？”

“师姐是本科生中最没争议的女神级人物啊，”吴繁说，“你们不知道？”

“女神？她女神经差不多。”杜弘指着头发被抓得乱蓬蓬的、鼻梁上架着眼镜的苗小青。

苗小青淡定地摘下眼镜，往桌上一扔，挑衅地看了眼杜弘，就立刻拿回来架鼻子上。500 度的近视，摘了眼镜，她连杜弘的白眼都看不清。

吴繁瞟了眼脸色不太好的程然，别开脸说：“我从本科升上来的，宿舍里的八卦听得太多了，什么师姐漂亮，气质好，品位佳，科研水平高。”

话音刚落，程然霍地站起来，一巴掌就往吴繁头顶拍去。苗小青眼疾手快地把正在录像的手机往桌上一扣，死死拽着他。

徐浚和杜弘哄笑。

程然脸色铁青，被苗小青拽回去，只好狠狠地瞪了一眼吴繁。

吴繁全不在意，仍笑嘻嘻地说：“本科生知道我跟你们开组会，好多人要我牵线，请师姐去参加他们的小组讨论，都被我挡回去了。”

程然脸色稍霁，抓了把烤串放到他面前，和颜悦色地说：“吃吧，多吃点！”

“你们本科生还有哪些传言啊？”徐浚感兴趣地问。

“还有一个就比较尴尬了，”吴繁挠着头发说，“他们都以为刘浩是系里水平最高的，因为发了很多文章。”

杜弘拍着大腿笑了起来，指着苗小青说：“刘浩是水平最高，你是女神！哈哈！”

苗小青的脸黑了，抄起手边的一包纸巾砸到他头上。

徐浚见状怕他俩又吵起来，端起酒杯说：“来来，我们庆祝大魔王黎若谷回美国！”他喝了口酒，例行挖苦一句，“在座的师弟师妹，以后你们当导师了，记得请我当博后，给我口饭吃啊！”

吴繁也跟了一句：“还有我，我要是转不了博，师兄师姐赏我个学位。”

“滚！”另外三人口径一致地骂回去。

吃完一轮，徐浚又加了单。

夜色渐深，烧烤店的生意越加火爆，外场坐满了人，几乎都是学校的学生。

这是他们组少之又少的一次聚餐，就在这个靠着路灯照明的人行道上，简陋的折叠桌，塑料椅，盘子里的烤串上洒着红殷殷的辣椒面。

苗小青拿起手机看时间，才发现手机还在录像，忙按了结束，将手机屏幕朝下，倒扣在桌上。

徐浚喝得有点多了，指着苗小青和杜弘，苦口婆心得像个慈母："你们两个太不懂事了，怎么说都是一个导师的师门之谊啊！知道为什么袁鹏走，连饯行都没必要吗？因为对于同一个师门来说，短短几年，相对于一辈子不算什么。以后大家都当导师了，首先想要合作的人还不是自己的师兄师弟？所以现在分别有什么伤心的？只要还在学术圈，资源就还会共享，谁有难题了随时可以讨论，这叫同门，明白吗？小青苗，把你那个赌咒发誓收回去！杜弘，你也别总是欺负她！每次都是你先挑事儿。"

苗小青垂着眼睛，低低地"嗯"了一声。

杜弘虽然没表态，但平时快翻到天上去的眼睛，此时竟然谦卑地微垂着。

程然是半个局外人，他捏着苗小青的手心，侧着脸带着柔柔的笑意望着她。

新人吴繁被徐浚一席话说得热血澎湃，误以为办公室的感情很深厚，只差把眼前的师兄师姐当亲哥亲姐了。

苗小青看着他，觉得很有意思。就跟她刚进组时，以为大家都会对她客气照顾，结果却是扔她在角落里自生自灭一样。

然而是从什么时候起，办公室这几个人，就成了彼此生命中最重要的人？

即使是嘴欠的杜弘，她也相信，自己在他心里和其他人是不同的。

按照世俗的标准，借钱最能衡量两个人的感情。她绝对相信，杜弘就是那个嘴里挖苦她，手却能伸进兜里掏钱的损友。

但吃完烧烤的第二天，苗小青跟这个损友就决裂了。

第二天的组会上，苗小青是最后一个讨论近期工作的，她花了一天时间，把整理出来的所有数据画好图，递给了江教授。

江教授看了会儿，眉头微皱，指着她的图说："这个趋势并不单调，有点奇怪。"

苗小青走到他面前，接过图看了半晌，不懂他的意思。

"你画个能量图给我。"江教授说，"看看能量的趋势。"

苗小青当即画了能量图给他，心里已经开始打鼓。

江教授看了一眼，就说道："你看这里有个跳变，这是不应该有的，你这个数据肯定有问题。"

苗小青像被人打了一闷棍，她惶然地望着江教授，心里还抱着一丝侥幸，希望是江教授弄错了。

但是江教授又怎么可能出错？连徐浚都看不出来不对了——

“不同的晶格尺寸好像变化很大，结果不单调。”

印证了江教授刚刚下的结论。

江教授立刻指出了问题所在：“要找的是能量最低的态，但你这里的是 local minimum（局部极小值 ）。”

苗小青的心凉透了，因为江教授直接指出了问题，她听到自己有些飘忽的声音问：“我应该怎么解决？”

江教授说：“要换不同的初始值来尽量避免这个问题，重新算吧。”

也就是说，她前面算出的结果全是错的。

全是错的！

苗小青觉得自己的头胀得要炸了，她压着酸痛的脖子，额头的神经一跳一跳地疼，她咬牙忍耐着，走回了办公室。

坐回座位上，她看到电脑屏幕上的图，突然产生一股强烈的排斥感，并且直接投射到了身体上，一阵阵地头晕反胃，她紧闭着嘴忍耐着，额头便开始冒冷汗。

程然看她失魂落魄的样子，关切地问：“怎么了？哪里不舒服？”

杜弘刚好从外面进来，也没看她一眼，就照常嘲笑道：“被江教授批了能舒服吗？”说着直接走到自己的座位上，仍旧是幸灾乐祸的语气，“It’s not even wrong（这连错都不够格）！你该庆幸你做的内容是在错的那一等级，比毫无价值的内容要好那么一丢丢。”

他滑动鼠标，点亮屏幕，莫名地感到气氛突然紧张起来。他抬起头，对上苗小青阴沉沉的目光，心里一个“咯噔”。苗小青走到他旁边，紧握着双拳，却没能成功地控制住身体的抖动。

她的脸色苍白，嘴唇颤抖着说：“你以为你是 Pauli 吗？”她的声音还算平静，但下一秒，她的手一挥，就把他码在桌角的书全部挥到地上，声音尖厉地吼道，“你是有多了不起？就算我在你眼里跟民科差不多，就算我做的东西毫无价值，你非要说出来是吗？非要用最严厉的一句话来评价我？我承认我不适合做物理，我承认我没品位，你满意了吗？高兴了吗？”

苗小青吼完就跑了出去。

杜弘愣在当场，耳边还回响着她尖厉的声音，一时没反应过来，指着苗小青消失的那扇门说："她怎么了？吃枪子了？"

程然脸色铁青地走到他跟前，离他近了，才低头俯视着说道："换一个人，我就是背上处分也会揍他一顿。"

丢下这句话，他就冲出门去追苗小青了。

杜弘仍旧呆愣着，却听到徐浚说："过分了！这句话能拿来开玩笑？"

杜弘沉默不语。

吴繁说："如果别人这么评价我，我也会想揍他。"他停了停，又抱怨一句，"真搞不懂你为什么总要针对师姐！"

杜弘缓缓地抬起脸，目光晦暗不明地投向那扇半掩的门。

程然围着系办大楼跑了一圈也没有找到苗小青，他站在大楼门口，冷静地回想，刚追出来时，他是往右的，没有追上，那就只有一个可能，她是往左走的。

他沿着左边一路奔跑，中途经过图书馆，教学楼，分析她可能会去哪儿躲起来，直到他抬起头，体育场的那几盏高耸在夜色里的灯出现在他眼中。

一口气跑到体育场，他身体一面慢慢转着圈，一面从那一排排的彩色椅子中搜寻苗小青的身影，最后他的目光停在一个灯光照不到的阴暗角落。

越接近那个角落，他的脚步放得越轻，苗小青蹲坐在一把椅子上，抱着膝盖，脸朝着前面，哭得满面泪水。

他的脚步很轻，直到他挡在她面前，她才察觉。

她仰头望着他，依旧呜咽呜咽地哭，仿佛他不存在，又仿佛是伤心到止不住哭泣。

程然没有去抱她，没有将手按在她的肩膀上给予安慰，他一动不动地、揪心地看着她哭，等她哭够。

风从更空旷的地方吹来，在耳边呼啸而过，刮得衣服猎猎作响。

角落里很黑，灯光似乎照不到这里，可他们却能看清彼此的表情。

哭声渐渐小了，苗小青泪眼迷蒙地望着他说："你是不是希望我放弃物理？"

程然沉默片刻，说："是。"

"我根本不适合做物理，是不是？"

"是。"

"我应该转行的，是不是？"

程然没有立刻回答，半晌后才说："不是。"

"为什么？"苗小青失声质问他，"既然你希望我放弃，我又不适合，为什么不应该转行？”

程然把手插进裤子口袋里，语速很慢，却很清晰地说道：“因为你不想放弃。”

苗小青闻言一怔，眼里又涌出两行泪水：“我讨厌你和杜弘这样的天才，因为你们的存在，才让我的努力显得很可笑。”

她又接着说：“我也讨厌刘浩这样的人，他的投机取巧，显得我的努力没有一点意义。”

她哭着说：“我明明比你们努力好多倍，比你们辛苦好多倍，可结果还是这么残忍。”

程然转身，在她旁边的椅子上坐下。

他们前方的天幕挂着一弯清辉皎洁的月亮。

“物理才是世界上等级最森严的领域，”他的声音在黑夜中听起来格外明晰，“我做的东西，在 Pauli 这样的天才看来，评价也一样可能是 Not even wrong。”

“怎么可能？”苗小青声音平淡地说。

“就算我像你一样拼，甚至是拼得比你更狠，你说——”程然说，“我能拿诺贝尔奖吗？”

苗小青怔怔地望着前方，没有回答这个问题。

“就算拿到奖，诺奖里的贡献大小差距也很大，”他转过头，看着她，“那我应该去牛顿的墓碑前哭吗？哭着问他，为什么这么不公平？”

苗小青的抽泣声停了，她拿手抹着眼泪：“你这是诡辩。”

“我说你不适合做物理，只是因为你会比我们累很多，”程然说，“做物理的都拼，可是不能急切。记得我送你的那本签名书吗？”

苗小青点了下头。

“作者的经费很少，在一个冷门的方向不急不躁地做了二十几年，最终把一个冷门做成了大热门。”

苗小青沉默地听着。

“你会选择算 J1-J2 模型，证明你之前并不急躁，”程然说，“算错也是正常，你突然这么急，是急着发文章吧？”

苗小青身体一僵，随即把脸转到一边，坚决地否认：“不是。”

程然也不逼着她承认：“既然不是，那就慢慢做。”

“嗯。”苗小青轻轻应了一声。

“只要你想做，我就会支持你。”程然垂下头，轻轻地说，“如果到时我们隔着很远，我会去你身边，或者等你来找我。”

“如果半途走失了呢？”苗小青问。

程然缓缓抬起头：“看到月亮了吗？”

苗小青仰起头，看向如墨的天穹，一弯明净的皓月当空悬挂。

“看到了。”

月亮的银晖落入程然眼中，他的声音如水清澈：“我们追着它走，就不会走失了。”

4

最后，苗小青和杜弘将近一个月没有说话，平时在办公室都当对方是隐形人，有关苗小青的讨论，杜弘不加入；而有关杜弘的讨论……苗小青也加入不了。

受挫感没那么容易抚平，信心也不是短短几天就能恢复的。苗小青感到奇怪，以前江教授、程然、杜弘轮番打击她，她咬紧牙关，也能把 Kagome 晶格的结果算出来，跨进理论物理的大门。而今大家都认可她能吃这碗饭了，她却疑心起自己来。

J1-J2 模型算了一个月才发现错误，这给了她极大的打击。以前她不懂得人和人之间的差距，导师做的东西不懂，她也不觉得厉害。这次她懂了，所有的数据摆在导师面前，他能一眼就看出是错的。

可她算了一个多月，却什么都不知道。

她也无法用学生身份去安慰自己，徐浚也是学生，他也能看出不同尺寸变化很大，结果不单调。

她就是不够聪明。

因此，在重新计算的过程中，缺乏自信的她并不相信自己分析的数据，算出的结果即使接近，她仍然怀疑可能是错的。

但即便如此，她也没有考虑过转行，只为着她想做好，但能力水平却十分有限而痛苦。

苗小青的心灰意懒，办公室所有人都看在眼里，谁都没有办法，他们不是热血少年，一句鸡汤就能让人走出低谷，满血复活。

程然更是束手无策，让她信心溃败的罪魁祸首就是他，强者的安慰和鼓励，听起来更像是对弱者的怜悯或是嘲笑。

他索性什么也不说，尽量不着痕迹地去帮她，比如在她睡着以后，又回到办公室，分析她的数据，比较计算结果的准确性。

半夜十二点，他踏进办公室的时候，没想到里面还有人，这个人居然还是杜弘，还是坐在工作站前的杜弘。

办公室里用得到工作站的，只有做计算的徐浚和苗小青。程然和杜弘的工作是纯理论，会用到大量的数学，但是用不到工作站。

杜弘看到他进来，表情先是愕然，而后就若无其事地站起来说："这么晚还来？"

"来看看她的数据，"程然说着走到桌边，"你这么晚还来加班？"

他说的"还来"，是因为杜弘下班从来不超过晚上九点，而程然通常要等到苗小青晚上十点才一起下班。

九点前离开，十二点出现在这里，那就是来加班的。

这没什么奇怪的，做物理的不知道什么时候脑子里会冒出一个 idea（想法），通常会立刻进入工作状态。

只是奇怪的是，他们这种做纯理论的，有了个新的 idea，手边有纸笔就行，根本不用特地跑来办公室。

杜弘举起夹在指间的笔："我来办公室拿个东西就走。结果笔滚到了桌子下面，刚捡起来。"他说着站起来往外走，"我回去了，你忙吧。"

他走出两步，又回来抓起桌上的几张纸。

程然在那一闪而过的间隙看到纸上的内容，不是杜弘做的数学，而是蒙卡变分计算。

他挑起眉，看向杜弘的背影，见杜弘把几张纸随手折起来，捏在手里匆忙地走了出去。

时间一天天滑过，苗小青的程序再没有算出过奇怪的数值。所谓奇怪，就是看一眼就知道是错的数值。可有了前车之鉴，即便是看上去没什么问题的数值，她也会怀疑，是不是因为大家都没看出有问题而已？

谁也不知道，会不会出现算了一半，又出来一个奇怪的数值，然后又要去找原因，全部重新计算。

苗小青如履薄冰，每次程序算出新的数值时，她的心脏都颤颤巍巍，要鼓起勇气才敢去看计算结果。

临到学期末，她和杜弘依然把对方当隐形人。

苗小青刚换了个新的参数计算，办公桌上的手机响了，她跳到自己的座位捞起手机，看了眼来电显示，又立刻回到工作站的屏幕前。

她歪着头夹住手机，眼睛仍盯着屏幕上的程序："爸！"

"小草，忙吗？"手机传来苗伟峻的声音。

"还好。"苗小青说不忙，注意力却集中在程序上。

"我跟你妈妈过年去澳大利亚度假，下个月出发，"苗伟峻说，"你过年就不用回来了。"

"嗯？"苗小青讶然出声，"妈妈她同意？"

"她一开始确实不同意，不过我跟她说你随后就会去，"苗伟峻说，"所以等我们去了以后，你打个电话跟她说去不了就行了。"

苗小青一怔，随即明白过来，忍住笑说："我知道了。"

"好了，你先忙吧。"

"好的，您和妈妈注意身体！"

挂了电话，苗小青把手机扔在桌上，看了一会儿，程序没问题，又回到自己的座位上开始分析数据。

忙到晚饭时间，苗小青和程然一起去食堂。走到半途，苗小青习惯性从外套口袋里摸手机，手伸进口袋就愣住了。

"怎么了？"程然问。

苗小青把身上的口袋摸了个遍，才站直了说："我没带手机。"说着就要往回走。

"吃个饭要手机干什么？"程然拉着她继续往前走。

苗小青站着不动："不行，我手机设了闹钟，一会儿在办公室里狂响，会影响到别人。"

程然想了想说："你先去排队，我回去给你拿。"

苗小青点头同意，往食堂的方向走。

程然跑回办公室，在苗小青的办公桌上没看到手机，又拉开抽屉翻了个遍，还是没有。他掏出手机，拨了苗小青的号码，工作站的桌面上响起手机铃声。

他长手一伸，捞了起来，看了眼屏幕，随即眯起了眼睛……

苗小青快排到窗口时，程然赶到了，两人打了饭菜，找了个角落的位置坐下来。

"手机给我。"苗小青朝他伸出手。

程然掏出手机放到她掌心，在她要抓住时，又突然抬高，让她抓了个空。

苗小青瞪着他："你干什么？"

程然没理她，拿自己的手机拨了她的号码，再把屏幕上的来电显示给她看："临时工？"

苗小青心虚地垂下头，讷讷地说："那是刚被拉进群组的时候我存的，后来一直没改。"

"我给你少说也打了几百次电话吧，"程然说，"一次都没想起来改？"

苗小青拿筷子戳着饭粒，想了一下，抬起头说："我看看你怎么存我的？"

程然把通话记录调出来，摆到她面前，满屏的通话记录都是老婆，老婆，老婆……

苗小青抢过手机，两秒把"临时工"改成了"老公"，然后盯着他说："你改之前存的什么？"

程然不说话了，低头吃饭。

苗小青斜睨着他半晌："你根本没存我的号码是不是？"

程然咳了一声："刚开始当然没存，开完会以后，存了名字。"

苗小青深吸一口气，筷子凶狠地插进他的餐盘里："知不知道以前每次看到陌生号码，我都在猜是不是你打来的！为此我接了无数的骚扰电话，你个浑蛋！"

每次看到陌生的号码，她的心脏就会突然一紧，可接起来后，不是推销就是诈骗犯。无数次地，期望转瞬落空。

结果他连她的号码都没存。

"你不是存了我的号码？"程然的辩解很是苍白，因此他的声音越说越小，"怎么还会以为陌生电话是我打的？"

"谁知道你会不会换号码！"苗小青气道。

程然摸摸鼻子，明明是他兴师问罪的，最后又被控诉成一个无情无义的浑蛋。

这让他明白一个道理，即使是忙得连脸都没空好好洗的苗小青，也还是会翻旧账。

"那我将功补过？"程然说。

"怎么补？"

"前几天跟我导师讨论了一个新的题目。"程然说。

他说的"我导师"，指的是他本校的导师。苗小青的心提到了嗓子眼儿，生怕他说出马上就要回去的话。

"后来我找江教授也讨论过，"程然说，"他跟我导师一商量，同意给我多续半年约。”

苗小青怔了几秒才反应过来，陡然站起身，筷子掉到地上她也顾不上，飞快地绕到程然身旁坐下：“你说真的？”

程然的额头抵着她：“够不够将功补过？”

苗小青也没管这是人来人往的食堂，捧住他的脸就亲了一下：“你真的太厉害了！”

程然眼底闪过黯然，原本想着找到一个两边的老师可以合作的题目，就可以续一年的，然而江教授再怎么说也只肯续半年。

还告诉他，做不完的可以带回去做，最后一年要找博后的位子，无论如何不能再留在这里，免得耽误了。

他为此郁闷了一整天。

但此时他看到苗小青惊喜得合不拢嘴，像刚发了笔横财似的，心头的郁闷又烟消云散了。

半年就半年吧，总比马上就要打包回去强。

苗小青立即想到了他们会一起待到过年，说道：“对了，我爸说他过年要带我妈去澳大利亚过年，我忙到现在才想起来。”

“你去吗？”程然问。

“不去，我也是刚刚才想到的，”苗小青皱眉说，“我爸一定是想到今年我得去你家过年，所以帮我把这个问题解决了。”

程然的神色闪过一丝愧疚：“其实不去我家也没事，我会跟爸妈解释的。”

苗小青有些气馁地说：“也不知道我妈的问题什么时候能解决，希望这次去度假，他们的感情能修复一些吧。”

“会的。”程然安慰她说。

苗小青垂下头，心事重重地喂了一口白饭到嘴里。

妈妈的反对，是他们婚姻中唯一的缺憾。

过年前，苗伟峻又打了一次电话来，苗小青以工作很忙为由，跟母亲说去不了澳大利亚，让他们好好玩，就把过年去程然家的事遮掩了过去。

苗小青跟程然回了他家，只待到初四就回了学校。程然只需要一台笔记本就可以工作，她让程然在家多待几天，但程然坚持要跟她一起返校。

过完十五就开学了。新的一学期，只发生了一件大事。苗小青跟审稿人吵了大半年，PRL 终于接收了她的文章。

这无异于被注射了一支肾上腺素，极大地刺激了苗小青，她濒临灭绝的信心又呈直线上升，恢复到跌落前的水平。

这一个学期似乎异常顺利，J1-J2 模型的计算没有再出现奇怪的结果。

苗小青不知道的是，看似顺利的背后，是程然在替她同步分析数据。

自从那晚遇到杜弘之后，程然没有再在深夜的办公室遇到过他。可程然知道，杜弘一直在分析数据，因为他的工作效率低了，虽然低得不明显。

苗小青跟杜弘仍旧没有和好。

苗小青气早消了，也有心想要跟杜弘和好，其他人也不是没有帮着劝和。

然而杜弘却总是拒她于千里之外。即使是在苗小青文章发表后，杜弘也只是在经过她时，低声说了句恭喜。苗小青还没来得及道谢，他已经走出办公室。

这样尴尬的氛围一直弥漫在他们之间，久而久之，竟然也成了一种默契。

他们很有经验地避开对方的视线，办公室聊起八卦的时候，一个人加入，另一个人就自觉地当哑巴。

苗小青怎么也想不明白，就是发脾气把他的书扫到了地上，他怎么能气那么久？

久到她已经不对冰释前嫌抱有希望。

当然，她并没有多少时间去纠结个人感情。

JI-J2 的庞大计算量要用到超级计算机，苗小青忙于改造程序、线程、进程、节点间通信……她的时间已经不能用一天天、一月月来计算，而是分析了多少个数据，计算了多少个参数，程序跑了多少次……

长期与冰冷的数值打交道，她的个性越发沉静内敛，寡言少语，外界的事已经难以引起她的兴趣，她的血液仿佛只会为了冰冷的数值而沸腾，她的心脏也只会为了几个数据而剧烈跳动。

她彻底走上了这条路，不会再哭着说自己不适合物理。

程然看着与他们越来越相似的苗小青，时不时会想起刚入学的她，递给他一瓶果汁，嘱咐他“天气干燥，记得多喝水”。

时不时会想起在校外偶遇时，即便他假装没看到她，她也会追上来打招呼，跟他不尴不尬地并行。

时不时想起在他的宿舍里，他给她讲平均场方法，她明目张胆地溜号，花痴一样地偷看他。

温柔热情的苗小青蜕变得理智而专注。程然留恋着从前温柔热情的苗小青，也为理智专注的她感到欣慰，至少等他离开时，她不会那么难过。

倏忽到了暑假，程然续的半年约早就到了，暑假他没有回学校，仍旧待在这里，直到开学前才回去。

他离开的前一天，苗小青从一堆计算中抽身出来。

晚上组里的人约在校外聚餐，江教授带着家人去了。有长辈在，吃饭时大家多少都有些拘谨，聊了些圈内的八卦就散了。

苗小青和程然回到公寓，一起收拾行李。

程然把自己穿的衣服都拿出来，堆到床上一件一件地叠，衣柜只剩下苗小青的衣服。

这一刻，苗小青才反应过来，程然是真的要离开了。

明天晚上，他就不在这里了。

她望着弯腰在床边叠衣服的程然，疯了一样地跑到他身后，紧紧地抱着他的腰。

程然的身体一僵，刚要转身，却被苗小青的手臂扣得紧紧的，她的脸贴着他的后背。

“苗小青！”他讶然喊道，紧接着，紧贴着的那处皮肤感觉到一阵湿热，他原本想说的话全堵在了嗓子眼儿。

窗户上灯影绰绰，寂静的房间里，偶尔响起一两声压抑的啜泣。

程然的心狠狠地揪了起来。

“我——”他一开口，声音有些低哑，“我会抽空过来的。”

苗小青在他身后轻轻地“嗯”了一声。

这一夜他们几乎没怎么睡，躺在床上一直聊天，聊两个人的工作，聊彼此的未来，聊着有哪些适合苗小青申请的导师。

他们感情深厚，难舍难分，但最终会为彼此的未来让路。

苗小青送程然去了机场，一个人回到公寓。程然的水杯、毛巾、浴巾、枕头，还有常坐的位置，她都小心地绕开了，一直让它们保持原封不动。

时间一长，程然的活动轨迹都落满灰尘。

偶尔程然来了，房间里会短暂地焕然一新。他待上三五天，十天半个月，再次离开，新的活动轨迹又日积月累落满灰尘。

直到程然出国，苗小青知道，他再也没有可能回这间公寓。

毕业前，程然那篇《对称性保护拓扑序的分类》在《Science》发表。同时，杜弘沉寂了五年，毕业前他也在PRL发表了一篇题目为《二维拓扑序的数学描述：UMTC》。整个理论物理界由此震动，这两篇文章被巴克利奖得主评价为第二次新物质态的革命。

苗小青震惊得不能言语，同样是PRL，她和杜弘做的东西完全不能相提并论。

没有任何意外地，他们两个分别拿到了MIT张教授和普林斯顿黎若谷的offer。

毕业典礼举行前夕，物理系很不平静。作为本科生公认的水平最高的刘浩，只拿到了国内大学的offer。苗小青恶意地揣测，给他offer的那个导师大概也是急缺文章，看中了刘浩投机取巧的本事，想跟他一起灌水。

本科生晕头转向，赶紧去找了杜弘的文章来看。一看都傻眼了，文章里太多数学内容，他们根本看不懂。

由此杜弘成了系里的一个传奇，各种毫无根据的猜测甚嚣尘上，其中最被大家认可的、可信度最高的一个猜测是，他是某位大师的关门弟子，受到指点才从港中大退学来了这里，默默修炼，终成大器。

晕头转向的还有学校，刘浩评上了优秀毕业生，原来也定了他在毕业典礼上作为学生代表讲话。好笑的是，最后一年，刘浩高调地先从藤校开始申请，再到欧洲的学校，很多教授连邮件都没回复。

剩下一个月，连新加坡和中国香港都无一例外地拒了他。

毕业典礼前几天，他才迫不得已接了国内一个教授的offer，勉强算是有了出路。

而杜弘早就跟黎若谷谈妥，却一直没透露出风声，文章也是快毕业了才发。

因此学校方面紧急撤下了刘浩的讲话，换了杜弘，可杜弘直接就拒绝了，甚至连毕业典礼都没参加。

苗小青在实验室津津有味地听着这些传言，莫名地感到扬眉吐气。

“激光开启中”的灯灭了，苗小青摘下护目镜，把刻了白桐花的水晶托在掌心，左看右看，爱不释手。

李明华喋喋不休地抱怨：“拿激光来刻图案，亏你想得出来，你自己拿把锤子敲不是更有心意？”

苗小青朝他笑了下：“我手残，锤子把水晶敲碎了怎么办？”

李明华把她往外赶：“好了吧？好了就快出去！”

“明华，谢谢你！”苗小青说完出了实验室。

回到办公室，没有见到杜弘，她从抽屉里拿出一个长条的丝绒盒子，打开里面是一支定制的钢笔。

她又翻开一张小卡片，执笔写上：祝前途似锦！

写完后，她把卡片跟盒子放到杜弘的办公桌上，回到自己的座位，继续提交参数，分析数据。

加班到晚上八点，头脑开始混沌。她去学校商店买了瓶冰啤酒，走到体育场，找了个角落坐下来，对着天空那轮皎洁的月亮喝着清凉的啤酒。

毕业典礼过后，学校倏忽冷清，好像那么多的人全都藏起来了一样。

体育场上没有了踢球的、跑步的，静得无声无息。

苗小青有股悲凉的感觉，尽管程然过几天就要来找她了，可那股悲凉并没有被相聚的喜悦冲淡。

办公室里只剩下她和徐浚，虽然还有吴繁，可苗小青对他的感情，到底不如在一个办公室里相处了几年的杜弘和程然。

杜弘还是老样子，如非必要，不跟她说一句话，好像除了损她，他就不会说话了一样。

苗小青灌了一大口冰凉的啤酒，从牙齿一路凉到心脏。

怎么说都是同门，他是想一个招呼都不打就走？

她掏出手机，拨通了杜弘的电话。

电话刚接通，她就抢先问道："你是不是已经走了？"

不等他回答，她又噼里啪啦说道："我不就是扔了你的书，发了一顿脾气，你怎么那么小心眼？你要生气到什么时候？我错了，行吗？我跟你道歉，你能不能原谅我？"

杜弘在手机那边沉默了半晌，才说道："你在哪里？"

"体育场。"

"你等一会儿。"

说完就挂了电话，苗小青瞪着自动关闭的通话界面，以为他正在忙，等会儿再打过来，心里骂着"小疯子"，却一直把手机握在手上。

等了几分钟，杜弘没打来电话。苗小青看到一个人骑着自行车过来，在阶梯前刹了车。

自行车被他推到墙边一靠，他抬起头，苗小青借着灯光看清了是杜弘的脸。

她一激动站起来，冲他挥手："杜弘！"

杜弘手里提着一个袋子，顺着声音看到她，便垂下头朝她走了过来。

苗小青第一次注意到杜弘很瘦，身形就像根竹竿，笔直刚正，一如他的性格，宁愿折断脖子，也不肯低头。

他走到苗小青身边坐下，取出一罐啤酒，把袋子递给她。

“你喝酒？”苗小青惊讶地看了他一眼，又低头打开袋子来看，有四五罐啤酒和零食。

“不想喝，不是不会喝，”杜弘打开啤酒，“你听说过山东人不能喝酒？”

苗小青“噗”地一笑，拿着罐子跟他的一碰：“谢你赏脸！”

杜弘没说什么，铝罐凑到嘴边，浅浅地喝了一口后，把啤酒放在脚边，双手搭在膝盖上，上身往前微倾，若有所思地望着前方。

苗小青看了他一眼，收回目光，也惆怅地望着前方：“什么时候走？”

“明天离校，”杜弘说，“回家办好签证就走了。”

苗小青晃着啤酒罐，听着罐子里咕咚咕咚的闷响。

杜弘垂下头，仿佛有难以启齿的话要说，半晌，才闷头说道：“谢谢你送的礼物。”

“不客气。”苗小青说，“现在都用签字笔了，钢笔就是个留念。”

杜弘转过脸来看她，突然问她：“你送程然的是什么？”

“一个水晶夜灯，”苗小青很得意地说，“就是现在很流行的那种，一拍就会亮的灯，我自己做的。”

她以为杜弘会挖苦她两句，然而他只是垂下睫毛，转过脸看着前方，什么也没说。

“你大概是不挖苦我，就不知道怎么跟我说话了吧？”苗小青苦笑着说。

“是，”杜弘漠然地说，“不打击你，不挖苦你，不把你说得很糟糕、很差劲，我确实不知道还能跟你说什么。”

“你！”苗小青气闷，“以后很难见到了，你就连好好告别都不会？”

“苗小青！”杜弘突然叫她的名字，让苗小青狠狠一愣，他接着说，“程然以前说我跟你很像。我这个人，不会想把什么都抓在手里，遇到两个选择，一定会毫不犹豫地放弃一个。你是不是也这样？”

苗小青认真地想了想，点头说道：“我是。”

随即她心里纳闷，程然还说过这个？她跟这个小疯子哪里像了？

她兀自想着，又听到杜弘的声音响起，像山谷吹来的风，轻柔中夹杂着一丝寒凉：“如果有一天，两个选择摆在你面前，我希望你放弃的不是自己。”

“什么意思？”苗小青被他这番话说得摸不着头脑。

杜弘没回答她，只是低着头默默地喝酒。

过一会儿，苗小青突然说道：“我好像还没报答你的，继续欠着吗？”

杜弘把啤酒罐放到脚边，拿了一罐新的打开。

他的每个动作都很慢，似乎是心不在焉，又似乎在思考着什么。

他喝了一口啤酒，才缓缓说道：“那个报答受限条件太多，作废了吧。”

苗小青难过得说不出话，捉摸不明白他话里的意思。当初说起报答，她当时怎么说来着?

谁知道你会叫我做什么？赵敏还叫张无忌逃婚来着。

他后来怎么说的，大概是不杀人不放火，不违背道德……还有什么，苗小青却怎么想不起来了。

她也没再多想，也许当初只是句戏言，杜弘这样的性格，根本不会放在心。

他们没再说话，两个人寂静无声地喝着啤酒。

不知道过了多久，天上那轮月亮被厚厚的云层遮住，体育场的灯全熄了。

苗小青眼前一黑，条件反射般地站起来。

“不是要好好告别吗？”杜弘也站了起来，转过身来面对她。

突然的黑暗，让苗小青极力地睁大眼睛，她看到杜弘跨前一步，身高完全笼罩住她，他身上的酒味扑入鼻尖。

他抱了她。

苗小青的身体蓦地一僵，她的眼睛因为惊讶，在黑暗中睁到了最大，还没做出反应，杜弘已经松开她，后退了一步。

“苗小青，保重！”

他转过身，头也不回地走了。

苗小青怔怔在原地站了很久，杜弘身上的酒味在她鼻尖一点点地淡去，淡到仿佛刚刚发生的事只是一个不真实的梦境。

可她的头脑却清醒地记着，十点钟，体育场准时熄灯。

许多年后，苗小青依旧记得杜弘跟她正式告别是十点钟。

那是他们见的最后一面。

同在强关联领域，他们原本有很多碰面的机会。

学术会议、交流、访问……无数可以见面的理由。

可在那之后，苗小青再也没有见过这个小她两岁的师兄——

那个高傲、嘴欠、青涩如少年的天才。

第九章 / 争吵

成就彼此难道就不算是爱吗

1

程然只来了几天，就赶着回家办手续。

这次他的活动轨迹也落满灰尘后，苗小青把房子转租出去，自己搬回了宿舍。

最后一年，她和徐浚经常性地被导师叫去办公室，商量着他们博后的去处。

徐浚的科研实力不错，导师推荐他去了港大交流了一个月，回来他就决定了去港大，剩下的时间安安心心地做科研。

苗小青手里虽然握着黎若谷的推荐信，她倒没像刘浩那样不要脸地跟藤校的教授们联系，大多找的世界排名 50 开外的大学，当投去马里兰、宾州州立、犹他等大学的简历无一例外地被拒绝后，她把范围又放宽到北美。

加拿大的麦吉尔大学，PI（圆周理论物理研究所）和滑铁卢大学合作的 IQC 她也联系过，只有 IQC（量子计算研究所）一个做计算的教授大概正好有钱，又对她感兴趣，邀请她五月份去访问一个月。

滑铁卢离多伦多机场一个小时车程，多伦多距波士顿一个半小时航程。

程然立即安排了去 PI 的访问行程，跟她约在多伦多碰头。

苗小青兴奋地办了签证和国际驾照，自香港机场起飞，十五个小时到达多伦多，先租了车，在多伦多住了一晚，第二天早上，在机场接到程然，才开车去了滑铁卢。

程然去了 PI 报到，而苗小青去了 IQC 找她未来的导师赵教授。

赵教授是华人，四十多岁的中年人，博士毕业于复旦，斯坦福的博后，为人相当好。苗小青虽然卡在签证上，必须按时入境出境，但聊完以后，赵教授还是给她了三天假，让她自由活动，顺便倒时差。

滑铁卢是加东一个十多万人的小城市，离得近的景点是尼亚加拉大瀑布和野生动物园。

苗小青觉得近的景点随时可以去，她更想去的是北美的千岛湖，看看那个故事很悲伤的 Heart Island，两人就敲定了从渥太华到金斯顿的自驾游路线。

在渥太华他们只停留了一天，游览了国会山就直奔金斯顿住宿。

当晚他们入住在千岛湖码头的一个民宿，房间很整洁，设施虽然旧，使用却没什么问题。

时差十二小时，苗小青一到中午就困得睁不开眼，被闹钟强制叫醒后，往往头痛欲裂，而到了夜里，睡到凌晨两三点必然醒过来，再睡不着了。

苗小青醒来时看了眼时间，凌晨五点，比前两晚三点醒来好多了。

她翻了个身，透过黑暗看着睡得正熟的程然，想去摸摸他的眉眼，又想到白天都是程然开车，怕吵醒他，只握住他的手，静静地听着他的呼吸声，似睡非睡的，一直到天亮。

程然睡醒后，两个人下楼吃完早餐，去码头买了船票。

游船行驶在湛蓝的湖面上，半个多小时就进入了美国境内。苗小青觉得风景也没有比家乡的千岛湖好，唯一让她吃惊的是，很多岛被私人买下，建了房子。

“资本主义国家怎么样？”苗小青问，“你待得舒服吗？”

“没那么差，也没那么好，好坏都跟我没关系，”程然说，“如果你找不到位子，我做完两届博后也就回国了。”

船在水面上晃晃悠悠地行驶，舱内什么肤色的人种都有，邻座穿金戴银的印度妇女带着三个打闹的小孩儿，一时间嘈杂无比。

苗小青沉默了会儿，船舱内的声音就被一阵欢呼吵闹声盖了过去。

她和程然都以为发生了什么不得了的大事，好多人趴在窗口拼命挥手。他们也朝窗外看去，原来不过是经过了一个小岛屿，岛上的人站在自己房子前冲船上的人挥手，而船上的人也激动地挥手呐喊。

那阵势那热情，跟世界杯进球了一样。

苗小青在心里吐槽，耐心地等他们平静下来，就听到程然问：“你刚说什么？”

苗小青说：“都邀请我来访问了，这种情况应该不会有什么变化。多伦多到波士顿也不算远，比国内异地还近点。”

程然想想也对，说：“你先在这里待着，我还有一年博后，毕业后可以来 PI 工作，到时候就又在一起了。”

苗小青想到 PI 虽然不如普林斯顿 IAS，但也是世界前列的高水平理论物理研究机构，不禁微笑着说：“赵教授说，PI 跟滑铁卢大学就紧挨着的。”

程然的神色也有些开心："那天我报到以后，走了一趟IQC，也就五分钟的路程。"

"真的吗？"苗小青兴奋地握住他的手，"那不是又跟在同一所学校一样了。"

"嗯。"程然反手握紧，眼里满是柔情地凝视着她，低低地说道，"这一年，我太想你了！"

他的话被舱内又一阵欢呼呐喊盖了过去，他皱了皱眉，看到苗小青的口型像是在问他说了什么。

他微笑着摇了摇头。

没什么，反正很快就会团聚了。

他抬起手，替苗小青把一缕掉下来的头发夹到耳后，手掌缓缓往下，轻柔地抚着她的脸颊，目光饱含深情地看着她。

船舱内的英文广播响起，是关于Heart Island的解说，提醒持有美国签证的游客可以下船登岛。

程然问她："你要去岛上吗？"

苗小青摇摇头："我用的公务护照，没有申请美国签证。"她又问程然，"你去吗？"

程然失笑："你不去我去干什么？想去看的人又不是我。"

船在码头停靠，一大半的人下了船。

游船继续往前行驶。

苗小青看到那个巨大的岛屿缓慢地退离，岛上20世纪初便快要竣工的欧洲古堡严肃地屹立着。一个世纪过去，岛上的时间就停在了女主人去世的那一刻，一切仍保持着一个世纪前的原貌。

这是个比小说还凄美，却真实存在的爱情故事。

20世纪初，美国酒店大亨娶了欧洲落魄贵族的女儿，买下了这座爱心形状的岛屿，斥巨资在岛上修建古堡，要让妻子再一次享受到欧洲贵族生活。然而在古堡即将建成时，妻子因病去世。酒店大亨下令停工，并将岛屿以一美元一年的价格租给美国政府，只提出了一个要求——岛上要一直保持停工时的原貌，只能维护，不能再修建开发。

苗小青觉得这个故事肯定有美化的成分，然而妻子去世后，19世纪初花费两千五百万美元的古堡说停工就停工，说捐赠就捐赠，这样悲伤的结局却是真的。

她的心情莫名低落起来。

船开始返航，经过了无数的岛屿，大的岛屿可能属于某个超级富豪，小的岛屿也许属于华尔街某个投机分子。

“资本主义真是有钱人的天堂。”苗小青下船时再一次感慨，却一点也不羡慕。

他们在金斯顿的民宿又住了一个晚上，第二天吃完早餐就启程回了滑铁卢。

程然的访问行程是一周，PI和IQC都提供了公寓，程然住到了苗小青的公寓里。

第三天早上，两人在PI楼前分手。苗小青往前走了几分钟，进入滑铁卢大学，去了赵教授的办公室。

赵教授正值中年，除了头发有点少，几乎没有缺点。他说话幽默风趣，跟苗小青聊了一会儿物理后，冷不丁地丢出一个关键信息，就像把一个点燃的炮仗抛给了苗小青。

“有件事我要跟你说一下，”赵教授说，“香港中文大学聘请我做讲席教授，我接受了这个offer，九月我就入职了。”

苗小青一时没能消化他话里的意思，呆愣愣地望着他。

这意思是，如果做他的博后，就要跟他转去香港?

赵教授的声音接着传入耳内：“聘请你的钱也是港中文的启动经费，其实IQC主要是做量子计算的，和你原先的研究方向相去甚远，你想找个讨论的人都很难。反而在港中文还有很多可以交流讨论的人，那里也更适合你的发展。”

苗小青竭力保持头脑冷静，跟赵教授谈完了薪资待遇，以及两届博后的计划，一走出办公室，她的冷静就一片一片地瓦解。她没有回自己的办公室，而是浑浑噩噩地往来时的路走，一直走到PI大楼的门口。

她给程然发了个信息。

程然很快就回了：正在讨论，稍后回你。

苗小青收起手机，游魂似的走到河边，差点踩到一只趴在地上晒太阳的鸭子。加拿大的鸭子不怕人，苗小青站在它面前，它仍旧懒洋洋地用嘴梳理着羽毛。

苗小青蹲在河边，跟那只鸭子说话。

“我还不如你呢，”她说，“你想待在这儿就可以待在这儿。”

鸭子黑豆般的眼睛睨了她一眼，站立起来，绕着她转圈撒欢，可并没有像往常一样得到面包。它生气地拍打了两下翅膀，昂着脑袋大摇大摆地走了。

一个小时后，程然才给她回了消息。没两分钟，他从大楼里走了出来。

两人往公寓的方向走，苗小青把赵教授要去港中文的事说了。

程然显然也被这个意外惊得措手不及。他一路低着头沉思，快到公寓楼前，他突然站住了，回过头说：“他说得没错，跟他去港中文确实更适合你的发展。”

苗小青怔了一下，随即崩溃地蹲下来，双手紧紧地捂住脸。

程然看到印度籍的看门保安探头探脑，他把苗小青扶起来，面色沉肃地瞥了保安一眼，刷了卡往里走。

苗小青仿佛浑身一点力气都没有了，身体不断地往下沉，程然的手臂酸得几乎要搂不住她。

他抿紧唇，使出全身的力气带她走到门口，掏出钥匙开了门。

扶她到沙发上坐下时，程然的手臂已经酸得不像是自己的了。

苗小青像得了急病一样，躺在沙发上，阳光穿透白色窗幔，照着她苍白的脸，她的神色因绝望而显得僵冷，毫无生气。

看着她的样子，程然的胸口仿佛被捅了一刀。这一年苗小青被拒绝过多少次，他心知肚明。这是无法改变的现实，北美的导师经费紧张，博后的薪资太高，门槛也就抬得更高。

赵教授肯雇她，也是因为港中文可能给了他一大笔钱，可以雇一个两个三个，所以不在乎。

苗小青的普通一本毕业经历，严重地拖了她的后腿。

如果排除他的因素，无论是赵教授这个导师，还是港中文这所世界百名以内的大学，对她来说都是最好的选择。

她原本申请的很多学校，排名还不如港中文。

他知道自己不能再含糊下去，必须把话挑明。

他一把将她拉了坐起，握着她的肩膀，目光严厉地跟她平视：“毕业就剩下一个月，你不去港中文，就只能去找工作了，你明白吗？”

他的话像是一杯水泼醒了苗小青。

苗小青混沌的眼神慢慢恢复清明，严峻的现实能立时粉碎一切无病呻吟和多愁善感。

程然把严峻的现实拉到她眼前，如果拒绝了赵教授的聘请，而后一个月她又找不到肯接收她的导师，她走学术这条路就彻底断了。她只能拿着博士学位证书，转行去找其他工作。

“这事的结果没那么大的区别，”程然理性地跟她分析，“其实对你来说只有好处，做完博后，还有机会转RAP（科研助理教授），反正再过一年我回香港就是了。”

苗小青的身体几不可察地哆嗦了一下。

程然刚好起身，并没有注意到。他坐到苗小青的旁边宽慰她："这是件好事，博后这两年也还是有导师，并不自由。我们不差这一两年，嗯？"

苗小青的目光投向雪白的墙壁，僵硬地点了下头。

出了这件事，他俩也无心再去大瀑布和野生动物园，程然待够一个星期返回波士顿，苗小青接受了赵教授的邀请。在 IQC 的一个月，她一边紧张地准备博士论文答辩，一边远程用超算计算 J1-J2 模型。

回到学校，答辩结束后，苗小青被评为优秀毕业生，作为学生代表在毕业典礼上发言。

她无比风光地站在演讲台上，收获了无数艳羡和赞赏的目光，然而面对底下黑压压的人头，背了好几天稿子的她只记得四句话——

"尊敬的学校领导，老师，亲爱的同学们！大家好！

"我是 09 级物理系的博士研究生苗小青。

"在此，我要感谢我的导师江远平，我的师兄袁鹏、杜弘、徐浚，以及我的先生程然——"

说到这里，一股巨大的悲伤忽然袭中她的心头。她立时哽咽，脑子里倒背如流的稿子像被一键删除，只剩下悲伤。

袁鹏，杜弘，早已经没有了联系。

程然那里，是她怎么也去不了的地方。

离别让她无比脆弱。

她恍恍惚惚听到底下学生的窃窃私语，稿子上那些花团锦簇的句子怎么也想不起来了，她闭了下眼睛，调整呼吸，露出一个微笑，平静地往下说。

"都说人生而平等，可在物理这个领域，智商差异存在着绝对的不平等，"她停了一下，接着往下说，"我先生曾说过，物理才是这世上等级最森严的领域。即便他像我一样努力，也不可能拿诺贝尔奖。而我，即使每天多给我十个小时，也不可能像我先生一样。

"同时，物理这个学科，也存在许多反常识的现象，例如'只要你努力，总有一天能赶上别人'。我先生每天工作五小时，我每天工作十小时，按照这个理论，我是不是就能在一年后追赶上他？可事实是，他一个小时能领悟透的知识也许是我五个小时都无法领悟到的，就算他一天只工作五小时，我一天却没有二十五小时可用。因此时间越长，差距就像熵增，只会越来越大，直至不可逾越。

"而另一个反常识是'你越优秀，就能得到更多'。众所周知，物理学中最优秀的一类人都在研究所或是高校，拿着有限的薪水，过着平凡的生活。如果想要拥有更多，那么只能转行去华尔街或高科技公司。

“原本我一直不明白，自己为什么要做物理？原本我的计划也不过是拿个硕士学位，原本我认为我的人生有无限的可能……直到我进入江教授的课题组，认识了我那些风华正茂的师兄。他们可能性格怪僻、冷漠、傲慢，我一开始并不喜欢他们，甚至感到委屈。直到有一天，我也开始做物理，也开始跟一个一个冰冷而真实的理论打交道时，我才明白，这世上也许每天会产生一万种新鲜事物，可只有物理，仍然有一群心无旁骛的人，用最严谨的逻辑，寻找着宇宙万物运行的基本规律。

“人的欲望有很多种，人生存的方式也有很多种，人的理想也有很多种，而我，决定跟我的师兄一样，终其一生，选择最基础、最质朴的物理科学研究。再次感谢我的导师和师兄们！也祝愿同学们在风华正茂的年纪，遇到一个心性纯粹的领路人，教会你们一心向前、心无杂念！谢谢大家！”

她在掌声中鞠躬下台。

徐浚在台下等到她，跟她一起走出礼堂。

“都在香港，就不道别了，”徐浚说，“以后我去沙田你请吃饭，你来港岛我埋单。”

他朝她伸出手，苗小青用力地握住：“师兄！谢谢你！”

那句我最感激的人是你，没有说出来。

并不是怕说出来后会被挖苦，而是这句话太肤浅，配不上他们之间的默契。

徐浚露出阳光俊朗的笑容：“以后多请我吃两顿大餐。”

说完，他朝她挥了挥手，朝着宿舍走去。

2

苗小青九月份去了港中文报到，继续计算J1-J2模型。徐浚同在香港，她经常去港大找他爬太平山讨论，徐浚也经常来沙田跟她一起去郊野公园徒步。

半年后，她的文章投稿，又突然收到程然要来港大访问的消息。

她看到消息，没来由地感到不安。

因为时差，她收到消息的时候刚睡醒，同时还收到江教授也来了香港访问的消息，约她中午在港大附近的一个潮州餐厅吃饭。

苗小青赶到的时候，徐浚和江教授坐在角落的一个小圆桌旁。

她走过去问了好才坐下，江教授起初只问了她一些工作进展，以及下一个题目的想法。

苗小青有条不紊地回答着，却瞄到徐浚一脸心事的沉默表情，心里那不好的预感越来越浓。

江教授问完情况，说道："我前几天跟若谷通了电话，他说 Caltech（加州理工学院）有个 opening（空缺的职位）。程然的博后导师推荐过去了，Caltech 那边也表示走个程序，基本就是十拿九稳。但是那小子没有申请。现在他的两个导师都气疯了，若谷也很生气。"

江教授显然也很急，噼里啪啦地说完。苗小青消化了一下，大致梳理出了脉络，加州理工有个空缺的教授职位，程然的导师和那边的人接触过，只要程然去申请那个位子，有极大的概率会录用。

她立刻就联想到了程然要来港大的消息，瞥了一眼徐浚，问道："你那边应该有消息吧？"

徐浚点了下头："他给理学院院长写了邮件，说要过来面试。"

"他疯了！"江教授气得拍桌子，"他在想什么？难怪老夏都气得想去波士顿一掌拍死他！"

苗小青桌下的手死死攥住衣角，他是疯了！那是世界排名前五的加州理工学院！难得有个空缺，他有这个机会还不要。

她也知道他在想什么，来这边就是为了她！真是疯了！

她能在这边待几年？她做完博后大概率在这边找不到位子，还是要回内地的，到时候他是不是也跟着回来？

徐浚也理智地说道："他想来香港也不是不行，起码做出点东西，直接讲席教授入职不是更好？非要急着现在以一个助理教授的位子入职，都亏到天边去了！"

"他什么时候到？"江教授问。

"明天中午十二点半到。"苗小青说，"麻烦您跟黎老师沟通一下，请程然的导师无论如何要跟 Caltech 沟通好，我会说服他的。"

江教授深深地叹息一声，然后点了下头："我知道你们很不容易，可是现在你不能半途而废，他也不能半途而废。做物理的都这样，有什么办法呢？"

"我知道。"苗小青现在无暇顾及这些情绪，她焦急得坐立不安，恨不得立刻把程然揪到眼前。

接着，江教授又说起杜弘的情况：“他在 UCSB 的 KITP（卡弗里理论物理研究所）找到了一个两年的位子，等哪所学校有 opening 了再申请。”

国外的学校跟国内不同，国外大学的教授位子是固定的，就那么多个，退休一个，空了一个位子出来，才能再招新的。

所以即使是水平够高，运气不好，学校没有空缺也找不到工作。

杜弘现在面临的就是这种情况。

虽然是短期职位，好在 UCSB 的 KITP 并不比普林斯顿的 IAS 逊色多少。

想到程然轻易地放弃，她不由得又揪紧了衣角。

吃完饭她回到沙田，一个下午没法静心工作，索性回了家。

她租的房子离学校只有两站地铁的距离，高层两房，拉开窗帘就能俯瞰宽阔的城门河。房子的面积不到四十平方米。五平方米的小卧室被她用来当书房，剩下一间七八平方米的卧室，一间十平方米的客厅，洗手间三平方米，厨房二平方米……这样的蜗居月租一万五港币。

她三十来万的年薪，扣除日常开销，妥妥的月光族。

好在钱对于她来说，从来都不是问题。这也是她智商平平，却能坦然走上物理这条路的最大依仗。

苗小青站在窗边，俯瞰着宽阔笔直的城门河，几只皮划艇漂在河面上，渺小得如同飘零的枯叶。

她沉思地望着翡翠绿的河水，无意识地咬着大拇指。隐隐感到指尖的疼痛后，她把大拇指竖到眼前，指头被咬得红肿了一块。

她闭上眼睛，心里做了决定。

她转身去了书房，用鼠标唤醒电脑，然后登录了程然的邮箱，翻到最后一封程然和港大的信件，正要点击回复，目光却滑到约定的报告时间。

这周三的下午三点至四点。

面试给一个小时的报告是常规，然后与系里的教授聊上一两天。不寻常的是，底下还有与院长、副校长的单独谈话时间。

足可见港大对程然的重视。

她的鼠标从点击回复上移开，犹豫了一瞬，关闭了页面。

她擅自写信替他回绝面试，虽然可以粗暴有效地解决问题，然而却会毁了程然的名声。

这一夜她几乎没睡，她了解程然，没有申请加州理工的位子，可见他的决心。

他这人一向如此，决定之前会思前想后、优柔寡断，决定以后就会一条道走到黑。

就像是决定跟她在一起之前，他能狠下心数次拒绝她；而在一起后，他就再也没有动摇过。

想了一夜，她也没有想到有什么理由能说服他。

天亮时，她睡了两小时就起来换衣服，去楼下的粉店要了一碗鱼蛋粉。

苗小青不可能在香港长待，而程然来港大应聘的却是六年 tenure（教职）的永久职位。

他不会不知道，香港所有大学的永久职位对于苗小青来说都太勉强了。

而他是那么理智的人，之前曾无数次地暗示过她转行，放弃物理。现在他自己却做出这么不理智的决定，那么就只有一个可能——

长期的两地分离，他已经煎熬不住了。

苗小青出神地想着，咬了口鱼蛋，却猛地咬到了舌尖，尖锐的疼让她立时挤出两滴眼泪。

她想到上次咬到舌头，是在程然家。那时他着急地给她看伤口，拿冰水，她也可以放任地哭着说疼。

现在她深吸了两口气，抽起一张纸巾卷好压在舌尖，没一分钟，疼痛减轻，血也止住了。她喝了口水，接着吃鱼蛋粉。

坚强的理由很简单，无依无靠自然坚强。

度过煎熬也很简单，没有指望自然不用煎熬。

这一瞬间，她知道自己已经没有其他的办法。

吃完粉，结了账。她坐上巴士，到九龙塘机铁站转了机场快线，在机场漫无目的地转悠。一点左右，程然推着一个登机箱出现在她的视线里，他穿着一件白色高领毛衣，手臂上搭着一件黑色羽绒服。

将近一年没见，他的气质更加卓然出众，而神色也越发显出离群索居的落寞。刚走到出口处，他便抬起头，目光迫切地在人群中睃着。

苗小青屏住了呼吸，这是她的男人，她不知道是应该先感到骄傲，还是先感到心痛。

程然几乎在抬头的下一秒就发现了她，脚下加快步子，慢跑到她面前。

“程——”

苗小青刚刚张开嘴，就被他拥紧，力度大得差点把她勒到不能呼吸。

她从没见过情绪如此外露的程然。

“想我了没有？”他低头在她耳边问，声音激动得微微发颤。

苗小青拍抚着他的手臂，等他松开，才举起双手捧着他的脸看。依旧是疏淡的眉毛，漆黑发亮的双眸，眸子里不再是漠然，而是离愁之苦刚刚得到慰藉的愉悦。

“想。”她老实地说道，“很想。”

程然的脸上漾起笑容，手臂搂住她的腰，人来人往，他丝毫不顾旁人的侧目就低头吻了她。

回去的一路上，程然一直握着她的手，偶尔从口袋里掏手机，拿到后换个手，又立刻过来摸到她的手握住。

到了苗小青租的房子里，他仿佛变成了一个莽撞而急躁的少年。苗小青刚把门关紧，行李箱还在脚边，他就转过她的身体，激烈地吻着她的唇和脖子。

他的气息和触碰，让苗小青的身体紧绷得微微发痛。

根本没等到进卧室，就在门边，他就抱着她，不管不顾。

“想我了没有？”他声音低哑地问她，汗滴在了她的耳侧。

“想。”她老实地说，“很想。”

他这才放心地喘气。

一个下午，程然就像是收债一样的。苗小青一个晚上没睡，又被他这么凶恶地折腾，没撑住沉沉地就睡了过去。

香港的下午，正是波士顿的凌晨，程然也一起睡着了。

两人醒来时已经是晚上十点。苗小青带着他去了附近的一家西班牙菜，吃了海鲜饭和德国烤肘子。

回到家里，他俩都是刚睡醒，没一点睡意，苗小青去切水果，程然就参观她这个小房子。

“太小了对吧。”苗小青切了水果出来，在沙发上坐下，“以前也听说过这边的房子小，可真没想到会小成这样。中介带我看房前，还跟我说这是标准的五口之家住的。”

“五口？”程然想了下自己在美国租的小公寓，这个房子怎么看也住不下五口人，“比我老家那房子还小，我家才三口人。”

“我看的时候也吓了一跳，小卧室本来有个上下铺，我让中介跟房东商量，把上下铺移走，当书房用，”苗小青递给程然一片苹果，接着说道，“房东本来不愿意，后来听说我是港中文的，收入稳定，才同意了。”

程然坐在她旁边，惬意地往后一靠：“香港的三所大学都提供宿舍，港大和港科还是海景房，你们港中文的宿舍据说有两百平方米以上。”

苗小青刚叉起一块苹果，又动作极慢地放了回去，而后垂下眼皮说道：“也还是要缴房租，一个月两三万，只是比市场价低，还要排队。我导师现在也还是在外租房住，至少要明年才能排到。”

程然环顾了一眼小房子，叹口气道：“排不到也只能先在这种小房子里住着，等我升了职，薪水涨涨也行。”

“助理教授七八十万的年薪，扣掉房租还是紧巴巴的。”

“那也没关系，”程然自顾说道，“你肯定是要回内地的，我们到时候再一起回去。”

苗小青望着他，嘴唇张合几次，眼神流露出痛苦的挣扎。最终她在程然看出端倪前，眼睑微垂，几不可见地对自己摇了下头，轻声问道：“要不要早点睡？”

“睡不着，我得回个邮件，再工作一会儿。”程然说着，从背包里拿出笔记本，放在腿上，“你困了先睡。”

苗小青看了眼时间，波士顿的下午一点。他在飞机上十五个小时，加上到香港后的十二个小时，这期间应该积压了一些需要处理的工作。

她给程然倒了一杯白开水，见程然看也没看，接过来就往嘴边送，她连忙捉住他的手腕，拿走水杯放到桌上。

“天冷，我倒的开水，”苗小青说，“你等凉一点再喝。”

“以后不用那么麻烦，”程然笑了一下，“我在国外喝冷水习惯了。”

这边没有暖气，后半夜室内温度很低，苗小青看着只披了件毛衫的程然，说：“要不去床上？会暖和点。”

“会吵到你睡觉。”

“没事，我的睡眠质量很好。”苗小青说完，把他拉起来，一起去了卧室。

程然靠在床上回复邮件，键盘敲击的声音在寂静的夜回响，像急流直下的涧水撞击石头的脆音。

苗小青不觉得吵，反倒是安心地闭上了眼睛。昨夜没怎么睡，她的脸朝向程然，嗅着他独有的气息，没一会儿就睡着了。

半夜她醒了一次，发现自己被程然抱着，熟睡的他胳膊伸在被子外，连同被子一起将她搂得紧紧的。

她小心地把他的胳膊搬进被子里，拱进他的怀里，额头贴着他的颈窝，一觉睡到天亮。

七点钟她起床时，程然也醒了，他的面试在第二天。苗小青没去学校，中午吃完饭后，程然打开笔记本准备报告，没一会儿上下眼皮就开始打架。苗小青调好闹钟，只让他睡了一个小时，就把他拉起来，到马料水码头坐船去了塔门岛。

登岛后被寒冷的海风一吹，程然因时差而发胀的脑袋顿时清醒。他们沿着岛上的环山小径一路走到山顶，冬季露营的人少，途中零星的帐篷，是灰冷冬日里罕见的一抹亮色。

"这里的空气不错。"程然站在山顶上，望着无垠的海面，海水卷裹着白浪滚滚扑向山脚下的褐色石滩，"景色也很好。"

"是一个学生推荐的这里。"苗小青说，"虽然码头离学校很近，但我也是第一次来。"

"香港的博后是不是也不能申请经费？"程然问。

苗小青点点头，往下山的路走，回答："RAP 才可以。"

"你要转 RAP 吗？"

"能转的话应该会转吧。"苗小青说，"可是我听说这几年回国的人太多，竞争也很激烈，很多日本人和欧洲人也都在中国找位子。我是不是早点回去占个坑更好？"

程然的脚步一顿，皱了下眉，才又往前走："RAP 能申请到的学校应该比博后要好。"

"我的本科学校是绕不开的短板，"苗小青颓然地说道，"一线城市的学校和 985 都挺难的，除非能评上青千（青年千人计划）。"

"青千要几篇 PRL？"

"据说得五篇。"苗小青说，"这才几年，PRL 就一点不值钱了。"

程然叹了口气："据说现在又设了优青（国家优秀青年）项目，给没出过国或是青千项目设立之前回国的人。"

"啧！"苗小青讽刺道，"刘浩岂不是又有了钻营的机会。"

"你在这边做几年 RAP，攒些文章再回去？"程然说。

"五篇 PRL，攒到猴年马月。"苗小青说，"这么下去，再过几年要求十篇 PRL 的荒唐事都可能给我赶上。"

"不要以为你有篇《Science》就能好多少，你的文章有几个人看得懂你做了什么？"苗小青实事求是地说，"而且以后怎么办？研究方向不追着大热门，不拼命发文章，连过 tenure 都难。"

程然被突如其来的冷风吹得一个激灵，再看眼前的山海，仿佛被灰暗的空气所笼罩着。

“你打算怎么办？”他低声问。

“我不想评青千，”苗小青说，“如果能转RAP，我只做一年就回内地找位子。国内比国外好的是，学生不用花太多钱。再说我一个做计算的，最大的支出就是机时费。能申到一笔国自然（国家自然科学基金），也够我用好几年了。”

“你——”程然停住脚步，转过身来，“也就是你只在这边待两年。”

“嗯。”苗小青低下头说，“所以你面试完了就拒掉港大的offer，回去申请Caltech。”

她说完就绕过他继续往前走。

程然一把抓住苗小青，苗小青回头，看到程然单手抄在长裤口袋里，低着头，仿佛在沉思。

片刻后，他抬起头，说：“你都知道了？”

“你导师跟我导师都快急疯了，”苗小青尽量让自己的语气显得平静，然而提到这事，她就不由得焦急，语气也不自觉地带着质问的意味，“我导师跑来这边找我就是为了你的事。这种事，你怎么能不跟他们商量，就擅自做决定？”

程然语气冰冷道：“我去哪里工作，我自己还不能决定？”

“你对得起他们的培养吗？”苗小青几乎是有些失望地说道，“他们为你费了多少心血？你现在的导师，他为什么要把你推荐去Caltech？还有杜弘，他拿了短期位子等着opening，你却这么任性地就放弃了！”

她越说，程然的脸越阴沉。她的话说完，程然的脸已经由白转黑：“你说我做这个选择是为了谁？”

“就知道你会这么说！以后如果你发展不好，你是不是也要怪我？是这样吧？”

她的连番质问让程然一时无言以对，半晌，他讷讷地回道：“不是。”

“我过两年回内地，你也跟我一起回吗？”

“这还用问？”

“程然！”苗小青急得吼出他的名字，“我比谁都了解你，你太骄傲了，这样的机会你放弃了肯定会后悔的。”

程然根本就不想听，这些他都明白，应该像黎若谷那样在国外有了资历，再申请大千人回国。

这样即使刘浩那样的人混到杰青长江，也恶心不到他。

可是他熬不过眼前，如果能熬得过，他早就提交Caltech的申请了。

“那你说怎么办？”程然问，“你做完两届博后转行或是在学校里当个秘书，你愿意吗？”

苗小青果断地摇头：“我不愿意。”

“呵——”程然讽刺地一笑，“我知道你不愿意，所以我放弃Caltech来找你，结果让你为我在香港多待几年都不肯！”

“多待几年？”苗小青摇了摇头说，“一个RAP的年薪是五十万，你觉得哪个导师能一直聘请我？”

“我就待在香港也不行？”程然问道，“你回内地，寒暑假你来这边，等我拿了正教授就可以回去了。”

苗小青抓着他的胳膊，用力晃了几下：“你的理智呢？我找不到什么太好的学校，你真要一直跟着我降维吗？”

“我根本管不着，”程然深深地吸了一口气，“我不能再忍受这样两地分开，永远看不到头的日子，一天也忍不了！”

“离婚吧，程然！”

程然身形一晃，骇然地望着她：“你在说什么，你自己知道吗？”

苗小青眼里噙着泪水，哽咽地说道：“没办法了，不是吗？”

“怎么会没办法？”程然沉默了许久，才失望地说道，“只不过是在我和物理之间，你选择了放弃我而已。”

风声萧萧，浪涛凄厉地拍岸，这些声音在苗小青的耳中越来越弱，眼前的景物都消失了，她仿佛置身于荒芜的旷野，程然的声音从很远的地方低低响起——

你只是选择了放弃我而已。

她选择了自己。

杜弘告别的那个夜晚，他对她说：如果有一天，两个选择摆在你面前，我希望你放弃的不是自己。

让她怎么放弃呢？两千多个日夜的奋斗，从最初仅有四大力学知识储备，到硕转博，到在顶级刊物发表学术文章，这一切不是天上给她掉下来的馅饼，而是她用每天十几个小时的科研时间，十分钟吃饭，六小时睡眠换来的。

是她正值风华正茂，却积年累月地对着电脑，牺牲了娱乐，牺牲了社交，牺牲了正常年轻人多彩绚丽的生活方式，所有正常年轻人习以为常的事——追星、看剧、上网、说走就走的旅行……这些她都还没做过。

在一个透不进阳光的办公室里，一米宽的办公桌上，她度过了自己风华正茂的五年。

从二十二岁到二十七岁，她还没来得及任性，没来得及冲动，没来得及写下只言片语的感悟，就已近而立之年。

理解万物运行的规律，是这五年里，一点一滴、一分一秒渗进她细胞里的信仰。

她的信仰不是爱情。

或者说，她的爱情不是拘泥在一种形式里。那些朝思暮想，至死不渝，丧失自我的绝唱，不是她的理想爱情。

萧萧的风声灌入耳内，浪涛声仿若鼓点拍到了她的心上，她从荒芜的旷野回到现实，她爱的程然抓着她的手，漆黑的眼眸像坠落的星辰，泛着黯淡的冷灰色。

她缓缓问道："成就彼此难道就不算是爱吗？程然？"

程然困惑地抬起眼眸："什么意思？"

"让彼此都成为最优秀的自己，这不能算是爱吗？"她问，"我爱你，希望你能实现你的梦想，去跟最高水平的理论物理学家交流；我希望你在此后的岁月，做出一个五十年、一百年仍有人持续深耕的研究成果……这不算是爱吗？

"我爱你，我希望我能有站在你身边的资格，并为此奋斗了两千多个日夜，这不算是爱吗？我努力过，然而失败了。"

她的泪水渗出眼角，泛着晶莹的水光："不是我不够好，是你太优秀。我希望你一直优秀，未来更优秀。哪怕这一生我都追不上你，哪怕我一生也只能发出星光一样微弱的光芒，我也希望有一天，你在某个遥远的地方，光辉夺目，就像我们一直追逐的月亮。"

在这逐渐日暮的山间海岸，猎猎的海风穿透树林，穿透身后的山，穿透云层和时空，仿佛带走了山间的最后一丝温度，天地之间，只留下遍体生寒的他们。

"你说的，我都理解，"程然慢慢展开抓着她的手指，手掌一寸一寸地抬起，远离，直至收回身侧紧握成拳，"但是，我不能接受。"

"我不是一个清醒的人，"他说，"离婚是我这辈子从没想过的事。"

他说完，绕开她向码头走去。

苗小青望着他的背影，一步一步，渐行渐远，那向来高傲挺直的肩背，慢慢地垮了。

她缓缓地蹲下，抱着膝盖，泪雨滂沱。

3

程然拿走了他的行李。

直到门关上，将他们彻底隔绝前，他的眉头都紧皱着，眼睛微垂，目光阴郁，自始至终没再看过她一眼。

离别很轻易。

却留下了思念这笔债，在往后漫长的岁月里，终究会分文不少地还回去。

程然离开的事还是徐浚告诉她的，他在港大待了两天，做完报告，只跟院长聊了一个小时，也没跟系里的其他教授聊过，反倒是在回波士顿之前，跟徐浚吃了顿饭。

一般面试都会跟系里的教授聊聊，了解学校的情况和未来同事的研究方向。程然没找教授聊天，就说明他单方面地放弃了这个位子。

半个月后，港大给程然发了正式 offer，被他以个人发展方向不符为由拒了。

港大仍然想争取到他，临时开会研究，将六年 tenure 缩短至一年。

这代表只要他入职，一年后就可以拿到终身教职。

这个条件，对于苗小青这样的人具有决定性的诱惑力，这相当于一生都稳定了，不用担心干了几年过不了考核被炒掉。

可对于程然来说，他担心任何事，也不会担心自己拿不到一个终身职位。

在香港的早上八点，波士顿的晚上九点，她寄出了离婚协议的电子档，要他签了字将文本寄给她。

程然在十七个小时后，波士顿的下午四点，香港时间的凌晨三点发了条信息给她：不要再给我发这种东西，你想离婚就走民事诉讼，分居满两年离婚。

苗小青七点醒来才看到这条消息，在这之前，程然一共撤回了六条消息。

她紧皱着眉头出神，把手机朝旁边一扔，听到“砰”的一声，她转过头，手机撞翻了程然做的植物标本，玻璃瓶滚到床头柜的边沿，就要跌落——

苗小青眼皮一跳，什么都没来得及想，就探出身去，连人带被子地滚到了地上。

玻璃瓶不偏不倚地砸在她的胸口，闷沉的钝痛感让她再次皱紧了眉头。

她小心地抱着玻璃瓶从地上爬起来，瓶子里的草随着暗黄液体舒展，摇曳着草叶。

她不敢再将它摆在床头柜这种危险的地方，连忙去外面找了个鞋盒出来，铺了几层防尘袋，才把玻璃瓶放进去。

关于程然的东西很少，苗小青把房子翻了个遍，又找到了他送的那本《量子多体理论》签名书。

还有那张银行卡。

这个得寄给他吧。

苗小青记得程然给她时，里面余额是七万多，虽然她从来没动用过这张卡，但她还是去了书房，开电脑登录网上银行确认。

余额的页面刷出来后，苗小青看到数字以为是自己眼花了。

她又定睛去看。

余额多了二十万。

她急忙查询交易流水，转款时间是去年圣诞假他回国期间，备注是：家用。

家用！

六万美金的年薪，在波士顿那种高消费的大城市，他是怎么攒下二十万的？

到底是怎么攒下的？

一定是为了省钱，吃没好好吃，住没好好住，省下的钱都给她了。

这个笨蛋！

难道她没有收入吗？

苗小青按着揪痛的胸口，弯腰趴在桌上，往事历历在目，她的心痛得几乎不能呼吸。

一个早上，她靠墙坐在地板上，抱着装着书和植物标本的鞋盒，神情失魂落魄。

直到导师打电话来叫她去办公室讨论，她才将鞋盒收起来，洗漱完毕后，她看了眼时间，下午两点。

波士顿凌晨三点。

她换好衣服，站在窗前给程然发了条消息：能跟我谈谈吗？

消息没有发送成功，系统提示：你不是对方好友。

苗小青先是心脏一紧，随后脑子空白了很长一段时间。

回神后，她才发现自己握着手机的手竟然在抖，接着发现心脏在抖，身体也在抖，她颤抖着手，连续发了几条信息——

为什么？

为什么？

为什么？

每一条前面都有一个红圈，她这才确认程然删了她好友的事实。

她点到验证好友的界面，在对话框里打了三个字：为什么?

手指滑到发送界面，却没有点确认。

去学校的路上，她都在想各种理由，是不是他误删了，工作忙还没发现？是不是他一时冲动，这时气消了，说不定正在加回来。

她隔几分钟就去刷手机，没有收到好友添加的信息。点开他的朋友圈，封面图片是一条吞了自己尾巴的蛇，寓意着最小尺度和最大尺度之间的统一，也就是物理学的终极目标——“大统一理论”。

她曾经还因为这张封面，吐槽过他是个冰冷无情的理科直男。

封面图片下面是一条更冰冷的直线和一片更无情的空白。

苗小青把手机收进口袋，走到老板办公室门口前，她先走到安全通道，拿出手机来看，有两条未读新信息。

她连忙点开，是徐浚发来的。他发了一长串惊掉下巴的表情，后面跟着文字：程然竟然发朋友圈了！还是文青的呻吟！你俩怎么回事?

下一条信息是徐浚发来的截图。

苗小青点了大图看，是程然那条吞尾巴蛇的封面，下面是仅有的一条纯文字的朋友圈，发送在一小时前——

【怕我整天盯着你的头像发呆，怕我每隔几分钟就去刷你的动态，怕我忍不住发信息给你，怕我控制不住说出难听的气话，怕听到你又说出让我伤心的话……就这样吧，希望一切如你所愿！】

苗小青慢慢地靠着墙壁，闭上眼睛。

只要闭上眼睛，太平洋都可以被折叠起来，阻隔他们的一切，公路、山林、道路……都被折叠起来，程然就在她面前，与她默默相对。

他疏淡的眉毛，漆黑的眼眸，透出隐隐的哀伤，跟她说：就这样吧。

就这样结束。

如你所愿。

两行温热的泪从她闭着的眼角渗出，寂然无声地淌过太阳穴，她默默地在心里对他说：就这样吧。

去找一个全心全意爱你的妻子。

我这样的，你忘了吧。

她睁开眼睛，眼前的世界在她心底沉入一片黑寂。

此后的日子照旧，白天十二个小时以上的科研，吃饭十分钟，睡觉六小时，剩下的时间，苗小青不是在讨论就是在读文章。

没有了程然，生活似乎并没有改变。

只在偶尔的深夜，她总是反复地做着一个坐车的梦，车行驶在荒寂的平原上，她随着车的颠簸而摇摇晃晃，车一直向前开，仿佛没有尽头。

梦到最后，车停下了，她在车里万分焦急地寻找丢失的东西。

焦灼的心情总能将她从梦境中唤醒。

躺在床上，窗帘透进的光和窗机空调的噪声，让她逐渐回到现实。她摸到遥控器，关掉冷气，才撑着身体回想着这个似曾相识的梦。

那次冰钓回来，她睡了一路，下车前，她也在寻找什么。

她揉了揉额头，抓起手机，屏幕上的时间显示七点。她查了邮箱，没有新邮件，起床换了身速干运动衫，就拦了辆出租车去了西区。

她在石塘咀图书馆下了车，几分钟后，徐浚从旁边的一栋唐楼出来，两人会合后步速很快地往山上走，穿过薄扶林道，到了卢吉道他们的速度才慢下来。

苗小青趴在铁栏杆上喘气看风景。雾霭渐渐散去，数码港和蔚蓝的海面遥远而清晰地呈现，船只拖着长长的白浪，鸣着笛划过海面。

徐浚每周都会来爬山，对于太平山登山径的风景已经审美疲劳。他背靠着栏杆，问苗小青："怎么突然想到做掺杂了？"

"万一解释了高温超导呢？"

徐浚的眼睛瞪得又大又圆，然后发出一阵爆笑："那可不得了，三十来岁拿个诺奖，你就是下个杨先生和李先生。"

苗小青横他一眼："咱们组必须得这么聊天吗？"

徐浚止住笑，很正经地说："掺杂至少得算两三年，你真的不打算申青千了？"

"我对短平快的研究没兴趣。"苗小青说，"照我这个速度，五篇 PRL 一作，打死我也弄不出来。"

徐浚站直身体，面色逐渐恢复一本正经："要不还是跟你们系做实验的聊聊，搞点短平快的，人总要跟现实低头。"

苗小青摇了摇头："不要。我不想去蹭热点，搞社交。"

"你一篇 PRL，一篇 Nature comm，也才两篇，青千函评都过不了。又不是水平不够。"

苗小青无所谓地说："评了青千还想着杰青，杰青评上了又准备评院士，这多累啊？我是为物理工作，还是为这些‘帽子’工作？”

徐浚看着她，忽然说道：“程然在 Caltech 入职了。”

苗小青愣了一下，露出笑容：“意料之中的。”

“你什么打算？”

“导师要给我转 RAP。”苗小青说，“你呢？”

“先做三年 RAP，能在香港找位子就在香港找，”徐浚说。

苗小青笑着说：“看来我就算回了内地，还能经常来香港。”

“岂止，”徐浚说，“加州还有两个呢。”

苗小青牵强地笑了下，两个，一个从来不跟她联系，另一个删了好友，到头来，她只剩徐浚一个师兄了。

有些事，她不想瞒着他。

“我跟程然离婚了。”

“什么？”徐浚惊得脚下一个趔趄，“什么时候的事？”

“现在在分居当中，”她说，“还剩半年就彻底离了。”

徐浚半晌没有言语。

接近山顶，游人开始密集，徐峻站在路边，转过身问苗小青：“你还好吧？”

一句关切让苗小青的泪水蓄满眼眶，她转开脸，偷偷抹了下眼睛，才转过来面对他，笑着摇头说：“没事。”

徐浚叹了口气：“走吧，师兄请你喝酒。”

他们坐了山顶缆车下山，去了大埔一家开了三十多年的大排档。

坐下后，徐浚豪气地点了避风塘炒蟹、芥末手撕鸡、椒盐九肚鱼……直到服务员提醒了两次够了，他才作罢。

啤酒上来，他给苗小青倒酒：“这里离你住的地方不远，喝醉了我打车送你回去。”

“那我真的放开喝了。”苗小青笑眯眯地说。

似乎有这么个说法，人在难过的时候喝酒容易醉。

苗小青喝了三瓶眼前就起了大雾，四瓶已经坐不稳了。

大排档的生意异常火爆，有人站在他们后面等位。徐浚结了账，扶起趴在桌上，醉得像烂泥的苗小青，拦了辆出租车把她塞进去。

徐浚刚坐进去，还没坐稳，司机扇了扇鼻子，一脸嫌弃，然后猛踩一脚油门，车就飞了出去。

苗小青软绵绵的身体被甩着撞到车门上，徐浚抓紧拉手，大声咒骂一句：“Stupid（蠢家伙）!”

司机也低声用粤语回骂了一句。

徐浚听不懂，暂时也顾不上，把苗小青拉回来，低声问了一句：“撞到没有？”

苗小青醉得根本没有意识，徐浚只好扶正她，刚让她靠着椅背坐好，替她系好安全带，司机上了高架桥，转弯时又故意甩车尾。

眼看苗小青又要被甩出去，徐浚眼疾手快地拉回她，心头火起，也顾不得别的，对苗小青说道：“我反正就你这么一个师妹，跟亲妹妹没什么区别。”

他说完一条胳膊揽紧苗小青，手掌护住她的头，另一只手稳稳地抓住拉手，摆开阵势，开始用英文骂这个司机。

他骂一句英文脏话，司机就回一句粤语脏话。司机听不懂他骂什么，他也听不懂司机骂什么，但都清楚对方在恶毒地骂自己，所以也照样骂得起劲。

快到苗小青楼下时，徐浚才察觉到不对劲。七月正值酷暑，他穿了件速干运动 T 恤，下山时就干了。

然而此刻他明显感觉到肩膀上的衣料又湿了一块。

他抓着苗小青的肩膀，把她扶正，才看到她眼圈发红，满脸的泪水，不知道哭了多久。

他一连串问道：“你这是怎么了？不会是撞的吧？要不要去医院？”

苗小青耷下脑袋，轻轻地摇了摇：“我没事。”

她把头转到一边，拿手背抹眼泪，越抹眼泪流得越凶。

在徐浚用手臂稳稳地揽紧她时，她想起来了，那被她遗失在那辆七人座面包车上的东西，是程然对她的真实感情。

那时，他用力地抱紧她，几乎是勒着她一样，那是他第一次流露出他面对这段感情的脆弱和不安。

他从一开始就在乎她。

也从一开始就知道这个结局。

他对她的在乎超过了她的想象。

可最终，她还是逼迫他接受了她。

车子猛地刹住，苗小青的身体冲出去，又弹回来，她麻木地解开安全带，拉开车门下车。

在她后面的徐浚，下车前又骂了一句英文脏话。

这句脏话，倒是很匹配这个垃圾司机的开车水平。

苗小青乱七八糟地想着，听到徐浚问她：“要我送你上去吗？”

她摇了摇头：“不用。”

“那你进去吧，”徐浚说，“看你进去，我也就走了。”

苗小青冲他挥挥手：“谢谢你，师兄！”

“别想多了！”徐浚说完，看了眼她脸上未干的泪水，叹息一声，朝她挥了下手。

他站在原地，看到苗小青歪歪扭扭地走到铁门前，输了门禁密码，进了里面，才朝地铁站的方向走去。

第十章 / 余生

苗小青，我可以回国娶你了吗?

1

苗小青一年半博后，加上一年的研究助理教授，两年半的时间，她开始挑战非常难的掺杂，一脚又踏入高温超导研究。

最终她也只有三篇一区一作，研究生时期的一篇 PRL，博后时期的 Nature Comm 和一篇 PRX（*Physical Review X*《物理评论 X》）。

八年时间，她终于摆脱了普通一本经历的负面影响，以她的科研水平，相对公平地入职了上海一所中游 985 大学。

青年千人评选她递交了材料，没有意外的是，在函评阶段被刷，没能进入面试。

成为导师后的苗小青，生活没有太大的改变，学校和家两点一线，每天十个小时的科研，每周组会，平均两个月参加一次学术会议，寒暑假去别的学校访问。

会议室的灯光亮着，每周三晚上七点到九点是组会时间。

晚上七点刚过，两个博士生、两个研究生依次坐好，苗小青坐在最前排，手里拿着一支激光笔，无意识地转着，眉眼间透出凝思的神情。

一个穿白 T 恤和灰色工装短裤的男生站在白色幕布前讲解：“我计算了关联函数随着距离的变化，然后进行拟合……”

听到这里，苗小青微抬起手，激光笔的绿点指着屏幕上的某个图说：“这里不对，准一维你怎么能算出长程有序？”

男生神情有点蒙，似乎完全没听懂她在说什么。

苗小青看到他的样子先是生气，随即又想到了学生时期的自己，不由得放缓了语气说道：“你是用的什么函数进行拟合的？把原始数据和你的拟合给我看一下。”

男生在电脑上调出了结果，投到屏幕上。

苗小青朝屏幕看了一眼，激光笔指着屏幕的一处：“你看你用的函数就不合理，准一维应该用指数函数或者幂次函数。而且你这里的数据拟合得很不好，这个结果很明显是不可靠的。”

男生苦恼地挠了挠头：“我回去再好好想一下。”

“这还要想？”苗小青的火噌地窜到头顶，“我都告诉你怎么做了，你还要想？”

男生缩了下脖子，立即改口：“我回去重新做。”

苗小青深吸一口气，压住火气说：“你回去分别用指数衰减和代数衰减的情况进行拟合看看结果。”

男生悻悻地下去了，苗小青直接点了一个学生的名字：“周远，讲下你最近做的吧。”

坐她后面的周远将笔记本上的图投到屏幕上，站到前面说：“这里是我的一些初步结果，从结果上看，这两个点收敛的还是不错的，但是剩下的几个点的结果不是太可靠。所以这两天我在想各种方法来得到更可靠的结果。”

苗小青听到这思路清晰的讲解，心里顿时舒坦：“你打算怎么做？”

周远说道：“我试着随机生成初始状态，有些改进，但效果还是不太好。我在想还有没有更好的办法。”

苗小青说道：“你可以先保留少一点态，等差不多收敛的时候，再增加保留的态的数量。看看收敛性会不会变好。”

“好的，我回去试试。”

苗小青在心里叹息，聪明的学生就是不同，这才是像样的讨论啊。

她从一个学渣变成教授，对于学渣却不能产生共情，反倒是跟她博士导师江教授共情了。每次她被学生的蠢问题搞到火大时，都不禁在想，当年江教授是费了多大的劲、用了多大的耐心才把她培养出来?

开完组会，苗小青回到办公室，秘书发了邮件给她，她大略地看了一遍，给徐浚发了条信息：师兄，现在方便通话吗?

过了两分钟，徐浚的电话就打过来了。

苗小青接起电话：“刘淼的手续办好了，下周可以让他过来。”

“好的，我跟他说下。”徐浚说，“周远那边的进度怎么样？”

“他毕业前算不完，博后去你那儿再接着算吧。”苗小青说。

“那你让他下学期来我这儿访问一个月，”徐浚说，“我跟他聊一下。”

“好的。”苗小青想了一下说，“刘淼来的时候我应该不在。我妈妈身体不好，我要回趟家。让他来了找我的秘书就行。”

“嗯。”徐浚在那边沉默了一下，“明年夏威夷的 March meeting（三月会议）你去吗？”

“不去。”

“程然也不一定参加，再说参加也不一定遇到。”

“跟他没关系。”

“新闻你看了吗？”

苗小青怔了怔，随即明白他说的是程然获得物理新视野奖的新闻。她淡淡地“嗯”了一声，听筒里响起徐浚女儿甜甜的叫声：“小青姑姑好！你什么时候来看我？”

“元元！”苗小青的脸上露出笑容，“圣诞节我邀请你跟爸爸妈妈来上海玩好不好？”

徐浚在旁边吼女儿：“你怎么还没去睡？妈妈呢？”说完对苗小青匆匆道，“有空再聊，我先把她哄睡。”

挂了电话，苗小青打开手机网页，点开新闻里程然的半身像大图，疏淡的眉毛，漆黑的眼眸。不知道他是根本没怎么老，还是选的年轻十岁的照片，除了面孔更加冷硬坚毅以外，他的头发依旧浓密，神色依旧淡漠。

她闭上眼睛，将太平洋和高山、森林、公路都折叠起来，仿佛又与他默默相对。

然而她却已经想象不出，他是什么样子，他会对她说什么。

时光流逝了七年，那些记忆里的人和事，终究是无法阻止它们变得越来越淡薄。

苗小青心急如焚地回了杭州，却并没有见到病得下不来床的妈妈，她不由得对坐在沙发上吃水果的妈妈大发雷霆。

“您骗了我多少回了？”她气得围着桌子打转，瞪着旁边吃水果的父亲，“爸爸您也不跟我说实话，你们知道我多忙？马上要开学了，我下学期的课还没备呢。”

苗伟峻默不吭声，退休后，他最担心的就是女儿当初偷偷结婚，又偷偷离婚，而他还是帮凶的事，被妻子发现。

他现在每天做做小投资，在城郊弄了块农田种种无土蔬菜，而大龄单身的女儿把妻子的火力都吸引去了，现在他的日子悠闲又舒坦，如果几年前的事东窗事发，他的好日子就结束了。

他咳了一声：“我要出去一趟。”

女儿大龄单身，他不是不急，可妻子找来的那些年轻人，他一个也看不入眼。

程然那个当初他怎么看都碍眼的女婿，现在倒变成珠玉在前了。

“我跟您一块儿去。”苗小青连忙拖住父亲。

苗太太把水果叉摔到桌上，叫住苗小青：“明天中午，你去凯悦见见人家，见完你要回学校我不管你。你要是不去，开学前你都得给我待在家里。”

苗小青投降：“行行行，我见，我见，好了吧。”

程然的人生哲学让她跟母亲的关系顺遂了不少，每次看到妈妈试图用她那一维的抽象思维试图打败她时，她总是立刻顺从，然后该怎么办还怎么办。

想到这里，她索性松开了父亲的手臂：“我不去了。”

苗伟峻见风波过去，看了一眼窗外：“突然有点困，我先午睡会儿。”

说完在苗太太的瞪视下，他上了楼回了房间。

第二天，苗小青一个早上都在备课。十一点钟，她才从房间里出来，头昏脑涨地找到车钥匙，刚拿到手上，就被苗太太拿走。

“西湖那么堵，开什么车啊？”苗太太说，“你打个车，到附近了下车走过去。”

苗小青想想也有道理，叫了辆车去凯悦。

服务员领着她到预订的位置，一台四人小圆桌。桌边坐着一个穿着相当体面的男人，他低着头，不知道在想什么，蓝灰色衬衫烫得一丝折皱也没有，发型齐整却不呆板，腕表一看就价值不菲。

苗小青很意外，以前被逼来相亲的对象条件不错，但是像这种无论气质、品位、财力都彰显到极致的对象，却是第一次。

意外的是，她还感到有些眼熟。

正思索着，男人抬起头，见到桌子对面的她，立刻站了起来，朝她露出一个笑容：“来了，快坐。”

他笑的时候眼尾上翘，眼里有光在流淌，却仿佛怎么也淌不出那双漂亮的眼睛。

“贺晖？”苗小青脱口而出。

贺晖的笑容消失了，嘴角因激动而微微颤抖，随即就被抿紧：“你还记得我的名字？”

苗小青难得产生了遇到故人的惊喜，又去看他，和十多年前相比，现在的他成熟内敛，不再是什么表情都流露到脸上，就连激动也只是短暂地一闪而逝。

一个标准的成功人士。

“看样子，你继母输了？”苗小青说。

贺晖闻言先是怔忡，随即发自内心地笑了起来。这十几年，他被社会历练得不露声色，她却还是那个握着刀子直直捅过来的她。

那个催促着他成长，独立，变得优秀的她。

“她已经不是我家的人了，现在家里就三个男人。”他一言带过，替她拉开椅子，“坐吧。”

苗小青坐下道谢，把包放在旁边了才问：“真没想到是你。”

贺晖笑着问：“一生中四次偶遇的概率是多少？能算出来吗？”

苗小青摇了摇头：“不是偶遇。”

贺晖的笑收住，有些挫败地说：“高智商的女人还真是难骗。”他坦白，“是我跟梁阿姨毛遂自荐的。”

苗小青还是摇头：“还有呢？”

贺晖无奈地举起双手：“老实说，第一次在那家店见到你，其实是我正好从外面路过，在落地窗外见到你，就进去了，故意跟你抢那条围巾。”

他没说的是，当时他不想回家，在异乡城市待得又无聊，看到一个漂亮又温和的女孩儿，以为很好搞定，却没想到会把他十几年的时光都搭进去。

苗小青喝了口水，说：“我的车也是你故意撞的。”

贺晖抬手，尴尬地遮住眼睛，过了几秒才放下来，尴尬地笑了笑：“想借着修车的名义，可以名正言顺地给你打电话。”

他一个接一个的套路，却没有一次能套住她。

服务员过来点菜，苗小青把菜单递给他：“你点吧，我很少在外面吃饭，不知道哪些菜好吃。”

贺晖点完了菜，见苗小青拿着手机在看，便趁机去仔细端详她。

和十年前比，她成熟了很多，那双温和的眼睛，看着人时偶尔会闪过凌厉。原因很好理解，毕竟她现在是 985 大学的教授，还像从前一样温和，恐怕压不住年轻气盛的学生。

他靠着手机里的一张侧颜，一张睡颜，牢牢地记住了她的轮廓。

因此，隔了这么多年再见，她刚一出现，就跟他记忆里的轮廓完全吻合。

“你现在在做什么？”苗小青问，“继承家业了？”

“不完全是。我爸半退了，他的公司我在管。”贺晖说，“毕业后，我收购了一个英国的时尚小品牌，针对年轻消费群体，主要销售渠道是电商，砸了五年的营销推广费用才扭亏为盈，目前一年的营收接近十亿。”

他说完不禁有些脸红，这感觉就像是个炫耀玩具的小孩子，幼稚又虚荣。可这么多年，他拼命去赌，去奋斗，不就是为了这一天。

在她面前，他不再是个一事无成的小混混。

“真厉害！”苗小青夸道，“你可以一直过着奢侈的生活了，不用担心哪天穷了怎么办。”

贺晖又是一怔，随即将手盖在嘴边，不可抑制地笑了起来。笑了好一会儿，他才对一脸莫名其妙的苗小青说：“你就不能给我留点面子？总要抖出我年少无知的那些事。”

苗小青也有点不好意思：“抱歉，我这人其实不太会聊天。”

“没事。”贺晖说。

这样很好！她还是以前的性格，还是他喜欢的那个样子。

他爱而不得这么多年，遇到过那么多人，不是没去尝试过相处，只是一聊天，那些迂回的话术，或是天真的仰慕，都不是她给他的感觉。

她是黑夜中的一盏灯。

在他混沌、迷茫的时候突然照进来，她专注地推导公式的样子，让他看见了同龄人截然不同的活法。

年轻不应该在叛逆和颓废中虚度，拼搏的日子才更具有生命力。

也因此，他放弃了讨好她妈妈的邪门歪道，认真地思考未来，思考怎样才能成为她一样的人。

或是变成一个配得上她的人。

这是她在他生命中的意义。

他将思绪收回来，看向已经吃完的苗小青，也赶紧放下了筷子。

她喝了口水，就去看手机时间。以贺晖对她的了解，下一句就是道谢，然后丢给他一句“我还有事，你慢慢吃”就跑。

幸好他早有准备，这次他抢先问：“吃好了吗？”

苗小青点点头。

贺晖叫服务员过来买完单，见苗小青正要开口道别，他抢先问道：“你开车来的吗？”

“不是，我叫的车。”

“那我送你。”

“不用了，叫车很方便的。”

“我的司机已经在门口等着了，不是更方便？”贺晖不由分说地领着她往门口走。

苗小青见状也不再说什么，跟着他走到门口，就见到一辆银灰色的宾利轿车，司机下车打开了后座的门。

苗小青坐进去，一边系安全带，一边对随后坐进来的贺晖说："不开保时捷了？"

"保时捷自己开，"贺晖说道，"不过是炭灰色的，也不是跑车。"

苗小青"噗"地笑了："开跑车也没人说你什么。"

车开出酒店就堵死了。

苗小青的手肘支在车窗上，看着旁边一动不动的车龙，转过头来盯着贺晖："其实我走两条街再打车就不会堵了。"

贺晖尴尬地抹了把脸，假装听不懂。

苗小青也没揭穿。

车堵了一个小时才顺畅地开起来，到苗小青家门口的时候，已经是下午三点。

她站在车旁，正要道别，贺晖抢先问道："我……还是不行吗？"

苗小青连犹豫都没有，摇了摇头。

贺晖的手握成拳头："我不是以前那样了。"

他深吸口气，让自己冷静下来，才抬起脸，认真地凝视着她说："跟我在一起，你可以想做什么就做什么，我绝对不干涉你；我不会让家务琐事去打扰你，你绝对可以专心科研；婚前我会把所有的财产都列好清单给你，绝对不会发生转移隐瞒财产的事；你上班的时候我也工作，你放假了我就带你去旅游放松心情；我年轻时虽然一无是处，但是绝对懂得享受生活，所以你什么都不用为我做，只要接受我，我就会把我们的生活安排得井井有条，让你每天都过得舒心。"

他一连串地说完，拉起她的手握住，神色诚恳地哀求："给我一个机会，求求你！"

苗小青慢慢地垂下视线，看着被他握住的手，又慢慢将视线转到他脸上，轻声说道："你年轻时也没有不好。"

贺晖的眼睛霎时流露出惊喜的光芒。

苗小青不忍地垂下视线，看着砖缝里挤出的青草说："其实他也说过，我最好的选择是你。"

"他……是谁？"贺晖问。

苗小青没回答他的问题，说："不是你不对，是时间不对。你明白吗？"

贺晖眼里的光逐渐黯淡下去。

苗小青接着说："理智上应该跟你在一起，但是情感上不能接受。"

"你是一个理智的人啊。"贺晖焦急地说道。

苗小青很慢地摇了下头，随即抬起脸，眼里隐隐有着湿润的水光。

"你会拼了命去喜欢一个人，其实是因为你拼了命也忘不了他。"她停顿片刻，"这个道理，我想，你懂。"

贺晖心底那点微弱的光芒彻底熄灭了，他缓缓地松开了手，垂落回身侧。

"是，"他痛苦地承认，"我懂。"

苗小青伸出手，拍了拍他的手臂："保重！"

她说完，转身进去。

贺晖的身体靠在车门上，目光出神地望着那扇门。

2

苗小青回到家，逃似的打包行李回了学校，继续过她朝九晚十的生活。

过完年，她收到了 Gordon Research Conference（简称 GRC，戈登研究会议）会议组织者的邮件，今年七月份在瑞士举行的关联电子系统会议，她的参会申请通过了。

苗小青登录网站完成会议注册。注册费还真是贵，着实让她肉疼了一把，但是两年一次的关联电子系统会议，交流的都是最新的研究成果，贵也很值得去。

会议前，她收到了电子档的 Program（流程表），打印出来后，她把要听的报告都圈出来，GRC 会议上很多是没有发表的结果，她优先圈没有发表的。

勾了两页，一个熟悉的名字赫然进入她的视线——

Ran Cheng

不一定是程然，也有可能是成苒，她连忙往后看——

California Institute of Technology

她的心在胸腔里剧烈地跳动起来。她连美国的几千人大会都躲开了，却没想到在这个只有一百来人的欧洲小会上即将遇到他。

这次的会议只有一个会场，三天时间，同一间酒店吃住开会，遇到是必然的。

会议邀请的都是领域内举足轻重的人物，苗小青本来没资格参加，是走了黎若谷的后门，才通过了申请。

而程然是被会议组织者邀请去做报告的。

在理想中，只要她足够努力，假以时日，他们之间的差距会越来越小。

但残酷的现实是，程然工作一小时能抵上她五至十小时，所以不管她怎么努力，时间越长，他们之间的差距只会越来越大。

十几年前，她还能跟他同在一个办公室，现在她勉强能跟他在同一个会场；十年后，可能她连远远看他一眼的资格都没有了。

苗小青按住额头，脑子里忽然闪过一个念头——

现在还能亲眼看到他，对她来说，无论如何都是一件好事。

她收起思绪，发信息让秘书去办理签证和其他手续。

这学期，她最满意的一个学生周远毕业，忙完他的毕业论文和答辩，暑假也到了。

七月底，她从北京飞往苏黎世。下飞机后，她在苏黎世中央火车站转乘火车，一个半小时就到达了位于伯尔尼东南方的小镇。

会议开幕晚宴上，科维里理论物理研究所的 Leon Balents 在台上致辞，他是会议的组织者之一。苗小青对这位顶级大佬的名字相当熟悉，他是杜弘在 UCSB 的导师。

杜弘跟程然是同一个方向，合作也多，因此在那个时期，这位大佬的署名经常和程然出现在同一篇文章上。后来杜弘去了斯坦福入职，才渐渐没有出现了。

苗小青虽然跟程然失去了六年半的联系，但只要有程然署名的文章她都会去找来看，即使是不怎么重要的工作，署名排在很后面的那种文章，她也没漏了。

因此在晚宴上，她立刻认出几个跟程然关系不错的物理学家。

程然现在也能被称之物理学家了，不再跟她一样，只是一个物理工作者。

一百多个人很好认，而亚洲人才二三十个，但是她没有找到程然。

苗小青跟两个中国人坐在一起，晚宴前互相介绍过，一个来自港科，叫陈敏；一个叫王珈宏，来自复旦。

国内强关联领域的圈子很小，随便一聊，老板都是熟人，尤其陈敏，他跟徐浚还是同一所学校。

这两人也就完全没顾及苗小青，讨论了一会儿就开始八卦。

搞物理的共同点，最热爱的是物理，其次是八卦。

苗小青边吃边听他们聊着圈子里几个认识的人，正听得津津有味，一个名字钻入她的耳朵。

“听说程然在申请大千人，他不会准备回国吧？”陈敏说。

“咣”的一声，苗小青的餐刀磕在盘子上，两人都停了八卦，看向她。

苗小青冲他们抱歉地一笑，心里暗自懊恼，怕这两个人不聊了，她也加入了八卦：“程然在 Caltech 应该已经 tenure 了吧？还回国干什么？”

“就是 tenure 才回国啊，”王珈宏说，“三十四岁的大千人，啧啧……”

“也未必评得上啊。”苗小青说。

“Caltech 的副教授评不上？”王珈宏说，“开什么玩笑？”

“他拿了新视野奖，Caltech 的正教授也很快了，”陈敏说，“这个时候回国很奇怪啊。”

王珈宏哼了一声：“去年他来我们学校访问，我们还讨论过。今年年底他开始学术休假，这一年也是定了来我们学校访问。我们学校已经在出大力拉拢了。”

陈敏摇头：“这个消息不准，他回国肯定是清华，怎么可能去你们学校？”

“那就看条件啦。”王珈宏说，“清华也就是给点资源，我们学校给钱又给资源，年薪翻倍，八位数的经费不在话下，是你，你来不来？”

陈敏闭紧了嘴巴。

“照你这么说，”苗小青接过话，淡淡地说，“我们学校给他建个研究中心都可以，那他就会来我们学校？”

王珈宏也闭紧了嘴巴。

苗小青把天聊死了，三个人安静地吃饭。

陈敏不时抬头，用深思的目光看她。过了一会儿，他突然一拍桌子说：“我知道了！”

苗小青和王珈宏都抬起头来看他。

陈敏问苗小青：“你是徐浚的师妹吧？”

苗小青疑惑地看了他一眼：“嗯。”

“程然的前妻是徐浚的师妹，徐浚就一个师妹，”陈敏得出了结论，“所以你是程然前妻。”

“啊？”王珈宏惊讶地张大嘴巴。

苗小青紧捏着餐刀，在心里狠狠地骂了徐浚一顿，他那大嘴巴的毛病怎么都改不了。

骂完，她镇定地说道：“你听错了吧，我师兄经常误传八卦。”

“不是徐浚说的，”陈敏说，“是程然自己跟我们说的，前妻是徐浚的师妹。”

苗小青一愣：“他说的？”

王珈宏摸摸下巴，眼睛一亮说：“我想起来了，程然也跟我们说过，你是做张量网络的吧？”

苗小青的额头青筋直跳，那人是怎么回事？从来不八卦的人，却到处跟人散布自己的八卦。

“你俩的关系，圈子里的人都知道。”陈敏拿着餐刀在空中虚画了个圈，“虽然可能很多人不认识你，但只要稍微打听一下，就能对上。江远平的学生，杜弘跟徐浚的师妹，赵明的博后，做张量网络——”

苗小青听他把自己的履历如竹筒倒豆子般数出来，捏着餐刀的手骨节泛白。

接着，她又听到王珈宏问：“你竟然完全不知道吗？”

苗小青的脑子里嗡嗡作响，她放下了餐刀：“你们慢慢吃，我想起还有个邮件要回。”说完就站起身走了。

王珈宏和陈敏互看了一眼。

王珈宏说：“程然这操作也真是绝，谁要对她有意思，就算一开始不知道，聊一杯茶的工夫就能对上。物理圈的女生，也没空去圈子外找。”

陈敏点了下头：“这么好的条件，搞不好现在还单着。”

王珈宏惋惜地说：“跟程然还挺般配的。”

说完摇摇头，就听到有人喊他的名字：“珈宏！”

王珈宏抬起头，嘴巴张得能塞下一个鸭蛋：“程然！”

程然在他们对面坐下，跟陈敏打招呼：“徐浚来了吗？”

陈敏笑道：“他忙着申 tenure，没空。”又意有所指地问，“你怎么才来？”

“刚在房间里回个邮件。”程然说完才低头看了眼桌面，盘子里还剩了点沙拉，桌面放着一部手机。

他问：“这里有人坐？”

“你前妻！”两人异口同声地回道。

程然面色一怔：“谁？”

陈敏说：“徐浚的师妹，”说完又睨他一眼，“你不回那个邮件就碰上了。”

程然仿佛还在琢磨陈敏的话是不是真的，会议的 Program 里只有做报告的人的名单，苗小青那个水平，在国内还算不错，放到世界范围，连参会都勉强。

所以他很意外她居然在。

但他还是要慎重地确认，毕竟这些搞物理的，除物理以外的任何消息都不可靠。

他拿起桌上的手机，屏幕是一张再熟悉不过的照片。那次在西湖，他俩戴上戒指后，苗小青拍了这张照片，当头像用了很多年。

他心头的情绪剧烈翻涌着。

手机是人脸识别的高级手机，几次没识别成功，就弹出了密码键盘，他不假思索地按了几个数字，立刻解锁了。

这么多年过去，她的密码还是他的生日。

他按到通讯录，在序列里寻找 L，那个早就停用的号码她也还存着。

一阵脚步声响起，程然关了手机，在王珈宏和陈敏诧异的目光里，他将手机揣进了外套口袋。

他刚坐直，苗小青就“噔噔噔”跑过来：“我的手机好像没拿。”

说完，她弯着腰，目光在桌上仔细搜寻，微微转过脸，就对上了程然漆黑的眼眸。

苗小青身形一晃，瞬间像被吸进一个深不见底的洞穴，一直往下坠，始终到不了洞底。

她心慌神碎，连忙垂眸躲开他的眼睛，双手撑住桌沿，才勉强站直身体。

“你们谁有手机，可以借我打下吗？”她说着，目光看向陈敏和王珈宏。

“好！”

王珈宏说着去摸手机，却看到程然把自己解锁的手机递给她。他和陈敏互看了一眼，彼此默契地交换了眼神，于是都抱着手臂，完全没有借她手机的意思。

苗小青只好接过程然的手机，在程然收回手的那一瞬间，他无名指上的银光一闪。

苗小青定睛去看，瞳孔像被针扎了一下，那是卡地亚的经典 love 系列戒指。

她低头看着程然的手机，即使他的年薪二十万美金，他依然只用两千块左右的国产手机，所以他不可能去买个卡地亚的戒指自己戴着。

她抿紧嘴唇，不泄露一丝表情，拨了自己的手机号码放到耳边，很快她就拿下来，又拨了一遍。

“关机了。”她把手机还给程然，像丢了魂似的，谢谢也没说一句，就转身离开了餐厅。

回到房间，苗小青像木头僵立在窗前。现在是晚上六点半，日光却还照着远处山脉上的积雪，山坡绿草如茵，山脚下是蔚蓝如镜的湖泊。

小镇的风景如画，苗小青却无心欣赏，眼前不断闪现程然无名指上的戒指。

她的心痛得揪起。

原来当他真的找到合适的人，与她完全无关时，她的心真的会痛得想死掉。

悔意几乎把她淹没。十几年来她没有一次想过转行，但这短短的十分钟，她已经假设过很多次，如果当时转行，跟他来美国……

她按着胸口，弯下腰撑着桌子，豆大的眼泪砸到了漆红的桌面上。

可现在一切都晚了。

那些过往还历历在目，他捡起白桐花放到她掌心里；被黎若谷训斥时他在桌下握住她的手；他把疲劳过度的她背出办公室；他在实验室泡了十五天给她做新年礼物；他从背后抱住问她要不要把自己给他……

他把她抱得高高的，说苗小青，我最喜欢你这么喜欢我。

……

转眼他就变成了跟她无关的人。

她的身体从桌子上慢慢滑下来，跪在地板上，按着痛得仿佛肝肠寸断的胸口，浑身颤抖着发出号啕的哭声。

她哭了不知道多久，刚要止住哭泣，一个悲伤的情绪涌到嗓子眼，又哭得撕心裂肺。

她把丢了的手机忘了，把明天的会议忘了，把她的身份忘了——

她仿佛跟这个世界失去了联系，就像懵懂无知的小孩子，没有吃到冰激凌比房子塌了还难过。

程然变成了别人的，比世界末日更让她绝望。

她像丢了魂魄一样，勤奋了三十几年，从不懈怠的人生，突然间变得没有任何意义。

第二天她没有去开会，也没有下楼用餐，就一直躺在床上，睡一会儿，醒一会儿，睡不了太长时间，也没有梦。

因为还没开始做梦就醒了。

她的眼睛即使闭上，眼前也仍是一片刺眼的白光，或是走马灯一样闪过与她无关的、奇怪的画面，形状诡异的树、巨大闪光的球、色彩灰暗的壁画……

她的大脑没法进入真正的睡眠，也没有办法思考。

人类的正常需求好像也不重要了，她感觉不到饿，也感觉不到渴，不洗澡不刷牙也不觉得脏，躺在床上，手指头动一动都费力。

窗外的太阳升起，落下。

房间里的灯从昨天晚上起就一直开着，她睁着眼睛，一动不动地望着雪白的天花板。

敲门声“咚咚”地响起，她连眼珠都没转动一下。

白天服务员要打扫卫生，来敲了好几次门她都没理会，门把手上挂着请勿打扰的牌子，他们也不会擅自进来。前台也打过电话，她提起听筒就挂断。

敲门声响了三遍就没有再响。

空气又恢复了沉寂，苗小青的大脑又继续放空。

她又看了几分钟天花板，敲门声又“咚咚”地响起。过了几秒，门外响起英语对话，德语腔的英文和中国腔的英文，交流得有点费劲。

程然的英文就跟他的字异曲同工。他从来不肯去练习纯正的英式或美式英语，他说谁有时间去学那个？我一个中国人，说英语有中国口音不是正常的？能交流就行了。

他就是有这么强大的自信。

苗小青的心又痛得一抽，耳朵里又断断续续地传入门口的说话声，程然在说服工作人员给他开门，房间的人可能生病了。

苗小青目前空白得只能装进稻草的脑袋灵光乍现，她蓦地睁大眼睛，程然要进来！

她来不及思忖，就响起门锁转动的声音，程然和服务员一前一后地走进房间。

苗小青闭上眼睛装睡。

程然的脚步声很急，几步就走到了床头，看了她一秒，手掌就覆到她的额头上，然后轻声叫道：“苗小青！”

苗小青想着继续装睡是不行了，真叫不醒她，程然估计就要把她往医院送了。

她睁开眼睛，一看到他的脸，心脏又抽了，她垂下眼睛，问：“你怎么来了？”

“你哪里不舒服？”他焦急地问，“要不要去医院？”

苗小青想着该怎么才能打发他。一想到他已经结婚，属于另外一个女人，她的心就像被人揪着拧了好几圈，疼得她立刻屏住了呼吸。

她竭力用平静而疏远的语气说道：“我没事，就是时差有点难倒。”

程然审视着她：“那也不至于在房间睡一天，连饭都没去吃。”

苗小青的头转到一边：“时差没倒过来，没什么胃口。”

服务员在门口站了一会儿，听不懂他们在说什么，只从表情和语气判断他们确实是认识的，就离开了。

程然又盯着她看了好一会儿：“你真的没事？”

“没事。”

“你是不是忘记什么事了？”

“没有啊。”

“没丢什么东西？”

“没有啊。”

程然在床边坐了下来，苗小青的身体一僵，她丢失的手机出现在她眼前。

苗小青紧闭着嘴，不说话，也没去深究手机为什么在他那里，这些小事一点都不重要。

程然扯开她的被子，一把将她拉了起来：“没事就起来吃点东西。”

苗小青立刻低下头，遮掩住哭得红肿的眼睛，她挣脱开程然的手：“你先出去吧，我饿了会叫客房服务。”

程然没有走：“你这是欲擒故纵？”

“你不觉得孤男寡女共处一室很不好吗？”苗小青咬着牙说。

“呵——”程然讽刺地笑，“你在手机上写那么多想我爱我的话，现在又摆出一副我纠缠你的样子。苗小青，你活得稍微真诚点好不好？”

苗小青震惊地睁大眼睛：“你看了我手机？”

程然解锁了她的手机，点了几下，扔到她的手边，站起来，淡淡地瞥了垂着脑袋的她一眼，什么也没说就往外走。

苗小青看到她的记事本被翻开，一股屈辱从心底涌上来，让她恨不得立刻去死。

她抓起手机就摔到地上。

走到门边的程然转过身，看到摔到脚边的手机，迟疑了半秒，捡了起来，屏幕只是裂了一道细裂。

他忍了忍，教训道：“你这一生气就打人摔东西的毛病是改不了了？”

“轮不到你来管。”苗小青说。

程然冷笑一声：“你三十三岁了，这世上可没有三十多岁的公主。”

苗小青把自己从崩溃的边缘拉回来，抬起脸，冷冷地说道：“你出去！”

她抬起脸的一瞬间，看到了程然惊讶的神色，又连忙躺下来，用被子蒙住了头。

脚步声“噌噌”地响起，下一秒她的被子被大力扯开，她没有丝毫遮掩地暴露在程然的视线下。

“到底发生什么事了？”程然见她把脸转开，把她的脸扳了回来，“是不是你家有什么事？”

苗小青撑不住崩溃了，滚烫的眼泪涌出红肿的眼眶，一阵刺痛，让她根本睁不开眼。

她闭上眼睛，眼泪仍汩汩地从眼角渗出。

“你够了吧！”她捂住眼睛，闷声吼道，“我现在很难受！真的很难受！你要骂我，要羞辱我，要报复我，能不能等等？能不能等我缓一缓——”

她没说完就被程然抱住了。

熟悉的气息袭来，就像经年干燥的木头发出的味道，一点也算不上好闻，可是扑入她鼻尖的那一瞬间，那些身体接触的回忆如潮水涌来。

她的身体紧张得像一根被拉紧的皮筋。

可是不对啊，她拼命地挣扎，却根本挣不开，程然蹬了鞋上床，严实地将她压住。

苗小青抓起他戴了戒指的左手，送到他眼前：“看看，你这是在干什么？”

程然看了眼戒指：“这怎么了？”

苗小青对他的理直气壮简直无语：“你是不是觉得我之前在知道你有女朋友的情况下亲过你，所以哪怕现在你有妻子了，我也会跟你睡？”

程然一怔，刚要说话就被她打断。

“我那时亲你，是以为以后都不会再见了，所以想让你下定决心离开她。我被我妈妈折磨了那么多年，我知道这种感情会让人多痛苦。她自私地做出那种事，想用感情达到控制我的目的，这些你不明白，但是我明白——”

也许是因为屈辱，她又流出了眼泪：“可是现在，我根本不知道那个人是什么性格，对你是什么感情，你还戴着结婚戒指——”

“这不是结婚戒指。”程然打断她。

苗小青肿痛的眼睛睁得很大：“那是什么？”

“单身男人就不能戴戒指？”

“不是不能……”苗小青的脑袋像糨糊一样，但在那混沌之中，突然照进来一抹希望的亮光，“你不会戴这么俗的戒指，这一看就是其他人的品位。”

“是吗？”程然有些挫败地看了眼这枚戒指，思索片刻，又说道，“俗就俗吧，反正都买了。”

“也不是俗，”苗小青想了想，决定不再管戒指，“你真的还单身？”

“有人了还会跟你这样？”

他说完，苗小青才发觉他还压着她，她不自在地扭了下身体，却正好擦到了某处。她有些无语，从以前到现在，他这方面从来没变，一点就着，需求永远旺盛。

程然见她不闹了，躺到一侧，说：“这就是你不去开会，也没去吃饭的原因？”

苗小青没说话，算是默认了。

程然又说道："当初离婚，你可是一点没拖泥带水。那时就没想过万一有这么一天怎么办？"

苗小青低声说道："没看到就等于没发生。"

程然闷笑出声，半晌他才收住笑："这些年你就没有考虑过别人？"

苗小青抬头，白他一眼："你不是都知道？"她才不信徐浚会对他守口如瓶，还有她的手机在他那里一天一夜，该看的都看完了。

"知道是一回事，"程然将她揽过来贴近他，"听你亲口说还是不一样。"

苗小青沉默了会儿，才慢慢抬起手，摸着他疏淡的眉毛和漆黑的眼睛，短短的这么一会儿，塌了的天，又好好地盖在了她的头顶上。

"我想你！"她说，"天天都在想。"

程然抓着她的手放在唇边轻柔地吻着，然后沿着手腕、手臂，又吻到她的唇上。

裂了道痕的手机放在床头柜上，已经熄屏了。

窗外月亮升到山脊上，把积雪和湖泊都照成了银白色。

房间里两人难分难解时，程然仍保留了一丝理智，取了安全套。

苗小青抬手抽走，扔到地上。

程然惊讶不解地看着她，问出了他所能想到的唯一一个可能："安全期？"

苗小青摇摇头："危险期。"

程然的眸色一沉："你确定？"

"确定！"苗小青说，"我们从来都不浪费时间。"

程然笑了一下，抚开她额前汗湿的头发，嘴唇轻柔地印了上去。

3

会议结束后，苗小青的签证离报到学校的出境日期还有两天时间，程然带着她去了阿尔卑斯山的最高峰，被称为欧洲之巅的少女峰。

坐着红色的火车上山，他们只在室内待了一小会儿，就去了室外的雪地。

出口附近的雪被踩踏得脏污，苗小青望着远处泛着银光的积雪："我们往前走走？"

程然看她只穿着一件薄毛衣，问："你冷不冷？"

"还好。去过你家，这都不算什么。"

程然搂紧她，两人踏着被踩得很硬的雪地往前走。

游人渐渐地少了，温度也越来越低，他们走到一个山脊上，劲风呼呼地刮来，仿若凛冬，而山下的草地和野花，却仍被七月的阳光照耀着。

苗小青被冻得瑟瑟发抖，却仰起脸，对程然幸福地笑着。

程然脱了自己的外套给她披上。苗小青见他只穿着一件T恤，要把外套还他，却被程然连人带衣服抱住。

“你以前来过这里吗？”苗小青问。

“嗯，以前到苏黎世联邦理工访问时，来过这里。”

苗小青努力地仰起脸，也只看到他的下巴：“那为什么还要来？”

程然没有回答她这个问题，反倒是松开她，神色愧疚地看着她说：“我们结婚的时候，我什么都没有，也什么都不能给你。”

苗小青捂住他的嘴巴，对他摇摇头：“不说这个。”

程然拉下她的手，在掌心里搓着：“你要离婚的时候，我一开始很怨，很生气。但我用了快七年，才渐渐想明白。”他顿了下说，“想明白了你要的是什么。你要的是我们彼此都没有遗憾、没有负担、平等地相爱，而不是为了爱把什么都放弃了，就为了天天黏在一起。”

苗小青出神地看了他好一会儿，缓缓地露出一个灿烂的笑容。

“我想现在时机也到了，”程然说，“剩下的人生，我不想再去为了巴克利奖、狄拉克奖、诺贝尔奖去努力。我想自由自在地做做物理，其余的时间跟你和孩子在一起度过。”

他把手伸进裤袋里，目光深情而庄重地凝视着她：“苗小青，我可以回国娶你了吗？”

苗小青的眼角泛起泪光，她轻轻点了下头：“可以！”

程然的手抽出来，在她面前摊开掌心，一枚钻戒在雪光的映照下闪着璀璨的光芒。

苗小青看了一眼，是卡地亚的钻戒。

程然拉起她的右手，将戒指缓缓套进她的无名指，然后望着她说：“虽然你觉得俗，可是它太贵了，你将就一下吧。”

“不俗。”苗小青摸着戒指，自言自语地说，“一点也不俗。”

她说完踮脚搂住他的脖子，在雪白的山脉之巅，用力地吻住他的嘴唇。

半晌，他们才松开。

程然抬手，拨开风吹到她脸上的头发，笑着问道：“被求婚你没什么感想吗？”

苗小青认真地想了一下，嘴角轻扬，说道："果然还是有事业又有爱情的感觉比较爽！"

程然微笑着，揽着她往回走："任务都完成了，咱们下山吧，这里太冷了。"

苗小青一愣："任务？"随即就明白过来，他来这里就是求婚的。

在欧洲之巅求婚，理科男直白的浪漫。

以后就算她老年痴呆了，也会记得在阿尔卑斯山洁白的山脊，他给她的无名指套上戒指的这一幕。

她抱住他的胳膊，靠在他肩头的脸微微仰起，跟正低头看她的程然微笑着对视。

他们穿过低矮狭窄的冰雪隧道，走到车站，苗小青总觉得自己有什么事忘记了。直到火车缓缓地开到山下，她才问闭目养神的程然："你是看了记事本才想跟我求婚的？"

程然睁开眼睛："看了记事本只是想和你在一起。"

他话刚说完，大腿就被苗小青狠狠掐了一下。

他没有像往常一样跳起来吼她，而是生生忍了下来，把她揽进怀里，又闭上了眼睛。

这个傻丫头自己说的话都忘了，戒指又不是只买一对，纸婚、木婚、银婚，都可以买。

她也忘了，如果他们不离婚的话，马上就是他们结婚十周年了。

他去卡地亚买了戒指就一直戴着，至于她的那枚钻戒……

他又睁开了眼睛说道："我明天去德国找个人讨论，要待上一周，然后就回中国上海。"

"那你什么时候回美国？"

"九月。"程然说，"十二月开始学术休假，我在上海会待一年，之后处理好就全职回国了。"

他随身带着那枚戒指，原本也是要回国跟她求婚的，可没想到她来了瑞士。

程然透过车窗，望着那高高耸立的雪白山峰。

既然来了，就在阿尔卑斯山脉的最高处跟她求婚吧。

他低头看着怀里的苗小青，她握着手机，已经睡着了。

他的嘴角温柔地弯起，小心地抽出手机，让她的头靠在他的胸口，才点开了记事本，将那几段记录又看了一遍——

【程然，你知道吗？我回科大了，系办大楼外的洋紫荆好像长得更高了，树干也更粗了，我在铺着洋紫荆落叶的灰砖道上来来回回地走了十几遍，听着脚步声空寂地回响，手机播放着我和你，还有杜弘、徐浚、吴繁，我们全员为了庆祝黎若谷离开去吃烧烤那次的录像，那时我们说说笑笑，吵吵闹闹。可现在，我很寂寞，也很惆怅。就像洋紫荆一年四季都会落叶，我也从没有一天停止过想你……】

【程然，我来到了上学时开会的酒店，就是害你摔倒的那个酒店，就是我们在一起的那个酒店。我来到了这片白桐林，你对我说你永远不会放弃物理的这片白桐林。这里的泥土还像那时一样松软，草叶细长，白桐花开了，你还记得白桐花的物语吗？情窦初开！程然，我还喜欢你，我还会喜欢你一辈子……】

【程然，我来到了你的家乡，来到了那条结冰的河，我走进了披着雪挂的寂静树林，听到踩雪发出的咕吱声，流水的小溪冻住了，我走出了林子，躺在结冰的河面上，没有你的脸替我挡住刺眼的阳光，我只好闭起眼睛，想起那时你问我的问题，要不要把自己给你。程然，这一辈子我大概只有你一个人了……】

【程然，我回家了，西湖还是那个走一百米就会被人踩掉十次鞋跟的西湖，我们买戒指的那个路边摊还在，老板变成了之前的老板娘的儿子，我在摊子前看了很久，最后什么也没买。我一个人去划船了，踩得腿软才到了湖心，船像那时一样，在湖心没有方向地漂着，我也像那时一样。程然，我爱你，爱得比你知道的要深，要深得多……】

……

程然把手机音量关到最小，点开了那段视频。

画面里，昏暗的光线，简陋的桌椅，桌上摆着满满当当的油腻的烤串，还有啤酒瓶跟果汁，几个学生气的年轻人松松散散地坐着，杜弘青涩的面孔出现在画面中，接着是苗小青对杜弘说的气话：“今天这么多人当见证，毕业了咱们桥归桥，路归路，以后谁先找谁合作，谁一辈子发不了 PRL。”

接着是徐浚的训斥：“你俩是幼儿园大班？”

……

画面晃动了几下就对着灰暗的天空，和一轮清辉皎洁的明月。吵闹声依旧，直到视频结束，程然却依然记得后面徐浚喝醉了说的话——

“分别有什么好伤感的？只要都还在学术圈，资源就还会共享，谁有难题了随时可以讨论，这叫同门！明白吗？”

程然关掉视频，那时候他们风华正茂，现在已近沧桑。

但他最庆幸的是，自己没有和杜弘一样，在两个选择中放弃了一个。

不知道在万籁俱静，突然转醒的时候，杜弘有没有因为他的人生只剩下物理而后悔过。

火车开始播放广播，因特拉肯站到了。

程然叫醒苗小青，检查完两个人的随身物品，牵着还迷糊着的苗小青下了火车。

番外一 / 女儿

苗小青又打开一份 PDF，输入文件密码，屏幕上显示出内容。

她看了眼标题，按下鼠标，电脑屏幕上的 CV 滚到下一页，原本靠着椅背的身体坐直，她凑近屏幕，读着开始的那几行信息。

本科南京大学，斯坦福博士，加州理工学院博士后。

扫完信息，她沉思一秒，往后翻到工作经历部分，一长列的工作，导师程然。

竟然是程然的博士后。她又回头去看了一下，申请单位是北京大学。

她的身体往后一倒，从鼻子里重重地喷出一口气，现在连他的博后都比她强。

也对，他的学生还马上就是她的同事了呢。

看完整份 CV（简历），她公平公正但咬牙切齿地给了一个高分。

桌面上的手机响了一下，苗小青拿起来看了一眼，便关掉电脑屏幕，撑着桌沿站起来，扶着笨重的腰走出办公室。

“苗老师。”

她转过身，是秘书小李抱着一台电脑过来。

她托着肚子，又掉转回去开了门，说道：“你帮我放到办公桌上，出来把门带上就行。”

说完她抱着肚子，抬起脚走去电梯。

电梯门一开，就看到程然背对着她站在门外，正对着一株挺拔的银杏树沉思默想。

阳光透过疏逸的枝叶洒到他的身上，俊朗如昔，潇洒如故。而她却在短短八个月内，体重增长了二十斤，身体肿了一倍，每天犹如揣着一个沉重的沙袋。

她咳了一声。

程然马上转身，上前搂住她，然后摸了下她圆圆的肚子。

“今天动静大吗？”他问。

“早上要审海外优青的 CV，忘了数胎动。”苗小青说。

“有几份要审？”

“七份，明天上午要全部提交。”苗小青皱了下眉，去年她总算成为四青之一的国内优青，戴了顶小帽子，学校的终身职位也拿到了，本想今年怀孕可以稍微清闲点，可从开春起，杂志的委托审稿、系里主办的会议、学生毕业、申请基金……就连青千评审这种事都荣幸地分给了她一份，反倒比往年更忙。

“对了，你怎么过来了？”她问。

“我过来找越明聊一下，正好陪你吃中饭，跟他聊完，我们再一起回家。”

张越明是程然的第一个博士生，刚做完一届博后，找工作找到了苗小青学校，今天下午是他的面试报告时间。

两人步调缓慢地走到教工食堂，程然去拿了两人的饭菜回来，又替她倒了水才拿起筷子。

“越明的面试报告你要去听吧？”程然问。

“嗯。”苗小青应了一声，系里的老师都要去听的，“他应该没问题，青千都有机会，系里肯定会给 offer。”

“他运气不错，现在的评审很多都是小同行，如果还像以前，让其他方向甚至其他专业的人来评，纯数文章也难。”

苗小青咬着筷子，瞄他一眼，试探地问道：“你的博士后呢？”

“现在在北京吧，”程然模糊地说，“有一段时间没联系了。”

苗小青剜他一眼，博后评青千的事他这个老板会不知道？他不提，是因为怕刺激她，差距始终是她心里的一根刺。

而她不能提，是因为评审要绝对保密，CV 到了她手上，即便她和程然是夫妻也不能说。

这两年，徐浚、杜弘的学生和博后都陆续在找工作，差距也一如当年的他们，这当中的博后学生当中有留在美国前十的大学，也有成为她同事的。但不管是留在国内的她和徐浚，还是美国的程然和杜弘，无一例外都在为国家培养筛选科研人才。

这使得她开始去正视她和程然的差距，正是因为有他和杜弘那样的天才，在世界高水平的理论物理科研界占据一席之地，她和徐浚的优秀学生才能输送出去，几年后这些人才回国，又培养出新的人才，如此年复一年地循环。

吃完饭，程然跟苗小青回了办公室，苗小青在沙发上午睡，他打开笔记本准备改学生的文章，刚敲了一行，噼里啪啦的声音在寂静的办公室里响起，他抬起手，望向沙发上拿胳膊盖着眼睛的苗小青，合上笔记本，走到门边关了灯。

他又回到沙发前，席地坐在地上，透过昏暗的光线望着她凸起的肚子出神。

这似乎是真的，是在她的办公室，而不是每次梦醒后冰冷而寂寥的房间。

回到上海，他和她又去领了证。暑假结束，他回了美国，而他们期待的小家伙一直没有消息，却没想到在某个凌晨，他用让隔着一个太平洋的父母担惊受怕的方式，告诉他们，他来了。

——苗小青先兆流产住院，他还有课，脱不开身。

那三个月，是他人生中最为煎熬的三个月。他每一天都处在后悔、自责当中，恨不得灵魂能冲出身体飞到上海。

她却表现得很淡然，在视频里轻描淡写地说：“这有什么？像我们这种情况很常见，女 Faculty（教授）一个人在国内生孩子、养孩子的太多了。是我想要他来的，我会尽力留住他，你安心工作，等圣诞节回来就稳定了。”

他给岳父打电话，问出了实话。岳母说，夜深人静时，苗小青一个人担心得捂着嘴哭。

岳父沉重地叹息一声：“她很想要个孩子。”

他煎熬了三个月，回国的头一晚，终于熬到稳定的她问他：“你觉得是儿子还是女儿？”

他果断地回答：“儿子。”

她不高兴地关了台灯：“就算你心里是那么想的，嘴上也应该说句‘儿子女儿都一样’吧？”

黑暗忽地泼到他眼前，漫到卧室的每个角落。

让他想起那年收到她离婚协议的电子档，也是黑暗当头泼洒，漫过他的脚下，流进缝隙，又缓缓地往外洇出。

他在浓郁的黑暗中睁了一宿的眼睛，一页一页地翻着她的朋友圈。自从他出国后，她的动态明显地频繁起来，跟普通女生一样，好吃的东西拍照上传，风景好的地方拍照上传，心情沮丧上传，心情好了也上传。

这都是给他看的。

他每天睁开眼第一件事，就是看比他快了十二个小时的她，一整个白天都做了些什么。

天亮后，他挤好牙膏，牙刷塞进嘴里，抬头望着镜子的那一瞬间，他的心忽然揪了起来。

离婚了。

他望着镜子里满嘴泡沫的人，目光陌生又困惑，以后的每个早晨，他从镜子里看到的都是这个形单影只的男人。

水龙头“哗哗”地给杯子注满水，他弯腰吐掉泡沫，撑着梳理台，捧起冷水往脸上泼，温热的水一次次从眼角溢出，又一次次被冰冷的水冲散。

刚开始的他架势十足，像每一个离婚的男人，把书桌上的相框都收进抽屉，将无名指上的戒指也拔了下来，单指勾住电脑包，离开蜗居。

早上跟老板讨论，他的精神高度集中，吃过中饭，抵不住困意睡了。

一切如常。

这是成熟男人遇到挫折时的表现，一切如常。

直到睁开眼睛，开始活动，他每走一步，总是不由自主地回头看一眼。

那是一种丢失了重要东西的悲凉心境。你知道再也找不回来，可你也总是下意识地去寻找它。

他就在这种频频回顾的心态下，发出了六条信息。

起初，他端着架子。

“我觉得你还需要冷静一段时间，婚姻不是儿戏。”

发出去，他就在心里琢磨，她醒了看到这条信息会怎么回?

——我很冷静，你签字吧。

他撤回了信息。

第二条，他的架子散了，仍强撑着。

“我听了你的话，拒了 offer，你还要离？”

——这次不离，还会有下次，签字吧。

他撤回。

第三条，没了强撑的架子，他婉转地恳求。

“我知道我对你不怎么好，我能改的，可不可以不离？”

——距离一万千米，你怎么对我好？快签字吧。

撤回。

第四条，他的态度蛮横而强硬。

“我不会签字。”

——那就走民事诉讼，你还是签字吧。

他立刻撤回。

第五条，他一腔愤懑，捶击屏幕发出信息。

“你现在倒是能狠下心了？当初追我的时候，你怎么不这么狠？”

半分钟后，他冷静下来，撤回了信息。

第六条，他已经平静地接受了这个事实，她铁了心要离婚，铁了心要把他留在这里。

苗小青，你知不知道，从我们在一起开始，我就害怕有这一天。

他撤回信息时，已经沿着查尔斯河岸走到了公园。他在闲暇时做好了东海岸所有景点的攻略，等她来波士顿，轻车熟路地带她去玩。

公园的树枝条光秃，小草却茵绿满地，来到波士顿，他才知道，到了冬天，草也不会枯黄。

他与同事到这里散步，曾说起过，我妻子的名字就叫小草。

同样在隆冬里有着坚韧成长的生命力。

他抬眸望着威风凛凛的华盛顿雕像，头一次有了异乡漂泊的凄凉感，这不是他的领袖，这里没有他的家人，这里有小草，却不是他的妻子。

他以为总有一天她会来到这个异乡，在短暂的时光里，以此为起点，走完这条世界著名的自由之路。

可她再也不会来。

与她在异乡紧紧拥抱的那天，再也不会出现。

他在绿色的长椅上坐下，盯着手机屏幕许久，发出了最后一条信息，然后点住她的头像，按了删除。

没有人会难过而死，她不会，他同样不会。

黑暗从缝隙里缓缓地洇出，夜色铺满卧室。他从背后搂住她，脸埋在她的发间，察觉到她的抗拒，他搂得更紧，直到她伸来一脚，险些踹折他的膝盖。

他把她扳过来面向他，黑暗中，她的脸上泛着莹亮的水光。

“我不希望是个女儿，”他叹息一声，“如果她跟你一样优秀，她会很辛苦；如果她不优秀，只会更苦。”

……

手机的闹钟响彻办公室，苗小青把胳膊从眼睛上拿开，紧紧攀着沙发靠背，另一只手撑着沙发边沿，还未用劲，先咬紧了牙关。

八个月的孕妇，起身都是件吃力的事。

程然托着她的背，把她扶起来，她迷糊地说道：“你还在呀。”

“等面试结束我再找他，张院士刚刚也发了消息来，我现在去他办公室聊会儿。”

苗小青笑道：“怎么你每次来他都知道？”

“有个项目想邀我加入，”程然拧开矿泉水瓶盖，递给她说，“一直在讨论这个事。”

苗小青知道十有八九是国家级重大项目。

“你去吧，我也要去报告厅了。”

程然迟疑片刻，说道：“这两个月所有的会议我都推掉了，哪儿都不会去。”

“用不着，”苗小青说，“我妈下周就来了。”

程然深吸一口气，挤出笑说道：“嗯，她老人家在，你和宝宝会被照顾得更好。”

苗小青抿着嘴笑了一会儿，索性大笑起来：“看你紧张还心口不一的样子，我推掉了，他们说等足月了再来。”

程然咬牙说道：“那你知道是我打电话让他们过来的吗？”

苗小青愕然：“你为什么要打电话？”

“多个人照顾你啊，”程然说道，“她老人家来了顶多是埋怨我，也不会少块肉。”

两人说着话走到电梯前，一人进了一部电梯。

程然没想到他和女儿的第一面会如此匆忙，护士抱出来给他看了一眼：“这是你女儿。”又看了他一眼，“长得像你。”

程然看了眼被包得只露出一张小红脸的婴儿，两只黑豆般的眼睛半张着，他怔愣了一瞬：“女儿？”

“嗯，女儿。”

“我太太呢？”

苗伟峻和苗太太从走廊另一头过来，也一齐问道：“我女儿怎么样？”

“等会儿就能见到了。”

“来，给我看看外孙。”苗太太说道。

“是外孙女。”程然纠正。

“来，我也看看。”苗伟峻凑到护士旁边，苗太太紧跟着凑上去。

“像青青。”苗太太说，“哟，这才刚出生的孩子，就知道四处看了，以后不知道多聪明。”

就这么一张小圆脸，能看出来像谁？护士跟岳母都挺厉害的。

程然胡乱想着，焦急地盯着紧闭的门，又问护士：“您好，我太太情况怎么样？”

“等会儿就能见到了。”护士说完，抱着宝宝又进去了。

程然心里的不安扩大，他走到苗伟峻旁边，低声问道：“您有没有觉得不对劲？”

“哪里不对劲？”苗伟峻问。

“一般不都是孩子跟妈妈一起出来吗？怎么会先把孩子抱出来给我们看？”他说，“不会是在里面出了什么事，怕我们等久了察觉，所以先抱孩子出来安抚下我们？”

苗伟峻斜睨他一眼，说：“你觉得我为什么选这家医院？”

“不是您跟院长交情好？”

“交情好，所以特意关照过，孩子先抱出来给我看看。”苗伟峻提高了声音说，“不行吗？”

程然平复了焦躁的情绪，靠墙站着，仍然盯着紧闭的门。

过了五分钟，程然开始踱步，孕期查的那些资料信息全部涌入脑海，各种分娩并发症、危急程度，跟走马灯一样地在他脑子里转换。

他越发地焦躁不安。

苗伟峻不满地说：“刚刚你就看了你女儿一眼。”

程然心事重重，随口应了一句：“她健健康康的，等会儿就能见到了。”

“那是你‘女儿’。”苗伟峻加重了女儿两个字的语气。

程然脚步一顿，重重地叹了口气：“唉，女儿。”

他老婆受的这遭罪，女儿还要经历一遭。

想到这里，他的心又难受地揪起。

“说到女儿你叹什么气？”苗太太气恼道，“你嫌弃我们青青没给你生儿子？”

程然那满脑子血腥可怕的猜测被苗太太这一打岔，倒是冷静了下来。

“先不管儿子不儿子的，”他望着苗伟峻，“爸，您给院长打个电话，问问消息，小青怎么还没出来？”

当时就该强硬地要求去附属医院，那儿有他的熟人，总比岳父的熟人拐道弯强，程然脸上的焦躁随着时间的推移越发明显。

苗伟峻还没说话，苗太太揪着他追问：“你说，你是不是嫌弃我们青青没给你们程家生个儿子？”

“爸。”程然恳求地喊道。

“我就知道！嘴上说得多好听，碰上这种事儿马上就暴露。”

“爸！”

“你嫌弃是吧？我们不嫌弃，外孙女我来养。”

“爸！您就打个电话吧。”

苗伟峻望着眼前这一个老的，一个年轻的，各自说各自的，各自想各自的，脑子隐隐发胀。

门从两边滑开，程然猛地转身，就见几个护士推着一张病床出来，他一个箭步跨到床边，望着神情憔悴的苗小青，仔仔细细地看了一遍，这才敢拿手去摸她的脸。

“谢谢你！”他颤抖的唇印到她的嘴上，“谢谢你好好的！”

番外二 /最好的青春

程然重男轻女。

这是苗太太拍桌定案的事实，而苗太太断的案，即便是冤假错案，也没有申诉洗脱嫌疑的一天。

即便程然给女儿取的小名叫悦悦，意为喜悦心悦的双重意义；即便悦悦上了幼儿园，他和苗小青依然没有再生个儿子的意思；即便程然每次喊着要揍悦悦，却一个手指头都没动过……

他还是重男轻女。

程然不会辩解，而苗小青辩解了没用。

苗伟峻不站队，程然和苗小青结束了异地煎熬的痛苦，终于团聚后，紧随而来的就是苗太太带着外孙女在家里横行霸道。

悦悦上了幼儿园，有了自己的同学，院子里也有了经常一起玩的小朋友，聊天内容偶尔有些不同寻常。

“我会一千个英语单词。”

“我能背三百首古诗。”

“我一分钟能算二十个百以内的加减法。”

“程悦你会什么？”

悦悦想了半天，说：“我只认识十个汉字。”

情绪低落的悦悦被外婆带回家，缩在沙发的一角，不要吃水果，不要吃雪糕，连动画片都不要看，紧皱的小脸透出不符年纪的丧气。

“怎么了？”苗小青问，“跟小朋友吵架了？”

苗太太把苗小青和程然狠狠剜了一眼，将事情的来龙去脉说了一遍：“都三岁了，你们还什么都不教她，幼儿园也不教，到现在还不认字……”她倒是想教，但是女儿女婿在这点上绝对不让步，那十个汉字还是她偷偷教悦悦认的。

一旁的程然沉着脸，心疼地看着女儿。思索片刻，他捋起袖子坐到悦悦旁边：“宝贝，爸爸告诉你，他们会的那些东西没什么用，爸爸教你点厉害的。”

“厉害的？”悦悦抬起脸，“是什么？”

“数学。”

悦悦眼睛一亮：“加减法吗？”

“爸爸教你 1+1。”

悦悦撇开脸：“1+1 不就等于 2。”

“那是算术，我教你数学的 1+1。”程然走到黑板前，指着小板凳说，“坐到这里来。”

悦悦跳下沙发，眼里满含求知欲地在小板凳上坐下。

“爸爸先告诉你什么是 1，”程然在黑板上先画了一个苹果，又画了一个香蕉，“1 可以是只有一个苹果的集合，也可以是只有一个香蕉的集合。”

“什么是集合？”悦悦问。

程然又画了一个盘子：“把一堆东西放在盘子里，盘子里的东西就是一个集合。”

悦悦点头：“我懂了。”

程然又接着说：“我这里有一个苹果，盘子里有一些别的水果，”他在黑板上画了一个箭头，指向盘子里的一个香蕉，“这就是一个映射。”

“什么是映射？”悦悦问。

程然重复了刚刚的话，又画了一次箭头：“我刚刚说的这个就是映射啊。”

悦悦茫然地望着他。

程然拿出前所未有的温柔和耐心：“我刚不跟你讲了吗？这儿有个苹果，这儿有一个香蕉……”他足足将映射的概念解释了五分钟。

悦悦扭过头，求助地望着坐在沙发上的妈妈和外公外婆，但是那三个人都给了她一个鼓励的眼神，悦悦无奈地望着黑板。

程然觉得一个简单的映射都讲了五分钟，女儿怎么都该听懂了，于是他接着往下讲：“你看 1+1 是这样一个特殊的盘子，以及苹果和香蕉到这个盘子的映射，”他在黑板上画了几个圈，写了几个字母数字，画了几个箭头，“如果给定任意一个新盘子以及这个苹果跟香蕉到新盘子的映射，那么存在唯一一个从一加一的盘子到新盘子的映射，使得苹果和香蕉到新盘子的映射，等于它们先映射到 1+1 的盘子再映射到这个新盘子……”

悦悦的目光已经从黑板转移到她爸的脸上，只看到他的嘴一张一合，一张一合……

“懂了吧？”程然潇洒地丢开粉笔，看向女儿，“这可是爸爸想了一个星期才想出来的，即使是幼儿园小朋友也能听懂的范畴学的‘1+1’，接下来我告诉你什么叫范畴学的‘等于 2’……”

苗小青警觉地问：“你想干什么？”

“下个星期不是轮到我家去幼儿园上助教课吗？”程然说，“我打算去跟悦悦的同学讲这个。”

苗小青无奈地扶了下额头，蹲在无助的悦悦身边问：“宝贝，你听懂爸爸说的是什么了吗？”

悦悦紧皱着眉头，小声地回道：“就听到好多的盘子……”

苗小青站起来，凉凉地看了一眼程然：“你去幼儿园讲范畴学？”

“这个很简单啊！”程然说，“悦悦肯定听懂了，现在她还有点迷糊，睡一觉，明天早上就懂了。”

苗小青马上掏出手机，给幼儿园老师发信息，助教内容改成她去幼儿园教小朋友折纸。

悦悦睡醒一觉，并没有懂，还对数学产生了深深的敬畏心理。

程然急了，这么简单怎么能不懂呢？他又自我检讨，是不是因为他工作太忙，忽略了对女儿的数学启蒙。于是他每天准时下班回家，开始抓着悦悦讲自然数的定义，讲集合的定义，讲几何原本……

这一天，程然晚上有组会，悦悦终于能下楼跟好久不见的小朋友重聚，她开启了威风凛凛，大杀四方的完美逆袭。

“这就是莫比乌斯带，”悦悦把昨晚从爸爸手指上拔下的戒指在小朋友眼前一晃，“这是一个无定向曲面，你们看，只有一个面。”

小朋友不懂又十分叹服地望着悦悦：“你在说什么？”

“跟你们说了也不懂，”悦悦眼梢一抬，神气活现，“你们的爸爸妈妈都不懂。我爸说了，加减乘除可不是数学，那是计算器就可以做的事。”

“哇！”

小朋友的指头顺着戒指转了一圈，真的只有一个面，再次惊叹。

悦悦心里明白自己也不懂，爸爸说的那些她都不懂，但她记忆力好，能把爸爸的原话记住，够她吹牛就行了。

在小朋友的叹服声中，她开启了更高端的吹牛模式，小脸一皱，老成地叹了一口气：“唉，我的命好苦，三岁就开始学数学。”

悦悦的炫耀小朋友们没懂，一旁的苗太太却当真了，以为外孙女真的受到了沉重的打击。

这可不能容忍，一定要扳回一城！

她不信她的外孙女能比女婿笨。

苗太太在两天后看电视时找到了机会，一个菲尔兹奖的华裔数学家上了综艺访谈节目，主持人拿了一个题目问数学家，但数学家答不出来。

苗太太把节目回放了两遍，记下题目，递给悦悦，说：“这道题你爸肯定做不出来。”

菲尔兹奖的数学家都做不出来，他程然能做出来？

悦悦睡前把题目给了爸爸。

程然接过题目一看：【1234=0，1027=1，2069=3，问 2471=？】

他连题目都看不懂。

琢磨了一个晚上，他觉得不能在女儿面前丢人，把这道题发给了学生跟博后，以及数学系的合作者，两天后他们都回复他不懂。

苗小青也不会。

程然别无办法，只能跟女儿承认了他不懂。

这次换他踞坐在小板凳上，悦悦站在降下的黑板前，神气地解说：“爸爸你不能看到‘0’就以为是数字‘0’，‘0’也可以是个圈，1234 里没有圈，1027 里有一个圈，2069 里有三个圈，2471 里没有圈，所以 2471 等于 0。”

程然还思考了一瞬，才听明白悦悦的意思。他跟苗小青愕然地对望了一眼，脸色立刻变得阴沉：“这叫数学题？谁？是谁教她这些套路的？”

这是赤裸裸的挑衅！

邪门歪道居然也敢挑战正统数学！程然受到了严重的侮辱，愤怒地捋起袖子：“这些套路解题祸害了多少孩子？居然害到我女儿头上，谁？到底是谁教的？你们老师吗？”

悦悦有点害怕，下一秒就如实招供：“是外婆……”

程然脚步一顿，也不敢往沙发那边望。

“哦……”他干巴巴地应了一声，“没事了，你去玩吧。爸爸想起来还有篇文章要看……”

说着他钻进了书房。

苗小青笑得眼泪都出来了，紧随着他走进书房。

“悦悦不是高智商，你是有点失望的吧？”苗小青关上门说道。

程然把刚拿起的文章又放下，对她招了招手。

苗小青在他旁边坐下，被他伸手揽住：“高智商的孩子哪有那么容易生出来？我早料到会均值回归了。”

两人静静地依偎了半晌，苗小青忽然问道：“爸妈在这里，你真的不介意吗？”

程然摇头：“他们不在这里，我们哪有这样清静的时间。”

他怕苗小青不信，又说道：“你看，明天我们又要去开会，爸妈不在怎么办？”

苗小青跟程然遇到的问题，是所有夫妻都会遇到的问题。

他们有一个可爱的女儿，这个女儿有些聪明，也有些机灵，却又没有聪明机灵到跟普通孩子拉开很大的差距。

她和程然位于高等教育的金字塔尖，比普通人更明白一个残酷的事实——学霸和学霸之间的差距，远大于学渣跟普通学霸的差距。

就算牺牲了童年，玩命学习，女儿也顶多是个普通学霸。

最终他们达成共识，三票对一票，否决了苗太太对悦悦制订的完美培养计划。

童年的时光会影响人的一生。人生太苦，悦悦应该拥有一个无忧无虑的童年。

学习，不是小学到高中十二年，也不是小学到博士的二十年，而是漫长到贯穿人一生的一件事。

苗小青对此深有感悟。

十年前，她拼尽全力跨进高温超导的门槛。短短几年，因为研究难度太高，全世界的相关研究都停滞不前。

没有新的进展，没有人可以讨论，这意味着她必须转研究方向。

她可以选择下沉到简单的热门研究，不用花费大量的时间学习，能够更快地出文章，可了解过后，她对于热门研究没有产生任何兴趣。

直到四年前她去 UIUC（伊利诺伊大学厄巴纳－香槟分校）访问，听了一个 ADS/CFT（反德西特 / 共形场论对偶）的报告。

她立刻飞去洛杉矶找到程然，走进程然的公寓，她的第一句话是：“我想了两天，意识到这里的全息原理和凝聚态中的拓扑物态的体边对应有相似之处，也许两者之间有些关联。”

程然没想到她大老远来找他，竟然是为了物理。

“你要做量子引力吗？”他说道，“那可是高能物理。”

“凝聚态最难的高温超导我都做过了，”苗小青说，“再往上走，做高能不是顺理成章的？”

程然很想叫她醒醒，那可是鄙视凝聚态整个领域的高能物理。

但他把话咽了回去，从算自旋液体开始，到后来算有掺杂的情况，她哪一次没做到的?

在洛杉矶的一星期，她几乎没怎么出门，关在公寓里查阅了大量关于 ADS/CFT 的文献。

“还是很多东西看不懂。”

程然在一旁看着直摇头：“过来！”他放下书，拿出了纸和笔，“ADS/CFT 表示 Anti-de Sitter 宇宙中的引力理论与其表面的量子场论之前的对偶……”

两天后，苗小青听懂了一个大概。

“回国后你先看看《广义相对论》，了解一下引力，”程然说，“仔细学一下共形场论，看那本大黄书就够了。”

苗小青的手托着脸，歪头望着他，像在看一个不明生物：“怎么高能物理你也懂啊？”

程然眯起眼睛：“我们和好以后，你是不是根本没有关注过我了？”

苗小青心虚地垂下目光，藏在桌下的手快速地用手机查询程然的信息。

“什么鬼？”她差点跳起来，“你居然做过用拓扑场论研究量子引力的工作？”

说完她快速地翻阅文章，气馁得直跺脚，这么多年过去，她依然看不懂他的文章。

“苗小青，我算是看清你了，得到了就不珍惜。”程然阴阳怪气。

苗小青愣了一下，她眼里的光像被灰尘蒙住，瞬间黯淡下来。

“对不起！”她低落地说道。

程然在心里轻轻地叹息，其实她的处境他都知道，现在她确实没有心思去关注他。

这一届的优青评选再上不了，她面临着学校非升即走制度中的“走”。

可她又太倔强，明明本事不大，心气却高，不肯跟人合作，不肯抱大腿，也不肯去做热门的东西，导致她入职后没有一篇好文章出来。

到了这么艰难的境地，她仍旧不肯妥协。

程然又想着，也正因为她一次次地身处困难的境地，他才能在她身上看到“气节”那种古老的东西。

他拿开椅子，坐在地毯上，凝视着她半晌，什么也没说，只是静静地抱住了她。

从洛杉矶回来后不久，苗小青自学《共形场论》的同时，查出了怀孕。

这一年她的运气不算坏，入选优青项目，学校非升即走的结果是升职副教授。

程然随后全职回国，悦悦出生后，她要给本科生上课，要带三个硕士、两个博士，哪怕她的学习进度一次次地延后，她也没有把学生丢给博士后指导，在组里搞出大小老板的分级。

三年来，除了指导学生发了几篇不重要的文章，她自己没有出过任何成果。

她的学生偶尔会遇到尴尬的情形，有人会故意问她的学生：你发文章了吗？

这时总有好事的人替她的学生回答：肯定没发啊，他的导师都三年没发过文章了。

而回国后的程然，已经是国家重大项目的首席科学家。

他们一直有着不可逾越的差距，而苗小青没有一刻停止过她的追赶。

这次的会议是个小型研讨会，由苗小青的博士导师江教授、程然的博士导师夏教授，还有黎若谷一起牵头举办，至今已有五届。

苗小青和徐浚每年都会参加。程然回国后，立刻被拉进组织者行列，明年的会议轮到他主办。

“以后轮流到你们几个的学校办吧。”江教授说，“这是你们的时代了。”

“那后年在港科办？”徐浚问。

“你们自己商量。”江教授说完，关切地看向苗小青，“你刚完成的那个工作，学生都做不了吧？”

苗小青点头：“都是我自己做的。”

江教授摇头叹道：“你也是真不容易。”

苗小青苦笑了一下：“习惯了。”

“她呀，跟杜弘那疯子差不多，”徐浚说，“就是一条道走到黑。”

说到杜弘，程然放下筷子：“杜弘这段时间不是在北京吗？这个会他也没来？”

“他说有点事情要处理，”江教授说，“等开完会他会来找我。”

程然深思地看了苗小青一眼，苗小青低头扒着碗里的饭，就像没听到他们的话。

江教授面带回忆的神色，望着苗小青感慨地说道：“研究生面试的时候，我可没看出来她有这股劲儿。”

“当时她什么表现？”程然问。

“一问三不知，”江教授给了个残酷的评价，“连固体物理都不太懂，基础是真差，我当时扣她的分扣得最狠。”

苗小青讶异地抬头，她面试差点被刷，竟然是自己导师的功劳。

但她倒是满不在乎地说道：“我很有自知之明，一直以来，我都是您最差的学生。”

江教授大笑出声：“你呀！有时候也该学学程然他们几个的狂妄。我最差的学生，现在都已经消失在圈子里了。”

苗小青想想有道理，至少她已经跨进门槛，走上这条道了。

“吃完饭都早点回酒店休息吧。”江教授说完，叫服务员来结了账。

苗小青和程然步行回酒店，跟女儿视频过以后，各自准备会上要讲的报告。

苗小青的报告安排在第二天下午第三个。

排在她前一个的报告讲完，她等着会议主持简短地介绍后就上台，却没想到江教授走到了台上。

她低头看日程，这才发现她跟前一个人的报告中留出了十分钟的空隙。

“大家都有注意到，我特意留出了十分钟的时间，是为了向大家介绍一下我的学生。”

江教授缓缓地开口说道：“你们或许认为，我最引以为傲的学生是杜弘？”他的目光移向苗小青，停留了片刻又移开，露出一个微笑，“我有这么一个学生，曾经我以为她无论如何都不可能做物理，我也曾多次劝退她。然而，她却相当艰难地坚持了下来。至今，她仍然做得不算很出色。”

江教授顿了顿，接着说道：“可我为什么要隆重地介绍她呢？因为她的先生是程然……”

会场响起一阵爆笑。

苗小青看了眼旁边的程然，难堪地低下头。

“因为她的先生是程然，可你们却不会在任何一篇她的文章里看到程然的署名……”

会场的笑声戛然而止，随即陷入静默。

苗小青却不解地抬起头，望向江教授。

江教授的神色变得相当严肃和凝重："……不仅没有程然的署名，自她博后入职以来，你在她文章的署名里找不到某个院士，某个获奖者，也找不到她曾经的任何一个导师，她所有的研究都是独立的。甚至在学生做不了她的研究的情况下，她都发了几篇 single author（单一作者）的文章。"

苗小青的鼻子猛地一酸，眼里蓄满了泪水。她一直以来默默地坚持，坚决不去蹭一篇文章，坚决不搞社交，不抱大腿……她咬牙坚持的种种，终究是被导师看在了眼里。

隔了十年，她终于得到了导师的认可。

一只手揽到她的肩上，紧紧地握住她的肩膀。

她转头，透过模糊的水汽望着程然。

"我这个学生，她也许永远无法超越顶尖的科学家，无法超越我和若谷，也无法超越她的先生程然，但她却一直在超越自己。我想，在这一点上，她超越了我和若谷，超越了杜弘和程然，因为我们谁也无法像她那样，永远保持着超越自己的野心。"

苗小青靠在程然的肩上，紧紧地捂着嘴，眼泪滑落进指缝里。

"我可以肯定地说，这个学生是我所见过的，比月光更为干净纯粹的科研人。这一点上，我不允许任何一个人反驳。"

一个学生将一束鲜花递给江教授。

江教授接过来，放在讲台上，接着说道："这是她的后辈、我现在的学生一起买的一束花，要送给他们的师姐，祝贺她第一篇跟高能物理相关的文章在 PRD（*Physical Review D*《物理评论 D》）杂志发表。接下来将由苗小青为大家报告她的最新工作，题目是《张量网络，纠缠熵与黑洞的全息原理》。"

掌声雷动。

程然用纸巾给她擦干了眼泪，见她还红着眼眶，满脸泪痕，低声在她耳边说道："你的隐形眼镜都要被泪水冲出来了。"

苗小青好气又好笑地暗暗地拧了他一把，情绪却平静下来。她站起身，走到台上，轻轻咳了一声，才平静地说道："谢谢江老师！谢谢师弟师妹！"

她顿了一下，从善如流地介绍她的工作。

"我用了三年时间，构造了对纠缠熵的几何描述，从更高维的几何角度去理解凝聚态模型基态的纠缠熵。这样一个几何模型与 ADS/CFT 的对偶非常类似……"

会议结束后，苗小青从酒店散步到科大校园，从湖畔走到宿舍，又一直走到系办楼下。

洋紫荆开着粉白色的花，裂开的叶子落在灰砖道上。

十多年过去，物理系的男生依旧是T恤和七分工装裤，背着双肩包，微驼着背，低头行色匆匆。

干了物理科研这一行，时间仿佛都停滞了，他们到老都保持着年轻的心，年轻的好奇，以及旺盛的求知欲。

她和程然走进大楼，一直走到那扇沉重的金属防火门前，他们互看了一眼，各自拉开一扇门走了进去。

横二竖三排列的六张桌子，左边摆着一台巨无霸工作站，右边是苗小青曾经坐了五年的工位。

墙角泛黄的文献资料码得跟窗沿一样高，上面落满了灰尘。

世界上什么都在变，除了物理。

“学生都不在吗？”苗小青走到曾经的办公桌旁。

“江教授的风格你还不清楚？”程然说。

“你确定这还是老板学生的办公室？”

“工作站的身份还不够清楚？”程然说，“那可是你的老搭档。”

苗小青“噗”地笑出来，环顾整间办公室，说道：“还记得我那天闯进这里吗？”

“嗯，对我一见钟情了。”程然撑着桌沿说。

“谁对你一见钟情了？”

苗小青转头再次看向那扇金属门，初入校园的她推开那扇门，瞥见风华正茂的程然。

那一瞬间，像石子落进了平静的湖水。

她在心里问了自己一个问题，会不会有那么一天，她也能变成他的样子？

回到学校，苗小青又重复着过去的生活，备课，上课，开组会。

不一样的是，她和程然没有重要的事，每天都会按时回家陪家人吃饭，等女儿睡了以后，两人再回到书房处理工作。

程然彻底地放弃了对悦悦的数学启蒙，转而培养自己的耐心，陪着女儿玩她喜欢的那些幼稚游戏。

日子平静地滑过。某个早上，苗小青一边刷牙一边收邮件，突然她盯着屏幕睁大眼睛，半晌后反应过来，她急忙吐掉泡沫，把头伸出门外喊道：“老公！”

程然的脚步声响起，问：“怎么了？”

苗小青含着一嘴泡沫，朝他扬着手机：“是他吧，是他吧？菲尔兹奖？”

程然接过来看了一眼，又看了一眼，也狠狠地愣住了：“他邀请你去普林斯顿访问？”

“不会是骗子吧？”苗小青按下激动的心情，怕是空欢喜一场。

“应该不是。”程然说，“他最近做的东西跟你的那个工作相关，而且这确实是他的邮件地址，你回复了看看。”

他的话刚说完，电话就打了进来，程然见是徐浚，直接按了扬声器。

“小青苗，快请吃饭发红包，菲尔兹奖得主关注了你的工作，你要发达了。”

徐浚说话仍旧带着社会习气，可也证实了那封邮件的真实性。

苗小青挂掉电话，僵硬地回到盥洗台前，漱口，洗脸……忽然，她又仰起头，望着镜子里挂着水珠的脸。

这封邮件是不是代表她终于做出有价值的工作了。

一个早上，她的办公室时不时有同事来串门，沉寂了几年，她还不习惯这样的热闹，正打算回家办公，秘书走了进来。

“媒体要采访一个有影响力的女科学家，学校推荐了你。”

苗小青揉着额角，语气有些抓狂：“我算哪门子的女科学家？我哪有什么影响力？”

“为了学校的宣传，你肯定得接受就是了。”秘书说，“再说了，这也不是没有好处。你出名了，以后会有优秀的学生慕名而来啊。”

苗小青被她的后一句话打动了，看看她的学生跟程然、徐浚的学生的差距，露一次脸，能招到好学生也值了。

采访地点是她的办公室，她素颜上镜，拍了张半身照。

采访的内容围绕她的简历展开，从她学生时期对物理的懵懂无知，到逐渐了解这门科学，直至产生兴趣和热爱，决定为之奋斗一生，老调重弹了一遍又一遍。

专业和经历都介绍完后，记者笑眯眯地说：“有没有什么话是要对你的学生，或是跟你学生年纪差不多的年轻人说的？”

苗小青不假思索地将背好的句子念出来：“大家好！我是苗小青，研究方向是凝聚态理论，我最近的工作是用张量网络研究宇宙学中的全息原理，欢迎大家来报考我的研究生。”

记者瞠目结舌地望着她，没见过采访还给自己打广告的，一时她连思路都乱了，但她是专业的记者，立刻十分捧场地赞叹道：“哇！宇宙学！我都想当您的学生了。”

商业吹捧结束，记者又立刻说道：“可是宇宙学听着就很深奥难懂，您最后再跟年轻的学生们送上一句鼓励的话吧。”

苗小青为难地沉思片刻，才开口道：“在该学习的年纪刻苦学习，爱情来到时，抛开顾虑接受爱情。当你拥有了爱情，别把事业、追求和理想晾在一旁置之不理，因为那是你一生中，真正的、唯一能代表‘你’的价值。不管是理想，还是爱情，在年轻时都应该拼尽全力。”

“不留余地的青春——”她停了一下，转头望着窗外西沉的斜阳，掷地有声地说，“我认为就是最好的青春！”

– 全文完 –